KB112336

두려움 가득한 작업실에서
두려움에 굴하지 않고

더 패치

이 책은 (주)한국저작권센터(KCC)를 통한 저작권자와의 독점계약으로
마음산책에서 출간되었습니다. 저작권법에 의해 한국 내에서 보호를 받는
저작물이므로 무단전재와 복제를 금합니다.

▪ 이 도서의 국립중앙도서관 출판예정도서목록(CIP)은
서지정보유통지원시스템 홈페이지(http://seoji.nl.go.kr)와
국가자료공동목록시스템(http://www.nl.go.kr/kolisnet)에서 이용하실 수 있습니다.
(CIP제어번호: CIP2020009489)

두려움 가득한 작업실에서
두려움에 굴하지 않고

더 패치

존 맥피

윤철희 옮김

마음산책

두려움 가득한 작업실에서
두려움에 굴하지 않고

더 패치

1판 1쇄 인쇄 2020년 3월 15일
1판 1쇄 발행 2020년 3월 20일

지은이 | 존 맥피
옮긴이 | 윤철희
펴낸이 | 정은숙
펴낸곳 | 마음산책

편집 | 최해경 · 권한라 · 성혜현 · 김수경 · 이복규   디자인 | 최정윤 · 오세라
마케팅 | 권혁준 · 김종민   경영지원 | 박지혜

등록 | 2000년 7월 28일(제13-653호)
주소 | (우 04043) 서울시 마포구 잔다리로 3안길 20
전화 | 대표 362-1452 편집 362-1451   팩스 | 362-1455
홈페이지 | http://www.maumsan.com
블로그 | maumsanchaek.blog.me
트위터 | http://twitter.com/maumsanchaek
페이스북 | http://www.facebook.com/maumsan
전자우편 | maum@maumsan.com

ISBN 978-89-6090-612-9 03840

* 책값은 뒤표지에 있습니다.

글쓰기의 성소로 들어가서,

문을 닫고, 빗장을 채우고,

그 고독한 회생 속에서

■ 일러두기

1. 이 책은 『The Patch』(FSG Publishing, 2018)를 우리말로 옮긴 것이다.
2. 제목 '패치patch'의 사전적 의미는 '주위와 구별된 작은 공간', '장식용으로 덧대
   는 데 쓰는 조각'이다.
3. 외국 인명·지명·독음 등은 외래어표기법을 따르되 관용적인 표기와 동떨어진
   경우 절충하여 실용적 표기를 따랐다.
4. 국내에 소개된 작품명은 번역된 제목을 따랐고, 국내에 소개되지 않은 작품명
   은 원어 제목을 독음대로 적거나 우리말로 옮겼다.
5. 원문에서 이탤릭체로 강조한 부분은 굵은 글씨체로, 대문자로 강조한 부분은
   볼드체로, 옮긴이 주는 글줄 상단에 표기했다.
6. 매체, 영화, 공연, 음악 등은 〈 〉로, 장제목, 편명, 단편은 「 」로, 책 제목은 『 』
   로 묶었다.

차 례

최고의 논픽션 작가
존 맥피의 메타적 자서전

최윤필(『가만한 당신』 저자)

존 맥피는 '가장 문학적인 논픽션'을 쓴다는 평을 듣는 미국 작가다. 그는 모두 네 차례 퓰리처상 논픽션 부문 최종심에 올라 1999년 그 상을 탔다. 1965년 〈뉴요커〉 전속 작가staff writer 가 된 이래 책 서른두 권을 낸 그가 지난해 출간한 책이 『두려움 가득한 작업실에서 두려움에 굴하지 않고-더 패치』다(이하 『더 패치』로 표기함). 그러니 이 책은 그의 최신작이지만 엮인 글들은 그렇지 않다. 특히 2부 「앨범 퀼트」는 그가 20대 때부터 평생 써온 글들 가운데 어느 책에도 엮이지 않은 글 "25만 단어를 샅샅이 훑어서 그 중 75퍼센트"를 솎아내고 남은 걸 다듬고 고친 글들로 채웠다.

『더 패치』는 그러니, 맥피의 가장 젊은 날과 근년의 삽화들이, 제목처럼 따로 고유하게, 또 서로 조화하며 큰 무늬를 이루는 책이다. 글이라는 삶의 조각들로 생의 전체를 반추한 메타적 자서전이라 할 수도 있겠다. 나는 그가 60년 넘게 써온 글들을 어떤 마음으로 새로 읽고 다듬었을지 나대로 짐작하며, 이 책을 읽었다. 며칠 뒤 그는, 자신의 아버지가 숨진 나이인 만 89세 생일을 맞이했다.

미국의 1960년대는 '뉴저널리즘'의 시대였다. 저널리즘의 고전적 가치인 엄정한 객관과 사실 전달의 건조한 형식을 답답해하며, 문체와 구성으로 문학적 야심을 추구한 톰 울프, 트루먼 커포티, 노먼 메일러 같은 이들이 주도한 일종의 저널리즘 실험이자 경향이었다. 그들은 르포르타주나 인터뷰, 문화 리뷰처럼 대상의 다양한 면들을 심층적으로, 해설까지 곁들여야 하는 상대적으로 긴 글을 주로 썼다. 주 무대는 당연히 신문보다는 잡지였지만, 더 근본적으로는 권위·권력에 대한 저항이 혁명의 깃발처럼 펄럭이던 반문화와 시민권운동의 1960년대 미국 사회 그 자체였다.

1970년대 불황과 함께 사회가 보수화하면서 뉴저널리즘의 열기도 빠르게 식었다. 너무 묽어져 버린 저널리즘적 가치에 대한 반성과 비판도 거셌다. 존 맥피는 뉴저널리즘의 세례를 받았지만, 자신에게 성수를 뿌려준 이들의 초라한 퇴장을 지켜봐야 했던 이들 중 한 명이었다.

뉴욕대에서 '창의적 르포르타주'를 강의하는 작가 겸 저널리스트 로버트 보인턴Robert S. Boynton은 존 맥피를 '뉴뉴저널리즘The New New Journalim'의 대부라 평했다. 뉴뉴저널리즘은 저널리즘의 고전적 가치를 중심에 두면서 뉴저널리즘의 미학적 야심을 계승한 이들의 글쓰기 경향을 일컫는 말이다. 그들은 특별한 대상의 도드라진 사연이나 자극적인 일

화보다는 덜 특별한 이들의 일상에 주목했고, 현란한 수사
나 문학적 비유보다 팩트들—그것이 진술이든, 묘사든, 인
용이든—을 적절히 배치함으로써 내용과 함께 감정을, 감동
을 전하고자 했다. 뉴저널리스트들이 논픽션으로 픽션의 성
채를 넘봤다면 그들은 픽션과 논픽션의 '알량한' 경계를 허
물고자 했다. 맥피가 그 선봉이었다.

"미국 최고의 논픽션 작가 열아홉 명"의 인터뷰를 토대로
집필한 비평집 『뉴뉴 저널리즘The New New Journalism』(2005)
에서 보인턴은 근년의 일류 뉴뉴저널리스트들이 의도적으
로 구사하는 수수한 표현과 문체 대부분은 맥피에게서 배운
미덕이라고, "(그들은) 맥피가 주조한, 안티울프anti-Wolfe 형
반反스타일리스트들"이라고 썼다.

『더 패치』는 두 부분으로 나뉘어 있다. 「스포츠의 현장」이
란 부제를 단 1부는 맥피가 낚시와 미식축구, 골프, 라크로스
(의 감독 또는 선수들)와 맺어온 인연을 들려주는, 비교적 근년
의 글들이다. 표제작 「더 패치」는 그가 뉴햄프셔 위니퍼소키
호수의 '작은강꼬치고기'와 벌이는 에피소드를 담고 있다. 수
련과 수초들이 "페이즐리 무늬"를 그리고 있는 7300여 평 면
적의 낚시터에 그가 붙인 이름도 패치였다. 그는 패치의 풍경
과 낚시 기술, 그가 상대하는 물고기의 습성과 '성공률이 무
려 80퍼센트'에 이른다는 놈의 사냥술을 치밀한 디테일fact로
기술하며, 군데군데 그 특유의 문학적 양념을 뿌렸다. "가끔
씩 작은강꼬치고기가 수면 가까운 곳을 서성거릴 때, 놈은 우

리가 던진 움직이는 미끼를 멀리서 지켜본다. 그러다 잔물결의 흔적을 수면에 아로새기며 어뢰처럼 빠르게 그쪽으로, 우리를 향해 온다. 우리의 욕망을 영원토록 불러일으키는 데는 떡 그 한 장면이면 충분하다."

48세의 그가 아버지의 입원 소식을 듣게 된 것은, 아버지가 선물한 당신의 낚싯대로 오래 벼르던 한 녀석을 낚은 날이었다. 그는 뇌질환으로 의식과 감각을 잃은 채, 젊은 의사의 잔인하리만치 차가운 진단에도 아무 반응도 못하는 아버지의 병상 곁에서, 혼잣말처럼 자신의 낚시 이야기를 들려준다. "계획에도 없던, 준비하지 않았던 방식으로 우리 주위를 말로 채우고 싶었다. (…) 딱히 이렇다 할 목표는 없었다. 일종의 자기방어 행위였다고 생각한다." 그는 "아버지는 돌아가셨다"란 담담한 문장으로 글을 맺었다.

그는 그렇게, 여러 소재들을 퍼즐처럼 맞추고 사실과 감상을 그림처럼 조화시킨다. 그래서 경기 규칙조차 생경한 스포츠 이야기로도 독자를 매료시킨다. 나는 그가 소개한, 듣도 보도 못한 스포츠 감독과 선수들의 얼굴이라도 보고 싶어 여러 차례 검색 창을 열곤 했다. 1부 마지막 편인 「직접적인 시선교환」은 55년 전 뉴저지의 한 마을에 집을 지은 그가 자신의 집에서 야생 곰을 보고야 말겠다는 꿈을 꾸며 산 이야기다. 그는 미국 곰의 생태와 분포, 자신과 이웃들이 겪은 사건과 진술들을 자기 생각과 섞어 놓았다. 뉴저지의 야생 곰이 스물두 마리뿐이던 1966년, 포터스빌의 한 농부가 곰 한 마리를 사살했다. 곰이 그 농부가 아닌 맥피 앞에 나타났더라면 당연히 대단한 환영을 받았을 것이다. 그 아쉬움을, 자신의 꿈이 결코 허황된 게 아니었다는 주장을 그는 이렇게, 법정 증인과 같은 어조로 전했다. "포터스빌은 헌터든카운티에 있고, 헌터든은 머서와 이웃한 카운티이며, 머서는 내가 있는 곳이다."

2부 부제 「앨범 퀼트」는 서로 다른 디자인의 조각들을 덧대어 이룬 조화로운 전체를 가리키는 말이다. 맥피는 퀼트 조각들처럼 다양한 무늬의 길고 짧은 글들을 "무작위적이며 주관적인 방식"으로 엮었다. 유명 배우 이야기도 있고, 특별한 공간과 거기서 만난 사람들의 이야기도 있고, 오래전 일이라 이제는 어둑해진 작은 역사 이야기도 있다. 역대 대통령 등 유력 정치인, 고위 장성들이 웃통을 벗고 때로는 팬티 바람으로 골프채를 휘두르기도 한다는 워싱턴 D.C의 클럽하우스 '버닝트리'는 구소련 미사일 공격 리스트에서 "펜타곤보다 우선순위가 높"다는 말이 있는 VIP 남성전용 골프장이다. 그는 그곳 주차장 풍경, 엄밀히 말하면 차량 번호판만으로 꽤 긴 글을 썼다. 예컨대 아칸소번호판 'MS2'를 단 차는 아칸소의 두 번째 상원의원Members of the Senate 제임스 풀브라이트의 차였다. 상원 외교위원장인 그의 차는 외제인 메르세데스 벤츠였다.

그는 펜실베이니아주 허쉬Hershey의 허쉬 초콜릿 공장에서 제조 감독관 겸 맛 감별사를 만나고, 뉴욕 맨해튼 연방준비은행의 지하 감옥 같은 금 저장고 풍경과 거기서 일하는 이들의 이야기도 전해준다. 그가 노래하면 "나이아가라 폭포조차 (…) 발치에 쓰러졌다"는 소프라노 제니 린드, 세찬 산바람을 마주보고 서서 셰익스피어의 아리아를 낭송하며 발성법을 훈련했다는 배우 리처드 버턴의 데뷔 전 사연, 스타의 욕망과 익명성을 잃는 고통 사이에서 힘들어한 마브라 스트라이샌드의 일화도 있다.

주간지 〈타임〉의 커버 화보로 제작됐지만 이런저런 이유로 쓰이지 못한 'NRNot Running 타임 커버 디자인' 작품들 이야기도 있다. 미국 주류 기득권층에 대한 커버스토리에 맞춰 한 작가가 디자인한 커버는 유력 정치인·경제인·기업인들이 지키는 중세의 성을 '꾀죄죄한 무리'들이 공성망치로 공격하는 이미지를 담고 있다. 당시 〈타임〉 편집장 헨리 그런월드는 '커버 디자인이 기사보다 더 뛰어났기 때문'에 쓰이지 못한 경우라고 말한다. "기사가 영 아니었어. 우리는 우리 자신이 기득권층의 일부인지 아닌지 여부를, 그리고 만약 우리가 기득권층이라면 우리 자신을 어떻게 다뤄야 할지를 도무지 가늠할 수 없었거든." 그는 그렇게 '멘트(팩트)'로 문학이 상징과 알레고리로 도달하려던 자리 너머까지 나아가곤 한다.

그의 글의 매력 중 하나인, 위트와 유머도 대부분 그런 식이다. 너무 소심하고 내성적이어서 "다른 누군가인 척하지 않는 한 자기 속내를 또렷하게 밝히는 일이 없"었다는 영국 배우 피터 셀러스는 "그래서 피치 못해 훌륭한 배우가 됐다." 맥피는 자동차 수집광이었다는 셀러스가 자기 차 한 대를 팔기 위해 신문에 실은 광고 문구를 소개했다. "명품 차량이 주인을 처분하는 걸 소망합니다." 맥피는 마음만 먹으면 장례식 조사弔辭로도 사람을 웃게 만들 수 있는 작가다.

맥피는 1975년부터 지금까지 매 봄 학기 프린스턴대에서 '창의적인 논픽션Creative Nonfiction' 강의를 맡고 있다. 그는 강의를 하는 게 아니라 편집·교열을 한다고 인터뷰에서 말했다. 매 학기 수강 인원 열여섯 명의 제자들에게 과제를 주고 그들의 글을 함께 고치고, 쉼표를 옮기고, 여백에 코멘트를 다는 게 그의 역할이었다. 그렇게 그에게 배워 현역 저널리스트로, 편집자로, 작가로, 교수로 활약하는 이들이 어느새 450명이 넘는다. 그를 '뉴뉴저널리즘의 대부'라 부르는 덴 그런 이유도 있다.

프린스턴대 미식축구 팀 닥터였던 아버지 덕에 어릴 적부터 거의 매일 훈련장과 경기장을 찾아가 응원했다는 그는 초등학교 4, 5학년 무렵의 어느 해 11월 매서운 삭풍이 몰아치던 경기장 사이드라인 바깥에 서서 '지붕 아래 난방설비가 갖춰진 기자석에 앉아 글을 써서 돈을 버는' 기자들을 올려다보며 작가가 돼야겠다고 다짐했다고 한다.

〈뉴요커〉 전속 작가는 아무나 될 수 없는 영예로운 직함이지만, 지면과 원고료만 보장될 뿐 고정급이 없는 사실상 프리랜서다. 그는 아늑한 기자실이 아니라 '패치'의 작은강 꼬치고기처럼 평생 사냥감(글감)을 찾아 현장을 누비고 사람들을 만나러 다녔다. 강의실은 그가 영감을 얻는 중요한 패치 중 한 곳이었다.

글감을 찾는 것과 글을 쓰는 건 또 다른 문제다. 어떤 소재로도 최고의 논픽션을 써내는 작가라는 평을 듣는 그는 2017년 인터뷰에서 "어떤 글을 쓰든 늘 초조하다"고, "그럴싸한 글을 쓸 수 있으리라 생각하며 책상 앞에 앉아본 적이 없다"고 말했다. 그는 전문적인 작가란 "두려움 가득한 작업실에서 두려움에 굴하지 않"으면서 "문을 닫고, 빗장을 채우고, 그 고독한 희생 속에서, 뉴욕 메츠의 야구 경기에 빠져"드는 존재라고 썼다. 나는 이 책이 주목 받아 『이전 세계의 연대기Annals of the former world』(1998)나 『오렌지Oranges』(1967) 같은 그의 대표작들도 한국어로 읽을 수 있기를 바란다.

1.

스포츠의
현장

낚시, 미식축구,
골프, 라크로스,
그리고 곰

더 패치

카누를 몰고 확 트인 수면 위를 가로질러 제물낚시인조 미
끼를 수면 위나 물속에 교묘하게 놓는 낚시 방법. 미끼는 곤충처럼 움직인다
를 하기 좋은 수련 서식지로 간다. 수련 잎 *끄트머리* 바로
옆으로, 겨우 몇 센티미터 떨어진 곳에 낚싯바늘을 던진다.
작은강꼬치고기chain pickerel. 북미 동부에 서식하는 강꼬치고기류의 민
물고기는 홀로 매복해 있다가 먹잇감을 사냥하는 사냥꾼이
다. 창꼬치와 닮은 놈의 몸통은 창꼬치의 몸과 비슷한 용도
로 진화됐다. 영역 본능이 강한 놈은 수생식물 주위에 몸을
숨기고는 주위를 서성거린다. 그리 요란하게 돌아다니는 건
아니지만, 그래도 놈의 가슴지느러미는 계속 움직인다. 놈
은 한없는 인내심을 발휘하면서 먹잇감―개구리, 가재, 도
롱뇽, 거북이, 그리고 어린 동족을 비롯한 덩치 작은 물고
기―이 지나가기를 기다린다. 놈은 제트기 날개와 비슷하게
기다란 튜브형 몸뚱이의 *끄트머리*에 달려있는 배지느러미

덕에 총알 같은 속도를 낼 수 있다.

키위새처럼 생긴 머들러제물낚시에 쓰이는 다용도 낚싯바늘를 물에 넣는다. 흰색이나 노란색이 제일 좋다. 물에 넣으니 피라미처럼 보인다. 낚싯줄을 풀고, 또 풀고, 또 푼다. 눈에 확 띄는 만큼이나 귀에도 생생히 들리는 소용돌이가 일면서 호수가 폭발하는 것 같다. 적어도 5.4킬로그램짜리 앞줄이 필요하다. 이 물고기의 이빨은 날카로운 날이 촘촘히 박혀있는 가시철조망과 비슷하기 때문이다. 언젠가 이런 어류용으로 제작된, 철사를 꼬아 만든 티펫제물낚시에 쓰이는 낚싯줄을 써 본 적이 있다. 그런데 그걸 던지기란 쉽지 않았다. 그래서 나는 두꺼운 모노필라멘트monofilament, 낚싯줄의 재료로 쓰이는 한 가닥의 굵은 인조섬유를 선택하면서 그걸 포기하게 됐는데, 그 덕에 나는 놈이 날카로운 이빨로 그걸 끊는 데 걸리는 시간과 내가 놈을 낚아 올리는 데 드는 시간을 두고 벌인 경쟁에서 완전한 승리를 거둘 수 있었다. 나는 이 짓을 40년 넘게 해오고 있다. 가을이면 항상 친구 조지 해클과 함께 뉴햄프셔에서 이 물고기 낚시를 한다. 해클의 아내는 위니퍼소키호수에 있는 미개발된 섬을 소유하고 있다. 작은강꼬치고기는 날이 따스한 몇 달간은 움직임이 굼뜨고 상태도 그저 그렇다. 그렇지만 10월의 싸늘한 여명과 황혼녘에 놈들은 어떤 날에는 수면 위에서, 어떤 날에는 수면 밑에서 망치처럼 물을 때려댄다. 세상은 놈들이 떼 지어 벌이는 이런 별스런 행동을 그리 잘 이해하지 못한다.

그래도 소로Henry David Thoreau는 어쨌든 상당히 깊이 이해했다. 이 "날래고 경계심 많으며 걸신들린 물고기는 (…) 정오에 수련잎이 드리운 그늘 밑에 깊은 생각에 잠긴 우아한 자태로 숨어 (…) 고요하고 신중한 태도로 (…) 수중에 박힌 보석처럼 꿈쩍도 하지 않는다." 그는 자기가 "몸뚱어리가 녀석의 절반쯤 되는 형제를 삼킨 놈을 잡았는데, 놈의 아가리에서 형제의 꼬리를 아직도 볼 수 있었다"고 말했다. 그러면서 "개울 건너 푸르른 목초지로 꿈틀거리며 가던 뱀도 가끔은 그 배 속에 들어간다."고 언급했다.

　기계의 도움을 받아 수면 위를 미끄러지는 배스 보트농어낚시용으로 설계된 소형 보트의 높은 자리에 앉아 우리 옆을 지나가는 사람들이 놈들에게서 받은 인상은 소로가 받은 인상보다 덜했다. 그들은 작은강꼬치고기는 쓰레기라고 생각하면서 놈들을 "끈적끈적한 화살slime dart" 같은 이름으로 부른다. 그러면서 우리가 낚는 대상이 놈들이라는 얘기를 들으면 우리를 엄청 비웃는다. 그들은 우리에게 고마워하는 편이기도 하다. 그들이 그물에 넣고 싶은 건 농어지 작은강꼬치고기가 아니니까. 게다가 작은강꼬치고기는 농어보다 먼저 미끼를 낚아채는 데서 그치지 않고 이빨로 미끼를 망가뜨리기까지 한다. 우리가 거기에 있는 건 놈들에게 욕설을 퍼붓거나 놈들을 우러러보기 위해서가 아니다. 아침거리로 잡기 위해서다. 기름에 살짝 튀긴 어린 강꼬치고기는 여느 물고기보다 맛있다. 강꼬치고기의 역설은 식재료로서 놈의 품질은 크기에 반비례한다는 것이다. 큰 놈은 인공 건조시킨 참피나무 같은 맛이 난다. 온통 가시투성이이기도 하다. 아주 어

21

린 강꼬치고기의 근육 사이에 들어있는 Y자 모양의 가시는 조리를 하고 나면 말랑말랑해진다. 강꼬치고기는 대나무처럼 쑥쑥 자란다. 어류학자들은 놈들이 이틀에 2.5센티미터씩 자라는 걸 관찰했다.

내가 아는 한, 우리 아버지는 작은강꼬치고기는 절대로 낚지 않았다. 내가 세 살 때, 아버지는 살뢰르만캐나다 북동부에 있는 만의 여름 캠프에서 일하는 의사였다. 아버지는 레스티구치강에서 당신의 대나무 낚싯대로 연어 낚시를 했다. 내가 여섯 살, 일곱 살, 여덟 살 때 아버지는 나를 데리고 다니면서 버몬트의 협곡에서는 메뚜기를 미끼로, 버저즈만에서는 지렁이를 미끼로 낚시를 했다. 그러는 동안에도, 우리는 뉴저지의 개울로 송어 낚시를 갔다. 4월에 송어 낚시가 합법적으로 시작되는 날에, 우리는 동이 틀 무렵에 개울 옆에 도착하려고 칠흑같이 깜깜한 때 일어났다. 어느 날인가 동이 텄을 때, 우리는 개울이 꽁꽁 얼어있다는 걸 알게 됐다. 아버지는 집에 오는 길에 내가 '운전하게' 해줬다. 나는 아버지의 무릎에 앉아 운전대를 잡았다—그때는 안전벨트가 아직 발명되지 않은 시절이었다. 이것들이 내가 아버지와 관련해서 가장 좋아하는 기억이자, 아버지가 아들과 가까워지려고 하셨던 최선의 방식들이다. 그래서 나는 어렸을 때 품었던 낚시를 향한 애정이 10대 시절에 모두 사라졌던 것을, 그리고 단체 스포츠와 다른 취미를 좋아하면서 낚시하고 계속 거리를 둔 것을 무척이나 후회한다.

깊은 잠에 빠졌던 내 안의 낚시꾼은 회색숭어grayling와 연어, 곤들메기를 먹겠다는 목표로 북극 알래스카에서 깨어나기 전까지 그대로 잠들어 있었다. 그 이후, 나는 알라개시강으로, 세인트존으로 카누 여행을 갈 때마다 낚시 장비를 챙겨 갔다. 그렇지만 좀처럼 꺼내지 않다가, 마흔여덟 살이던 해 10월에 뉴햄프셔의 섬에서 해클 부부와 캠핑을 하던 중에 호수에 물드는 온갖 빛깔을 유심히 바라보며 할일이 뭐 없을까 둘러본 끝에 그걸 사용하게 됐다.

가끔씩 작은강꼬치고기가 수면 가까운 곳을 서성거릴 때, 놈은 우리가 던진 움직이는 미끼를 멀리서 지켜본다. 그러다 잔물결의 흔적을 수면에 아로새기며 어뢰처럼 빠르게 그쪽으로, 우리를 향해 온다. 우리의 욕망을 영원토록 불러일으키는 데는 딱 그 한 장면이면 충분하다. 뉴햄프셔 섬에 있는 개수로 건너편에는 끄트머리가 날카로운 수련 잎이 400미터가량 놓여있다. 오래지 않아 우리는 그곳을 그냥 수련 서식지a patch가 아니라 더 패치The Patch라고 부르고 있었다. 우리는 다른 만에 있는 수련들을 살펴보고 그곳에서 낚시를 해봤지만, 결국에는 항상 더 패치로 돌아왔다. 이웃한 섬의 끄트머리에 왕골 습지가 늘어선, 그리고 본토에서부터 또 다른 섬의 가까운 측면 근처까지 스트로부스소나무 숲이 늘어선 이곳은 우리의 안마당이라 할 호숫가였다. 우리의 아내이자 서로 오랜 친구 지간인 앤과 욜란다는 자기들 입에 들어가는 토스트와 커피에 곁들여지는 놈들에게만 관심이 있었지 그 외의 강꼬치고기에는 전혀 관심이 없었다. 그렇지만 조지와 나는 그녀들을 위해 낚시를 하는 데 해가 갈수록 능숙해졌고, 우리는 닻을 내렸거나 물에 떠내려가고 있는 카누에 서서 균형 감각을 잃지 않은 채로 제물낚시를 하고 있었다. 욜란다와 내가 뉴저지에 있는 우리 집으로 차를 몰고 오던 10월 7일의 저물녘이었다. 차고로 들어가는데, 집 안에서 전화기가 울렸다. 뇌졸중으로 심신이 허약해진 아버지가 볼티모어카운티병원에 입원하셨다는 걸 알리는 남동생의 전화였다.

아버지의 병실에는 남향으로 난 창이 있었다. 쏟아져 들어오는 햇빛 속에 선 일흔여덟 살인 어머니는 실제보다 훨씬 더 왜소해 보였고, 나와 남동생, 여동생, 젊은 의사가 병상 옆에 모두 모여있었기에 어머니의 주위는 더욱 비좁았다. 나는 머릿속에 떠오른 생각을 그대로 쏟아내는 의사를 보고는 깜짝 놀랐다. 그는 환자분이 살날은 많지 않다면서, 그 자리에 있는 사람들 중에서는 오직 아버지만이 이해할 수 있는 용어로 당신의 뇌에 일어난 사건들을 설명했다. 그렇지만 아버지는 그가 한 말을 이해하지 못했다. "환자분은 아무것도 이해하지 못합니다. 눈길 역시 어느 것도 좇지 못하죠. 환자분의 명은 다한 거나 다름없습니다"라고 의사는 말했다. 우리는 마음의 준비를 해야만 했다.

나는 입 밖에 내지는 않고 속으로만 한마디 했다. '이 망할 자식.' 아버지는 이해 못하신다 하더라도, 어머니는 그 의사의 면전에 있었다. 그가 한 말은 그 기간 동안 벌어진 다른 모든 일처럼 빗물같이 어머니에게 퍼부어졌다가 당신에게서 뚝뚝 떨어지고 있었다. 세상 무엇도 그를 막지 못했다. 그는 앞서 한 말과 다를 바 없는 말들을 더 쏟아낸 후에야 결국 회진을 계속해야 한다고 사과하고는 자리를 떴다.

병원에서 맞은 이틀째에 어머니와 남동생, 여동생이 어느 순간 병실을 비웠고, 그리면서 나는 병실에서 한 시간 동안 아버지와 둘이서만 있게 됐다. 아버지는 휘둥그레진 눈으로 천장 한곳만 바라본 채 꿈쩍도 않고 누워 있었다. 무슨 일을 해야 할지 의아했다. 책을 읽을 기분은 아니었다. 한동안 창밖을, 순환도로에서 차가 넘치듯 밀려 나오는 볼티모어를 바라봤다. 다시 아버지를 돌아봤다. 무심결에 아버지에게 말을 하기 시작했다. 계획에도 없던, 준비하지 않았던 방식으로 우리 주위를 말로 채우고 싶었다. 그렇게 말로 채워진 상태를 계속 유지하고 싶었다. 딱히 이렇다 할 목표는 없었다. 일종의 자기방어 행위였다고 생각한다. 아버지께 내가 어디에 있었는지를, 즉 뉴잉글랜드 북쪽의 호수에서 카누를 타고 제물낚시를 하고 있었다고 말씀드리고, 춥기는 했지만 낚시는 잘 됐다고 말씀드렸다. 어느 날 아침에 물통에 약 2.5센티미터 두께로 얼음이 얼어있었다. 노를 젓고 낚시를 던질 때 손가락이 빨갰다. 낚싯줄을 푸는 동안 튄 물이 낚싯줄을 낚싯대 가까이 붙들어두는 가이드릴에서 나온 낚싯줄이 통과하는 고리 비슷한 부품에서 얼어붙었다. 그러면서 낚싯줄이 엉키는 바람에 줄을 던질 수가 없었다. 그래서 낚싯대 바닥부터 위까지 작은 원반 모양으로 얼어붙은 얼음을 엄지로 두드려 깨면서 올라갔고, 그러고 나서야 또 다른 낚싯바늘을 던져 수생식물 밑에서 새로운 어뢰가 튀어나오는 걸 볼 수 있었다.

나는 이런 식으로 계속 말을 이어나갔다. 그 어종에 대해 생각나는 모든 걸 불쑥불쑥 내뱉었다. 이따금씩 이런저런 비교를 하며 아버지께 질문들을 던지면서. 사이어스곶에서 잡은 가래상어 기억하세요? 립턴에서 잡은 무지개송어는요? 스토니브룩 근처에서 아버지가 배를 따서 내장을 빼낸 메기가 손에서 튀어나가 그 몸으로 그냥 헤엄쳐 가던 건요? 이런 질문을 하면서도 대답을 들을 거라는 기대는 하지 않았다. 그리고 예상했던 것처럼 대답은 한마디도 없었다.

강꼬치고기는 벌새가 공기를 헤치고 다니는 것과 사뭇 비슷한 방식으로 지느러미들을 끊임없이 진동시키면서 물을 헤치고 다닌다. 가만히 있다가 먹잇감을 쫓아 갑자기 튀어나간 강꼬치고기는 먹잇감을 잡았건 잡지 못했건, 처음 출발했던 곳으로 돌아간다. 우리가 던진 미끼 주위를 빙빙 돌다가 물려고 달려들었지만 실패할 경우, 놈은 처음에 치고 나왔던 정확히 그 지점으로 돌아간다. 딴 데로 갔다가 30분 있다 그곳에 돌아가더라도 그 놈을 보게 될 것이다. 하루가 끝날 무렵에 돌아가더라도 놈은 그곳에 있을 것이다. 이듬해에 돌아가더라도 거기 있는 놈을 보게 될 것이다.

1200평 남짓한 수련 서식지에서, 놈들이 어슬렁거리며 많은 시간을 보내는 곳들이 항상 멀찌감치 떨어져 있는 건 아니다. 낚싯줄을 드리운 나는 물을 가르는 흔적 3개가 그리로 모여드는 걸 봤다. 제니오 C. 스콧은 『미국의 낚시Fishing in American Waters』(1869)에서 그런 순간을 맞은 작은강꼬치고 기를 이렇게 묘사했다. "당신은 얼결에 놀라운 사건의 원인을 발견하고 탄성을 내지를 수밖에 없을 것이다." 내 경우, 하마터면 가누에서 떨어질 뻔했다는 걸 인정한다. 1200평 남짓한 수련이 조금의 틈도 없이 촘촘하게 엮여있는 매트와 비슷한 건 아니다. 그 안에는 구름 사이의 푸른 하늘처럼 확 트인 부분들이, 조그마한 대야 같은 부분들이 있다. 더 패치에 있는 모든 강꼬치고기가 대형 천막 아래에서 밖을 빼꼼히 내다보는 것처럼 잎 가장자리 가까이 있는 것만은 아니다. 놈들은 그런 틈바구니들로 돌아가기도 하고, 쥐 한 마리가 무언가에 미끄러지면서 물에 빠질 경우에는 뭍에 무척 가까운 얕디얕은 물로 오는 놈들도 일부 있다. 이런 틈바구니들 사이에서 제물낚시를 하는 건 휜히 트인 물의 주변부를 따라가며 낚시를 하는 것보다 훨씬 어렵다. 보통 약 10분의 1평 너비의 트인 공간으로 낚싯줄을 던져 넣으려 애쓰기 마련이다. 목표 지점에서 빗나갈 경우에는 낚싯줄이 수련과科 식물의 줄기에 단단히 엉키면서 자신도 모르게 상스러운 말을 내뱉게 될 것이다. 그렇게 엉킨 줄을 휙 잡아당기면 수초 450그램 정도가 딸려 올라오면서 그 지역에 폭탄이라도 터진 것 같은 상황이 연출될 것이다.

이 민물꼬치고기과의 물고기는 탐미주의자들에게, 또한 송어를 못살게 괴롭히는 사람들에게는 인기가 없다. 송어가 가득한 연못에 작은강꼬치고기를 한 마리 집어넣으면, 오래지 않아 연못에는 큼지막한 작은강꼬치고기 한 마리만 남게 된다. 엽총으로 작은강꼬치고기를 사냥하는 사람들이 있다. 버몬트에서는 그런 행위가 합법이다. 이 과에 속한 다른 두 종류의 물고기, 강꼬치고기와 강늉치고기muskellunge는 무늬와 형태, 색상, 식성이 꽤나 비슷하지만, 당연히 이 과에 속한 다른 물고기들보다 훨씬, 엄청나게 훨씬 크다. 작은강꼬치고기의 양쪽 눈 아래에는, 미식축구 선수들이 아래에서 들어오는 빛을 차단해서 시야를 선명하게 만들려고 눈 밑에 칠하는 검은색 수평 줄무늬와 다르지 않은, 분명 생긴 이유도 같은 검은색 수직 줄무늬가 있다. 작은강꼬치고기의 등은 짙은 황록색이고 양옆은 연한 황금빛 색조를 띠는데, 다이아몬드 모양으로 교차하는 울타리가 일정하게 퍼져나가듯 검은 무늬가 겹쳐 인쇄된 모습이다. 이 예술적인 모습은 순전히 극도로 얇고 작은 비늘이 연출한 것이다. 생선의 뼈를 발라내는 작업이 이뤄지는 도마에서 스케일러물고기의 비늘을 제거하는 장비가 두어 번 지나가고 나면 이 예술품은 완전히 파괴되면서 은빛 피부가 드러난다.

그런 도마에서 작은강꼬치고기가 보험회사처럼 걸신들렸다는 걸, 은행처럼 탐욕스럽다는 걸 보여주는 증거들이 등장한다. 놈의 위장은 보통은 꽉 찬데다가 잔뜩 팽창해 있다. 든든하게 식사를 한 작은강꼬치고기를 보면 놀라기 십상이다. 놈의 위장에는 상이한 소화 단계에 있는 개구리와 가재, 어린 작은강꼬치고기가 이미 들어있을 것이기 때문이다. 나는 작은강꼬치고기의 배를 땄다가 위장이 비어있는 걸 발견한 적이 거의 없다. 작은강꼬치고기를 잡아서 배를 땄다가

멀쩡한 가재가 걸어 나오는 걸 본 적이 있다. 나는 그 가재를 호수에 다시 넣어줬다. 작은강꼬치고기의 위장에는 새도 여러 마리 들어있었다.

작은강꼬치고기의 이빨은 입천상에 나있다. 면도날 같은 턱은 말할 것도 없고 혀에도 이빨이 있다. 놈들의 몸에는 가끔씩 다른 작은강꼬치고기의 이빨 때문에 생긴 흉터가 있다. 작은강꼬치고기의 위장에서 발견된 작은강꼬치고기의 위장에 작은강꼬치고기가 들어있다. 작은강꼬치고기의 위장에서 발견된 피라미의 위장에 작은강꼬치고기가 들어있었는데, 그 작은강꼬치고기의 위장에는 피라미가 들어있었다. 어린 작은강꼬치고기는 길이가 채 5센티미터도 안 될 때부터 서로를 잡아먹기 시작한다. 내가 이런 동족상잔에 대해 어떻게 속속들이 알게 됐느냐고? 나는 여기에 깊이 파고들고 있었다. 나는 E. J. 크로스먼과 G. E. 루이스가 1973년에 로열온타리오박물관을 통해 출판한 『작은강꼬치고기 참고 문헌An Annotated Bibliography of the Chain Pickerel』의 사본을 한 권도 아니고 두 권이나 갖고 있다.

수백만 마리의 놈들이 호수와 연못, 개울, 캐나다의 해양부터 플로리다 전역을 흐르는 강까지, 그 건너의 미시시피에, 그리고 상류에 있는 미주리 남부의 커런트강에 살고 있다. 모기처럼, 그들은 멸종 위기에 처한 것으로 보인다. 중서부에 있는 주들과 다른 곳에서는 '눈알이 큰 물고기'의 통칭인 월아이walleye를 작은강꼬치고기라고 부르는 경우가 잦고, 가끔은 월아이드 파이크walleyed pike라고 부르기도 한다.

그런데 눈알이 큰 물고기는 작은강꼬치고기가 아니고, 강꼬치고기도 아니다. 그건 퍼치농엇과 물고기다. 블루길은 대부분의 물고기보다 기동성이 뛰어나다. 청새리상어와 참치는 으뜸가는 수영 선수다. 가속도를 붙이는 부문—심해에서 벌이는 드래그 레이스개조된 자동차로 단거리를 달리는 경주—에서 강꼬치고기나 작은강꼬치고기, 강능치고기에 근접할 것은 거의 없다. 작은강꼬치고기의 몸은 60퍼센트가 근육이다. 놈은 노를 젓는 것과 비슷한 방식으로 몸을 놀려 일으킨 파도에서 추진력을 얻어가며 전방을 향해 일직선으로 튀어나간다. 먹잇감 사냥의 성과가 엄청나게 좋을 경우, 참치는 쫓아다닌 물고기의 약 15퍼센트가량을 잡게 될 것이다. 송어는 덮친 물고기의 절반을 잡는다. 작은강꼬치고기는, 성과가 좋은 날에는 성공률이 80퍼센트에 달한다. 개구리가 작은강꼬치고기의 입에서 마지막으로 탈출한 건 선신세지금부터 533만 ~258만 년 전 때 일이었던 게 분명하다.

젊은 의사가 지난번 회진 후 정확히 스물네 시간 만에 돌아왔다. 그는 손가락과 쇠로 된 도구로 환자를 건드렸고 그리하여 진료비를 받을 자격을 얻었다. 그는 차도가 전혀 없다고, 기대할 것도 전혀 없다고 말했다. 환자의 이해력은 나아지지 않을 것이다. 그는 전날 했던 그대로 해나갔다. 지난 오랜 세월 동안, 아버지는 항상 다른 의사에 대해 비판적인 말은 할 수 없는 사람처럼 보였다. 아마도 그건, 역설적이게도 다른 의사가 당신 어머니의 목숨을 끝장내 버린 실수를 저지른 수술실에 당신이 있었기 때문일 것이다. 평소 외모에서 풍기는 분위기대로 차분한 분이었던 아버지는 그 의사에게 노발대발할 수도 있었지만 그러지 않으셨다. 그래서 나는 당신의 직업의 관점에서 볼 때, 아버지가 이 상황을 듣고 이해하고 밀할 수 있나던 이 상황이 어느 정도나 아버지를 시험에 들게 할까 궁금했다. 주치의 앞에서는 입을 꾹 닫은 나는 89년을 살아왔지만 지금은 얼어붙어버린 아버지를, 오하이오주 영스타운의 도심 동네에서 자라며 세 시즌 동안 운동선수로 활약했던, 오벌린에서 오하이오주립대학이 128 대 0으로 이긴 경기에서 미식축구 선수로 뛰었던 아버지를, 농구부의 주장이었던 아버지를, 웨스턴리저브아카데미에서 수련하고, 아이오와주립대학에서 5년간, 그리고 프린스턴에서 36년을 스포츠의학에 몸담았던 아버지를, 헬싱키와 로마, 도쿄, 인스브루크, 그 외의 도시에서 열린 대회에서 미국 올림픽 팀의 의료 팀장이었던 아버지를 내려다봤다. 젊은 의사가 떠났다.

올해와 작년에, 더 패치의 아래쪽 중간쯤에 있는 초목 서식지의 작은 웅덩이에 사슴 털과 토끼 털, 칠면조 깃, 대머리황새 의 깃, 날카롭고 무거운 철사가 뒤엉킨 곳 주위를 돌아다닐 정도로 지나치게 영리하지도, 지나치게 서투르지도 않은 작은강꼬치고기가 한 마리 있었다. 놈은 매번 격렬한 소용돌이를 일으켰다. 놈이 한 공격 때문에 낚싯바늘은 꾸준히 빗나가거나 옆으로 밀려났고, 그러면 놈은 항상 동일한 파란 틈바구니의 동일한 장소에서 공격을 재개했다. 어디는 닫히고 어디는 열린, 페이즐리 문양으로 이뤄진 7300평도 넘는 더 패치에서, 그곳이 동일한 틈바구니라는 걸 내가 어떻게 아느냐고? 그냥 안다. 그게 전부다. 이건 올가미를 설치하는 것과 비슷하다. 우리는 올가미를 설치한 곳이 어디였는지를 까먹지 않는다. 그걸 까먹는 사람은 올가미를 설치한다는 생각도 하지 마라. 수련잎 사이에 있는 이 틈은 본토의 뭍에서 30미터쯤 떨어진, 두 번째로 높이 자란 스트로부스소나무와 앤이 소유한 섬에서 솟은 화강암 사이에 있었다. 이 이야기에 다시 빠져드는 동안, 병실에 우리 부자만 있게 된 상황에서 목소리를 다시 높일 때, 나는 어제 아침에 아버지의 대나무 낚싯대로 더 패치에서 낚시했던 일을 얘기했다. 그 낚싯대는 약간 무겁게 느껴졌지만 나는 아버지가 그걸 내게 건넨 이후로 낚시를 갈 때면 다른 낚싯대와 함께 가져갔고, 아버지가 주신 것이기에 쓸 만한 상태를 계속 유지하도록 가끔 그걸 쓰기도 했었다. 이제 시간이 다 돼가고 있었다. 불과 이틀 전의 일이었다. 욜란다가 섬에서 큰 소리로 외치고 있었다. "존, 우리 가야 해! 낚시 그만해, 존! 존!" 카누에 짐을 싣고 서쪽으로 노를 저어 섬 몇 개를 돌아 자동차로 가야 할 때였다. 그렇다, 집으로 출발할 때였다. 그런데 나는 더 패치를 한 번 더 가로지를 작정이었다. 북서쪽에서, 왕골 습지 너머로 산들바람이 불어오고 있었다. 욜란다에게 "곧 갈게"라고 소리친 후, 뱃머리를 돌려 습지로 향했다. 그 물고기가 있는 곳 근처에서 닻을 내리는 데 거듭해서 실패하는 바람에, 이번에는 산들바람이 나를 느리게 흘러가는 구름의 그림자처럼 몰고 다니게, 자유롭고 홀가분하게 더 패치의 아래쪽으로 데려가게 놔뒀다.

그 일이 막 일어날 참이었다. 조용히 미끄러지는 선체에서 나는 미세하게 바스락거리는 소리가. 욜란다가 두 번 더 나를 부르고는 두 손을 들었다. 완벽한 겨냥을 하는 데 필요한 건 노로 수면을 두 번 건드리는 게 다였다. 이제 몸을 세우고 목표에 접근한 나는 수기手旗로 신호를 보내는 것처럼 대나무 낚싯대를 뒤로 한 번 넘겼다가, 두 번째로 넘기면서 흔든 다음에 낚싯줄을 던졌다. 머들러는, 거리가 약간 못 미치기는 했지만 틈바구니와 가까운 곳에 떨어졌다. 작은강꼬치고기가 수면을 가로지르며 수면에 자국을 낸 후, 소용돌이를 일으키고는 확실하게 미끼를 물고 낚싯줄을 아래로 팽팽하게 당기면서 그걸로 식물의 줄기를 감았다.

"제가 그 초목 사이에서 놈을 끌어당겼어요." 나는 말했다. "아버지가 주신 대나무 낚싯대로 놈을 잡은 거예요."

아버지를 자세히 살폈다. 아버지의 눈에 물기가 고였다. 얼굴이 축축했다. 6주 후, 아버지는 돌아가셨다.

파이베타 미식축구

오래전에 메인주 캐스틴에서 열린 어느 리셉션에서, 당시 뉴잉글랜드 패트리어츠의 감독이던 딕 맥퍼슨Dick MacPherson과 인사를 나눈 후 둘이서만 있게 됐다. 무슨 말을 해야 할지 전혀 감이 잡히지 않았다. 도대체 내가 뉴잉글랜드 패트리어츠의 감독에게 무슨 말을 할 수 있었겠는가? 그러다가 느닷없이, 딕 맥퍼슨이 오로노에 있는 메인대학에 이웃한, 페노브스코트강이 흐르는 메인주 올드타운에서 태어나 자랐다는 사실이 떠올랐다. 내가 일곱 살부터 아홉 살까지 뉴저지주 프린스턴에 살 때, 우리 옆집에 사는 이웃이 프린스턴의 미식축구 감독으로 있다가 메인대학의 운동부장이 된 태드 위먼Tad Wieman이었다.

그래서 딕 맥퍼슨에게 물었다. "태드 위먼 아시죠?"

그가 내가 질문을 하기 무섭게 대답했다. "균형을 잃은 라인. 놓아버린 정신줄."

20세기 중반에, 대부분의 대학교 미식축구 팀이 'T'라고 불리는 포메이션의 한가운데에 쿼터백을 배치하고 있을 때, 프린스턴 미식축구부는 싱글 윙single wing이라고 불리는 고루한 공격 전술을 고집했다. 태드 위먼의 싱글 윙은 순수한 파워 풋볼이었다. 그 포메이션에서 센터는 한가운데에 있지 않았다. 이런 포메이션을 짜면 한쪽 측면에 지나치게 많은 인원이 몰린다. 그러면 예외들이 있는 건 분명하지만, 상대는 그쪽 측면을 집중적으로 공략한다.

나는 어린 나이에 이런 지식을 서서히 터득했다. 옆집에 사는 위먼 가족만 미식축구와 연이 있는 게 아니었다. 우리 아버지도 그 미식축구 팀의 의사였다. 코치의 부인인 마거릿 위먼은 우리 어머니의 가까운 친구였다. 가을에 파머 스타디움에서, 두 분은 모든 홈경기를 출입구 위에 있는 50야드 라인 특별석에서 관람했다. 두 분이 나를 처음으로 경기장에 데려갔을 때는 내가 여섯 살인가 일곱 살 때였다. 나는 어머니와 위먼 부인 사이에 앉았다. 위먼 부인은 선수들이 플레이를 할 때마다, 공격과 수비에 나설 때마다 고함을 쳐댔다. 부인의 목소리는 낮은 소리로 시작됐다. 그러다가 경기가 전개됨에 따라 점점 커졌다. 목소리는 러너와 태클러가 한데 어우러지기 전에 악을 쓰는 듯한 고성이 됐다가 플레이가 끝나면 갑자기 뚝 그쳤다. 브롱코 반 렝엔이 센터에서 스냅스크럼을 짜고 플레이를 시작할 때 공을 뒤로 패스하는 것된 공을 받으면 블로커들이 스위프에 나섰다. 그 상황에서 태드 위먼이 블로커들을 절반쯤 돌아가기 전에 터져 나온 위먼 부인의 목소리는 듣는 사람의 피를 얼어붙게 만들었다. 나는 그렇게 미식축구에 입문했다.

여덟 살 때, 내 자리는 필드에 있는 자리로 승진했다. 사실, 나는 일주일 내내 다양한 필드에서 대학 미식축구 선수들과 함께 있었다. 나는 지금의 대학 건물 자리에 있는 초등학교를 다녔다. 가을이면 날마다 축구를 한 후에 거리를 내려가 대학 미식축구 훈련장으로 가서 아버지와 트레이너들, 학생 매니저들, 코치들, 팀원들 주위를 서성거렸다. 내가 입은 미식축구 저지 유니폼은 소매에 오렌지색 호랑이 줄무늬가 있는 검은색으로, 앞과 뒤에 숫자 33이 박혀있었는데, 이 옷은 거구의 선수용 유니폼을 제작하는 바로 그 회사가 나를 위해 만든 거였다. 토요일마다 팀원들과 함께 비스듬한 터널을 내려가 파머 스타디움의 플레잉필드에 올랐다. 우리 팀이 점수를 내면—그 시절의 선수들은 정말로 점수를 잘 냈다—나는 골포스트 뒤로 가서 추가 점수extra point, 미식축구에서 터치다운 후에 골포스트 사이로 공을 차 넣어서 얻는 점수를 낸 공을 잡았다.

잊을 수 없는 순간들이 있었다. 브롱코 반 렝엔이 편자the Horseshoe, 오하이오주립대학 캠퍼스에 있는 편자 모양으로 생긴 미식축구 경기장의 끄트머리에서 태클을 한다. 경기장이 떠나갈 듯 환호성이 터진다. 그런데 브롱코가 풀밭에 누워 일어나지를 않는다. 대단히 심각해 보인다. 수석 트레이너와 아버지가 허겁지겁 현장으로 달려가 미동도 않는 브롱코 옆에 무릎을 꿇는다. 브롱코가 한쪽 눈을 뜬다. 1야드 라인에 모여 플레이가 재개되기를 기다리는 팀원들을 본다. 그가 묻는다. "내가 점수를 못 냈나요?" 사실을 말하자면 말이야 브롱코, 이번에는 못 냈어. 브롱코가 풀밭에서 벌떡 일어나 헬멧을 고쳐 쓰고는 허들huddle. 미식축구에서 하는 작전 회의에 합류한다.

위먼은 그 몇 년간 예일을 상대로 4연승을 했다. 예일과 맞붙는 어느 경기 전에, 그는 선수들을 모으고는 열 명을 덮고도 남을 만큼 큰, 실제로는 그렇지 않더라도 내 눈에는 그렇게 보였던 현수막을 그들 앞에 펼쳤다. 검정 바탕의 현수막에는 45센티미터 높이의 오렌지색 블록체로 "프린스턴"이라고 적혀 있었다. 위먼은 세상과 격리돼 있는 팀원들에게 조용한 목소리로 말했다. 이 현수막은 이제 곧 그들이 하려는 일을 대표한다고, 그리고 그들이 지금껏 했던 그 어떤 일도 이보다 더 중요한 건 없다고. 나는 그 전까지 그렇게 엄숙한 광경을 목격한 적이 결코 없었다. 물론, 법정에서 선서하듯 이런 식으로 선수를 지도하는 스타일의 코치는 위먼 혼자만이 아니었다. 그러고서 10년 후, 예일의 허먼 히크먼 Herman Hickman은 한술 더 떴다는 말이 있다. 그는 선수들에게 예일을 대표해서 미식축구 필드에 나서는 건 영원토록 그들 인생의 정점이 될 거라고 말했다고 한다.

. . .

1917년 졸업생인 아버지가 오벌린에서 미식축구 선수로 뛸 때, 아버지는 영스타운에 있는 레이엔고등학교가 보낸

바서티 레터학교를 대표하는 팀의 주전 자격을 부여하는 그 학교의 이니셜 문자를 받았다. 여러 학교가 보내온 문자들 중 하나를 놓고 심사숙고하던 아버지는 레이옌의 이니셜 "R"에서 다리를 잘라냈다R을 P로 바꿨다는 뜻. 펜실베이니아 서부에서 동쪽으로는 가본 적이 전혀 없는 아버지였지만, 그럼에도 아버지는 고등학생 시절에 전국적으로 신적 존재로 여겨지던 운동선수들을 보유한 프린스턴에 대한 신비감을 키워오고 있었다. 나중에, 의사가 된 아버지는 처음에는 아이오와주립대학에서 일했지만 얼마 안 가 프린스턴에서 일자리를 찾아냈다. 삼형제인 아버지의 막냇동생은 나하고 성과 이름이 똑같았다. 그분은 우리 잭 삼촌'잭'은 '존'의 약칭이다이었다. 삼촌은 영스타운 YMCA의 사무총장이었고 나중에는 철강 회사에 산업용 윤활유를 파는 일을 했지만, 주말에는 미식축구 심판으로 활동했다. 비중 있는 미식축구 경기에서 처음으로 깃발을 휘둘러 신호를 보낸 게 잭 삼촌이었다. 보통은 필드 저지나 헤드 라인즈맨으로 경기에 참여하던 삼촌은 오하이오주립대학에서 열린 그 경기에서는 레퍼리로 뛰고 있었다. 심판들은 손목에 아주 작은 뿔피리를 소지하고는 했다. 심판들은—오프사이드부터 불필요한 거친 플레이에 이르는 반칙까지 어느 곳에 해당하건—반칙을 보면 뿔피리를 불었다. 그것이 50년 넘게 그들이 사용해온 페널티 신호였다. 경기를 진행해오면서 그걸 불었던 잭 삼촌은 그날 오하이오 스타디움에서 이후로 그 어떤 제철 공장에서 듣게 된 것보다 더 요란하고 끝없는 소음을 경험했다. 오랜 시간 동안 필드에 있는 누구도 작은 뿔피리에서 나는 소리를 들을 수가 없었다. 영스타운칼리지의 코치인 친구 드와이트 비드의 제안에 따라, 잭 삼촌은 콜럼버스오하이오주립대학의 소재지로 빨강과 흰색이 섞인 스카프를 가져가, 뿔피리를 부는 대신에 주머니에서 스카프를 확 뽑아 그라운드에 떨어뜨렸다. 그보다 몇 년 전부터 이곳저곳에서 실행됐던 이 아이디어가 이제 제대로 인정을 받을 시간을 맞은 것이다. 빅 텐 컨퍼런스Big Ten Conference. 미국 중서부와 동부에 있는 스포츠와 학문적 명성 면에서 최상위로 꼽히는 대학 열 곳. 현재는 14개 대학을 가리킨다의 위원 존 그리피스는 빅 텐의 모든 심판에게 다음 주부터 모든 빅 텐 게임 때 주머니에 깃발을 넣고 오라고 지시했다.

그 일이 있기 전에, 그러니까 내가 어린애였을 때, 잭 삼촌은 동부 대학 운동부 컨퍼런스Eastern College Athletic Conference의 심판이었다. 삼촌이 맡은 경기에는 현재는 아이비리그가 된 대학들 간의 경기도 있었다. 그런 경기들 중에 내가 처음으로 겪은 경기가 시작되기 전에―팀과 함께 필드로 나서기 전에―라커룸에서 아버지는 내게 몸을 숙이고는 강철처럼 단단한 낮은 목소리로 말씀하셨다. "명심해라. 잭 삼촌한테 말을 걸면 안 돼. 아니, 아는 척을 해서도 안 돼." 나는―검은색과 흰색 줄무늬 옷을 입은 헤드 라인즈맨인―잭 삼촌이 공정하게 심판을 본다는 얘기를 오래전부터 들었었다.

우리는 터널을 내려가 스타디움 필드에 올랐다. 심판들이 50야드 라인 근처에 모여 있는 게 보였다. 나는 반항성 장애를 겪은 적이 없었다. 그런데 순수한 마음에서 비롯된 흥분이 내게서 자제력을 앗아갔다. 나는 오렌지색과 검은색이 섞인 호랑이 줄무늬 저지 차림으로 고함을 쳐댔다. "잭 삼촌! 잭 삼촌! 잭 삼촌!"

1년인가 2년 후—내가 열 살쯤 됐을 때—비바람이 몰아치는 추운 11월의 토요일에 스타디움 사이드라인에 선 내 기분은 비참했다. 빗방울이 눈을 찔렀고 몸은 덜덜 떨렸다. 실내 난방기가 있는 경기장 기자석을 올려다본 나는 그 사람들이 지붕 아래 마른자리에 앉아있는 걸 봤다. 그리고 바로 그 자리에서 글쟁이가 되겠다고 결심했다.

이후로 몇 년간, 나는 미식축구를 하지는 않았지만 미식축구는 이렇게 저렇게 내 주위를 맴돌았다. 대학 시절 룸메이트 중 한 명이 하이즈먼 트로피해마다 가장 뛰어난 대학 미식축구 선수에게 수여되는 상를 수상했다. 다른 룸메이트는 페어 캐치 룰공을 찬 팀이 상대 선수의 방해 없이 공을 잡을 기회를 주는 규칙으로, 리시버를 보호하기 위한 것이다이 없던 시절에 상대가 찬 공을 받으면서 상대편 선수들에게 뭉개지는 신세가 되는 세이프티미식축구에서 수비하는 팀이 2점을 얻는 플레이를 하는 선수였다. 세 번째 룸메이트—나처럼 영어 전공자였다—는 쿼터백이었다. 그들의 코치는 찰리 콜드웰Charlie Caldwell이었고, 팀은 2년 연속으로 무패 행진을 했다. 어느 날 캠퍼스에서 콜드웰 코치를 우연히 만났다. 그는 책을 집필하는 중이라고 했다. 미식축구에 대한 책이라고 했다. 그가 달리 무슨 주제로 책을 쓸까 싶지만, 그래도 그게 야구를 다룬 책일 수도 있었다(그는 뉴욕 양

키스 소속으로 3경기에 출전해 투수로 공을 던졌고 두 시즌 동안 프린스턴 야구부 코치로 일했었다). 그는 미식축구 책의 제목을 정하는 데 어려움을 겪고 있다며 도움을 청하고는 이렇게 덧붙였다. "뭔가 그럴싸한 제목을 내놓으면 무뚝하게 한턱 챙겨줄게." 그와 헤어지면서 생각에 생각을 거듭했다. 대체로는 두둑한 한턱에 대한 생각이었다. 1주일 후, 제목을 '파이베타 미식축구Phi Beta Football. '파이베타'는 미국의 전역에서 유명한 대학교 남학생 사교 클럽의 이름이다'로 붙이면 어떻겠느냐고 제안했다. 그는 제목을 『현대의 싱글 윙 미식축구Modern Single Wing Football』로 정했다.

내 사촌(그도 대학교 동기였다)은 프로에 드래프트 지명 자격이 부여되는 3년간의 대학 생활 중 2년간 미국 대표 선수였다. 당시에는 신입생으로만 구성된 팀이 있었다. 우리 중 일부는 신입생 농구를 했다. 우리 코치는 홀리크로스 운동부 선수였고 프린스턴 야구부와 프린스턴 미식축구부 2군의 코치로도 일했던 에디 도노번이었다. 에디 도노번은 50대와 60대에도 프린스턴 캠퍼스에 발을 디딘 사람들 중에서 가장 뛰어난 만능 운동선수로 보였다. 정교한 평고야구에서 수비 연습을 위해 날리는 타구를 날리건 농구 선수 빌 브래들리보다 많은 득점을 하건 스쿼시와 테니스, 골프 같은 다양한 대회의 챔피언에 오르건 말이다. 메릴랜드 1군 팀이 전국 랭킹에서 높은 자리에 있었을 때, 그는 지도하는 2군 팀을 데리고 메릴랜드로 갔다. 킥오프가 되기 무섭게 도노번의 2군 팀은 메릴랜드 2군 팀을 앞지르면서 그들을 캠퍼스 곳곳으로 밀어냈다. 후반이 되자 상황이 돌변했다. 메릴랜드는 점수를 내고 또 내고 또 냈다. 도노번은 교체 선수를 출전시키면서 필드에서 나오는 선수에게 물었다. "도대체 필드에서 무슨 일이 벌어지고 있는 거야?" 선수는 대답했다. "코치님, 유니폼은 그대로인데 유니폼을 입고 있는 건 다른 놈들이에요."

앞서 언급했던 우리 대학 미식축구 팀 쿼터백은 조지 스티븐스로, 그는 뉴케이넌컨트리스쿨의 교장이 됐다. 상대가 찬 공을 잡아서 세이프티를 한 선수는 존 맥길리커디로, 매뉴팩처러스 하노버 트러스트의 CEO가 됐고 결국에는 그 회사를 케미컬뱅크와 합병시켰다. 뉴욕주 해리슨에 있는 그가 졸업한 고등학교의 운동장에는 그의 이름이 붙었다. 하이즈먼 수상자는 딕 카즈마이어로, 그는 NFL(미국프로미식축구연맹)로 진출하는 대신 하버드비즈니스스쿨에 입학했다. 세 명 모두 지금은 이 세상 사람이 아니다. 기숙사 가운데의 거실에 있는 우리는 열 명쯤이었는데, 거실 벽에 걸린 벽보는 레드 그레인지Red Grange. 역사상 최고의 대학 미식축구 선수로 꼽히는 인물의 대학교 룸메이트가 되는 건 어떤 기분일지를 물었다. 그보다 50년쯤 후에 일어난 사건의 도입부에서 내가 말했던 것처럼, 딕과 함께 사는 건 어떤 기분일지를 우리는 알고 있었다. 그에게는 진 러미카드 게임를 하면서 노는 것보다 더 좋은 일들이 있었다. 그는 주위에 팀원들과 룸메이트, 친구들로 구성된 끈끈한 동아리를 그러모았다. 오랫동안, 그는 프린스턴에 있을 때 자신에게 중요했던 건, 그의 말을 그대로 옮기자면, "내가 속해있던 조직"이었다는 말을 자주 했다.

"나는 다른 모든 학생하고 비슷했어." 그는 하이즈먼 트로피와 그 트로피에 딸려 온 모든 것은 "그림 전체에서 튀어 보이는 일부에 불과했다"는 생각을 넌지시 내비쳤다.

그는 끈덕지게 미신을 신봉했다. 미식축구 경기를 뛰러 파머 스타디움으로 이어지는 터널을 내려갈 때, 그는 항상 맨 마지막에 입장하는 선수였다. 그게 대단히 상서로운 일이라는 거였다. 그는 쿼터백인 조지에게 프린스턴이 펼치는 첫 플레이 때 자신이 공을 만지는 일은 결코 없게 해달라고 말했다. 예전의 싱글 윙 포메이션에서, 테일백과 풀백은 어느 쪽이 됐건 날아오는 스냅을 받을 수 있는 위치에 자리를 잡았다. 딕은 테일백이었고 러스 맥닐은 풀백이었다. 다른 팀들이 어찌어찌 카즈마이어가 신봉하는 미신을 알게 되면서, 첫 플레이에 나선 러스 맥닐은 커스터 장군1876년에 리틀빅혼에서 벌어진 북미 원주민 연합과 미 육군 기병대 간의 전투에서 전사한 미군 지휘관처럼 장렬히 쓰러졌다. 카즈마이어의 선수 번호 42는 그의 행운의 숫자가 됐다. 그가 모는 자동차의 매사추세츠 번호판은 KA42였다. 이메일 주소는 RWK4252@earthlink.net이었다(52는 그의 졸업연도다). 레스토랑에 갔는데 수표에 서명한 액수가 x달러 42센트일 경우, 그는 포춘 쿠키 1000개를 받았을 때보다 더 행복해했다. 극장과 경기장을 막론하고 42번 좌석은 그에게 행운을 주는 자리였다. 매사추세츠 주 콩코드의 엘름스트리트에 있는 그의 회사 카즈마이어 어소시에이츠는 농구 중계방송의 국제 방송권부터 야구 유니폼과 미식축구 헬멧의 제조와 판매까지 지구상에 알려져 있는 스포츠의 모든 측면에 촉수를 뻗치고 있는 것 같았다. 카즈마이어 어소시에이츠의 주차장에 있는 딕의 전용 주차 공간 번호는 42번이었다. 그 주차장이 수용할 수 있는 차량은 서른여섯 대였다.

여전히 이 세상에 있는 우리는 현재 80대다. 10여 년간, 나는 남자 라크로스 팀 관계자가 발휘한 마술 같은 능력 덕에 프린스턴 사이드라인에 돌아가고는 했었다. 내 딸들은, 특히 대학(호프스트라대학)에서 작문을 가르치지만 그곳에 있는 스타디움에 자주 가지는 않는 막내 마사는 이걸 못 본 척 지나치지 않았다. 최근에, 내가 전화로 게임 내용을 요약해주는 걸 들은 후 마사가 말했다. "아빠, 아빠는 여덟 살 때 프린스턴의 사이드라인에 있는 마스코트였잖아요. 그런데 아빠는 지금도 프린스턴 사이드라인에 있는 마스코트예요."

빌 벨리칙Bill Belichick. 뉴잉글랜드 패트리어츠의 감독이 존스홉킨스의 남자 라크로스 팀과 함께 프린스턴에 왔다. 벨리칙은 라크로스를 무척 좋아한다. 그는 한번은 홉킨스 팀 골키퍼의 준비운동을 시켜주기도 했다. 최근에 NCAA(전미대학체육협회)의 대학 라크로스 대회 4강전이 매사추세츠주 폭스버러에 있는 NFL 스타디움에서 열렸던 건 그가 그곳에서 코치로 일한 덕분이었다. 그는 공립 운동장에 라크로스 골대가 있고 라크로스의 위상이 미식축구보다 높은 고장인 메릴랜드주 아나폴리스에서 자랐다. 그는 아나폴리스고등학교 때, 그리고 앤도버에서 13학년Post-Graduate year. 고등학교를 졸업

하고 대학에 진학하기 전에 다양한 사회적 경험을 하는 1년의 과도기 **때 라**
크로스 선수로 뛰었다. 그는 웨슬리언대학에서도 뛰었다.
그의 아이들도 라크로스 선수다. 나는 그에게 다가가겠다는
생각조차 엄두를 내지 못했다. 도대체 내가 뉴잉글랜드 패
트리어츠의 코치에게 무슨 말을 할 수 있었겠는가?

프린스턴 미식축구 팀은 시즌 초기에 더위 속에서 연습하는 일이 잦았다. 습기는 말할 나위도 없었다. 차징을 하고 블로킹을 하고 펀팅(punting. 미식축구에서 손에 들고 있던 공을 떨어뜨린 후 공이 땅에 닿기 전에 발로 차는 플레이—옮긴이 주)을 하고 끙끙거리는 모든 선수가 수분 1리터 정도를 탈수로 잃었다. 다른 경우에는 자애롭기 그지없던 아버지는 선수들이 평범한 물을 마시는 걸 금지했다. 선수들은 전해질을 잃고 있었다. 그래서 수분도 공급하고 전해질도 보충할 필요가 있었다. 아버지가 선수들에게 마시도록 허용한 유일한 액체가 연습장 옆에 있는 물통에 들어있었다. 선수들은 투덜거렸다. 투덜거림은 시간이 갈수록 심해졌다. 그런데 너무 목이 마른 그들은 어쩔 도리 없이 물통에 든 액체를 국자로 떠서 마셨다. 액체의 맛이 끔찍했다는 걸 나는 법정에서도 증언할 수 있다. 나도 여덟 살 때, 아홉 살 때 그걸 마셨으니까. 그건 염화나트륨과 인산나트륨, 염화칼륨의 수용액이었다. 왜 이런 이야기를 하는 거냐고? 20년 후에, 플로리다대학교 의과대학 연구자들이 레이 그레이브스 코치의 요청에 따라 플로리다 게이터스(플로리다대학의 운동부 팀명)의 갈증을 해소시켜주기 위해 전해질이 듬뿍 든 음료를 개발했다. 게토레이와 우리 아버지의 물통에 든 수용액의 차이점은 설탕과 과일향이었다. 그건 우리 아버지가 눈곱만큼도 관심을 갖지 않았을 게 분명한 유해한 성분들이었다. 만일 아버지가 그런 성분에 관심을 가졌더라면, 나는 이 글을 계절마다 옮겨 다니면서 거주하는 빌라들 중 한 곳에서 쓰고 있을 것이다.

오렌지 트래퍼

나는 델라웨어강에서 카누를 타고 낚시를 할 때 노를 배에 올리고는 배가 제멋대로 가게 놔두는 걸 좋아한다. 나는 자갈이 많은 강바닥을 주시한다. 빠르게 흘러가는 물 아래에서 강바닥이 날아가듯 지나간다. 여기는 필라델피아가 아니다. 필라델피아에서 200리버 마일river mile. 강 하구에서 강을 따라 떨어진 거리. 약 320킬로미터떨어진 상류로, 흐르는 강물에 둥글둥글해진 돌들이 어찌나 깨끗한지 인쇄한 사진처럼 보이는 곳이다. 강을 거슬러 올라가는 습성이 있는 칠성장어들이 돌을 밀치면서 요새 같은 보금자리를 지어놓았다. 그런 보금자리가 달에 있는 분화구처럼 강 주변에 퍼져있다. 그런 풍경에 완전히 넋을 잃은 나는 돌이 지나가는 동안 강바닥을 유심히 살펴본다. 농어를 잡으려고 제물낚시를 던져놓은 내 눈에 골프공이 들어온다.

언젠가 뉴햄프셔주 맨체스터에 있는 메리맥 마을의 수심

이 얕은 곳에서, 상류로 4킬로미터 떨어진 곳에 있는 컨트리 클럽의 로고가 박힌 공을 집어든 적이 있다. 강물이 거기로 데려온 공이라면, 그 공은 수심이 깊은 곳을 지나고 아모스 케그댐을 넘어서 거기까지 온 거였다. 매사추세츠주 노샘프턴 위에 있는 코네티컷강에서는 밤하늘의 별처럼 많은 공을 본 적이 있다. 손이 닿기에는 너무 깊은 곳에 있었고, 사람들이 자기 집 잔디밭에서 쳤다면 모를까, 강의 상류에 있는 골프 코스 중에서 상식적인 플레이를 펼쳐 지금 공이 놓여있는 곳으로 공을 날릴 수 있는 코스는 한 군데도 없었다. 충동은 쉽게 우리를 찾아오지만, 왜 우리를 찾아온 건지 이성적으로 설명하기는 어려운 법이다. 내가 느낀 충동에는 예리한 주의력으로 골프공을 주시하는 것도 포함돼 있다. 스물네 살 때 냉정한 결심으로 골프를 그만뒀음에도 말이다. 요즈음, 내가 하는 주된 운동은 자전거다. 나는 1년에 족히 3200킬로미터 넘는 거리를 자전거로 이동한다. 나는 골프 코스 옆을 지나간다. 내가 어찌 그러지 못할 수 있겠는가? 나는 뉴저지에 사는데, 뉴저지의 골프 코스 밀도는 7800만 평당 다섯 곳으로, 다른 주들보다 골프 코스가 많은 플로리다의 2배다. 게다가, 뉴저지 남부에는 개발되지 않은 드넓은 삼림이 있기 때문에 뉴저지의 골프 코스들은 내가 자전거를 타는 지역인 프린스턴과 그 너머에 몰려있는 편이다. 공공 도로와 사유私有 페어웨이 사이에 있는 숲을 보면 강둑과 강물 사이에 있는 마른 지역이 떠오른다. 고립된 상태로 나무들이 자라는 이런 공간은 미시시피강 옆에 있는 루이지애나에서는 리버 바튀르river batture. 'batture'는 프랑스어로 '하구'라는 뜻이다로 알려져 있다. 당신이 루이지애나에 있다면, 이 단어는 "배처batcher"라고 발음해야 한다. 뉴저지에서 자전거를 타고 골프 코스와 이어진 바뒤르를 지닐 때, 내 고개는 ㄱ 망향으로 놀아가고, 숲을 샅샅이 훑던 시선은 결국에는 드문드문 발견되는 흰색 점을 찾아낸다. 그러면 나는 자전거에서 내려 공을 가지러 간다.

델라웨어강은 내 작업에 협조적이지 않다. 유속이 빠른 곳에서 제물낚시를 할 때, 골프공을 줍겠답시고 카누에서 내려 받침다리로 카누를 받쳐놓을 수는 없는 노릇이다. 시간이 흐르는 동안 강물 속에서 무척이나 많은 골프공을 보는 건 엄청나게 위협적인 절망감이 느껴지는 일이라서, 무슨 조치를 취해야만 했다. 조사를 한 끝에 당시 미시간에 있는 회사의 전화번호를 얻었다. 자동 응답기가 아닌 실제 사람이 전화를 받았는데, 그 목소리는 한층 더 진짜 같았다. 그녀는 내 심정을 이해했다. 내가 요청하고 있는 게 무엇인지를 잘 아는 그녀는 911에 전화를 걸어 나를 신고하거나 하지는 않았다. 대신, 그녀는 머릿속에 떠오른 나름의 의문을 내게 물었다. 유속이 얼마나 됐나요? 수심이 얼마였나요? 강바닥이 쉽게 부서지는 암석이었나요? 모래? 진흙? 토사? 인터뷰를 종료한 후, 그녀가 말했다. "선생님이 원하시는 건 오렌지 트래퍼Orange Trapper예요."

"오렌지 트래퍼요?"

"예. 오렌지 트래퍼."

이 제품은 길이가 다양했다. 나는 2.7미터짜리면 충분할 거라 생각한다고 말했다. 2.7미터짜리는 그 유속에서 3.7미 터나 4.6미터, 6.4미터, 7.3미터짜리보다 더 빳빳하게 버틸 것 같았다. 게다가, 2.7미터(실제로는 2.9미터)라는 숫자는 딱 알맞다는 느낌을 풍겼다. 그건 내가 쓰는 제물낚시 낚싯대 의 길이였다.

우편으로 도착한 건 길이가 53센티미터밖에 안 되는 오렌지색 헤드와 검은색 손잡이, 최대 직경이 1.6센티미터인 스테인리스 튜브 10개로 구성된 망원경처럼 생긴 샤프트였다. 그걸로 오케스트라를 지휘할 수도 있을 것 같았다. 근사했다. 오렌지색 헤드는 무척 튼튼한 플라스틱으로 만든, 배 pear를 거꾸로 세운 것 같은 모양에다 골프공보다 둘레가 약간 더 길었다. 헤드 윗부분은 공의 한쪽 옆을 고정시키기 위해 오목하게 패어있었다. 그런데 이 장비의 천재성은 장비를 작동시키는 부분에 구현돼 있었다. 목 부분에서 튀어나온 비스듬한 '오리발'이 움직이면서 공의 다른 쪽 측면에 자리하도록 돼있었다. 오렌지 트래퍼는 양방향으로 작동했다. 이 장비는 위와 아래의 구분이 없었다. 어느 쪽으로건 골프공을 에워쌀 수 있었고, 그런 후에는 끈이 하나도 없는 라크로스 라켓으로 경기를 뛰는 것처럼 공을 들어 올릴 수 있었다. 헤드를 180도 방향으로 뒤집을 수도 있었다. 그래도 공은 대체로 그 자리에 있었다. 그런데 헤드를 한 번 더 돌리면 공은 항상 자유로이 풀려났다. JTD 엔터프라이즈가 제조한 이 장비는 애플사가 디자인했다고 해도 믿을 수 있을 정도였다.

그렇기는 해도, 얕은 물에서 공을 잡아 올리려면 수완이 필요했다. 공을 발견한 후 카누의 방향을 돌려 힘겹게 상류로 올라가 노를 배에 올리고 나면, 트래퍼의 헤드를 공 위에 위치시키는 데 허용되는 여유 시간은 5초 정도였다. 헤드를 제자리에 갖다 댄 빈도는 헤드가 빗나가는 정도와 비슷했다. 헤드가 빗나가는 건 트래퍼의 잘못이 아니었다. 내 평균적인 성공 확률은 나비채로 벌새를 쫓을 때보다는 높았을 것이다. 강에는 얕은 물과 급류, 느린 웅덩이가 거의 끝없이 연달아 등장했다. 작업을 제대로 하기 위해, 자신의 1인승 소형 보트를 탄 돈 슐라에퍼와 함께 하얗게 부서지는 급류 아래쪽에 있는 길고 깊은 웅덩이로 갔다. 돈은 나의 낚시 동무다. 그는 골프를 친다. 그는 강물 속에 있는 공에는 전혀 관심이 없지만, 자기 보트를 공 위로 몰고 가서는 내가 오렌지 트래퍼로 공을 낚는 동안 배를 그곳에 머무르게 만드는 능력이 있다. 나는 30분 동안 골프공 12개를 집어냈다.

돈이 내가 하는 정신 나간 짓에 혀를 내두르면서 물었다. "이런 짓을 왜 하는 거야? 저건 골프공일 뿐이잖아. 골프공은 싸다고."

나는 대꾸했다. "돈money은 이 일하고는 아무 상관도 없어."

현재 프라다 같은 명품 골프공으로 꼽히는 타이틀리스트 프로 V1의 가격은 인터넷에서는 4달러나 5달러고, 프로 숍골프 클럽하우스에 있는 골프 용품 판매점에서는 그보다 더 비싸다. 스코틀랜드 혈통을 가진 어떤 사람이 "그건 돈하고는 아무 상관도 없는 일"이라고 말했다면, 그건 그만큼 절박한 일이라는 뜻이다. 맞는 말이다. 나는 강에서 그 정도로 고급스러운 공을 자주 찾아내지는 못한다. 그런데 그 브랜드는 뉴저지의 길가 숲에서 내가 집어드는 공들 중에서 상당한 비중을 차지한다. 타이틀리스트는 골프공을 하루에 100만 개 정도 제조한다. 현재 미국의 골퍼들은, 모든 품질과 브랜드를 통틀어 1년에 골프공 3억 개를 잃어버리는 것으로 추정된다.

왜? 프린스턴 주위에 있는 코스들에서 골프를 치면서 성장했고 현재는 뉴햄프셔 중부에 거주하는, 그리고 볼드피크와 예먼스홀, 파인밸리, '로열앤드에인션트골프클럽 오브 세인트앤드루스'의 회원인 조지 해클이 물었다.

해클: "일부 지역의 골퍼들이 7달러짜리 공을 쳐서 숲과 덤불에 집어넣고는 그걸 찾아보는 수고조차 하려 들지 않다니, 이건 이 나라 국민들의 부가 엄청나게 양극화됐다는 걸 보여주는 지표야."

이건 실상을 제대로 보여주지 못하는 추정이다. 골퍼들은 정밀성 문제에 있어서는 엄청난 자존심을 내세운다. 그들은 드라이브를 쳤다가 페어웨이에 올리지 못하면 공이 떨어진 지점에서 30미터 떨어진 곳으로 공을 찾으러 간다. 그들이 친 다음 드라이브가 숲으로 들어간 후 딱따구리가 나무를 쪼는 것과 비슷한 소리가 들리면, 나무에 부딪혀 튀어나온 공의 진로를 알아낼 길은 전혀 없다. 그래서 그들은 다른 공을 내려놓고는 플레이를 계속한다. 그들을 옹호하기 위해 이런 말은 해둬야겠다. 골프공 가격과는 무관하게, 다양한 압력이 가해지는 바람에 그들은 어쩔 도리 없이 필드를 계속 이동해야만 한다는 말을. 앞에서 공을 찾느라 미적거리면 뒤에서 플레이하는 포섬4인조은 짜증을 낸다. 주요한 이슈는 플레이를 하는 데 얼마나 오래 걸리느냐 하는 것이다. '지나친 경기 지연'을 소래하는 건 위신을 싸아내리는 짓이다. 골프 규칙에서, 잃어버린 공을 찾는 데 허용되는 제한 시간은 5분이다. 일부 골퍼들은 이 규칙을 모르고, 다른 이들은 이걸 무시할지 모른다. 하지만 5분 이내가 대부분의 골퍼들이 잃어버린 공을 찾는 데 쓰는 시간이다. 그리고 나머지는 내 몫의 시간이다.

자전거에서 내려 공을 주워든다. 가끔씩은 공이 때린 나무의 종을 식별할 수 있다. 소나무를 때린 공에는 선명한 자국이 남는다. 튤립나무는 희미한 자국이 남는 편이다. 오크나 히커리 나무는 작고 단순한 특징을 뚜렷하게 남긴다. 단풍나무는 때린 공에 메이플 시럽이 묻어있는 일은 없다. 주방 싱크대에서 공에 묻은 흙을 닦아내는 데 걸리는 시간을 바탕으로 그 공이 땅바닥에 얼마나 오래 있었는지를 알 수 있다.

골퍼들은 펠트펜과 지워지지 않는 잉크로 공에 찍혀있는 제조자 표시를 넘어 자신만의 인장으로 공을 장식한다. 두 명 이상의 골퍼가 캘러웨이 3 HX 핫 바이트나 피나클 4 골드 FX 롱, 또는 훨씬 더 보편화된 타이틀리스트를 쓰고 있다면, 당신에게도 소나무를 때린 흔적이 나 있는 공이 필요하다. 일부 골퍼들이 한 낙서는 대단히 정교해서 크리스마스 장신구로 장식한 거미줄을 닮았다. 골퍼들은 퍼팅할 때 조준점 구실을 하는 직선을 세로로 그리기도 한다. 볼펜으로 공에 표시를 하는 건 가능한 일이지만, 일부 골퍼들은 볼펜에서 나와 공에 묻은 잉크의 무게가 공의 비행 패턴을 변화시키면서 샷의 정확성에 영향을 줄 거라는 생각을 실제로 믿는다. 이런 생각을 신봉하는 정도는 그 골퍼의 핸디캡골퍼의 평균 타수에서 18홀의 평균파인 72타를 뺀 숫자로, 작을수록 실력이 좋은 것이다과 비례관계에 있다는 말을 하고픈 생각이 든다.

마케팅의 광풍이 몰아치면서, 시중에서 판매되는 골프공의 종류는 아주 복잡하고 다양해졌다. 그래서 골프장의 프로 숍은 낚시업계의 제물낚시 용품점 못지않은 곳이 돼버렸다. 낚싯줄 무게와 낚싯대 무게, 팁 플렉스tip flex와 릴 시트가 대단히 상이한 기능과 상황에 맞춰 다양한 형태로 판매되는, 그래서 낚시꾼이 집 지하실을 낚시도구로 채우게끔 만드는 낚시용품점과 비슷한 곳이 돼버린 것이다. 그리고 낚시 장비에서도 그러는 것처럼, 골프공의 드넓은 스펙트럼을 구성하는 중요한 세부 요소에는 가격도 포함된다. 골프공 간의 차이점은 제조업체에 있는 게 아니라 특정 제조업체 내부의 생산 라인에 있다. 타이틀리스트 DT 솔로 한 다스를 20달러 미만의 가격에 살 수 있다. 나는 다루기 힘든 공을 찾아다니는 데 대해 다음과 같은 말을 했던 골퍼를 안다. "당신이 친 공은 못 찾고 동일한 품질의 다른 공을 찾아냈다면 본전치기한 거죠. 당신 기준에 미치지 못하는 공을 발견했다면, 당신보다 수준이 낮은 골퍼를 위해 그걸 그 자리에 남겨두세요." 그는 자신이 처음에 어떻게 하다 숲에 들어가게 됐는지는 밝힐 생각이 없었다. 그를 보면서 과야킬에콰도르 서부에 있는 도시 근처 과야스강의 해적이 떠올랐다. 그 해적은 다른 해적 여섯 명과 함께 보트에서 내려 라이크스 브러더스미국의 농업 기업의 상선 선미에 올랐다. 그들은 칼로 무장하고 있었다. 한 명이 어느 선원의 목에 쇠톱 날을 대고 있는 동안 다른 해적들이 그 선원을 마룻대공에 묶었다. 어느 해적이 선원의 손목시계를 가리키며 말했다. "내놔." 선원은 시계를 건넸다. 해적은 시계를 슬쩍 보고는 다시 돌려 줬다.

잃어버린 공에서 해독할 수 있는 정보는 누군가가 독자적으로 고안해낸 상형문자보다 많다. 프린스턴에서 맞은 어느 부활절 일요일에, 제일 가까운 페어웨이에서 엄청나게 멀리 떨어진 바람에 거의 길거리에 놓여있는 거나 다름없는 타이틀리스트 프로 V1x를 주웠다. 공 한쪽 옆에 대단히 작은 빨간색 블록체로 "코넬대학" 로고가 찍혀 있었다. 귀가한 나는 프린스턴 골프 팀의 경기 일정을 찾아봤다. 성 금요일Good Friday. 부활절 전의 금요일과 성 토요일Black Saturday. 부활절 전의 토요일에, 14개 학교가 프린스턴 인비테이셔널 토너먼트에 참가했다. 그 공이 보여주듯, 최종순위는 1위 럿거스대, 2위 예일대, 3위 펜실베이니아대, 4위 컬럼비아대, 5위 세인트보나벤처대, 6위 세인트존스대, 7위 프린스턴대, 8위 하버드대, 9위 타우슨대, 10위 코네티컷대와 조지메이슨대(공동), 12위 세인트조지프스대, 13위 라이더대, 14위 코넬대였다.

스프링데일이라고 불리는 그 코스는 프린스턴대학이 보유한 땅에 있는 것으로, 민영民營 클럽에 임대된 곳이다. 1902년 이후로 그 자리에 있어온 그 코스에서 발견한 잃어버린 공들을 대상으로 문장학 연구를 해보면 지금 그곳에서 플레이하는 사람들이 어떤 사람들인지를 알 수 있다.

타이틀리스트 2 NXT 익스트림 아이비펀드

타이틀리스트 2 프로 V1 392 처브

타이틀리스트 3 프로 V1 392 모건스탠리펀드

타이틀리스트 4 DT 90 패서디나그룹 오브 뮤추얼펀드

타이틀리스트 1 DT 솔로 크레디 스위스/퍼스트 보스턴

타이틀리스트 2 보운 파이낸셜

타이틀리스트 3 프로 V1 392 스테이트팜

타이틀리스트 4 AIG 아메리칸제너럴

타이틀리스트 3 NXT-투어 어슈어런트

타이틀리스트 3 프로 V1x 볼리BOLI. Bank-Owned Life Insurance

타이틀리스트 4 프로 V1 MFS 인베스트먼트 매니지먼트

탑 플라이트 1 XL 3000 슈퍼 롱 맥시멈인베스트먼트

탑 플라이트 1 XL 2000 엑스트라 롱 뉴저지로터리

이 변변찮은 규모의 샘플은 파 4 홀의 슬라이스 나는 쪽— 코스에서 벗어나 OBout of bound가 나는 쪽—의 나무가 우거진 바튀르에서 모은 거였다. 얼마 전에, 프린스턴에서 내가 가르치는 것과 동일한 작문 프로그램 강좌를 맡은 〈워싱턴

포스트〉의 그리프 위트와 함께 자전거를 탔다. 우리는 똑같은 잡목림에서 새 공이나 다름없는 상태인 공 18개를 발견했다. 모두 도로경계석에서 3미터 이내의 거리에 있었다. 나무기 서식히는 그 지역은 뭔가 아인슈타인 같은 분위기를 풍긴다. 거리 건너편에 있는 프린스턴고등연구소(아인슈타인이 연구하던 연구소)가 빛이 휘어지게 만들면서 실험적으로 티샷과 어프로치샷의 궤적에 영향을 주고 있는 것 같다.

물론, 그곳에서 플레이하는 골퍼들이 하나같이 막대한 부를 주무르는 사람들은 아니다.

캘러웨이 3 HX 디아블로 투어 아스클레피오스의 막대기와 아이언 2개가 그려진 뉴욕시티 내과의사 골프 협회 로고

피나클 1 익스트림 조메드 수술용 제품, 녹색과 파란색

타이틀리스트 2 벨로시티 비뇨기과 컨설턴트

나이키 3 슈퍼 파 벌링턴카운티 경찰서장협회의 경찰서장을 상징하는 방패가 찍혀있다.

타이틀리스트 4 프로 V1x 332 미국주니어골프협회

나이키 1 원골드 국제주니어골프협회

타이틀리스트 4 에머슨 기상 기술

타이틀리스트 1 384 DT 90 캘곤카본코퍼레이션

타이틀리스트 2개 스톤앤웹스터 엔지니어링

나이키 디스턴스 3개 여기에는 각각 〈골프 매거진〉의 로고가 찍혀있다(편집자 세 명이 모두 잘못 친 것일까, 아니면 편집자 한 명이 세 번이나 끔찍한 샷을 날린 걸까?).

그리고 골퍼가 누구건 그 사람들이 제트족사교를 위해 제트기를 타고 세계 곳곳을 다니는 사람들로 부유층을 일컫는다 코즈모폴리턴으로 보이게끔 만드는 공들도 있다.

피나클 1 파워 코어 마우나 라니MAUNA LANI. 하와이에 있는 지명

타이틀리스트 4 NXT 마우나 케아MAUNA KEA. 하와이에 있는 산

타이틀리스트 GSE 오렌지색과 녹색이 섞인 로고, 홍콩

메달리스트 1 아쿠쉬네트 롤스 오브 몬머스웨일스에 있는 골프클럽, 골프 스윙을 약간 닮은 모양의 소용돌이치는 녹색 "R"자 내부에 두루마리를 쥔 사람의 손이 그려진 로고. 이 클럽의 홈페이지에는 이런 내용이 있다. "챔피언전이 치러지는 6733야드(약 6.2킬로미터)의 골프 코스를 갖춘 롤스오브몬머스 골프클럽은 웨일스의 구릉지대의 장관이 보이는 으뜸가는 전원 지역에 자리하고 있다. 웨일스만이 아니라 영국 전체를 통틀어 가장 걸출한 골프 코스에 속한다."

이건 2차 세계대전이 벌어지는 동안 이 코스 주변에 누워 있던 공들하고는 완전히 다른 세상의 이야기다. 당시 나는 여기서 캐디로 일하면서, 목재 딜러들과 지역 의사들이 멀리 날려버린 공들을 찾으며 많은 시간을 보내고 있었다. 고무는 전쟁터로 실려 갔고, 진주만 공습이 있은 뒤로는 시간이 흐를수록 전쟁 전에 제조된 골프공을 구하기가 한층 더힘들어졌다. 골프공을 찾아다니는 건 노동과 놀이의 차원에머물지 않았다. 그건 보물찾기로, 이스터 에그서양에서 부활절

에 보물찾기 게임을 할 때 아이들이 찾아내도록 숨겨놓은 삶은 달걀이나 달걀 모양 초콜릿를 찾아내는 것보다 훨씬 더 어려운 일이자 유스터스 다이아몬드Eustace diamonds. 앤서니 트롤럽이 쓴 소설의 제목를 쫓는 이들에게 둥지 의식을 느끼게 되는 일이있나. 사기를 잇속을 채우기로 뜻을 모은 프로 선수들과 골프장 관리인들이 공을 모아서는 골퍼들에게 팔았고, 그래서 그들 몰래 주머니를 채우려고 숲을 살살이 뒤지는 짓은 남들 몰래 은밀히 대세에 저항한다는 흥분을 안겨줬다. 위협적인 일이 될 만한 그 어떤 일도 잃어버려 방치된 골프공을 찾아내려는 나를 막을 수 없었고, 이후로도 없을 터였다.

워 볼war ball이라고 불리는 게 있었다. 특성 면에서 라텍스하고는 공통점이, 설령 있더라도, 별로 없는 합성 물질로 만든 거였다. 이 공은 오히려 화강편마암하고 공통점이 많았다. 공을 정타로 세게 치면, 두 팔의 신경 말단이 미쳐 날뛰었고 공은 단거리만 이동했다. 아버지는 워 볼을 사용했다. 그것을 쓰면 돈이 많이 들지 않았다. 아버지는 공을 일직선으로 날렸기 때문에 공을 잃어버리는 일이 없었고, 공을 버리는 건 꿈도 못 꿀 분이었기 때문이다. 아버지는 의사였지만, 버라이어티쇼에 출연해서 해리 라우더스코틀랜드 출신의 가수 겸 코미디언를 흉내 낼 때는 킬트스코틀랜드 남자들이 입는 격자무늬 치마를 입는 분이었다. 전쟁이 끝난 뒤로 4년간, 아버지는 크로 플라이트Kro-Flite 공으로 플레이를 했다. 워 볼은 아니었지만 겉모습만 보면 전쟁을 겪은 것 같은 공이었다. 나는 아버지에게 드릴 크리스마스 선물에 동봉할 당신에 대한 시를 쓸 때 그 공 생각을 하고 있었다. 선물로 드린 게 무엇이 었는지는 기억나지 않는데, 아마도 티tee. 골프공을 올려놓는 받침였을 것이다. 30행이 넘어가는 시에는 다음의 네 줄이 들어 있었다.

> 골프를 치기 시작한 그분은
> 눈물을 흘리며 골프를 배웠지
> 그러고는 공 하나를
> 15년간 쓰셨네.

1940년대 말의 어느 8월의 수요일에, 아버지는 스프링데 일의 413야드약 377미터 길이의 파 4 12번 홀에서 그 크로 플라이트를 티에 올리고는 쳤다. 아버지가 두 번째 샷에서 사용한 클럽이 어떤 거였는지는 모른다. 아마도 2번 우드였을 것이다. 당시는 엄청나게 장거리를 날리는 페어웨이우드헤드가 나무 재질인 클럽가 알려져 있던 때이니 말이다. 크로 플라이트를 200야드약 182미터 날리는 건 일반 공을 1마일약 1.6킬로미터 날리는 것이랑 같은 일이었다. 날아오른 공은 12번 홀의 오른쪽 경계에 심어진 조림지를 피하고 개울을 가로지르는 보행자 전용 다리를 건넌 후 에이프런그린 주변의 테두리 잔디에 떨어진 후 그린을 굴러 홀로 직행해 들어갔다. 그런 식으로 달성된 이글기준 타수보다 2타 적은 타수은 파 3 홀에서 작성된 홀인원보다 더 뛰어난 위업이다. 나는 이 글을 쓰는 동안 그 크로 플라이트를 바라보고 있다. 세월이 흐르면서 베이지색이 된 그 공은 지금 향나무 티에 올려져 있다. 아버지는 그 공을 기념품으로 보존하는 문제를 놓고 엄청난 갈등을 겪었을 게 틀림없다. 아버지의 가운데 이름은 로머였지만 '짠돌이'를 가운데 이름으로 삼아도 될 분이었으니까.

20세기는 와운드 골프공wound golf ball의 시대였다. 단단한 코어 주위에 가느다란 고무줄을 거의 끝없이 감고, 또 감고, 또 감고, 감아서는 구체를 점점 더 커지게 만들어서 주위를 에워싼 탄성 처리를 한 커버에 다다르도록 만든 공이었다. 일부 제조업체들은 베어링강을 코어로 쓰려고 애썼다. 다른 업체들은 중심부에 액체가 들어있는 공의 공기역학적 미스터리를 광고했다. 도대체 어떻게 액체 주위에 고무줄을 감을 수 있느냐 하는 문제는 의문이 제기되기에 충분해 보인다. 코어로 쓸 액체를 얼린다. 그러고는 완성된 공 내부에서 그게 녹게 놔둔다. 한층 더 온당한 의문도 있었다. 액체 코어에 들어있는 액체는 무엇인가? 이 의문 때문에 지적재산권을 보호하려는 로펌들이 계속해서 분주히 뛰어다녔다. 정체가 극비에 붙여진 그 성분이 물이건 소금이건 옥수수 시럽이건, 심지어 꿀이건 상관없이 말이다.

당시 공의 커버는 요즘처럼 튼튼하지 않아서 공이나 골퍼의 자존심을 거의 보호해주지 못했다. 그리고 골퍼의 실력이 형편없다는 걸 보여주는 아주 흔한 표식은 잘못 휘두른 아이언 때문에 웃는 모습처럼 벌어진 부분을 가리키는 '스마일'이었다. 주머니칼로 커버를 벗기는 작업은 고무줄이 나타날 때까지 계속 공을 깎아내리다가 곱슬곱슬한 머리카락 같은 게 갑자기 튀어나오는 걸로 끝났다. 워 볼을 깎았을 때 안에서 발견되는 건 절대 깨질 것 같지 않은 단단한 코어였다. 이상하게도, 바로 그것이 테이블 톱으로 오늘날의 골프공을 갈랐을 때 보게 되는 모습과 비슷하다. 코어, 맨틀, 표면—이것이 세계적으로 1년에 10억 개에 육박하는 속도로 골프공이 덮고 있는 바로 그 행성의 구조를 고스란히 보여주는 모형이다.

와운드 볼 시대는 1898년에 시작돼, 타이틀리스트가 솔리드solid 코어를 넣은 프로 V1을 출시한 2000년에 끝났다. 이 공은 워 볼하고는 딴판이었다. 차르 치하의 러시아에서 처음으로 중합된 합성고무를 일련의 촉매작용—티타늄에서 니켈로, 코발트로, 네오디뮴으로—을 거쳐 정제하면 탄력성이 더 오래 유지되는 타이어와 더 멀리 날아가는 골프공이 만들어진다. 1970년대에 솔리드 코어 공의 한 세대가 소개됐지만, 플레이어들은 그걸 사용하지 않았다. 멀리 날아가는 공은 통제하기가 어려웠다. 공이 먹은 회전이, 그리고 공이 상대적으로 말랑말랑하다는 게 문제였다. 스팔딩 톱 플라이트는 무척 딱딱한 느낌이라 록Rock 플라이트라고 불렸다.

21세기의 첫 3년간, PGA 투어의 평균 드라이브 거리는 13야드약 11.9미터 늘어났다. 솔리드 코어로 날린 거리였지만, 선수들은 와운드 볼처럼 부드럽게 느껴지는 신형 우레탄 커버 덕에 통제력과 편안함을 느꼈고, 그들이 오매불망 찾아 헤매던 스핀을 공에 먹일 수 있었다. 요즘의 골프공을 반구

형으로 잘라서 살펴보다 보면, 우리는 지구물리학이라는 학문 분야로 돌아가게 된다. 테일러메이드 펜타 TP는 오래된 가이아와 비슷한 5개의 동심구同心球—지각, 상부 맨틀, 암류권, 하부 맨틀, 코어—로 구성돼 있다. 포 피스four-piece 공과 스리 피스three-piece 공이 있다. 코어와 커버로만 구성된 투 피스two-piece 공이 있다는 건 말할 나위도 없다. 보기 골프bogey golf. 90타 내외를 치는 골프를 치는 컨트리클럽의 골퍼들은 실제로는 전혀 차이를 만들어내지 못하는데도 차이를 만들어낼 것처럼 보이는 점들에 매력을 느낀다. 심지어 원 피스one-piece 골프공도 있다. 이 공에서 딤플골프공의 표면에 오목오목 팬 홈은 코어에서 맨 끝에 있는 부분이다. 스포츠 용품을 제조하고 판매하는 제국들은 원 피스 공을 바탕으로 건설되지 않았다. 골프공을 가열하면 공이 더 멀리 날아갈 거라고 생각한 일부 골퍼들은 첨단 기술을 자신들의 주방으로 가져갔다. 그들이 떠올린 발상에는 과학적 진리도 약간 담겨있다. 어느 사내는 자기가 쓸 공을 전자레인지로 가열했다. 공을 꺼냈을 때, 공이 폭발하면서 그의 손가락 2개를 앗아갔다.

요즘의 골프공은 대단히 잘 만들어지기 때문에 앞으로 500년간 사용할 수도 있을 거라는 얘기가 나온다. 세상에 어느 누가 그걸 확인할 수 있을지는 분명치 않지만 말이다. 환경 운동가들은 잃어버린 공에 함유된 아연의 양과 그 아연이 공에서 빠져나왔을 때 일어날 일에 대한 우려를 표명해왔다. 이런 우려에, 골프계는 골프공 100만 개에 함유된 아연의 양이 구강 청결제 다섯 병에 들어있는 양보다 적다고 맞받아친다. 오늘날, 중고 골프공은 2차 대전 동안에 그랬던 것처럼 유통 가능성이 있다. 컨트리클럽들과 계약을 맺은 업체들이 공을 수거해서 할인점에 판다. 잭슨빌 인근에 있는 TPC 소그래스의 17번 그린은 텔레비전에 많이 등장한다. 그곳은 사실상 섬으로, 좁은 둑길을 통해서만 나머지 코스와 연결돼있기 때문이다. 골퍼들은 그 그린을 둘러싼 워터해저드에 해마다 평균적으로 하루에 274개의 공을 빠뜨린다.

나는 찾아낸 공들을 청어와 강꼬치고기를 낚는 낚시 동무—세인트앤드루스 등등의 회원으로, 오랫동안 핸디캡이 한 자리였던—조지 해클에게 주고는 했다. 폭설에 발이 묶이는 일이 잦은 뉴햄프셔에 헛간 비슷한 지하실을 갖고 있는 그는 그곳에서 골프공을 퍼트하고 칩샷을 하고 심지어는 드라이브도 한다. 언젠가 인터넷에서 흰색 골프공과 다채로운 티 무늬가 있는 골프 용품들을 구입했었다. 아내 욜란다 휘트먼은 그걸로 해클에게 선물로 줄, 각각 20개 넘는 골프공이 들어가는 가방을 만들었다. 그런데 해클은 부자라서 그런 기부를 받을 사람은 아니었다. 그래도 어쨌든 욜란다는 그렇게 생각하지 않았다. 그런 뒤로 그녀는 엄혹한 결단을 내렸고, 더 이상은 그런 가방을 선물하지 않는다. 해클에게 더 이상은 골프공을 주지 않는다. 그래서 나는 퍼스트티 First Tee를 돕는 쪽으로 방향을 틀었다.

퍼스트티는 플로리다에 본부를 두고 전국적으로 활동하는 단체로, 1997년에 창설된 이후로 주로 시내에 거주하는 어린이 수백만 명에게 골프를 가르쳐왔다. 우리 집에서 가장 가까운 프린스턴에 있는 지부는 퍼스트티 오브 그레이터 트렌턴으로, 이 지부는 페닝턴애비뉴에 있는 YMCA에서 심지어 겨울에도 활동한다. 얼마 전에 팻 린지하비와 캐럴 싱클러가 'SNAGStarting New at Golf. 나이, 운동 능력을 불문하고 쉽게 골프를 배우게 한다는 모토를 내세운 트레이닝 개념 장비와 지도, '평가 시스템'을 활용해 스윙 2 티Swing 2 Tee라는 비슷한 프로그램을 시작했다. 나는 그들에게도 한 번에 보통 70개에서 80개씩 공을 준다. 그런데 그 개수를 훨씬 상회하는 개수를 건넨 기억할 만한 날이 2년 전에 있었다. 해클에게 당신은 골프를 칠 자격이 없는 사람이라고 통고하고는, 나한테 받은 골프공 중에서 챙기고 싶은 정도를 빼고 남은 것은 몽땅 다시 나한테 넘기라고 제안했다. 다음번에 뉴저지에 다녀온 그는 나한테 골프공 207개를 건넸다. 같은 날, 브라이스 체이스—나랑 정기적으로 자전거를 같이 타는 변호사이자 골퍼, 라크로스 코치—가 그의 집 차고를 정리해 813개의 공을 나한테 넘겼다. 그 중에는 여전히 애초의 판지 상자에 그대로 들어있는—완전히 새것인—공도 적지 않았다. 브라이스는 상선에서 선원의 시계를 퇴짜 놓은 해적과 비슷한 사람이라는 걸 모르는 게 분명한, 그러면서 그의 행복을 비는 사람들이 그에게 준 공이었다. 브라이스 체이스와 조지 해클 덕에, 내가 스윙 2 티와 퍼스트티 오브 그레이터트렌튼에 그날 하루 갖다 준 골프공은 1020개였다.

프로빈스라인로드에서 가까운 프린스턴의 변두리에 게리 플레이어남아프리카 골퍼가 설계한 챔피언십 골프 코스인 TPC 재스나폴라나가 있다. 이 클럽하우스는 한때는 존슨앤존슨의 공동 창립자 수어드 존슨의 어마어마하게 비싼 저택이었다. 그와 사별한 젊은 폴란드인 과부는 프린스턴 서부보다는 유럽 남부를 선호했다. 그러면서 그녀의—플랑드르 태피스트리플랑드르 지방을 중심으로 제작된 섬유 직조 미술품와 대리석 벽난로 선반, 청동 여닫이창, 대리석 계단, 난초 온실이 있는—저택을 골프 클럽하우스로 개조시켰다. 재스나폴라나의 회원들 중에는 기업체가 많다. 아비스가 회원이다. 시티뱅크, 도이체방크, 바클레이스, 블랙록펀드, 브라운브러더스해리먼, 브리스톨마이어스스퀴브, 뱅크 오브 아메리카메릴린치.

이 일은 하이킹을 하면서 조류를 관찰하는 탐사 코스에서 일어났다. 일부가 포장된 그 코스는 스토니브룩이라고 불리는 개울로 내달리면서 보행자 전용 도로를 통해 물을 건너 재스나폴라나 옆으로 200미터에서 300미터 정도를 계속 뻗어나간 뒤, 트렌턴으로 가는 도로인 206번 국도와 교차한다. 이건 내가 자전거를 타는 루트는 아니었다. 그런데 홀로 자전거를 타면서 거기에 가본 적이 있던 나는 그곳으로 돌아갔다. 호기심과 다양한 것을 경험하고픈 갈망 때문이었고, 재스나폴라나의 철조망 안쪽에 자라는 잡목림과 가시 달린 들장미 안에서 골프공을 여러 개 봤다는 것도 작지 않은 이유였다. 대형 은행들이 쓴 골프공, 대형 제약 회사들이 쓴 골프공, C자로 시작되는 직함을 가진 사람들(CEO, COO, CFO)이 쓴 골프공이 캐닐만버진아일랜드 제도에 있는 만에서 스노클링을 하는 사람들에게는 영원토록 무시된 채로 놓여있었다. 철조망에 뚫린 구멍들의 크기가 5센티미터를 살짝 넘는다는 걸 본능적으로 감지했다. 이건—호수나 개울, 습지 못지않게—오렌지 트래퍼를 사용할 상황이었다.

최대한의 길이로 연장한 트래퍼는 자체 무게 때문에 약간 휘어서는 몸을 떨었다. 그래서 철조망 울타리를 통해 안쪽으로 그걸 넣어 들장미 덤불 안에 있는 골프공 주위에 오렌지색 헤드를 안정적으로 위치시키려고 애쓸 때는 어려움이 증폭됐다. 로빈후드는 셔우드 숲에서 그런 일을 할 때 훨씬 수월한 시간을 보냈을 것이다. 나는 손잡이를 한 손으로 잡고 펜스로 몸을 기울이고 있다. 헤드가 재스나폴라나 내부 2.7미터 떨어진 곳에 있는 공 위에 자리를 잡으려 애쓴다. 세 번째인가 네 번째 시도에서, 위치를 낮춘 헤드의 오리발이 공을 에워싼다. 헤드를 들어 올리자 공이 빠져나가 데구루루 굴러간다. 처음부터 다시 시작해서 헤드를 올린다. 공이 빠져나가 굴러간다. 모든 동작을 다시 한다. 오리발이 딸깍 소리를 내며 자리를 잡는다. 공이 장미들 가운데에서 솟아오르고 있다. 2.7미터 길이의 막대를 울타리를 통해 한 번에 2센티미터씩 빼낸다. 오리발이 실패할 경우 다시 시도할 마음의 준비를 한다. 이제 2.7미터 가까운 막대가 내 뒤에서 까닥거리고 있다. 잡힌 공이 철조망에 당도했다. 산부인과 의사가 아기를 받는 경험을 하는 것처럼 오렌지색 헤드에 든 공을 꺼낸다. 공을 손바닥에 툭 내려놓는다. ICBA 증권의 로고가 찍힌 프로 V1x. 울타리를 따라 1미터 남짓을 이동해 다른 공을 꺼내려고 든다.

하루는 206번 국도 근처에 있는, 직원용 출입구가 있는 울타리에서 그 작업을 하던 중이었다. 트래퍼를 위치시키는 섬세한 작업에 정신이 팔려있다가 체격 좋은 중년의 골프장 관리인이 잰걸음으로 출입구로 오고 있다는 걸 어렴풋이 감지했다. 그는 뜀박질을 할 나이는 지난 것 같았는데도 씩씩거리면서 죽어라고 이쪽으로 오고 있었다. 여기는 내가 있을 곳이 아니었다. 오렌지 트래퍼를 빼내 망원경처럼 생긴 샤프트를 해체해서 그날 건진 수확물과 함께 자전거 안장에 다는 가방에 집어넣은 후 자전거에 뛰어올라 개울 상류로, 숲 위쪽으로 다시 향했다. 206번 국도에서 얼마나 번개 같이 멀어졌는지, 지금 다시 하라고 해도 그 속도를 재현하지는 못할 것이다. 그런데 그건 몇 년 전 일이었다. 내가 여든 살이었을 때.

뉴저지 북부에서 자라 윌리엄스칼리지에 입학한 랜드 제리스는 1997년에 내가 강의하는 작문 클래스의 대학원생이었다. 그는 예술사학자였지만 골프를 향한 열정을 평생토록 품은 사람이었다. 오래지 않아 그는 파힐스에 있는 미국골프협회의 박물관과 기록 보관소의 책임자가 됐다. 우리는 48킬로미터 떨어진 곳에서 지내면서 몇 년간 연락을 주고받았다. 그러다가 2007년의 어느 봄날에, 그가 피츠버그 인근 오크몬트에서 열리는 US 오픈 챔피언십을 같이 보자면서 나를 초대했다. 50년 전에 골프를 완전히 끊은 나였지만 감사하는 마음으로 그리로 갔다. 그러면서도, 그 현장에서 30분을 보내기 전까지만 해도, 나한테 그 행사에 관한 글을 쓰려는 의도는 눈곱만큼도 없었다. 그런데 나는 부지불식간에 글을, 더 많은 글을 끼적거리고 있었다. 랜드와 함께 코스를 걷는 건 골프 백과사전과 함께 코스를 걷는 것이나 다름없다. 그는 타이거 우즈가 투어에서 1100만 달러 가까운 상금을 벌어들인 해에 앙헬 카브레라가 타이거보다 더 좋은 성적을 올리고 있었다는 사실을 곧바로 들려줬다. 나는 나 자신을 립 밴 골퍼(Rip Van Golfer. 워싱턴 어빙의 소설 속 주인공 립 밴 윙클 Rip Van Winkle이 낯선 이와 술을 마시고 하룻밤을 자고 나니 20년이 흘렀다는 내용을 반영한 작명이다—옮긴이 주)라고 부르는 글을 한 편 썼다. 그러고는 랜드에게 보내는 고맙다는 내용의 개인 서신에 이렇게 썼다. "랜드가 없었으면 립도 없었네." 4년 후, 랜드는 그가 한 번도 가본 적이 없는 곳인 세인트앤드루스에 같이 가자고 했다. 브리티시 챔피언십의 개최장소 로테이션으로 2010년 오픈이 벌어지는 곳이었다. 역사와 그 배경이 되는 무대가 현대에 일어나는 사건과 어깨를 나란히 하고 행진하는 현장이 있다면, 그건 바로 남아프리카의 젊은 농부가 거둔 승리의 배경이 된 그 현장이었다.

링크스랜드와 바틀

챔피언십 골프 코스에 그랜드스탠드지붕을 씌운 야외 관람석가
없었을 때, 관중은 각자의 시야를 가로막는 숱하게 많은 머리
너머를 보려고 접이식 발판 사다리를 갖고 왔다. 1929년에 윙
드풋 골프 클럽에서 열린 US 오픈에, 플래퍼드레스1920년대에
여성들이 입던 짧은 드레스를 입고 챙이 넓은 모자를 쓴 어느 숙녀
가 대나무 막대를 챙겨 사내 두 명을 과 함께 왔다. 두 사내는
그녀가 올라선 막대를 90센티미터 위로 들어 올려 그녀가 군
중 속에서 시야의 방해를 받지 않으면서 알 에스피노사와 보
비 존스미국의 골퍼들를 볼 수 있게 해줬다. 그러는 동안 그녀는
양쪽에 있는 사내들의 머리에 손을 얹어 균형을 잡았다.

내가 위스콘신에서 캐디로 일하면서 여름을 보내다 어찌
어찌 일리노이주 나일스의 탬오샌터 컨트리클럽에서 열린
올아메리칸 오픈을 방문했던 1947년에는 판지로 만든 잠망
경이 판매되고 있었다. 나도 그걸 하나 샀다. 거울들이 비스

듬히 들어있는 기다랗고 네모난 기둥인 잠망경의 인기가 어찌나 좋았던지, 서로서로 바짝 붙어 서서 잠망경을 들여다보는 갤러리들은 밭에서 자라는 작물들처럼 보였다. 나는 잠망경으로 남아프리카에서 온 다시 (바비) 로크를 자세히 살펴봤다. 하얀 신발을 신고 헐렁한 반바지 차림인 그는 샤프트가 히커리 재질인 거위 목 모양의 퍼터를 들고는 우승을 확정 짓는 긴 퍼트를 할 트랙을 살피고 있었다. 그의 모습을 육안으로는 못 보고 거울에 두 번 반사된 이미지로만 볼 수 있었을 뿐이었지만, 그 즉시 나의 골프 히어로가 된 그는 나를 실망시키지 않았다. 그는 이후로 브리티시 오픈에서 네 번 우승했다.

나는 1950년에 메리언에서 열린 US 오픈의 초반 라운드에서 벤 호건도 잠망경으로 봤지만, 그러고 얼마 안 있어 TV 시청 이외의 모든 골프 관련 활동을 그만뒀다. 그러고는 2007년에 오크몬트에서 US 오픈이 열리기 전까지는 토너먼트에 간 적이 한 번도 없었다. 21세기에 잠망경과 발판 사다리 노릇을 하는 건 이것이다. 보도진에게 임대된 마이 리더보드라 불리는 트위터포드TwitterPod 장비. 미국골프협회의 실시간 스코어링 시스템과 연동된 장비였다. 필드에 있는 선수를 아무나 선택해서 그가 특정 시점에 어떤 성적을 올리고 있는지를 파악할 수 있었다. 선수들을 특정 그룹으로 묶어 저장할 수 있는데, 그렇게 하면 장비가 알아서 그들을 기록할 터였다. 헤아릴 수 없이 많은 곳에 있는 TV 스크린—그중 일부는 실외에 있었는데, 자동차극장을 연상시키는 사이즈였다—은 마이리더보드를 갖고 다니는 관객들이 챔피언십 체험을 완료하는 데 필요한 시각적인 도움을 제공했다. 그렇지만 마이리더보드에 미래는 없었다. 이후로 열린 US 오픈에 입장한 관객들은, 경기 현장에서 입력한 다양한 자료를 통해 많은 스포츠를 취재하면서 "팬들이 모든 플레이를 보고 들으면서 실시간으로 이벤트에 참여할 수 있게 해주는" 캐나다 기업 캥거루 TV의 4인치 스크린을 들고 다니라는 상업적인 부추김을 받았다.

그리고 지금 2010년의 세인트앤드루스에서 열리는 브리티시 오픈 150주년 대회에서 핸드헬드 TV에 데이터를 입력하는 사람은 아무도 없었다. 그렇다고 150년 된 기술이 관객의 체험을 도와주는 것도 아니었다. 8파운드를 내면 메달처럼 목에 걸 수 있는 '온코스 라디오'를 살 수 있었다. 그러면 해설자 대여섯 명이 이어폰에 경기 실황을 중계했다. 이 신성한 스코틀랜드의 골프 코스—다른 골프 코스 다섯 곳이 바싹 에워싼 올드 코스Old Course—에서, 라디오는 빅토리아앤앨버트 박물관에서 쓰는 오디오 가이드와 비슷한 존재였다. 다른 게 있다면, 귀로 듣는 내용을 눈으로 보고 있지는 못할 수도 있다는 거였다. 14번 그린 옆에서 친 어느 벙커샷이 높이 치솟았다가 급격한 포물선을 그리며 핀그린에 꽂혀 있는 깃발에서 30센티미터 이내에 멈춘다는 중계를 듣는 동안 당신은, 예를 들어, 1번 홀에서 드라이브에 나선 앙헬 카브레라가 스윌켄 번Swilken Burn. 세인트앤드루스 골프장에 있는 유명한 작은 돌다리으로 드라이브를 날리는 걸 지켜보고 있을 수도 있다. "엘리베이터처럼 올라갔다 내려옵니다!" 라디오 프리 파이프Radio Free Fife. '파이프'는 스코틀랜드의 지명이다 방송국은 중계한다. 이 서비스는 소중했다.

그리고 교육적이었다. "'브리티시 오픈'은 미국인들이 쓰는 표현입니다." 라디오는 읊조렸다. 영국에서는, 맞다, 이 대회는 그냥 '디 오픈the Open'으로 알려져 있다. 옥스퍼드와 케임브리지의 연례 8인승 조정 경기가 보트 레이스the Boat Race로 알려져 있고, 미국에서 벌어지는 야구 경기의 최정점이 월드 시리즈로 알려져 있으며, 예수 그리스도가 다시 살아난 것이 부활 the Resurrection로 알려져 있는 것과 같은 방식으로. 앵거스에서 에어서, 파이프, 켄트까지, 현재 로타Rotta라는 약칭으로 불리는 로테이션은 골프 코스 아홉 곳을 돌아다닌다. 양차대전이 벌어졌을 때에는 챔피언십이 열리지 못했다. 그래서 이번 대회는 사실은 139번째 대회이자, 세인트앤드루스에서 열리는 스물여덟 번째 대회다. 그런데 2010년 오픈에 극적인 긴장감이 그리 심하게 팽배한 것은 아니다. 당신이 최근 몇 주 사이에 (페블비치Pebble Beach에서 열린 US 오픈에서 탈락할 것을 비롯해) 컷 탈락을 세 번이나 한 세계랭킹 54위의 스물일곱 살 난 골퍼가 반짝 활약을 펼치면서 라운드를 시작한 후, 활약을 계속한 후에—뒷심이 떨어질 거라 예상됐던 시기인 사흘째와 나흘째에는—더 눈부신 활약을 펼치다가 타이거 우즈가 10년 전에 세운 기록에 1타 뒤진 기록으로 대회를 마친 것을 극적인 사례로 여기지 않는다면 말이다. 우즈(23위)와 필 미컬슨(48위) 같은 선수들을 한참 뒤로 밀어낸 로데위커스 테오도러스

우스트히즌Lodewicus Theodorus Oosthuizen은 85만 파운드를 상금으로 받아 그가 태어난 곳인 남아프리카 웨스턴케이프에 있는 자신의 농장용 트랙터를 구입했다.

"그 이름으로 나를 부르는 사람하고는 말을 섞지 않을 겁니다." 그는 지금은 루이스라는 이름을 쓴다.

런던을 방문한 후 토너먼트가 시작되기 전에 세인트앤드루스에서 미국골프협회 박물관과 기록 보관소의 책임자이자 커뮤니케이션 책임자인 랜드 제리스와 만났다. US 오픈에서 라운드를 마친 골퍼들을 인터뷰하는 인터뷰어와 기타 보도진을 안내하는 일을 하는 그는 스코틀랜드에 와본 적도 없었고, 브리티시 오픈을 본 적도 없었다. 도착한 날 저녁, 그는 순전히 그곳에 있다는 사실만으로도 들뜬 상태였고, 그래서 우리는 짙고 어두운 안개 속에서 아무도 없는 코스의 이쪽 끝에서 저쪽 끝까지 걸어갔다 돌아오기까지 했다. 긴 산책은 아니었다—왕복 4.8킬로미터쯤 됐을 것이다. 사람들이 그곳에서 골프를 처음 쳤을 때, 중세 영어를 구사하는 골퍼들은 북해 옆에 있는 링크스랜드linksland, 해안 사구 지대에서 바닷물 너머 북쪽에 있는 사구의 특정 지점으로 공을 친 후, 그곳으로 가서는 방향을 바꿔 같은 경로를 따라 남쪽으로 공을 치면서 똑같은 홀들을 이용했다. 풀을 뜯는 짐승들이 보잘것없는 러프골프 코스에서 풀이 무성하게 자란 지역을 가리키는 골프 용어를 먹어 치웠고, 그러면서 그곳에 모래로 덮인 확 트인 구역이 생겨났다. 올드 코스는 원래의 자기 모습을 그대로 유지하면서 다윈이 주장한 속도보다 느린 속도로 진화해왔다. 제리스는 골프와 골프 코스 건축 분야의 살아있는 교과서다. 그가 처음에 한 발언 중 하나는 그 안개 속에서 오거스타내셔널Augusta National. 마스터스 골프 대회가 열리는 미국의 골프 클럽을 볼 수 있다는 거였다. 그는 요크셔에서 스코틀랜드인 부모에게서 태어난 영국인이자 보어전쟁에서 외과의로 활동했던 앨리스터 매켄지가 1920년대 초에 로열앤에인션트 골프 클럽을 위해 올드 코스를 측량하고 디자인했다고 말했다. 외과의를 그만 둔 매켄지는 골프 코스를 설계하고 건설하는 일을 했다. 세계 곳곳의 많은 코스들 중에서 사이프러스포인트, 로열멜버른, (보비 존스와 공동으로 작업한) 오거스타내셔널이 그가 작업한 곳이다. 나무 한 그루 없는 이 연안 지역에서, 나는 옆에 있는 바닷물을 보면서 서배너강오거스타내셔널 골프 클럽 옆을 흐르는 강을 떠올리지는 못했다. 하지만 제리스는 풀이 무성한 습지대와 움푹 꺼진 곳, 페어웨이에 있는 길쭉한 흙더미에 집중했다.

나는 제리스가 프린스턴 대학원생이던 1990년대부터 그와 알고 지내는 사이였다. 그는 윌리엄스칼리지를 졸업한 후 듀크대 지질학과 박사과정에 입학했지만, 듀크의 커리큘럼이 맞지 않아 결국에는 프린스턴의 예술사 박사과정에 발을 디뎠다. 얼마 전에 프린스턴의 암석학 교수 링컨 홀리스터에게 그가 생각하기에 그런 어려운 행보를 마칠 수 있는 사람이 몇이나 되느냐고 물어봤었다. 홀리스터는 대답했다. "한 명." 제리스는 스위스의 엥가딘협곡에 있는 6세기부터 10세기 사이의 예배당들을 주제로 학위논문을 썼다. 어렸을 때부터 골프에 빠진 그는 골프 코스와 조경 분야에서 일어난 픽처레스크 운동18세기 말~19세기 초 영국에서, 지나치게 인위적인 구성에서 벗어나 자연과 건축이 어우러지도록 정원을 조성하는 것을 지향한 낭만주의 건축운동—골프 코스는 풍경에 어울려 녹아드는 것이어야 하지 풍경을 바꿔놓는 곳이어서는 안 된다—을 다룬 예술사 논문도 썼다. 스코틀랜드에서, 자연스러운 코스는 세 가지 주요 형태를 띤다. 바닷가의 링크스랜드 코스, 어느 지역에나 있는 황야 지역moorland, 그리고 빙하로 생긴 흙더미나 언덕, 퇴석층의 영향을 받거나 이 다양한 지형이 만들기도 한 내륙의 수풀 우거진 파크랜드parkland. 미국에서는 거의 100년간 불도저들이 그런 지형을 흉내 내며 땅의 모양을 잡아왔다. 우리가 1.6킬로미터를 걸은 후, 안개 장막 속에서 그랜드스탠드가 불쑥 모습을 드러냈다. 유니폼 차림의 보안 요원이 그 옆에서 추위에 떨고 있었다. 그는 우리에게 코스의 먼 끝까지 계속 갈 작정이라면 조심하는 게 좋을 거라고 말했다. 티잉그라운드골프에서 볼을 티업해서 제1타를 치는 곳와 그린에 설치된 표시판들이 있기는 하지만 방향을 잘못 들었다가는 길을 잃을 수도 있다는 거였다.

· · ·

우리는 대회 둘째 날에도 골프사학자 데이비드 해밀턴과 함께 코스를 걸었다. 제리의 친구인 그는 세인트앤드루스에 거주하면서, 120타를 넘기기에 충분할 정도로 골프를 많이 쳐온 세계 전역의 거의 모든 이들과 그러지 못하는 얼마 안 되는 소수에게 로열앤드에인션트 골프 클럽으로 알려진 R&A 의 회원이었다. 북아일랜드의 로리 매킬로이가 첫날에 63타를 치면서, 골프 역사상 메이저 챔피언십에서 최저 타수를 기록한 다른 이들 옆에 자기 이름을 적어 넣었다. (조니 밀러가 오크몬트에서 열린 1973년도 US 오픈에서 기록한 63타는 챔피언이 마지막 라운드에서 기록한 역사상 최저타로서 독보적인 기록이다.) 여기 세인트앤드루스에서, 루이스 우스트히즌은 이번 오픈을 65타로 시작했고, 미국 선수로는 가장 성적이 좋은 존 데일리John Daly는 66타를 쳤다. 데이비드 해밀턴은 스코틀랜드 갤러리가 데일리를 정말로 좋아한다고, 스코틀랜드 갤러리는 자신들이 구경하는 경기가 어떤 경기인지를 잘 알고 변변치 않은 골프 경기를 보면 죽은 듯이 침묵에 빠지지만, 골퍼가 위험도가 높은 전략을 실행에 옮길 때는—핀에서 15미터 떨어진 곳에 떨어지는 샷 같은—홀에서 45센티미터 떨어진 곳에 공을 붙이는 복잡하지 않은 샷을 칠 때보다 요란한 박수를 보낼 것이라고 말했다. "스코틀랜드 갤러리가 데일리를 좋아하는 건," 해밀턴은 골똘히 생각에 잠겼다가 말했다. "장로교 신자들은 죄지은 자를 좋아하기 때문일 겁니다." 최고의 장타자'로 꼽히는 존 데일리는 필드에서는 흡연을 하고 골프채를 집어던지는 등의 난폭한 행동을 하고 사생활에서는 알코올중독과 도박, 이혼 등으로 물의를 일으키며 '골프계의 악동'이라는 별명을 얻은 골퍼다.

우리가 죄악의 계곡Valley of Sin, 설교단 벙커Pulpit bunker, 지옥Hell이라는 이름이 붙은 벙커를 지날 때마다, 그는 그런 곳들을 가리키면서 이 코스에 깃들어 있는 '장로교적 특징들'을 언급했다. 세인트앤드루스의 팟 벙커'항아리 벙커'로도 불리는 표면이 가파른 작은 벙커들은 다른 코스들에 조성된, 가장자리가 들쑥날쑥한 모래밭하고는 차원이 다르다. 올드 코스에 있는 그런 벙커 수십 곳은 작은 원통형으로, 골프 스윙의 폭보다 넓은 곳을 찾아보기 어렵다. 깊이도 제각각―1.2미터, 1.8미터―이라서 거기에 빠진 사람이 항상 족히 몇 타는 치게 만든다. 벙커의 표면은 대대로 진해져 내려온 잔디가 뚜렷한 수직 층을 이뤘다는 것이 선명하게 드러나 보이는 벽이다. 페어웨이를 굽어보면 그런 벙커들이 작은 동굴의 입구처럼, 또는 전체적으로는 채소나 과일 강판의 날카로운 구멍들처럼 보인다. 16홀에서, 그는 페어웨이 중간에 있는 그런 곳 한 쌍으로 우리의 시선을 집중시켰다. 불과 1미터나 2미터쯤 떨어진 두 곳 사이에 있는 언덕은 사람의 몸에 있는 연골을 연상시켰다. 이 해저드의 이름은 총장의 코Principal's nose다. 해밀턴은 이 코스에서 골프를 치다가 총장의 코에서 발작을 일으킨 지역 주민에 대한 농담을 들려줬다. 같이 골프를 치던 파트너가 911의 영국 버전인 999를 눌렀고, 그러자 잠시 후 방갈로르인도의 도시의 콜센터에 있는 사람이 전화를 받았다. 파트너는 발작을 일으킨 환자가 있다고 신고하면서 환자가 스코틀랜드 세인트앤드루스에 있는 올드 코스 16번 홀, 총장의 코 벙커에 있다고 말했다. 방갈로르의 콜센터 직원은 이렇게 물었다. "어느 쪽 콧구멍인가요?"

19세기에 올드 코스가 싱글 트랙에서 나란히 바싹 붙은 더블 트랙으로 확장될 때, 새로 깔린 페어웨이 중 일곱 곳이 오늘날처럼 평범한 그린이 됐다. 각각 2개의 핀을 뽑내는 이 더블 그린double green들은 팟 벙커보다 한층 더 괴상하다. 그곳들의 가장 중요한 특징은 방대하다는 것이다. 그 위에서 치는 퍼트는 가끔씩은 피트약 30.5센티미터 단위가 아니라 야드약 91.4센티미터단위로 묘사된다. 코스에서 벗어난 어프로치샷은 홀까지 50야드약 46미터퍼트를 치는 결과로 이어질 수 있다. 5번 홀과 13번 홀 핀들이 공유하는 넓게 트인 지역 옆에 선 데이비드 해밀턴은 이곳이 세상에서 제일 큰 그린이라고 말했다. 미식축구 팀들이 시범 경기를 할 수도 있을 정도로 넓은 그린이었다.

그린들은 특대형이지만, 코스 전체로 따진 올드 코스의 규모는 정반대다. 미국에 있는 챔피언십 골프 코스들의 규모는 일반적으로 20만 평가량이다. 근접한 페어웨이들과 세로 방향으로 효율적으로 배치된 유서 깊은 이 링크스 코스links course, 스코틀랜드에서 처음 개발된 가장 오래된 골프 코스 스타일는 15만여 평 규모의 땅에 쏙 들어간다. 에텐강의 어귀와 북해 사이의 링크스랜드 반도에 있는 이곳의 자매 코스와 더불어, 인쇄 회로 기판과 비슷하게 생겼다. 열두 살 때, 나는 어찌나 순진했던지 골프 링크스가 그런 이름으로 불리는 건 사슬 비슷한 형태로 연달아 이어진 홀들에서 플레이를 하는 게임이라서 그런 게 분명하다고 생각했었다. 같은 8학년이던 지미 캐니는 학교로 오는 길에 드리블을 할 수 있게 전천후 농구공을 살 돈이 필요하다는 말을 나한테서 듣고는 내게 그 용어의 정확한 의미를 설명해줬다. 그는 말했다. "골프 링크스에서 캐디로 일하면 꽤나 짭짤한 돈을 벌 수 있어. 캐디 일을 하면 말이야." 짭짤한 수입이란 플레이어 두 명의 가방을 들고 다니는, '더블즈 에이틴doubles eighteen' 으로 알려진 서비스 대가로 받는 1달러였다. 나는 농구공을 장만했지만—캐디로 일하던 그 시즌들에는—골프가 발명되기 전에도 링크스는 링크스라고 불렸다는 걸 조금도 눈치 채지 못했다. 그 단어는 고대 영어에서 유래된 것으로, 해변 뒤에 있는 해안지형을, 물결치는 사구 형태의 풍경에 까끌까끌한 가시금작화 덤불과 간간이 섞인 야생화가 자라는 불모지와 물대 풀과 다른 풀들이 드문드문 자라는 뗏장이 섞인 지형을 가리킨다. 스코틀랜드는 근본적으로 나무 한 그루 없는 이런 링크스랜드들이 엮인 목걸로, 이 링크스랜드들은 과거 빙하기 얼음에 눌려 지각이 반동으로 심해에서 솟아오른 곳들이다. 로스앤젤레스가 지진에 취약한 것처럼, 링크스는 갑자기 밀려드는 파도에 취약하다. 일반 방목지는 다른 용도로는 거의 쓸모가 없지만, 대중이 즐기는 게임을 고안하는 데에는 유용하다. 바다에서 이 지역으로 몰아치는 회오리바람은 뗏장을 날리면서 대대로 이어져온 벙커들— 예를 들어, 턴베리, 뮤어필드, 도녹, 크레일, 카누스티, 프레스트윅, 로열 트룬모두 스코틀랜드에 있는 골프 링크스 이름이다—을 만들어낼 수 있었다. 세인트앤드루스 북쪽에 있는 카누스티는 테이만의 바로 건너편에 있다. "당신 눈에 카누스티가 보이지 않는다면 비가 내리는 중이라서 그런 겁니다." 데이비드 해밀턴은 말했다. "카누스티를 볼 수 있다면 비가 내릴 거라는 징조고요." 우리는 카누스티를 볼 수 없었다. 모카신을 신고, 면바지와 파란 셔츠, 밤색 타이와 베이지 스웨터 조끼 차림에 "올드 코스, 세인트앤드루스 링크스"라고 적힌 부리 같은 챙이 달린 모자를 쓴 데이비드 해밀턴은 비가 내린다는 사실을 알지 못하는 듯 보였다. 역사가 거의 완벽하게 저술돼있고 정보가 듬뿍 담긴 상세한 도해가 삽입된 저서 『골프: 스코틀랜드의 게임Golf-Scotland's Game』(Partick Press, 1998)의 저자다운 모습이었다.

골프 링크스는 어디가 됐건 그렇게 부를 수 있다면 그곳이 바로 골프 링크스다. 골프 링크스와 링크스 골프 사이에는 차이점이 있다. 링크스랜드는 링크스 골프를 치는 곳이다. 그곳은 육지에 둘러싸인 파크랜드하고는, A에서 B로, C로, D로 골프를 쳐나가는 식하고는 상당히 다르다. 이 코스는 직선 형태인 경우가 덜하고, 티잉그라운드에서 그린으로 가는 라인을 선택할 수 있는 재량이 더 크다. 예를 들어, 플레이어들은 올드 코스에서는 짝이 맞는 페어웨이 위의 어디건 겨냥할 수 있다. 타이거 우즈는 첫 번째 티를 18번 홀 페어웨이에 있는 자신의 전략에 어울리는 지점에 놓는다. 우리가 16번 홀에서 지켜보던 선수들은 총장의 코를 피하려고 3번 홀의 페어웨이로 드라이브를 치고 있었다. 가끔씩 보이는 높게 자란, 뚫고 지나갈 수 없는 가시금작화 덤불의 생울타리, 물결치는 건초와 야생화가 자라는 서식지는 걱정하지 마라. 나무 한 그루 없는 이 드넓은 파노라마 같은 대초원의 대부분은 부드러운 잔디로 이뤄진 카펫이다. 선수는 티잉그 라운드에서 그린까지 거의 퍼터만 사용할 수 있었다. 존 데일리가 전형적인 링크스 페어웨이인, 질감이 구겨진 시트 같은 3번 페어웨이에서 공을 찾아다니는 모습을 보기 전까지는 모든 게 수월해 보였다. 페어웨이에서 공이 사라지다니! 선수는 잃어버린 공의 위치를 찾는 데 5분을 쓸 수 있다. 데일리와 수행원들에게는 그 시간이 필요했다. 3번 페어웨이는, 다른 거의 모든 올드 코스 페어웨이와 비슷하게, 원시림으로 구성된 울퉁불퉁한 지형이지만 나무들에 에워싸인 곳은 아니었다.

골프 코스 디자이너들이 가장 그럴 법하지 않은 장소에서 링크스랜드를 모방하려고 애써왔고(애팔래치아고원에 있는 펜실베이니아의 오크몬트, 염분 섞인 화강암 위에 건설된 캘리포니아의 페블비치 골프 링크스), 파크랜드를 무척이나 보편적인 지형으로 만들어내려고 애썼기 때문에, 우리는 이루 헤아릴 수 없이 많은 에이커1에이커는 약 1224평 규모의 인공 생물권을 지하수와 인공 화합물로 유지해야만 한다. 랜드 제리스는 미국골프협회가 "지속가능성—더 지속 가능한 잔디 뗏장, 물 사용량 줄이기—을 위한 대대적인 운동에 착수했다"고 밝혔다. "짙푸른 녹색 코스라는 이상은 더는 이상적이지 않아요. 골프 코스 건설에서 미니멀리즘을 추구하는 트렌드가 있죠. 예를 들어, 빌 쿠어와 벤 크렌쇼가 디자인한 코스들은 가급적이면 흙을 옮기지 않아요." 이런 추세가 게임 자체의 기원을 환기하면서, 앞으로 골프는 호사스럽고 고급스러운 스포츠라는 이미지에서 벗어나는 편이 나을 것이다. 그러면서 최초의 골퍼들이 올드 코스에서 그랬던 것처럼 자연스럽게 조성된 지역에서 플레이하는, 모호한 시적詩的인 순간으로 돌아가는 편이 나을 듯하다. 그들이 자그마한 모래 피라미드 위에서 티샷을 날리고, 하루가 끝날 무렵이면 아침보다 넓어진 홀들을 향해 노니는 양떼 너머로 공을 후려 갈겼던 것처럼. 올드 코스에 오른 골퍼들은 지난 600년간—이번 여름에 오픈이 축하하는 150년은 고사하고—자신들이 향하고 있는 곳을 볼 수가 없었다. 이 스포츠에서, 일반적으로 링크스 코스는 앞이 보이지 않는 곳으로 묘사된다—그 모든 사구와 언덕들이 티잉그라운드와 페어웨이에서 그린들을 감춰버린다. 대학촌에서 멀어진 골퍼들과 캐디들은 경험으로 터득한 추측항법 비슷한 것을 활용한다. 몸을 돌린 그들의 눈에 대성당 첨탑이 이루는 스카이라인과 총안銃眼이 있는 흉벽, 교회 첨탑, 종루들이 들어온다. 그리고 그들은 보이지 않는 벙커들을 피하고 인워드 나인inward nine. 골프 코스 뒤쪽에 있는 9개의 홀에 있는 감춰진 핀을 찾아내려고 그것들을 활용한다.

건축가는 위에 열거한 모든 것들의 모조품을 이런저런 정도로 유사하게 만들 수 있지만—당신이 그걸 이해했든 이해하지 못했든—세상의 어느 누구도 모방할 수 없는 것이 있다. 바람이다. 제리스는 말했다. "이건 타깃 골프target golf. 티에서 그린으로 가는 과정에서 골퍼들이 매 타를 칠 때마다 특정 지점을 겨냥하게 만드는 식으로 설계된 골프 코스가 아니에요. 플레이할 경로를 선택하면서 전략을 더 잘 세워야 하는 골프죠. 그래서 지형을 보지 않고 치는 샷이 무척 많아요. 링크스 골프를 많이 칠수록 중요한 요소들을 더 잘 이해하게 되요. 그걸 배우는데는 평생이 걸리죠. 그 배움의 길을 바람이 막아서고요." 어제는 바람이 거의 불지 않았던 것이 많은 골퍼들이 이번 2010년도 오픈의 1라운드에서 유난히 낮은 타수를 기록한 주된 이유였다. 으스스할 정도로 바람이 없고 무섭게 비가 쏟아졌던 밤이 지난 후, 잘 거냥된 샷늘이 코르크에 꽂히는 다트처럼 날아다녔다. 그가 활약하는 장대한 영웅담의 서문도 채 펼치지 않은 우스트히즌은 이미 7언더파였다—그는 기술적으로 흠잡을 데 없는 스윙으로 뛰어난 샷들을 쳤다. 오전에 플레이한 스리섬들의 평균 타수는 71타였다. 오후의 평균타수는 73타였다. 이런 차이를 빚어낸 건, 거세지고는 있지만 그럼에도 평소 수준에는 미치지 못하는 바람이었다.

2라운드가 절반쯤 진행되기 전인 지금, 시속 48킬로미터로 거세진 바람이 저속도로 달리기 시작하다 64킬로미터로, 80킬로미터로 거세지고 있었다. 갤러리에 있는 사람들은 빗줄기를 무시하면서 바람을 막으려고 우산을 90도 각도로 기울이고 있었다. 그랜드스탠드에 있는 관중은 우산을 망토처럼 등에 걸치고 있었다. 제리스는 날씨 때문에 기분이 좋았다. 그는 이런 날씨를 "진정한 링크스의 날씨"라고 불렀다. 토론토에서 발행되는 〈글로브 앤 메일〉 소속으로 『이번 라운드는 나에게This Round's on Me』라는 책을 쓴 론 루벤스테인은 언젠가 이렇게 썼다. "놀라운 건 링크스 골프를 칠 때, 프로와 아마추어를 불문하고 그 경기를 제대로 이해하는 선수가 거의 없다는 사실이다." 그의 발언은 트랙이 없는 이 푸르른 바다에서 골프공을 날리는 데 관련된 기하학적인 전략과 다른 모든 추가적인 측면들을 아우르지만, 그가 주로 뜻하는 바는 바람에 대응하는 능력이었다. 그렇다면 링크스 골프를 제대로 이해하는 몇 안 되는 선수는 누구일까?

루벤스테인: "니클라우스Jack Nicklaus, 그리고 지금은 우즈가 링크스 골프를 제대로 이해한다."

만약에 그 책의 재판을 찍는다면 우스트히즌도 덧붙일 수 있을 것이다. 영국 골퍼 리 웨스트우드는 우스트히즌에 대해 이런 말을 했다. "그는 바람이 많이 불 때 공을 대단히 잘 날립니다. 아이언샷으로 페네트레이션penetration을 잘하고요. 확실히 그는 바틀Bottle을 많이 갖고 있습니다." '바틀'은 흔들리지 않는 태도와 강심장을 가리키는 영국식 표현이다. 제리스에 따르면, 캔자스시티에서 자란 톰 왓슨은 바람 부는 날에 치는 골프의 '달인'이다. 그리고 텍사스 출신 골퍼들—벤 호건, 벤 크렌쇼, 바이런 넬슨—도 바람의 달인인 편이다. "그들은 바람을 잘 읽어요. 바람과 지형의 상호작용을 잘 이해하고요. 옆바람crosswind은 공을 라인 밖으로 30미터에서 40미터까지 밀어낼 수 있어요. 바람을 등지고 치는 건 한결 더 어려울 수 있죠. 등쪽에서 불어오는 바람은 공에 추가로 스핀을 먹이거든요. 링크스 골프는 파크랜드 골프 같은 공중 게임이라기보다는 지상 게임에 더 가까워요. 뒷발이 있는 위치에서 때린 공은 낮은 궤적을 그려요. 낮은 궤적으로 날아가는 샷일수록 침투를 더 잘하죠. 공이 튀면서 굴러가면 바람의 영향은 줄어들어요. 당신이 바람을 맞으면서 오른쪽이나 왼쪽으로 가고 싶다면, 바람에 맡겨두기만 해서는 안 돼요. 페이드샷fade shot. 오른쪽으로 가볍게 휘는 샷이나 드로샷draw shot. 왼쪽으로 가볍게 휘는 샷도 적용해야죠. 바람을 향해 드로샷을 치면, 바람을 가르고 날아가는 샷은 바람을 안고 지그재그로 날아가요. 3차원—거리, 궤적, 방향—으로 그런 샷을 칠 수 있죠." 링크스 골프와 요트 경주의 공통점은 작지 않다. 돛을 활짝 펴고 항해하기. 바람이 불기 전에 질주하기. 자이브 오버jibe over. 항해하는 배의 선미가 바람을 뚫고 방향을 틀어 바람을 등지게 만드는 항해법. 러핑뱃머리를 바람이 불어오는 쪽으로 돌리는 것. 배의 방향을 바꿔 바람 불어가는 쪽으로 힘껏 나아가기. 좌우 어느 쪽으로도 방향을 돌릴 수 없는 상태.

2010년도 마스터스 챔피언 필 미컬슨은 링크스 골프를, 그가 실제로 플레이하는 것보다 더 잘 이해하는 것 같다. 오픈이 열리기 전에 했던 언론 인터뷰에서 그는 링크스 골프는 그저 "클럽을 더 많이 가져가서 더 쉽게 스윙하는 것"에 달린 문제라고 말했다. 그는 공동 48위로 대회를 마쳤다. 말이 쉽다고 하는 것도 항상 쉬운 건 아니다. 거센 바람을 맞다보면 힘이 더 들어간 스윙을 해야 할 것이다—백스윙을 짧게 하고, 폴로스루도 짧게 하며, 공이 낮게 날아가게 만들려고 클럽의 높이를 낮은 곳에서 멈춰야 할 것이다. 매우 짧은 파 3 홀인 페블비치 7번 홀에서, 플레이어들은 바람이 공을 뒤로 날리지 않을 경우 태평양에 공을 퐁당 빠뜨리게 만들 5번 아이언으로 샷을 날린다. 그들은, 달리 말해 110야드약 100미터 홀을 위해 190야드약 174미터용 클럽을 사용한다.

라디오 프리 파이프: "이번 주에 플레이어들이 겨냥한 핀이 몇 개였나요?"

"오로지 핀에만 집중한 플레이어말인가요?"

"그래요."

"한 명도 없었죠."

중계를 하는 이 사람들은 도대체 어디에 있는 걸까?

제리스: "코스 어딘가에 있는 트레일러에서 그들에게 들어오는 자료를 모니터하고 있어요."

바람은 퍼트에도 영향을 준다―옆바람은 공을 라인에서 벗어나게 몰아가고, 뒤에서 불어오는 거센 바람은 공이 내리막을 굴러가는 속도를 치명적으로 높일 수 있다. 다시 웨스트우드가 한 말이다. "사람들은 하나같이, 바람이 불어오면 대체로 롱 게임long game이 영향을 받을 거라고 생각한다. 그런데 퍼팅이 바람의 영향을 가장 많이 받는 편이다. 퍼터는 사방 어느 곳에서나 바람을 맞고, 바람은 공을 때린다." 바람의 힘이 시속 64킬로미터 이상에 도달하면, 구르다가 그린에 머무르려던 공이 절로 움직일 수도 있다. 바람이 공을 퍼팅하는 것이다. 공의 움직임은 대개는 들썩거리는 수준을 넘지 않는다. 골퍼가 퍼팅할 준비를 할 때 밑에 놓인 땅에 지진이 일어난 것처럼 공이 앞뒤로 흔들거린다. 공이 그린 위에서 움직일 때 플레이는 중단되고, 플레이 중인 몇십 명의 플레이어들은 예상하지 못했던 시점에 그들이 있던 정확한 지점으로 돌아가려고 코스를 떠난다. 오픈의 이 두 번째 라운드에서, 오후 초입에 플레이가 65분간 중단됐다. 그러나 제리스와 나와 데이비드 해밀턴은 이미 자체적으로 관람을 중단하고는, 올드 코스에서 플레이하는 여성 전용 골프 클럽 두 곳 중 한 곳인 세인트룰에서 점심을 먹고 있었다.

세인트룰은 18번 그린과 페어웨이 옆에 있는 공공 서리에 있다. 250미터 길이의 이 거리에는 가게들과 세인트룰 같은 클럽 하우스들, 그리고 살림집들이 나란히 어깨를 맞대고 있다. 입장료를 내지 않은 갤러리들이 마지막 라운드를 마무리하는 골퍼들의 모습과 그들 뒤에서 플레이하는 다른 선수들이 첫 티를 치는 걸 보려고 거리에 모여든다. 올드 코스 내부의 맨 바깥쪽에 있는 이 부분은 골프계에서 툭하면 사용되는 세계 정상급의 클리셰로, 맥머도만남극대륙에 있는 만에 걸리는 달력의 사진으로 쓰일 가능성도 큰 곳이다. 다음과 같은 점들 역시 인상적이다—116미터 너비의 더블 페어웨이, 대학교의 건물들, 모노폴리 게임에서 쓰는 토큰 같은 로열앤에인션트 클럽 하우스는 건축가 여섯 명이 장기간 작업한 결과물로, 이들의 작업 목표는 여섯 가지 표현양식을 구현하면서, 해자를 두른 하일랜드 스타일의 빌라와 피렌체 스타일의 성이 합쳐진 것 같은 구조물을 만드는 거였다.

세인트룰의 숙녀들은 서로의 시야를 가리지 않으려는 품위 있는 태도를 보이면서 위층의 퇴창 너머로 대회를 관람하고 있었다. 반면, 전원이 남성인 세인트앤드루스 골프 클럽의 회원들과 페어웨이를 따라 놓인 가정집 몇 곳의 퇴창너머로 대회를 관람하는 남성들은 양보하는 태도가 약간 모자랐다. 이 창문들 아래에 있는 골프 코스는 소도시의 소유물이지, 로열앤에인션트를 비롯한 여러 골프 클럽 중 한 곳의 소유물이 아니었다. 스코틀랜드에는 사유私有 코스는 상대적으로 적고, 클럽 하우스가 있는 골프 클럽도 적다. 그렇지만 모든 공장과 교회, 병원, 은행, 보험회사는 코스를 보유하지 않은 골프 클럽을 갖고 있으면서 지방자치단체가 소유한 코스에 그린피green fee를 지불한다. "클럽 하우스가 없는 클럽"으로서 골프를 즐기는 단체 수천 곳 중에는 데이비드 해밀턴의 아버지—'성직자'—가 회원으로 있는 글래스고의 단체도 있다. 미니스터스 먼데이Minister's Monday는 월요일마다 모임을 열고 "골프 얘기를 하면서 맹세swear. '욕을 하다'는 뜻도 있다를 할 수 있는" 성직자들로만 구성된 단체다. 데이비드의 부인 진 해밀턴—눈동자가 짙은 색이고 운동신경이 좋은 날씬한 여성—의 이름이 세인트룰의 벽에, 예를 들면, "레이디 베어드 헤이, 1896"과 "레이디 안스트루더, 1898" 같은 이름들과 함께 챔피언으로 붙어있었다. 진은 세인트레굴루스의 회원이기도 하다. 그녀는 두 클럽의 차이점을 설명했다. "세인트룰은 골프를 중심으로 결성된 여성 클럽이에요. 세인트레굴루스의 회원들은 핸디캡이 없는 뛰어난 골퍼들이고요." 그녀의 남편이 곧바로 덧붙였다. "여성 전용 클럽은 남성 회원을 적극적으로 받아들이려고 하지 않습니다."

코스 끝에 있는 그 페어웨이들 위에서 깊은 생각에 잠겨 있는 듯한 모습을 한 세인트앤드루스대학의 전통은 총장이 취임과 동시에 자동으로 로열앤에인션트 골프 클럽의 회원이 되는 것이다. 2009년, 루이즈 리처드슨Louise Richardson은 여성으로는 최초로 세인트앤드루스대학의 총장이 됐다. 그런데 현재까지 그녀는 R&A 회원이 아니다. 데이비드 해밀턴은 견목 패널로 만든 다양한 가구들과 푹신푹신한 가죽 소파가 있고,—여러 장의 판유리기 설치된 창문 너머로—골프 코스를 천장부터 바닥까지 통째로 볼 수 있는 사교용 공간인 빅 룸Big Room이 한복판에 있는 대학교 본관을 우리에게 친절히 구경시켜줬다. 스코틀랜드 특유의 철학적인 관습에 따라 빅 룸은 라커룸 노릇도 했다. 진짜 견목 패널로 짠 라커들이 벽에 늘어서 있었다. 이 공간은 일종의 누드 바이자, 알몸이 된 회원들의 안식처다. 프로 골퍼들은 R&A 지하실의 라커룸에서 옷을 갈아입는다는 얘기가 있지만, 사실은 그렇지 않다. 그들은 라운드를 돈 후 스파이크 슈즈를 신은 채로 코스를 떠나 자신들이 묵는 호텔이나 민박집으로 돌아간다. 필 미컬슨은 스파이크 슈즈를 신은 채로 떠난다. 루이즈 리처드슨은 심지어 스파이크 슈즈를 신고 도착하지도 않았다. 아일랜드에서 태어난 그녀는 하버드 박사다. 세인트앤드루스로 이주하기 전에는 하버드에서 교수로 재직하기도 했다. 전공은 정치학으로, 여러 주제 중에서도 특히 테러리즘 분야 전문가였다. 그녀가 골프를 치는 횟수는 자유의 여신상이 골프를 치는 횟수와 비슷하다. 그런데 전통은 전통이고, 명예는 존중 받아야 하며, 원칙은 원칙인 법이다.

부동산의 관점에서 보면 R&A는 대학 캠퍼스와 시영市營 골프 코스 사이에 있는 몇 분의 1 에이커 규모의 볼품없는 저택이다. 그런데 R&A는 골프 규칙 대부분의 결정권자이자 수호자이고, 골프계에서 이뤄지는 정치의 책임자다. 그리고 R&A는 도움의 손길도 약간 활용할 수 있다. 이곳은 거의 60년간 전 세계를 대상으로 한 헤게모니를 미국골프협회와 공유해왔다. R&A가 1990년에 스몰 볼small ball을 포기한 이후로 두 단체가 이견을 보인 주요한 규칙은 없었다. 미국의 공보다 3.6퍼센트 작았던 그 공은 바람 속을 총알처럼 날아다녔었다.

세인트앤드루스에 있는 정상급 남성 전용 클럽 세 곳 중 다른 두 곳은 뉴 골프 클럽과 세인트앤드루스 골프 클럽이다. 솔직히 말하자면, 이 단체들 사이에는 계급별 위계가 존재한다. 이 지역에서 세인트앤드루스 골프 클럽은 아티즌Artisans, 장인들이라고 불린다. 잭 니클라우스가 그곳의 명예 회원이다. 뉴 골프 클럽은 중산층을 받아들인다. 그리고 R&A는 '귀족 gentlemen'들의 클럽으로, 회원은 2400명이다.

우리는 아티즌에 들렀다. 맥주잔을 든 남자들이 왁자지껄하게 떠들고 있는 4층짜리 건물이었다. 안마당의 계단통 아래쪽 중심기둥에 이렇게 적힌 게시판이 있었다. "회원님들께서는 당구장이 7월 19일까지 폐쇄된다는 걸 유념해 주십시오." 데이비드 해밀턴은 자신이 R&A의 회원일 뿐 아니라 아티즌의 회원이기도 하다고 말했다. 그러면서 아티즌은 목요일에 가장 북적거린다고 설명했다. 이곳은 가게 주인들이 가입한 클럽인데, 역사적으로 가게 주인들은 토요일에 바쁘고 목요일 오후에는 가게 문을 닫기 때문이다.

나는 수상쩍은 목소리로 물었다. "당신, 가게 주인이에요?"

그가 대답했다. "인쇄소를 하고 있어요."

우리는 커피를 마시러 자리를 떴다가, 인쇄소를 보러 도심인 노스스트리트에 있는 그의 집에 갔다. 주조 활자 인쇄기들이 주택과 정원 사이에 있는, 도자기를 빚는 작업장에 더 적합해 보이는 어수선한 공간인 석조 창고 안에서 튼튼한 기계라는 분위기를 뽐내고 있었다. 머리 위 선반들에는 히커리 샤프트 골프채가 오십 자루 넘게 있었다. 이곳은 파틱프레스Partick Press로, 그는 이곳에서 그가 "짤막한, 신비로운 작품들"이라고 부르는 것들을 인쇄했다. 예를 들면, "학생 골프에 대한 시요." 파틱이 1998년에 『골프: 스코틀랜드의 게임』을 출판했을 때, 그 책은 에든버러에서 인쇄됐다. "다양한 연구들이 하나같이 대형 서적으로 출판되는 경향이 있었죠." 그가 말했다. "나는 책에 대한 통제권을 전부 갖고 싶었어요. 그래서 내가 직접 출판을 했죠."

데이비드 해밀턴과 같은 직업에 종사하는 사람들 대부분은 통제권을 전부 갖는 걸 선호한다. 그는 1980년대에 옥스퍼드에서 의학을 가르치다가 관심 가는 취미 활동에 뛰어들어 '활판 인쇄법을 배웠다.' 그와 진은 가진 돈이 얼마 없었다. 그는 2년의 안식년을 받았고, 부부는 그가 글래스고에서 하는 작업에 필요한 자금을 마련하려고 두 달에 2주일씩 바그다드에 갔다. 거기서 그는 이라크인들의 신장이식 수술을 했다. 그는 초기에 장기이식 수술을 실행한 의사이자, 의학 저널에 실린 고전적인 논문들의 저자다. 그는 『장기이식의 역사A History of Organ Transplantation』(2012)라는 책을 썼다. 다른 저서로는 『치유자들: 스코틀랜드 의학사The Healers: A History of Medicine in Scotland』(1981)와, 원숭이의 고환에서 추출한 조직을 인체에 주입해서 인간의 발기 기능을 복원한 어느 러시아 외과의의 주장에 무척이나 심각한 의문을 제기하는 책인 『원숭이 분비샘 사건Monkey Gland Affair』(1986)이 있다.

그는 옥스퍼드에서 보낸 세월에 대해 이렇게 말했다. "그건 중년에 한 무모한 장난이었어요. 사람들은 나를 호감 가는 괴짜로 여겼죠." 그는 핸디캡이 6인 골퍼다. 글래스고로 돌아온 그는 웨스턴인퍼머리 골프 클럽에서 가끔씩 우승하는 챔피언이 됐다. 2004년에 메스를 놓은 그는 세인트앤드루스대학교 의과대학 강사로서 해마다 미래의 의사 150명을 가르친다.

내가 물었다. "모두 학부생undergraduate인가요?"

"스코틀랜드에서는 '대학생student'이라고 불러요." 그는 대답했다. "잉글랜드에서는 '학부생'이라고 부르고요." 우리는 그의 집으로 가는 길에 어느 대학교 건물의 출입문을 지나쳤는데, 거기에는 황금색 블록체로 이렇게 적혀있었다. "대학생 체험사무실student experience office."

데이비드와 진 해밀턴과 함께 뉴 골프 클럽에서 그들의 친구이자 이웃인 데이비드와 루스 맬컴 부부의 초대 손님으로서 저녁을 먹었다. 혈색이 좋고 경쾌한 목소리로 순수한 파이프Fife 억양을 구사하는 세인트앤드루스 토박이 데이비드 맬컴은 (피터 E. 크래브트리와 함께 쓴)『세인트앤드루스의 톰 모리스: 골프의 거인 1821-1908』(2008)의 공동 저자다. 이 책은 19세기 골프계에서 가장 유명한 인물이었던 캐디, 플레이어, 골프장 관리인, 클럽 창설자의 전기일 뿐 아니라, 넓은 역사적 맥락에서 보면 데이비드 해밀턴의『골프: 스코틀랜드의 게임』과 짝을 이루는 책이기도 하다. 세인트앤드루스에는 '링크스의 지식인들'이라는 협회가 있는데, 이곳 회원들은 이따금 갖는 모임에서 골프의 역사에 대한 얘기를 나누고 서로의 논문에 대해 논의한다. 두 명의 데이비드 모두 지식인이다. 톰 모리스는 에어셔에 있는 프레스트윅에서 오픈을 4회 우승했다. 타이거 우즈는 3회 우승했다. 톰 모리스는 아들 톰 모리스가 4회를 더 우승한 후에 '아버지 톰 모리스Old Tom Morris'가 됐다. 150년 동안, 스코틀랜드 골퍼 스물두 명이 디 오픈에서 우승했다─1차 대전 이후로는 세 명이다. 마카롱처럼 달콤한 향수를 불러일으키는 이 기록은, 데이비드 해밀턴이 1세기 전에 미국과 캐나다로 이주했던 스코틀랜드 프로 골퍼들의 "골프 디아스포라"라고 부르는 현상에 대해 설명하게 만들기에 충분하고도 남았다. 그의 말에 따르면, "영국 프로 골프계에 블랙홀이 생긴 겁니다. 오픈 챔피언이 갑자기 줄어든 건 어마어마한 수의 젊은 남자들이 스코틀랜드를 떠나고 있었기 때문입니다. 그들은 스코틀랜드에서는 열악한 대우를 받는 노동계급이었습니다. 카누스티와 세인트앤드루스 출신의 노동계급 청년들은 잉글랜드에서는 도착하기 무섭게 찬밥 신세가 됐지만, 북미에서는 그렇지 않았죠. 미국에서는 그들을 거칠고 무뚝뚝한 사람들로 간주하기도 했지만, 마침내 세련된 사람늘보 내집 받았습니다." 모리스 부자는 고국에 남았다. 아버지 톰 모리스는 1902년에, 우리가 창가 너머로 올드 코스를 내려다보며 저녁을 즐기는 이 건물 3층에서 뉴 골프 클럽이 창설되는 걸 도왔다. 아버지 톰은 1908년에 뉴 클럽의 계단에서 넘어지면서 타계했다.

플레이가 재개됐지만, 바람은 그리 많이 잦아들지 않았다. 메트라이프 보험을 광고하는 소형 비행선이 여기에서 지금 이륙한다면 그 비행선은 오래지 않아 요크셔 상공에 있을 것이다. 소형 비행선과 스코틀랜드는 개념상 모순된다. BBC는 기네스 기록으로 등재될 정도로 큰 작업용 크레인에서 골퍼들을 내려다본다. 뉴 골프 클럽 만찬장에 있는 우리 높이에서도 지구상에서 가장 넓은 페어웨이의 양 측면 사이에 펼쳐진 대조적인 모습을 특히 선명하게 감상하기에 충분하다. 우리 아래에, 18번 홀의 사이드가 언덕과 깊이 팬 곳들로 주름져 있다. 그중에는 죄악의 계곡—18번 그린의 푹 꺼진 에이프런으로, 잔디가 가득 깔린 큼지막하고 깊은 벙커와 비슷하다—도 있다. 18번 홀의 사이드는, 올드 코스의 다른 모든 곳과 거의 비슷하게, 이곳의 예전 모습—대대로 내려오는 링크스랜드 지형—을 그대로 반영한 이미지다. 18번 홀 너머, 그리고 동쪽 사이드 아래에—첫 티잉그라운드 아래에—이상하게도 매끄러운 흙이 깔린 지역이 있다. 데이비드 맬컴은 그곳이 "매립된" 땅이라고 설명했다. 돌덩어리를 잔뜩 실은 낡은 청어잡이 배들의 선체를 그곳에 배치한 후 그 주위에 새 흙을 채워 단단히 고정시켰다. 그런 작업으로 시내에서 이어져 나오는 하수관도 복개했다고 그는 말했다. 하수관에 홍수가 나자, 큼지막한 쥐들이 군단 규모로 R&A로 튀어나왔었다.

만찬이 끝난 후, 제리스와 나는 끝없이 쏟아지는 여름 햇빛 속에서 코스로, 바람에 싸늘해진 17번 홀의 티잉그라운드 위에 있는 그랜드스탠드로, 우리가 날마다 펼쳐지는 경기를 지켜보기로 결정했던 고정적인 위치 세 곳 중 한 곳으로 돌아갔다. 또 다른 장소는 17번 홀 그린에 있었다. 여러 선수가 밝혔던 것처럼, 엄청나게 차분한 분위기에서 진행된 1라운드에서는 한 홀을 빼고는 코스 공략이 쉬웠다. 그런데 17번 홀은 변함없이 공략이 '불가능했다.' 개의 뒷다리처럼 굽어있는, 새로이 195야드약 178미터로 늘려놓은 파 4 홀은 아주 매력적인 시나리오를 제시한다. 티샷은 완전히 앞을 보지 못하는 상태에서 이뤄진다. 크고 길다란 창고 위로 넘어가는 궤적을 택할 경우에는 굽은 곳을 건너뛸 수 있다. 북쪽을 향해 놓여있는 담벼락에 맞닥뜨린 골퍼들은 그 위로는 하늘 말고는 보이는 게 아무것도 없는 간판을 넘기는 걸 목표로 삼는다. 간판에는 이렇게 적혀있다.

올드 코스 호텔

세인트앤드루스

골프 리조트 앤 스파

이 창고는 웅장한 호텔의 일부로, 오른쪽 가까운 곳에 엄청나게 많은 객실 창문이 있다. 간판 왼쪽에는 뒷다리로 선 사자가 있다. 겁을 집어먹고 샷을 날리면, 공은 뒷다리로 선 사자의 위로 날아간다. 바람이 공의 진로 선택에 상당히 큰 영향을 준다. 그런데 일반적으로 말하자면, 합리적인 선택은 올드OLD의 'O'자 위를 지나가는 것이다. 호텔의 'O'에는 엄청난 위험과 거금이 놓여있다.

페어웨이에서 가장 좁은 곳은 너비가 겨우 15야드약 13.7미터다. 제리스의 말에 따르면, "선수들은 눈에 보이지 않는 페어웨이 쪽으로 아웃 오브 바운드를 치고 있는 거예요. 페어웨이는 개의 뒷다리처럼 오른쪽으로 휘어있지만, 지나치게 심하게 페이드로 치면―오른쪽으로 감겨서 날아가도록 공에 영향을 주면―공이 3번 홀의 티를 치는 곳으로 돌아오게 되죠." 이런 가능성 때문에 심리적으로 흔들린 골퍼들은 "서두르게 되고," 스윙을 할 때 양손을 말아 붙이면서 클럽 페이스를 닫고 공이 지나치게 왼쪽으로 기우는 드로샷으로 날리게 된다. 그러면 공은 러프라기보다는 추수를 앞둔 곡식밭에 더 적합한 건초 지역으로 들어간다. 그곳에서 벗어나 그린에 도달하려면 엄청난 힘이 필요하다. 앙헬 카브레라가 다른 목적지를 향해 두 번째 샷을 친 후, 건초가 수염 식물 틸란드시아처럼 그의 폴로스루에 걸려 떠오른다. 우리가 17번 홀에서 본 가장 길고 성공적인 드라이브는 빨강과 검정 줄무늬 호랑이 가죽을 닮은 바지를 입은 미국의 죄 많은 골퍼 존 데일리가 친 거였다. 데일리는 1995년에 세인트앤드루스에서 열린 오픈에서 우승했었다. 이후로 그는 몇 년간 체중이 풍선처럼 불어나고 재활원을 몇 차례 들락거리다가 지금은 양자강에서 물고기를 잡아 어부에게 바치는 가마우지처럼 큼지막한 위장의 윗부분을 죄는 밴드를 삽입하는 수술을 받은 상태다.

17번 홀은 로드 홀Road Hole로 알려져 있다. 아스팔트 간선 도로가 그린과 페어웨이 일부 지역의 옆을 지나기 때문이다. 작고 좁으며 콩팥처럼 생긴 그린은 올드 코스에서 핀이 하나뿐인 그린 네 곳 중 한 곳이다. 유명한—벽에 가로막힌, 원통형에 깊이가 1.5미터인—로드 홀 벙커는 콩팥 모양에 딱 알맞게 들어맞기 때문에, 이곳은 사실상 그린 한복판에 있는 벙커로 간주할 수 있다. 그린 위에 있는 그랜드스탠드에 올라가 오른쪽에서 왼쪽으로 180도를 돌아보면 길거리에 있는 군중과 18번 홀 그린, 대학교, R&A 클럽 하우스, 언론이 친 대형 흰색 텐트, 고전이 된 영화 〈불의 전차〉에서 영국 육상 선수들이 달렸던 해변을 향해 물결치는 북해, 던디로 향하는 길에 바닷물을 가로지르는 해안, 이 홀을 코스에서 가장 앞이 안 보이게 막는 창고가 보인다. 티에 있는 선수들은, 우리가 그들을 보지 못하는 것처럼 우리를 보지 못한다. 그래서 우리는 그들이 샷을 날리는 걸 보지 못한다. 하늘에서 난데없이 뚝 떨어지듯 공이 페어웨이에 등장한다. 그러다가 다른 어딘가로 사라진다. 그러는 동안 우리는 다음에는 어떤 선수들이 산등성이를 넘어오는 척후병처럼 나타날 것인지를 예상하면서 낡은 창고를 응시한다.

노란 골프공이 나타난다. 제리스에게 누구 공일 것 같으냐고 물었다.

"미야세 히로후미 거예요." 그가 말했다.

"그걸 어떻게 알죠?"

"스티븐 타일리영국 골퍼랑 플레이하는 게 그 선수니까요. 영국인이 노란 공을 사용하는 일은 절대 없어요."

지금은 3라운드다. 거센 바람에 깃발이 활짝 펼쳐졌다. 7언 더파로 17번 홀에 도착해 오늘 최고 성적과 타이를 이룬 헨릭 스텐손이 로드 홀 벙커에 들어간다. 라이lie. 공이 놓인 위치나 상태, 핀까지의 경사 때문에 다른 방향으로 벙커에서 빠져나와야만 하는 신세다. 그러면서 더 이상은 오늘의 최고 스코어가 아니다. 핀이 도로 가까운 곳에, 짧고 가파른 러프와 석탄재를 깔아 다진 인도 사이에 놓여있다. 그리고 도로 뒤로 몇십 센티미터 떨어진 곳에는 뉴잉글랜드에서는 볼 수 없는 돌벽이 있다. 우리는 보기와 더블 보기가 연달아 나오는 걸 지켜보면서 잘못 날아간 공들이 그린 옆에 부딪혀서 굴러가거나 벽으로 날아가거나 아스팔트를 통통 튀어서는 벽을 넘어가는 걸 본다. "17번 홀의 벽은 선수들이 조금도 안도하지 못하게 하는 움직이지 않는 장애물이에요." 제리스가 말했다. "이건 TV 중계탑이나 그랜드스탠드처럼 TIOtemporary immovable obstruction—일시적으로 고정된 장애물—가 아니에요. 이 돌벽을 보면 안도감은 전혀 느껴지지 않죠."

미컬슨이 왔다. 그는 도로 건너편에, 짧은 스윙을 간신히 할 수 있을 만한 공간을 두고 벽 가까이에 있다. 그가 그린 사이드의 짧고 가파른 러프 앞에서 엄청난 샷을 날린다. 공이 튀어 올랐다가 계속 날아가 홀 가까운 곳에 멈춘다. 미컬슨의 부모는 캘리포니아 남부에 있는 그가 자란 집 뒤편에 다른 사람들이 수영장을 설치하듯 숏 게임을 연습할 공간이 딸린 골프 그린을 설치했다. 그런데 그는 이번 퍼트를 놓치고 보기를 기록한다. 미겔 앙헬 히메네즈가 곧 나타날 것이다. 그러고는 어떤 식으로건 오픈 스윙을 하는 게 불가능한 벽 가까이로 갈 것이다. 상황이 그렇기에, 그는 곧장 돌벽으로 날아가는 샷을 날린다. 벽에 맞고 튄 공이 그의 등 뒤에 있는 그린에 떨어진다.

골퍼 및 캐디와 같이 걷는 수행원은 대부분 열두 명이 넘는다—진행 요원, 득점 기록원, 안내원, R&A 심판, 전방 관측자 등. 우즈와 대런 클라크가 별도의 진행요원들을 시작으로 해서 일반적인 규모의 2.5배나 되는 수행원들과 함께 창고를 돌아 나온다. 클라크는 호텔 쪽으로 OB를 친다. 우즈가 친 공은 건초 지역으로 들어간다. 그는 힘껏 샷을 날리지만 공은 더 깊은 건초 지역 속으로 들어가고 만다. 세 번째 샷은 그린을 외면한다. 공은 석탄재 깔린 보도를 지나고 아스팔트 도로를 지난 후에 돌벽에서 골프채 길이만큼 떨어진 곳에 멈춘다. 우즈는 홀 가까운 곳에 사뿐히 내려앉는 포물선을 그리는 마법을 부린다. 제리스는 그걸 "최고의 커트

샷, 낙하산 샷"이라고 부른다. 그 덕에 보기는 지쳤지만, 만족스러워하기에는 섭섭한 성적이었다.

로리 매킬로이가 창고를 돌아 나온다. 두 번째 샷이 돌벽에 너무 가깝게 붙는 바람에 다음 샷을 그린에서 떨어진 곳으로 칠 수밖에 없다. 2라운드의 광풍 속에서, 올드 코스는 그를 꾸짖어 80타를 기록했다. 이제 그는 더블 보기를 범한다. 그렇지만 그는 69타로 라운드를 마친다.

시계태엽처럼 창고를 돌아 나타난 그룹들이 태엽처럼 창고를 돌아 나타나는 걸 멈춰도 시간이 흘러간다. 그린 옆 그랜드스탠드의 관중이 무슨 일이 일어나고 있는 것처럼 창고를 응시하지만 아무 일도 일어나지 않는다. 창고는 미래보다는 과거에 속한 곳인 듯 보인다. 50년 전까지만 해도 그곳에 철도가 놓여있었다는 사실은 17번 홀의 내부와 주위에 있는 범상치 않은 해저드들이 장기간에 걸쳐 충분히 개발되지 않았다는 걸 보여주는 증거다. 게다가 그 철도는 코스 밖에 있는 것도 아니었다. 창고는 열차가 부려놓은 석탄을 보관하고 골프채 히커리를 수선하는 용도로 건설됐다. 그런데 지금 연착하는 존재들은 골퍼들뿐이다.

비제이 싱이 창고를 돌아 나타난다. 빅 피지언Big Fijian. 싱의 별명은 신중하다. 플레이 속도가 느리다는 뜻이다. 그는 자기 시간을 충분히 갖는다. 다른 사람들의 시간도 충분히 갖는다. 그는 마스터스 챔피언이자 PGA 챔피언(2회)이다. 그리고 그는 페덱스 컵을 차지했다—이력이 이렇다고 해서 그가 플레이하는 곳을 지나치게 깐깐하게 선택하는 건 아니다. 그는 세계적인 토너먼트에 누구보다도 많이 출전하는 것으로 가능한 한 가장 프로다운 모습을 보여준다. 골프는 수입이 짭짤하다. 싱은 지금 여유 있게 시간을 보내고 있을지도 모른다. 그렇지만 어쨌든 그는 돈을 벌려고 이 대회에 참가했다. 그는 특유의 물 흐르듯 부드러운 스윙을 했음에도 이 홀에서 보기를 기록한다.

그랜드스탠드의 똑같은 자리에서 보면 18번 홀의 티잉그라운드와 페어웨이도 우리 바로 앞에 있다. 로스앤젤레스 강에 놓는 것보다 건설하는 데 품이 덜 들어가지 않았을 똑바로 뻗은 다리의 횡단면을 보여주는 스윌컨 번. 이 다리가 놓인 티잉 그라운드와 페어웨이는 "&" 형태로 도시를 떠나 느긋한 여정에 올라서는 18번 홀과 1번 홀을 가로질러 바다로 향한다. 17번 홀에서 해방된 선수들이 연달아 마지막 페어웨이—파 4, 350야드—에 쏟아져 나온다. 그리고 그들 중 많은 수가 드라이브를 그린에 올린다. 버디기준타수보다 1타 적은 성적가 쏟아져 나온다. 18번 홀의 사내들이 살육의 땅으로 올라가는 동안, 우리가 있는 방향으로 플레이하는 루이스 우스트히즌과 마크 캘커베키아는 첫 티에서 플레이를 시작해 각각 보기를 기록할 참이다. 그들은 마지막 투섬twosome이다—챔피언십이 절반쯤 지났을 때 1위와 2위다. 그렇지만 캘커베키아는 오늘 5번 홀에서 9타를 치고 77타로 라운드를 마치면서 무너질 것이다. 우스트히즌은 그렇지 않을 것이다. 사람들은 그가 무너질 거라 예상했지만 그리되지 않을 것이다. 그다지 긴장한 기색이 없어 보이는 그가 첫 홀을 걸어 내려간다. 캐디가 그의 옆을 따라간다.

우스트히즌의 캐디는 나이가 그보다 2배 가까이 많은 흑인 남아프리카인이다—유러피언 투어에 참가한 몇 안 되는 흑인 캐디 중 한 명이다. 이름은 잭 라세고다. 소웨토에 거주하는 그는 우스트히즌을 위해 7년간 일해 왔고, 한때는 게리 플레이어의 캐디였다. 최근 몇 주 사이에 무척이나 많은 컷 탈락을 기록한 것에 낙담한 우스트히즌은 새로운 캐디가 필요하다고 결정하고는 디 오픈을 마친 후에는 각자 갈 길을 가자고 잭 라세고에게 말했다.

에인션트 트랙Ancient Track의 멀찌감치 떨어진 끄트머리에—올드 코스가 방향을 트는 곳에— 5개의 티와 5개의 핀, 3개의 그린이 있다. 이것들은 통틀어서 루프the Loop로 알려져 있다.

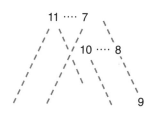

오거스타내셔널의 아멘 코너Amen Corner와 비교돼 온 곳으로, 골프에서 대단히 신성시되는 순서로 홀들이 구성된 이 루프는 기하학적으로는 아멘 코너보다 훨씬 더 복잡하지만 실제로 골프를 쳐보면 보기보다는 덜 어렵다. 바람이 거칠

게 불지 않으면 버디를 기록할 수 있지만, 바람은 거의 항상 거칠게 분다. 링크스랜드의 뱃머리에 해당하는 지형은 겨울철에 북대서양을 항해하는 배의 뱃머리하고 무척 비슷하다.

미국골프협회 데이비드 페이 전무의 경험에 따르면, 루프에 속한 10번홀에서 8번홀 그린 위에 있는 그랜드스탠드는, 또한 11번 홀에서 7번 홀로 이어지는 십자형으로 교차하는 페어웨이들을 굽어보는 그랜드스탠드는 "모든 스포츠를 통틀어 가장 좋은 전망"을 보여준다. 그는 스파이크 리_{미국 영화감독으로 농구팀 뉴욕 닉스의 열혈 팬이다}의 고견을 들어보지 않았을 것이다. 잭 니컬슨_{미국 배우로 농구팀 LA 레이커스의 열혈 팬이다}을 피해 다녔을 것이다. 그럼에도, 싸늘한 바람이 가장 간단한 샷들을 휘어져 날아가게 만들면서 바람을 막으려고 중무장한 모든 섬유의 모든 겹을 파고들 때, 그곳은 말 그대로 숨이 막힐 정도로 끝내주는 곳이다. 당신이 맨 윗줄에 있는데 바람이 당신의 등으로 불어오면, 갈매기들이 당신 얼굴과 골프채 길이만큼 떨어진 곳에서 미동도 없이 허공에 매달려서는 당신의 눈을 들여다본다. 북해를 배경으로 한 브뤼헐_{16세기 네덜란드 화가}풍의 풍경을 그린 캔버스 곳곳에 골퍼들이 배치돼 있다—여기서는 퍼팅을, 저기서는 드라이브를 치면서 동시에 골프채를 휘두르지만, 대단히 영리한 이 골퍼들은 공이 바람에 실려 2.4킬로미터 떨어진 세인트앤드루스의 길거리로 날아가는 일이 없도록 웨지_{짧은 거리에서 공을 띄워 어프로칭을 하거나 벙커에서 탈출하려고 사용하는 클럽으로, 로프트각과 바운스각에 따라 다양한 웨지가 사용된다}를 높이 띄우지 않는다. 방향을 돌리면 코스의 나머지를, 저 뒤쪽에 있는 중세기에 세워진 소도시의 석조 건물들까지를 볼 수 있다. 골퍼들과 갤러리들은 멈췄다가 이동하고, 이동하다 멈춘다—정오에 반응하는 스위스제 천문시계를 지켜보는 것과 비슷하다. 후드 날린 빠카와 우비 차림을 한 시커먼 갤러리들의 행렬이 페어웨이를 가로지른다. 그들은, 이 스코틀랜드 전문가들은, 예를 들면 캘리포니아의 갤러리보다 훨씬 연령대가 높다. 주로 에든버러와 글래스고에서 온 사람들로, 거기에 파이프 현지 주민들이 가세한 그들은 미국 갤러리들의 아버지와 할아버지뻘로 보인다.

코스 디자인을 보면, 11번 홀과 7번 홀의 페어웨이가 교차하는 루프의 X지점은 뉴욕의 그리니치빌리지 전역을 헤매고 다니다 결국 웨스트트웰프스와 만나게끔 웨스트포스 스트리트를 만든 바로 그 멍청한 인간들이 고안해낸 것처럼 보인다. 제리스는 보비 존스가 1921년에 처음으로 오픈에 참가해서 루프를 가로지르는 플레이를 할 때 X를 가로지르는 샷을 날려 벙커에 들어가자 스코어 카드를 갈기갈기 찢고는 코스를 떠나갔다고 말했다. 보비 존스는 1958년에 세인트앤드루스의 명예시민이 됐다—벤저민 프랭클린 이후로 그런 영예를 누린 첫 미국인이었다.

4라운드 아침, 루프에 쌀쌀한 바람이 불고 있다.

코스 중계 라디오: "지금 정도의 바람은 플레이를 하는 데 전혀 문제가 안 되겠군요."

제리스: "그 작자들이 있는 트레일러에는 그렇겠죠."

비제이 싱 차례가 됐다. 그가 루프 주위를 거닐고 있다. 회전문을 통과하는 문제를 놓고 60분간 고심에 고심을 거듭한다.

3언더파인 이시카와 료가 10번 홀의 핀 4.5미터 옆에 공을 붙이고는 퍼트로 홀에 넣는다. 그는 열여덟 살이다. 몇 달 전에 열린 재팬 골프 투어의 토너먼트에서 58타를 쳤다. 세인트앤드루스에서 공동 27위가 된 그는 400만 엔을 집에 가져갈 것이다. 타이거 우즈가 13년긴 내뿜은 환한 아우라 덕에 그의 뒤에 있는 필드는 상대적으로 어둑어둑한 곳이 돼버렸다. 우즈는 그를 제외하면 달리 사람들 눈에 띌 수 있는 것은 무엇이건 베일로 가려버리는 스크린세이버 같은, 또는 일종의 장막이나 배경막 같은 존재였다. 가끔씩, 연출자들은 필 미컬슨과 다른 선수들에게 초점을 맞췄지만 내러티브의 관심의 초점은 타이거 우즈에 맞춰졌고, 카메라들은 말에게 달려드는 파리들처럼 그가 치는 샷을 하나도 빼놓지 않고 찍어댔다. 이제 그 장막은 걷혔고, 막대한 방송 시간이—이시카와, 우스트히즌 같은—두각을 나타내는 젊은 골퍼들을 편집한 화면에 바쳐진다. 스물다섯 살 난 독일인 마르틴 카이머는 공동 7위로 18만 6239달러를 벌 것이고, 스물여덟 살 난 미국인 숀 오헤어와 스물아홉 살 난 미국인 닉 워트니도 그럴 것이다. 로리 매킬로이는 2라운드에서 80타를 쳤음에도 공동 3위가 될 것이고, 39만 4237달러를 챙길 것이다. 매킬로이는 80타를 치기 전에, 세인트앤드루스의 올드 코스에서 열린 토너먼트 골프의 9라운드 플레이를 했었는데, 그때 그가 기록한 최악의 성적은 69타였다. 5월에 샬럿Charlotte의 퀘일홀로에서, 그는 마지막 라운드에서 62타를 치고 필 미컬슨을 4타 차로 물리치면서 상금으로 117만 달러를 받았다. 5년 전에, 디 오픈이 열린 바 있던 북아일랜드의 로열포트러시에서, 매킬로이는 61타를 쳐서 코스 기록을 세웠다. 당시 그는 열여섯 살이었다. 그리고 스물한 살 난 리키 파울러가 '머리끝에서 발끝까지—신발, 바지, 벨트, 셔츠, 모자, 팔찌, 목걸이—오렌지색으로' 활활 불타오르는 차림새로 루프에 나타났다. "이건 우리 학교 색깔입니다. 저는 오클라호마주립대학을 다녔습니다!" 라디오 프리 파이프는 "죄수처럼 보인다"고 말한다. 파울러가 처음으로 연중 투어에 나선 올해의 지금까지, 그는 2위로 대회를 두 번 마쳤고 200만 달러 이상의 상금을 받았다. 오늘 그는 스물여섯 살인 사우스캐롤라이나의 더스틴 존슨처럼, 스무 살인 한국인 정영진처럼 공동 14위를 기록하면서 8만 7839달러를 더 벌 것이다. 그런데 정영진은 한 푼도 챙기지 못할 것이다—그는 아마추어다.

오픈에는 나이 많은 사내들도 있다. 존 데일리가 스물한 명의 수행원과 함께 여기 루프에 등장한다. 데일리의 복장은 날마다 바뀐다. 지금은 오른쪽 다리에는 별들이 있고 왼쪽 다리에는 줄무늬—빨강과 흰색, 파란색이 섞인—바지 차림이다. 빨간 재킷. 흰 모자. 유니언잭에서 영감을 얻은 옷을 입고 나타난 버킹엄셔의 이언 폴터는 바다에 수장되기 직전인 것처럼 보인다는 말을 들었다. 제리스는 데일리가 프린스턴 동문회를 위해 저런 차림을 한 거라고 말하지만, 나는 그를 독립기념일 행진이 진행되는 어느 도시에 데려놔도 아무런 문제가 없을 것 같다고 생각한다. 그는 1라운드에서 66타를 쳤다. 지금 그는 디 오픈에서 1오버 파를 기록 중이다. 7번 홀에서, 그는 벙커에 못 미치는 곳에 공을 놓으려고 아이언으로 티를 친다. 그런 후 바람을 겁내지 않는 과감한 웨지로 홀에서 6미터 지나간 곳에 공을 놓고, 다음에는 느긋한 퍼트로 기준 타수를 채운다. 그랜드스탠드는 그에게 열광한다. "그는 플레이 속도가 빨라요." 제리스는 말한다. "스코틀랜드 사람들은 그런 걸 좋아하죠. 그들은 우리보다 더 빠르게 플레이해요." 데일리가 11번째 홀의 티를 치고 루프의 끝에 가까워진 후, 많은 관중이 그랜드스탠드에서 빠져나간다.

오후에 제리스와 헤어졌다—그는 코스에 그대로 남기로 했고 나는 미디어 센터에 갔다. 타이거 우즈가 1라운드에서 67타를 기록하고 언론 인터뷰를 하려고 미디어 센터에 간 후, 센터 바깥에 관중이 잔뜩 몰리면서 수백 명이 선 채로 사람들의 체중에 눌리면서도 꼼짝을 못하는 신세가 됐다. 그 급박한 상황에서 어느 스코틀랜드인의 목소리가 들렸다. "그가 최종적으로 기록한 샷이 어떻게 되죠?what did he end up shooting? '그가 결국 총으로 쏜 게 무엇이죠?'라고 해석할 수도 있다" 그 질문에 어느 스코틀랜드 목소리로 답이 왔다. 지금 관중이 텐트 밖에 잔뜩 몰려든 건, BBC가 입력한 정보를 바탕으로 2010년도 디 오픈의 클라이맥스에 해당하는 홀들을 보려고 모여든 언론계 종사자들 탓에 빚어진 일이다.

미디어 센터는 길이가 54미터고 너비가 27미터다. 저널리스트 500명을 위해 책상을 놓을 공간을 마련하기에 충분하고 인터넷 접속도 되며 공짜 음식도 있다—인쇄 매체로 곧바로 실리는 거의 모든 대화 내용의 출처인 모든 인터뷰 녹취록이 신속하게 배포되는 건 말할 나위도 없다. 이곳 분위기는 학구적이라기보다는 경마장 분위기에 가깝다. 한쪽 측면에는 장외 마권 발매소에 있는 전광판을 닮은 대회 진행 현황판이 있다. 그렇지만 전자 장비는 아니다. 거기에 기록된 많은 숫자는 바퀴 달린 사다리를 타고 다니는 여성들의 수작업을 통해 바뀐다. 양쪽 끝에는 BBC 중계 화면이 있다—합판 크기만 한 소리 없는 스크린에서 골퍼들이 플레이하는 모습이 보인다. 거센 빗줄기가 텐트 지붕을 때려대는 소리가 너무 커서 오디오를 켜놨다고 하더라도 중계방송을 들을 수 있는 사람은 아무도 없을 것이다. 목에 코스 중계 라디오를 걸고 있는 게 도움이 된다. 나한테 배당된 공간은 〈시드니 모닝 헤럴드〉의 피터 스톤과 〈인디펜던트〉의 브라이언 바이너의 사이다. 〈디트로이트 뉴스〉와 〈도쿄 신문〉 〈오거스타 크로니클〉 〈샬럿 옵서버〉, 골프프레스연합, 〈데저트 골프 매거진〉, 그리고 죽 늘어선 AP의 노트북들이 우리 바로 옆을 에워싸고 있다. 디 오픈의 끝이 가까워지면서, 지난 일주일간의 어느 시점에서건 이곳에 있던 사람들보다 더 많은 사람이 여기에 있다. 영화 〈불의 전차〉의 영국 육상 선수들이 해변을 떠나 펜스를 뛰어넘어 첫 티잉그라운드로 향할 때, 그들은 미디어 센터를 곧바로 가로질러 뛰어간 셈이다. 말하자면 그렇다는 것이다.

디펜딩 챔피언 스튜어트 싱크는 18번 홀을 1오버파로 마무리한다. 공동 48위가 된 그는 고향 조지아로 겨우 2만 1130달러를 가져갈 것이다. 톰 리먼은 핀에서 60센티미터 떨어진 곳에 멈추는 356야드약 326미터 드라이브를 날린 후 이글에 성공해 18위가 됐다(8만 7839달러). 한편, 코스 중계 라디오는 루이스 우스트히즌이 죄악의 계곡과 총장의 코, 스월켄 번을 돌파하는 모습을 굉장히 인상적으로 여긴다. 그는 "완전히 느긋하고", "막을 수 없을 것처럼 보이며", "정말이지 대단히 믿음직하게 보인다." 그리고 "딱 자신이 하고픈 방식대로, 그러니까 단독 레이스를 펼치는 식으로" 플레이를 한다.

라디오에 귀를 기울이고 전광판과 텔레비전 이미지를 눈여겨보는 동안 황혼이 내려앉는다. 그러면서 코스 중계 라디오 해설자들이 받는 정보는 BBC 화면뿐이라는 걸 서서히 깨닫는다. 그들은 흔히 상상하는 것처럼 와이드스크린 와이퍼와 비디오카메라 모니터들이 설치된 트레일러를 타고 현장을 돌아다니고 있는 게 아니다. 대여섯 곳의 미디어에 소속된 다른 모든 저널리스트들처럼, 그들도 이 텐트 안에서 중계를 하고 있다.

내일모레면 서른세 살이 되는 영국인 폴 케이시가 우스트히즌과 마지막 짝을 이뤄 플레이를 하고 있다. 그는 4타

뒤진 11언더파로 라운드를 시작했었다. 디 오픈 챔피언십이 어떤 종류가 됐건 양자의 대결 형태로 이어진다면, 그런 일이 일어날 가능성이 가장 높은 곳이 여기일 것이다. 그런데 그들은 이 홀에서 저 홀로 이동하며 경기를 하는 내내 수나를 떨고 농담을 해가며 깔깔 웃어댄다. 그러면서 여기서 드라이브를 치거나 저기서 칩샷을 날리는 게 몇십 만 파운드를 챙기는 것보다 더 가치 있는 일이 될 수 있다는 듯이 군다. 목에 걸린 라디오가 내게 말한다. "루프에서 결판이 날 것 같습니다."

　루프에서, 우스트히즌은 8번 홀에서 보기를 범한 반면, 케이시는 파를 기록한다. 그랜드스탠드와 갤러리는, 군중은 대영제국이 포효하는 것처럼 편파적으로 케이시를 응원하며 달아오른다. 콘크리트를 부서뜨리기에 충분할 정도로 요란한 소리로 들리지만, 우스트히즌을 부서뜨리기에 충분할 정도로 요란하지는 않은 것 같다. 이제 케이시는 품위 있는 모습으로 9번 홀—357야드—의 그린에서 드라이브를 친다. 관중이 다시금 폭발한다. 우스트히즌은 자기 장갑을 계속 내려다보다가 드라이버로 티샷을 해서 역시 그린에 도달한다. 그렇지만 그의 공이 핀에 더 가깝고 라인도 더 좋다. 케이시가 이글을 위해 퍼트를 한다. 빗나간다. 우스트히즌이 이글을 위해 퍼트를 한다. 볼이 굴러 들어간다. 우스트히즌의 장갑에는 빨간 점이 있다. 그 점은 집중하는 데 도움을 받으려고 그가 거기에 찍은 것이다. 그 점이 코치나 되는 양, 그는 계속 그 점을 힐끔거린다.

우스트히즌과 케이시는 다시금 수다를 떨고 농담을 주고 받으며 12번 홀에 다가간다. 거기서 우스트히즌의 드라이브는 페어웨이 중간에 있는 벙커 5개를 통과하고 가시금작화가 떼로 자라는 곳들 사이를 굴러가다 그린까지 짧은 피치만 하면 되는 지점에 멈춘다. 그곳에서는 전부해서 에이커에 이르는 땅에 가시금작화가 자란다. 케이시의 공이 그 안으로 들어간다. R&A의 진행요원들이 급히 덤불로 들어가 공을 찾는다—날카로운 가시들이 있는 곳으로 들어가는 건 용감한 행위다. 어제 우스트히즌과 플레이했던 마크 캘커베키아의 공도 거기 들어갔었다. 그는 잠정구공을 분실하거나 분실 가능성이 높은 상황에서 원래 쳤던 자리에 놓고 치는 공로 플레이했었다. 그러다가 공을 찾았다는 말을 듣고는 잠정구를 집어들었다가, 찾아낸 공으로 플레이를 계속했었다. 그런데 그건 그의 공이 아니었다. 잃어버린 공에 따른 벌타를 받고 잠정구를 들어 올리면서 또 다른 벌타를 받은 그는 이 홀을 9타로 마쳤다. 그건 디 오픈이 캘커베키아에게 보내는 작별 인사였다. 케이시가 공을 찾는 동안 쌀쌀한 바람 속에서 빈둥거리며 서 있는 우스트히즌이 스웨터를 입는다. 추위라면 모를까, 그 무엇도 그의 기세에 영향을 줄 수 있을 것 같지 않았다. 케이시의 공이 언플레이어블공이 플레이할 수 없는 상태에 있는 것으로 발견된 후, 케이시는 벌타를 받고 드롭골프 룰에 따라 볼을 주위 정해진 장소에 떨어뜨리는 것을 한다. 라디오 프리 파이프는 말한다. "7타의 냄새가 나는군요." 7타의 냄새가 무엇이건, 케이시는 무척 빠른 시간 안에 그걸 묘사할 처지가 된다. 그의 샷이 그린을 넘어간다. 우스트히즌이 15피트약 4.6미터 퍼트로 버디를 기록하고, 대결은 끝났다. 그러나 우스트히즌은 상대의 시신을 매장할 수 있기 전에도 여전히 그 시신을 2400야드약 2.2킬로미터 더 끌고 가야만 한다. 18번 홀 페어웨이를 걸어간 그가 마지막으로 날린 드라이브가 그린 바로 옆에 떨어진다. 전체 라운드에서 7타를 앞선 우스트히즌은 (잠시 후에 텐트를 가득 메운 기자들에게 그가 말한 것처럼) 자신이 첫 메이저 대회 우승을 했다는 생각에 이르러서야 자신감에 찬 혼잣말을 한다. "내가 퍼팅을 열 번이나 하지 않을 거라는 건 분명해." 그는 거기로 걸어가면서 넬슨 만델라 생각을 했노라고 밝혔다. 우스트히즌은 아침에 골프 코스로 오기 전에 오늘이 만델라의 92번째 생일이라는 걸 인터넷으로 알게 됐다.

R&A 챔피언십 위원회 회장 마이클 브라운은 골프 코스를 이용하게 해줘서 고맙다며 세인트앤드루스시에 감사 인사를 한다. 우스트히즌은 그의 이름이 새겨진 클라레 저그 Claret Jug. 디 오픈 우승자에게 수여되는 트로피를 받는다. 보도진이 미디어센터에 다 모일 때까지 기다린 그가 무대에 앉아 트로피를 책처럼 들고는 거기 적힌 글을 읽는다.

언론: "당신이 경기를 잡치지 choke 않을 거라는 걸 언제 알았나요?"

우스트히즌: (활짝 웃으며) "'choke'라는 단어는 꽤나 상스러운 것 같군요"

언론: "당신과 폴이 그렇게 큰 상금이 걸려있는 상황에서 잡담을 하는 모습은 놀라워 보였습니다."

우스트히즌: "우리는 코스에서 꽤나 재미있는 시간을 보냈습니다. 이건 여전히 우리가 플레이하는 게임일 뿐입니다. 그렇지 않다면, 이 게임은 꽤나 비참해질 겁니다."

우스트히즌과 케이시가 방금 전에 받은 상금 액수의 차이는 100만 파운드가 넘는다. 이것이 이 게임이 낳은 가장 괜찮은 결과였다.

8언더파인 케이시는 헨릭 스턴슨과 로리 매킬로이와 공동 3위가 됐다. 9언더파인 리 웨스트우드가 2위였다(50만 파운드). 16언더파인 우스트히즌은 7타 이상으로 메이저 대회에서 우승한 역사상 몇 안 되는 골퍼 중 한 명이 됐다. 그 몇 안 되는 골퍼의 명단에는 니클라우스와 우즈가 들어있다. 그 골퍼들의 명단에 벤 호건과 바이런 넬슨, 샘 스니드, 보비 존스는 포함되지 않는다.

언론: "당신은 한때는 성미가 급했습니다. 당신이 정말로 차분한 걸 보고는 깜짝 놀란 사람이 우리 중에 많습니다. 그 문제를 극복하는 데 어떤 도움을 받았나요?"

우스트히즌: "정말이지, 그건 철이 들면 해결되는 문제일 뿐입니다."

우스트히즌의 캐디 잭 라세고는 코스 중계 라디오와 인터뷰했다. "그의 캐디로 일하는 건 어떤가요?"

라세고: "솔직히 말하면, 온갖 생각을 다 하게 되는 일이죠."

라디오: "당신은 어떤 술을 마시나요?"

라세고: "위스키요."

라디오(소리를 낮춰): "딱 알맞은 곳에 와있군요."

라세고는 일자리도 지켰다. 우스트히즌은 그를 많이 칭찬하면서, 퍼트를 읽는 것부터 힘을 북돋아 주는 조언을 해준 것까지 그가 해준 많은 일에 대해 고맙다는 뜻을 밝혔다("지금까지 드라이브를 굉장히 잘 쳐왔으니까 그냥 드라이브를 치도록 해"). 상금 중 라세고의 몫은 8만 5000파운드다.

라세고: "만델라의 생일인 오늘 우승한 건 남아프리카를 위해 좋은 일입니다. 오늘은 우리를 위한 환상적인 날입니다."

우스트히즌: "만델라는 우리 나라를 위해 믿기 어려운 일들을 해줬습니다. 다시 한번 그에게 생일을 축하한다는 인사를 드립니다."

우스트히즌이 한 다음과 같은 말은 세인트앤드루스의 잦아들 줄 모르는 바람 때문에 그가 얼마나 애를 먹었는지를 보여준다. "바람이 무척 심했습니다. 그렇지만 비거리를 약간 짧게 하는 식으로 활용하기에는 좋은 바람이었습니다." 희망봉의 바람 속에서 성장한, 생계를 위해 발버둥치는 농부의 아들인 우스트히즌은 이번 2010년도 오픈에서는 컷 탈락한 어니 엘스가 설립한 재단이 제공한 비용으로 훈련과 교육을 받았다. 오픈 역사에서, 우스트히즌은 남아프리카 출신으로 챔피언이 된 네 번째 골퍼다. 어니 엘스가 세 번째였다. 그 이전에는 게리 플레이어가 3회 우승했다. 오늘 아침에 게리 플레이어는 우스트히즌을 격려하고 조언을 해주기 위해 그에게 전화를 걸어 아프리칸스어^{남아프리카공화국의 공용어}로 통화했다.

남아프리카 출신의 첫 오픈 챔피언은 아서 다시 (보비) 로크로, 그는 특유의 헐렁한 반바지 차림에 히커리 샤프트의 구스넥 퍼터로 오픈을 4회 우승했었다.

언론: "보비 로크에 대해 얼마나 많이 알고 있나요?"

우스트히즌이 저그를 들고는 대답했다. "불행히도, 잘 모릅니다. 그래요, 불행히도 잘 몰라요."

2009년, 빌 티어니Bill Tierney는 프린스턴의 남자 라크로스 팀 감독 자리를 사임하고 덴버대학의 남자 라크로스 팀 감독이 됐다. 프린스턴에서 전국 챔피언십을 여섯 번 우승했던 그는 이제, 지리적인 측면을 비롯한 모든 면에서, 낮은 곳을 향해 극적인 점프를 하고 있었다. 그와 잘 아는 사이였던 내 입장에서는 그가 떠난 것이 유감스러운 일이었다는 건 말할 나위도 없다. 그런데 당시 내가 라크로스 분야에 가진 관심은 라크로스 인기의 성장―라크로스가 미국 동부의 소수민족 거주지에서부터 확산돼나가는 추세―에 특히 더 쏠린 편이었는데, 그의 이직은 라크로스의 인기가 커지고 있다는 걸 보여주는 가장 좋은 사례였다.

　　빌은 어떤 활약을 펼칠 것인가? 그는 그곳 콜로라도에서 어떤 상황을 연출할까? 다음의 글은 그가 어떤 상황을 연출했는지를 보여준다.

파이어니어

덴버대학 남자 라크로스 팀이 코트와 타이 차림으로 캐리어 돔Carrier Dome으로 가는 5시 사형수 호송차를 탔다. 그 차는 사실은 전세 버스다. 그들이 묵은 호텔에서 돔까지 거리는 1.6킬로미터가 채 안 된다. 그런데 잠시도 가만히 있지를 못하는 게 특징인 이 집단은 지금 침묵에 잠겨 있다. 그들은 대학 라크로스 랭킹 1위 팀이자 2008년도 전국 챔피언이고 2009년도 전국 챔피언인 시러큐스와 대결하러 가는 길이다.

캐리어 돔에 도착하면, 돔 내부에 발을 디디기도 전부터 적대감이 느껴지기 시작할 것이다. 캐리어 돔은 바람을 불어넣어 부풀리는—수용 인원 4만 9000명인—대형 텐트다. 출입문들을 올바른 순서로 열고 닫지 않을 경우, 공기가 11풍력Force 11. 격렬한 폭풍의 풍력에 해당한다의 속도로 빠져나갈 수 있다. 그곳에 도착해서 첫 출입문을 지났더라도, 두 번째 문이 갑자기 세게 닫히면서 손을 찧을 수도 있다. 실제로 과거에 그런 일이 있었다. 덴버 팀은 에어로크를 성공적으로 통과해 라커룸에 무사히 도착하는 쾌거를 이뤘다. 덴버는 무패 팀이었다. 시러큐스도 무패 팀이었다. 두 팀 입장에서, 이건 2010 시즌 개막전이었다.

5개월 전, 덴버의 감독은 NCAA의 디비전 1Division 1. NCAA가 승인한 대학 간 운동 경기의 최고 레벨에 속한 팀은 어느 팀이건 라크로스 게임 일정을 잡아도 되는 첫날인 2월 19일에 시러큐스의 경기 일정이 없다는 걸 알게 됐다. 그는 시러큐스 감독 존 데스코에게 전화를 걸어 덴버를 상대로 시즌 개막전을 치르고 싶은 의향이 있느냐고 물었다. 그는 자기들 팀은 원정 경기를 떠나도 아무 문제 없다고 데스코에게 장담했다. 덴버는 기꺼이 동부로 갈 것이다. 단거리 경주마가—장사꾼을 싣고 시골의 트랙을—질주하던 과거의 서부 세계에서 동부로 떠나는 원정은 "가만히 있던 말이 경주에 뛰어들려고 들면서 말 거래인에게 달려들어 놀래기jumping a trader for a race"로 알려져 있었다. 두 감독은 안면이 있는 사이였다. 그들은 결승전에서 세 번이나 맞붙었었다. 시러큐스의 데스코는 전국 대회 챔피언에 다섯 번 등극했다. 덴버 감독 빌 티어니는 프린스턴의 감독으로 전국 대회 챔피언에 여섯 번 올랐다. 종합해보면, 이 경기의 역사책에는 두 사람이 라크로스계에서 "현재 활동하는 감독들 중에서 가장 많은 승리를 거둔" 사람들로 적혀 있다.

2009 시즌이 끝난 직후인 6월에, 티어니는 프린스턴의 상

아탑 높은 곳에 있는 사무실에 있다가 덴버에서 걸려온 전화를 받았다. 공석이 된 라크로스 팀의 신임 감독 선발과 관련한 조언을 해달라고 부탁하는 전화였다. 통화 도중에 느닷없이 덴버가 말했다. "어떻게 하면 감독님을 여기로 모실 수 있을까요?" 티어니는 하던 말을 멈추고는 눈동자를 멀뚱멀뚱 굴리기만 했다. 디비전 1에 속한 남자 라크로스 팀 60팀 중에서 덴버와 공군사관학교만이 미시시피강 서쪽에 있었다. 몇십년 전, 모두 연령의 미국 라크로스 신수의 수는 수백 명이었고, 모두 동부 해안에 있는 학교들 소속이었다. 현재, 미국의 라크로스 선수는 남녀 통틀어 50만 명이나 되고, 라크로스를 하는 학교는 텍사스와 캘리포니아, 오리건, 워싱턴, 그리고 서부에 있는 많은 주에 있다. 성장세가 폭발적인 까닭에 해마다 고등학교 라크로스 팀 600개가 창단되고 있다. 콜로라도는 라크로스의 인기가 서부로 확장돼가는 추세를 가장 잘 보여주는 곳이다. 라크로스 골라인이 캐넌시티부터 포트콜린스까지 산맥 전방에 그어져있고, 콜로라도에서 벌어지는 베일 라크로스 대회Vail Lacrosse Shootout는 2000명의 참가자를 끌어 모은다. 그리고 커머스시티의 딕스스포팅굿즈파크에서 열리는 하루짜리 락스페스트에는 200개 이상의 팀과 5000명 넘는 선수가 참여한다.

롱아일랜드 레빗타운에서 자라고 뉴욕주립대 코틀랜드 분교에서 선수로 뛰었으며, 프린스턴에 오기 전에 존스홉킨스에서 어시스턴트 코치로 일했던 티어니는 덴버로 갈 수 있었다. 그곳에 가서 이미 뛰어난 기량을 보이는 팀을 더 발전시키고, 이 게임이 서부의 더 넓은 지역에 널리 퍼지도록 봉사하고, 더 많은 돈을 벌면서 운동선수들에게 장학금을 수여하고, 이미 덴버에 거주하는 아들 트레버를 어시스턴트 코치로 채용할 수 있었다. 그게 그를 거기로 데려가는 조건 이었다.

그의 이직 소식을 들은 동부의 라크로스계는 빈스 롬바르디Vince Lombardi, 미국의 전설적인 미식축구 선수이자 코치가 해로 Harrow, 런던 북서부에 있는 소도시에 미식축구를 가르치러 NFL을 떠난다는 소식을 들은 것 같은 반응을 보였다. 라크로스를 다루는 모든 출판물은, 심지어 라크로스를 거의 취재하지 않는 출판물들조차 놀라면서 어리둥절해했고, 가장 많이 동원된 단어는 "충격"이었다. 그가 어떻게 프린스턴을 떠날 수 있단 말인가? 그런데 살다보면 그런 일이 일어날 수 있었다. 그리고 티어니는 자신이 무슨 짓을 하고 있는지 잘 알고 있었다. 그는 (그 자신이 초여름에 경험했다고 묘사했던 것처럼) 마약 같은 흥분 상태를 경험하려고 덴버로 가서 선수들을 지도하기 시작할 작정이었다. 수화기를 들고 존 데스코에게 전화를 걸었을 때, 그는 그저 선수들에게 경험이나 쌓게 해주려고 전국 대회 챔피언에게 달려드는 게 아니었다. 실제로 동부로 가서 시러큐스를 격파할 생각이었다. "선수들에게 내가 감독을 맡을 만한 실력자라는 걸 입증할 필요가 있다고 느꼈습니다." 그가 게임 전날에 시러큐스에서 한 말이다. "내가 여기 오는 것에 대해 지나치게 뻥튀기된 얘기들이 많았습니다. 나는 덴버에 라크로스를 소개한 사람이 아닙니다. 우리 팀은 디비전 1에서 뛰어난 기량을 보여줬고 작년에는 토너먼트 16강에 들었습니다." 캐리어 돔에 도착한 그는 선수들에게 말했다. "좋아, 얘들아. 여기가 우리가 고대하던 곳이다."

그들은 전날에도 거기 와서 연습을 했었는데, 감독은 선수들이 조금도 주눅 들어 보이지 않는다는 인상을 받았다. 선수들은 얼빠진 모습은 보여주지 않았다. 고가의 전용 스위트룸들이 설치된 3단으로 된 궁전에, 챔피언십 배너들에, 천장에 걸려있는 지미 브라운시러큐스대학 출신의 미식축구 선수이자 라크로스 선수의 모습이 담긴 22평 남짓한 태피스트리에 놀라지 않았다. 미식축구 유니폼을 입은 브라운과, 오른손 샷을 날리려고 라크로스 스틱을 높이 든 그의 사진을 나란히 보여주는 태피스트리의 아래쪽에는 "역사상 가장 위대한 선수"라는 문구가 달려있었다. 그렇지만 지미 브라운은 내일 경기에는 출전하지 않을 것이다.

티어니는 실전 상대를 검토하기 위해 작전 회의를 소집했다. 드문 경우이기는 하지만 수비형 미드필더 세 명이 모두 자기 위치에서 벗어나 득점을 하려는 욕심을 냈을 때의 위험성을 언급하고, "공을 잡을 때마다 슛을 날리고 싶어 하는" 어느 시러큐스 선수를 거론하면서, 왼쪽 측면을 뚫는 걸 좋아하는 시러큐스 선수들의 수가 특이하게 많다는 얘기를 했다. 그리고 "걸출한 종결자finisher" 얘기도 했다. "패스하는 선수라기보다는 다지dodge. 공을 몰고 가는 중에 수비수를 피하고 지나가는 것하고 슛을 쏘는 걸 더 잘하는 선수다. 그렇지만 우리는 그를 경기장 밖으로 밀어낼 수 있다." 그는 크리스 다니엘로("왼손잡이로 골대까지 정말로 거침없이 달려가려 애쓴다"), 존 레이드("최고의 수비수"), 조엘 화이트, 조번 밀러, 스티븐 케오, 그리고 특히 "거구에 힘이 넘치는 왼손잡이" 코디 제이미슨을 언급했다.

"그런데 중요한 건 그 선수들이 아니다." 그는 말했다. "우리가 어떻게 수비를 하느냐가 중요하다. 우리가 공을 가졌을 때, 상대 수비를 피해 간결한 패스를 하고 간결한 슛을 날릴 때 멋들어진 플레이를 하려고 시도하지 마라." 그가 거느린 선수들 중 한 명은 실전에서 비하인드더백behind-the-back 슛을 날리려 시도할 것이다. 그의 팀 선발 선수 중에는 콜로라도 출신이 세 명이고, 온타리오와 코네티컷, 메인, 미네소타, 캘리포니아 출신이 각각 한 명이며, 텍사스 출신이 두 명(둘 다 미드필더로 뛰는 덩치 작은 일란성 쌍둥이)이다. 덴버의 전체 선수 명단 중 콜로라도 출신은 25퍼센트에 불과하고, 동부 출신은 그보다 더 많다. 그렇지만 미국 라크로스의 발상지라 할 볼티모어나 롱아일랜드 출신은 없다. 1988년 가을에 프린스턴에서 감독 2년차를 시작할 때, 티어니는 신입생들—그가 선발한 첫 선수들—에게 전국 대회 챔피언이 되려면 무슨 일을 해야만 하는지를 설명해서는 선수들을 경악시켰다. 이리저리 굴러다니는 눈동자들. 갈 곳을 몰라 흔들리는 시선들. 누군가는 손가락을 머리에 대고 빙빙 돌렸을 것이다. 뭐? 전국 대회? 티어니가 이끈 1988년도 팀이 거둔 성적은 2승 13패였다. 프린스턴은 4년간 46패를 했고, 아이비리그 챔피언십에서 21경기 동안 1승도 못했었다. NCAA 토너먼트는 프린스턴의 미식축구 팀 입장에서 보울 챔피언십 시리즈디비전 1에 속한 랭킹 10위 안에 미식축구 팀들끼리 격돌하는 시리즈가 그런 것처럼 까마득하게 먼 얘기였다. 그런데 어쩔 줄 몰라 눈을 굴리던 그 신입생들이 4년 후에는 필라델피아에서 열린 전국 대회 결승전에서 두 번의 연장전을 치른 끝에 시러큐스를 꺾었다. 지금, 티어니는 덴버 선수들을 상대로 "경기 개시 휘슬이 울릴 때 자신감을 풍기는 것의 중요성"을 언급하는 것으로 돔에서 하는 훈련을 끝마쳤다.

이튿날 저녁, 라커룸에서 유니폼으로 갈아입은 덴버 팀에서는 자신감이 느껴지지 않았다. 확성기 두 대로 흘러나오는, 그들이 튼 테크노음악이 그들의 귀를 두드리고 있었다. 선수 두 명은 낮은 자세로 쪼그리고 앉아 카펫 위에서 대결에 나설 준비를 하고 있었지만, 대부분의 선수들은 각자의 라커 앞에 놓인 접의자에 앉아 전방을 응시하고 있었다. 테크노음악이 끝나자 그들의 침묵이 도드라졌다. 그들 중 일부가, 작은 규모가 아닌 일부가 구석에 모여 무릎을 꿇고 기도를 드렸다. 모두가 각자의 의자로 돌아가자 제1어시스턴트 코치 트레버 티어니가 그들의 정신 무장을 시키는 절차에 착수했다.

"요가할 때 그러는 것처럼 앉아봐." 그가 말했다. 주먹을 꽉 움켜쥐고 눈을 감은 그들은 심한 난기류에 휘말린 제트기에 탄 승객들 같았다. 준비하는 단계와 단계 사이의 휴지기가 길었다. 2단계는 제3자의 시선으로 경기를 시각화하는 거였다. 이건 트레버의 아버지가 했던 것하고는 다른 차원에 속한 방식이었지만, 티어니는 아들이 현대 스포츠심리학의 최면을 계속해서 거는 동안 팀원들과 함께 조용히 앉아만 있었다. 골퍼들도 머릿속에서 경기를 상상하며 시각화한다. 공을 날리기를 원하는 곳을 상상하고 공이 거기까지 날아가는 동안 일어나는 모든 사건들을 상상한다. 트레버는 이런 상상에 빠진 선수들에게 스스로 플레이하는 모습을 주시하라고 말한다. "게임 내내 너희들이 하는 끝내주는 플레이를 모은, 끝내주는 슛을 쏘고 그라운드에 떨어진 공을 집어드는 모습을 모은 하이라이트 필름을 감상하고 있다고 스스로 상상해봐. 그런 플레이를 하는 너희 자신을 지켜보고 있는 것처럼 상상해봐." 그는 이렇게 말하고는 2분간 입을 닫았고, 선수들은 머릿속의 TV에 방송되는 자신들의 모습을 지켜봤다.

다시 입을 연 트레버가 말했다. "초조하게 느껴져도 괜찮아. 초조한 건 좋은 거야. 알았지? 초조해지면 잡다한 생각을 그만하게 되고, 플레이를 개시할 마음의 준비가 되니까 말이야. 초조하더라도 괜찮아. 초조함을 느끼도록 해." 서른한 살인 트레버는 짙은 색 머리카락에 영화배우처럼 잘생긴 사내로, 캐리어 돔에 처음 왔을 때는 은색 타이와 진청색 핀스트라이프 스리피스 슈트 차림이었다. 지금 그는 덴버의 어시스턴트 코치가 입는 운동복 차림이다. 1998년도 NCAA의 준준결승에서, 듀크는 압도적인 점수 차로 프린스턴을 리드하고 있었고 프린스턴의 시즌은 끝난 것처럼 보였다. 무슨 일을 할까? 티어니 감독은 주전 선수인 골키퍼를 불러내고는 신입생인 아들 트레버를 골대로 투입했다. 듀크가 계속해서 점수 차를 벌려 낙승으로 경기를 마쳤다면, 비극을 집필하는 작가는 이 경기에서 그럴싸한 이야기를 만들어낼 가능성을 포착했을 것이다. 스페인 내전 때 알카사르 드 톨레도Alcázar de Toledo에서 일어난 일과 비슷하게 말이다. 궁전에서 포위당한 팔랑헤당스페인의 파시스트 정당 대령에게 공격하는 공화당원들이 전화를 걸어 말했다. 대령, 우리가 당신 아들을 데리고 있소. 10분 안에 항복하지 않으면 그는 죽은 목숨이오. 팔랑헤당원들 사이에서 영원토록 회자된 이야기에 따르면, 대령은 아들과 통화하게 해달라고 요청했다. 대령은 공화당원들이 청년을 전화기로 데려오자 아들에게 말했다. "네 영혼을 하나님께 맡기고 '에스파냐 만세'를 외친 후에 영웅처럼 죽거라." 트레버는 거듭해서 경이로운 선방을 펼치면서 듀크 선수들을 무력화시켰고, 그러는 동안 프린스턴의 공격은 듀크의 혼을 빼버렸다. 트레버는 미국 대표 선수로 두 번 선발됐고, 그가 대학에서 뛴 마지막 경기—또 다른 NCAA 결승전—에서 그의 팀은 시러큐스를 연장전 끝에 10 대 9로 이겼다.

이제 그는 덴버 팀에게 말하고 있었다. "겁이 나더라도 너희가 겁낼 상대는 하나도 없어. 겁이 난다는 건 무슨 일이 벌어질지 생각하고 있다는 거야. '내가 뭘 잘못하게 되는 걸까? 내가 어떻게 하다가 실패하게 될까?' 너희는 실패하지 않을 거야. 시러큐스 녀석들을 상상해봐. 녀석들은 랭킹 1위야. 그래도 녀석들은 오합지졸이야. 우리는 똘똘 뭉쳤어. 우리가 오늘밤에 열심히 뛰면 우리를 막을 자는, 막을 팀은 세싱에 없어."

덴버 파이어니어스Denver Pioneers가 필드로 나가기 전에 빌 티어니가 마지막 말을 했다. 그는 과거 몇 년 동안 캐리어 돔에 오는 기분이 어땠었는지를 선수들에게 들려줬다. 그가 팀원들 뒤에서 필드에 모습을 나타냈을 때마다 항상 험한 말들이 그에게 쏟아졌다. "이봐, 감독, 엿이나 먹어! 빌어먹을 인간! 당신 팀은 박살이 날 거야!" 그는 말했다. 그런데 이번에 훈련을 하는 동안 그가 돔에서 맞닥뜨린 사람들은 "행운을 빌어요, 감독님"과 "좋은 결과 얻기를 바라요, 감독님" 같은 상냥한 말을 하고 있었다. 다정한 교도소장이 이승에서 마지막 식사를 하는 누군가에게 쓸 법한 어조로 말이다. "이 경기에서 중요한 건 다지를 열심히 하고 다른 선수들의 진로에서 피해주면서 번개처럼 슛을 날리는 것이다." 티어니는 말했다. 그는 "클리어clear. 수비 쪽 엔드에서 공격 쪽 엔드까지 공을 이동시키도록 설계된 플레이의 중요성"을 강조했다—그렇게 하면 "이런 게임에서는 5골이나 6골을 얻을 수 있다." 그러면서 그는 덧붙였다. "아무 생각 말고 필드에 나가서 놈들 목에 공을 밀어 넣어라. 질문 있나? 6월 이후로, 제군들, 가끔씩 나는 이런 것들이 중요하다는 생각만 해왔다. 이제 이건 우리의 경기가 됐다. 우리의 경기. 우리 경기. 이 여정에서 중요한 건 '우리'가 될 것이다. 나는 '나'만 생각하는 것에는 신물이 난다. 내가 원하는 건 '너희들'이다. 이 관중은 지금은 우리를 우호적으로 대하고 있다. 그런데 우리는 오늘밤 저기에 나가 우리의 다리로, 우리의 머리로 혼신을 다해 젖 먹던 힘까지 쏟아낼 것이다. 그러고 다음번에 우리가 여기 왔을 때, 나는 '감독, 엿이나 먹어'라는 소리를 듣고 싶다. 좋아, 놈들을 해치우러 가자." 파이어니어스는 포효를 터뜨리고는 필드로 달려 나갔다.

경기 개시 93초만에 덴버의 알렉스 데모포울로스가 득점을 했다. 트레버 티어니는 아버지만큼 분주하게 사이드라인을 서성거리고 있었다. 트레버가 학부생이던 시절의 부자 관계가 셰익스피어의 희곡에 등장할 만한 거였다면, 지금의 관계도 그랬다. 댈러스하일랜드파크고등학교 출신으로 일란성 쌍둥이 중 한 명인 존 디킨슨이 1쿼터 8분 39초에 덴버의 득점을 했다. 2쿼터 초에, 빌 티어니는 심판에게 고함을 쳐대고 있었다. "이봐, 마이크! 고개 들고 똑똑히 좀 봐! 저런 플레이 하면 안 되는 거잖아!" 트레버는 아버지에 몸에 손을 얹었다. 팀원들의 정신과 상담의가 분명한 트레버는 감독을 향해서도 똑같은 신경을 쓰고 있었다. 그는 필요할 때면 아버지를 진정시킬 조치를 취할 만반의 준비가 돼 있었으니, 그에게 정신과 의사 일은 파트타임 직업이 아니었다. 프린스턴에서 법정 변호사이면서 자발적으로 어시스턴트 코치로 뛰었던 브라이스 체이스는 매 게임마다 티어니 근처를 맴 돌면서 흥분한 티어니를 있는 힘을 다해 만류해서 테크니컬파울을 받는 걸 피하는 데 도움을 줬다. 1년인가 2년 전에, 고함을 치던 티어니는 지나가는 심판에게 연달아 험한 말을 내뱉었었다. 그런데 바로 그 심판이 지금 캐리어 돔에서 열리는 이 경기를 위해 뛰어다니는, 그의 앞에 있는 심판 세 명 중 한 명이었다. (티어니: 그건 문제될 거 없어요. 그 심판은 그런 일에 익숙하니까요.) 2쿼터 2분 53초에, 미네소타의 에덴프레리고등학교 출신인 토드 백스터가 덴버를 위해 점수를 냈다. 3쿼터 4분에, 덴버의 알렉스 데모포울로스(코네티컷의 에이번올드팜스학교)가 다시 점수를 냈다. 그는 두 번 더 득점을 했다. 그리고 앤드루 레이(덴버이스트고등학교)는 시러큐스의 패스를 인터셉트해서 9미터 거리에서 골을 성공시켰다. (덴버 입장에서는) 불행하게도, 덴버가 넣은 이 많은 골들은 승리하는 데 충분치 않았다.

그러면 시계를 뒤로 돌려, 다시 시작해보자. 경기 개시 41초 만에 시러큐스 조번 밀러(뉴욕주 시러큐스의 크리스천브러더스아카데미)가 득점을 했다. 12초 후, 시러큐스 케빈 드루(뉴욕주 크로스리버의 존제이고등학교)가 득점을 했다. 게임이 시작된 지 채 1분도 지나지 않은 상태였다. 1분 30초 후, 맥스 바티그(뉴욕주 노스포트의 노스포트고등학교)가 시러큐스를 위해 득점을 했다. 이로쿼이족뉴욕주에 살았던 북미 원주민 특유의 돼지꼬리 모양으로 땋은 머리가 허리까지 오는 뉴욕주 라파예트의 라파예트고등학교 출신 제러미 톰프슨은 시러큐스 소속으로 뛰고 있었다. 왜 그러지 않겠는가? 그는 오논다가족Onondaga이다. 오논다가는 뉴욕주 북부의 중심지로, 이로쿼이족이 라크로스의 원형이 된 게임을 개발한 곳이고 7,000년간 살아온 곳이다. 오논다가족, 카유가족, 모호크족—시러큐스의 2010년도 라크로스 남자 팀과 여자 팀에는 한 명 이상의 선수가 뛰고 있으며, 이들은 이로쿼이족의 여섯 부족 중 세 부족을 대표하고 있다.

경기 개시 후 3분 16초가 지났을 때, 거구에 힘 좋은 왼손잡이 코디 제이미슨이 이번 시즌 그의 첫 골을 넣었다. 작년에 매사추세츠주 폭스버러에 있는 패트리어츠 스타디움에서 열린 NCAA 결승전에서, 코넬은 경기를 4분 남긴 상태에서 시러큐스를 3골 차로 리드하고 있었다. 챔피언 트로피는 그들의 것이 된 듯 보였다. 그런데 시러큐스가 폭발했다—1점, 2점, 3점. 그러면서 게임은 '서든 빅토리sudden victory'—죽음이라는 불길한 의미가 있는 서든 데스sudden death라는 용어를 피하려고 만든 용어—스타일의 연장전으로 이어졌다. 코넬은 연장전을 위해 슛이 좋은 선수 한 명을 투입했다. 그가 다지 플레이에 돌입할 때, 시러큐스의 시드 스미스가 몸을 날려 적법한 보디체크를 했고 그러면서 공이 바닥에 떨어졌다. 스미스는 그라운드에서 공을 집어든 후 결국에는 코디 제이미슨의 스틱에 들어가게 된 플레이를 시작했고, 제이미슨은 정말로 완벽한 슛을 날렸다. 그는 팀에 챔피언십을 안겨준 슛이 들어가는 걸 지켜보는 대신 남쪽으로 55미터 떨어진 곳에 있는 팀메이트 스미스를 포옹하려고 질주했다. 둘 다 모호크족인 그들은 온타리오에 있는 이로쿼이족의 보호 구역인 식스 네이션스 오브 더 그랜드리버Six Nations of the Grand River에서 함께 자란 사이였다.

제이미슨의 덩치는 러닝백에 알맞다—키 175센티미터에 몸무게 97킬로그램. 헬멧 아래로 보이는 얼굴은 소년처럼 동안이고 앞머리가 이마를 가리고 있다. 팔꿈치에는 패드가 두툼하게 묶여있고 오른쪽 다리는 치료용 보호관 비슷한 것으로 완전히 덮여있다. 넓적다리와 종아리는 두껍지만 아래로 갈수록 점점 가늘어져 단거리 주자 특유의 발목으로 이어진다. 체내 지방은 팽이 모양이다. 경기 시작 후 8분 30초가 지났을 때, 그는 오른쪽으로 향했다가 왼쪽으로 대시해서는 어시스트를 받지 않은 채로 다시 득점을 했다. 그는 이후로 네 번 더 득점을 할 터였다. 그의 등번호는 22번인데, 시러큐스의 오랜 전통에서 이 번호는 각각의 시즌 최고의 선수에게 할당된다.

시러큐스는 1쿼터에 6점 차로 앞섰고, 3쿼터가 끝날 때에는 9점 차로 리드했다. 선발 선수들은 벤치로 물러났다. 최종점수는 15 대 9였다. 덴버 감독에게 야유를 퍼붓는 사람은 없었다.

시러큐스를 한 시즌에 두 번 이기는 팀은 거의 없다. 그러니 이번에 시러큐스에게 패했더라도 다음번에는 그들을 경악시키는 걸 꿈꿀 수 있다. 서부의 이 팀은 5월에 볼티모어의 레이븐스 스타디움에서 열리는 NCAA 토너먼트에 참가하기 위해 동부로 돌아올 수도 있다. 설령 올해 5월이 아니더라도 언젠가 5월에.

    5년 후인 2015년 5월 23일에 필라델피아에서, 덴버는 전국 대회 결승전에서 메릴랜드를 물리쳤다. 이 승리는 빌 티어니가 거둔 일곱 번째 우승에만 그치지 않았다. 이 우승으로 그는 다른 대학들에 소속된 감독으로서 NCAA 결승전에서 이긴 유일한 라크로스 감독이 됐다. 텔레비전 중계를 경기를 본 후, 내가 생각할 수 있는 가장 다정한 내용의 이메일을 그에게 보냈다. 이메일에 적은 내용은 "다시 말하는데, '감독, 엿이나 먹어요!'"가 전부였다.

    어시스트로 팀을 지휘하면서 팀원 중 최고 득점자 세 명 중 한 명이었던 덴버의 잭 밀러Zack Miller는 땋은 머리가 벨트 아래 등까지 내려왔다. 현대 라크로스에서 가장 뛰어난―사실은 최고 중에서도 최고의―선수에 속하는 잭 밀러는 이로쿼이어를 구사하는 세네카족이다. 그는 뉴욕주 북서부의 보호 구역에서 자랐다. 티어니가 고등학생인 밀러를 만났을 때, 밀러의 어머니는 경찰관처럼 빳빳한 짧은 감독의 머리를 유심히 살피고는 잭한테 피그테일을 자르라고 할 거냐고 물었다. "아뇨." 티어니는 말했다. "제가 저런 스타일로 기를지도 모르겠습니다."

직접직인 시신 교환

55년 전에, 나는 뉴저지주 프린스턴타운십의 북서쪽 모퉁이에 집을 한 채 지었다(내가 집의 건축비를 댔다는 뜻이다). 집은 숲을 가로질러 지금은 작은 목초지가 돼버린 버려진 옥수수밭을 지나는 비포장도로 위에 있었다. 내 집에서는 숲 전체와 그 너머로 목초지가 보인다.

나는 그 집에 입주한 거의 처음부터 언젠가 그 목초지에서 곰을 보고야 말겠다는 별난 갈망을 키웠다. 아침에 2층 화장실 창문을 통해 북쪽을 바라보며 치실질을 할 때마다 숲에서 곰이 나오는 걸 봤으면 하고 바라고는 한다. 돈키호테 같은 엉뚱한 소리로 들릴 텐데, 엉뚱한 생각인 건 사실이다. 여기는 프린스턴대학 캠퍼스에서 6.4킬로미터 떨어진, 뉴요커들이 베드타운이라고 부르던 지역들에 에워싸인 곳이다. 이곳에는 사슴이 대가족 단위로 출몰했었고 지금도 그렇게 출몰하지만 가족의 규모가 과거에 비해 한층 더 커졌다. 사슴들은 어지간한 것에는 신경을 쓰지 않는다. 아침에 신문을 가지러 진입로를 걸어갈 때는 사슴들을 길에서 밀어내다시피 해야만 한다. 물론 나는 그러기에 앞서 2층에서 목초지를 내려다보며 치실질을 한다. 곰은 보이지 않는다.

1966년에 트렌턴뉴저지주 주도에서 주정부 낚시사냥국의 국장인 레스터 맥나마라와 나눈 대화를 통해, 나는 뉴저지에 야생 곰이 스물두 마리 있다는 걸 알게 됐다. 그 곰들 대부분은 델라웨어강 상류의 서식스카운티에 있는 키타티니산 근처에 살았다. 서식스는 한때 1킬로미터 두께의 얼음에 덮여 있던 곳으로, 지금도 그런 곳으로 보인다. 그곳은 버몬트와 비슷해 보인다. 키타티니는 사실은 애팔래치아산맥을 변형시킨, 습곡 단층이 북미 대륙의 가장 동쪽에서 지상으로 드러난, 앨라배마에서 뉴펀들랜드까지 이어지는, 다양한 이름으로 불리는 대단히 긴 산의 한 부분이다. 서식스카운티를 애팔래치아 트레일Appalachian Trail. 애팔래치아산맥을 따라 뻗은 3300킬로미터 길이의 하이킹 코스이 가로지른다. 뉴저지의 곰들이 가장 안락하게 사는 곳이 그곳이다. 놈들은 그곳이 가장 안락한 서식처라는 걸 안다. 그런데 놈들은 배가 고프기도 하고 호기심도 많다. 게다가 짝을 찾아 넓은 지역을 돌아다닌다. 내가 맥나라마의 사무실에서 그와 같이 있을 때, 포터스빌의 어느 농부가 나무 위에 있는 곰을 사살했다는 소식이 전해졌다. 전화기를 붙잡은 맥나마라는 격분해서 호통을 치고 있었다. 스물한 마리.

포터스빌은 헌터든카운티에 있고, 헌터든은 머서와 이웃

한 카운티이며, 머서는 내가 있는 곳이다. 1980년에, 곰 한 마리가 헌터든을 가로질러 머서로 진입했다. 프린스턴을 둘러간 곰은 어찌어찌 트렌턴 도심에서 8킬로미터 떨어진 1번 국도와 195번 주간고속도로 195를 가로질렀다. 아드빌에서, 어떤 경찰이 그 곰을 사살했다. 곰을 연구하는 뉴저지의 생물학자들은 거기에 먼저 도착해 곰에게 케타민동물용 마취제을 쏴서 곰이 잠든 후에 픽업트럭에 싣고, 깨어나기 전에 키타티니에 데려다놓는 걸 좋아했을 것이다.

그러니 제발 주목하시라. 우리 집 뒷마당에서 곰을 보겠다는 내 야심이 완전히 정신 나간 생각은 아니다. 최근의 추정치에 따르면, 현재 뉴저지에는 곰이 약 2500마리 있다. 야생 곰. 흑곰. 그리고 더 나은 생활을 위해 펜실베이니아에서 이주해온 놈들도 적지 않을 것이다. 최근 몇 년 사이, 뉴저지의 모든 카운티에서 곰이 목격됐다.

나소스트리트는 프린스턴의 중앙 도로—도로 한쪽에 소도시가, 다른 쪽에 대학이 있다—다. 그런데 곰 한 마리가 이른바 '나무 거리들tree streets'(체스트넛, 월넛, 린든, 메이플, 스프루스, 파인모두 나무 이름이다)에서 가까운 나소스트리트에서 목격됐다. 나는 메이플스트리트에서 자랐다. 곰을 보고 싶었으면 그 자리에 그냥 눌러 살 걸 그랬다. 내 오랜 친구로 워싱턴 D.C.에서 연방경찰관이 되려고 최근에 프린스턴경찰국을 떠난 마셜 프로보스트는 곰을 향한 프린스턴경찰국의 공식적인 태도는 "놈들을 그냥 내버려두라"는 것이라고 내게 말했다. 그럼에도 그는 '나무 거리의 곰'에 대한 수사는 했었다. "놈한테 3미터도 안 되는 거리까지 걸어갔었어. 나무에 기대고 있더군." 다른 곰에 대해서는 이렇게 말했다. "그놈은 프린스턴 천지를 돌아다녔어. 여행을 다니더군." 또 다른 곰도 마찬가지였다. 소도시의 경찰서장인 닉 서터는 그 곰이 훈스쿨에서, 그리고 프린스턴의 대학 관계자들이 거주하는 동네―엘름로드, 컨스티튜션힐―와 시내 한복판의 체임버스스트리트에서 목격됐다고 내게 말했다. 야생 곰을 존중하는 프린스턴의 온순한 기질은 이 모범적인 주에서는 딱히 흔치 않은 일이거나 특별한 일이 아니다. 이 주에 속한 시와 카운티, 주정부 기관들은 곰이 당신의 집 뒷마당에 나타났을 때 해야 할 행동에 대해 합창하듯 한목소리를 낸다.

"알아서 떠나가게 놔두세요."

"그냥 내버려 두세요."

"조심하세요." 로런스타운십_{머서카운티에 위치함}에서 내건 온라인 게시물에 적힌 내용이다. "일요일에 서리드라이브에서 흑곰 한 마리가 목격됐습니다." 보든타운_{벌링턴카운티에 위치함}의 신축 개발지인 로럴런빌리지에서, 일어선 키가 180센티미터인 곰 한 마리가 주위를 둘러보다 이웃해 있는 조림지로 들어갔다.

최근에 2.56제곱킬로미터당 인구수가 네덜란드보다 높은, 뉴저지에서 인구밀도가 두 번째로 높은 카운티인 에식스에서 야생 곰이 많이 목격됐다. 웹사이트 〈패치〉의 에릭 키퍼가 쓴 기사에 따르면, 2016년 메모리얼데이_{5월 마지막 월요일}

주말에 웨스트콜드웰에서 곰 한 마리가 "허버트플레이스와 이스턴파크웨이 지역에서" 목격됐다. 그 곰, 또는 다른 곰이 다음에는 "클레어몬트애비뉴 지역의 크레스트몬트로드에 있는 베로니에서 놀았다." 이곳이 허드슨강 건너 베노우랜즈 너머 멀리 에식스카운티까지 보이는 〈뉴요커〉의 편집 사무실에서 22.4킬로미터 떨어진 곳에 벌어진 일이었다.

2017년 5월에 미들타운타운십몬머스카운티에 위치함에서, 곰들이 넛스왐프로드에서, 그리고 하루 후에 패커드드라이브에서 목격됐다. 맨체스터타운십오션카운티에 위치함에서, 야생 흑곰 한 마리가 홀리 오크스Holly Oaks라고 불리는 동네의 뒷마당 나무에 올라갔다. 곰은 그 나무에서 무게가 113킬로그램 나가는 검정 옹이처럼 보이려고 애썼다. 〈NJ 어드밴스미디어〉의 롭 스파가 쓴 기사에 따르면, "경관들은 곰을 이동시키려고 사이렌과 경적, 수도 호스를 사용했다." 곰은 이동했다. 곰이 다시 돌아올지도 모르기 때문에, 경찰은 주민들에게 알렸다. "경계심을 늦추지 마세요." 또한 주정부 산하 환경보호부의 낚시 및 야생동물국이 내놓은 곰과 관련한 안전 대책을 위한 권고를 다시 살펴볼 것도 권했다.

절대로 곰에게 먹이를 주거나 가까이 가지 마세요! 곰을 맞닥뜨리면 차분한 상태를 유지하세요. 자신감 있는 목소리를 내거나 노래를 하거나 박수를 치거나 다른 소음을 내서 곰이 당신의 존재를 알아차리게 만드세요. 곰이 탈출로를 확보했는지 확인하세요. 곰이 당신의 집에 들어오면, 출입문을 모두 열고 문을 받침대로 받쳐 곰에게 탈출로를 제공하세요. 직접적인 시선 교환은 피하세요. 곰이 자신에게 도전하는 것으로 인지할 수도 있으니까요. 곰에게서 도망칠 때는 절대로 뛰지 마세요. 대신, 천천히 뒤로 물러나세요. 곰에게 겁을 줘서 쫓으려면 고함을 치거나 냄비를 두드리거나 경적을 이용해서 요란한 소음을 내세요. 두 팔을 흔들어서 당신의 덩치가 되도록 커 보이게 만드세요. 당신이 누군가와 같이 있는 상황이라면, 가까이 붙어 서서 두 팔을 머리 위로 올리세요.

지난 3년 동안, 곰 스물한 마리가 뉴저지의 가정집에 들어왔지만 사망자는 없었다. 예를 들어, 웨스트밀퍼드퍼세이익 카운티에 위치함의 다이앤 에릭센은 집에 자기 혼자만 있다고 생각하고 있었다. 거실에서 나는 소리를 들은 그녀는 가서 거실 안을 들여다봤다. 곰이 그녀를 돌아봤다. 서둘러 돌아간 그녀는 911에 신고했다. 커피 테이블에 있던 곰은 페퍼민트 패티스초콜릿 과자 반 사발을 먹어치우고는 마룻바닥 사방에 포장지를 흩어놓고 쉬고 있었다. 911 신고는 놈의 죽음으로 이어졌다.

주에서 내놓은 권고는 이렇게 이어진다.

곰은 계속 씩씩거리고, 양턱을 딱딱거려 펑펑 소리를 내며 땅바닥을 때리는 짓을 할 수도 있습니다. 이건 당신이 지나치게 가까이 다가왔다는 걸 경고하는 신호입니다. 천천히 뒤로 물러나면서 직접적인 시선 교환은 피하세요. 뛰지 마세요. 곰이 뒷발로 서거나 당신 가까이로 이동할 경우, 그건 당신을 더 잘 보려고 하거나 공기 중의 냄새를 감지하려고 애쓰고 있는 것일 수 있습니다. 이건 보통은 상대를 위협하는 행동이 아닙니다. 흑곰은 구석에 몰리거나 위협을 받거나 먹이를 훔치려고 시도할 때 때때로 '엄포용 돌격'을 할 겁니다. 그럴 때면 물러서지 마세요. 직접적인 시선 교환을 피한 후, 천천히 뒤로 물러나되 뛰지 마세요. 곰이 떠나지 않으면 안전한 장소로 이동하세요. 24시간 운영되는 우리 부서의 무료 핫라인 1—877—WARN DEP(1—877—927—6337)로 흑곰에게 입은 손해나 흑곰이 벌인 소란 행위를 신고하세요. 흑곰이 자주 출몰하는 지역에 거주하는 가정은 '곰 대응 계획'을 마련해 둬야 합니다. 아이들을 위한 피난 장소와 탈출 경로를, 그리고 호루라기와 경적의 사용법을 미리 계획해 두세요. 흑곰이 사람을 공격하는 일은 극도로 드뭅니다. 흑곰이 공격할 경우에는 반격을 하세요.

분명히 곰은 위험한 존재다. "한곳에 머물러 산다"고, 심지어는 "무해하다"고 잘못 묘사되는 흑곰은 모든 면에서 회색곰만큼 치명적인 존재다. 몇 년 전에, 내가 아는 지질학자가 알래스카의 유콘타타나 지역에서 흑곰에게 두 팔을 다 잃었다. 2002년에 뉴욕주 설리번카운티에서 곰 한 마리가 유모차에 있는 젖먹이를 꺼내 숲으로 데려가 목숨을 빼앗았다. 2014년에, 럿거스 학생 한 명이 뉴저지주 퍼세이익카운티에서 곰에게 목숨을 잃었다. 이런 끔찍한 사건들 때문에,

시간이 흐르면서 사람들의 마음속에 쌓인 곰과 관련된 이야기들은 이런 사건의 발생 빈도를 과장하는 경향이 있다. 과거 20년간, 미국에서 열네 명이 흑곰에게 목숨을 잃었다. 2012년에 코네티컷에서 사람 한 명이 아동 스무 명의 목숨을 앗아갔다. 2018년에는……

미들섹스 자치구(미들섹스카운티) 경찰은 닉슬Nixle. 거주 지역의 안전 관련 정보를 알려주는 서비스를 하는 기업의 통보를 포스팅했다. "조심하세요. 쓰레기를 잘 치워두고 절대로 곰에게 먹이를 주거나 접근하지 마세요." 로런스타운십은 주민들에게 쓰레기통과 새 모이통을 집 안에 들여놓으라고 말했다. 보든타운 경찰은 곰을 제압하기 위해 페이스북에 접속했다.

제압할 곰의 수가 1년 전보다 줄어든 건 분명하다. 주 전체를 놓고 보면, 곰 목격 신고가 2016년의 722건에서 2017년의 263건으로 줄어들었다. 이렇게 된 까닭이 무엇인지는 확실하게 알려지지 않았다. 사냥이 늘어나면서 곰들이 경계심을 더 갖게 된 건 분명하다. 관광을 충분히 즐겼으니 포코노산맥펜실베이니아에 있는 산맥으로 돌아갔을 수도 있다. 그런데 뉴저지의 곰들은, 물론 거의가 다 토착종이다. 그래서 놈들은 북미 다른 곳에 있는 90만 마리의 곰에 비해 새끼를 더 많이 낳는다. 북미 다른 지역 곰들이 한 번에 출산하는 새끼는 평균 두 마리를 약간 넘는다. 뉴저지의 평균은 2.9마리다. 뉴저지의 암퇘지들이 한배에서 낳는 새끼의 수는 여섯 마리에서 다섯 마리로, 네 마리로 줄었다. 뉴저지의 곰들은 먹이로 삼을 도토리와 개암, 너도밤나무 열매 등을—몸에 지방을 축적하는 데 필요한 식품들을—좁은 지역에서 많이 구할 수 있다. 지방은 건강과 동의어이고 겨울에 어미가 굴에서 태어난 새끼들에게 먹일 젖을 만드는 영양분이다.

뉴저지는 2003년에 주에 서식하는 곰의 마릿수가 '관리'가 필요한 크기로 늘어났다는 결론을 내렸다. 1971년에 금지된 곰 사냥이 '재도입'됐고, 12월 초부터 사슴 사냥 기간 동안 곰을 사냥하는 게 허용됐다. 2015년에 곰 사냥 시즌은 대폭 연장됐고 새로운 '지역'들이 허용됐다. 흑곰이 한층 더 활발하게 움직이는 10월에는 활과 화살, 또는 온 세상이 총소리를 들을 수 있는 총인 전장총탄약을 총구로 재는 구식 소총을 사용하는 걸 허용하는 면허가 발부됐다. 오늘날 미국에는 식민지이던 1775년의 미국 인구보다 더 많은 자루의 전장총이 있다. 20세기 말에, 캘리포니아의 전장총이 불꽃을 댕겨 472만 5300평 남짓을 태웠다. 설령 그와 비슷한 장비로는 곰이 경계심을 품게 만드는 데 충분치 않더라도, 뉴저지가 거둔 전반적인 '수확'은 곰이 확실히 경계심을 품게 만들었다. 15년간 뉴저지의 사냥꾼들은 곰 4000마리를 죽였다. 곰 목격 건수가 감소한 결정적 이유로 보인다. 뉴저지의 곰들이 '어스름할 때 활동한다'—즉, 곰들이 일출 전이나 일몰 후에 이동하고 나머지 시간은 습지대에서 보낸다—는 사실은 곰이 타고난 성향상 그렇게 하는 것이라기보다는 순전히 영리해서 그렇게 했을 법하다. 뉴저지 주지사 필 머피는 취임하면서 곰 사냥을 다시 금지할 거라고 선언했다.

지난 몇십 년간, 나는 청어 낚시의 대부분을 뉴욕주 설리 번카운티의 맞은편 펜실베이니아주 웨인카운티에 있는 델라웨어강 상류에서 했다. 펜실베이니아는 주에 서식하는 흑곰의 마릿수를 2만 마리로 추정한다. 그중 다수가 웨인카운티에 사는데, 나는 거기서는 곰을 한 마리도 보지 못했다. 그런데 곰은 늘 우리 주위에 있다. 얼마 전에 폭풍이 칠 때, 내 오두막이 있는 곳 위쪽 비탈진 곳에 있는 커다란 참나무가 쓰러졌다. 나무의 몸통이—약 6미터 높이에서—별난 모양으로 꺾였다. 나무의 윗부분이 사방으로 굽었고 윗가지들은 빗자루처럼 땅바닥에 퍼졌다. 가지들에 도토리가 수천개 달려있었다. 이튿날 아침, 그 참나무 주위 사방에 필라델피아 화훼 전시회를 위한 비료로 쓰기에 충분할 정도로 많은 곰의 배설물이 있었다. 그렇지만 곰은 한 마리도 없었다. 어느 날 한 이웃 사람이 자기 오두막 모서리를 돌아갔다가 다른 쪽에서 오는 곰과 부딪힐 뻔하기는 했지만 말이다. 이웃 사람이 너무나 두려웠던 곰은 방향을 돌려 강둑을 향해 뛰어 내려가서는 강에 뛰어들어 뉴욕 쪽으로 헤엄을 쳤다. 흑곰은 헤엄을 무척 잘 친다.

우리 집 뒷마당에서 곰을 보겠다는 내 야심은 2016년 8월 11일에 거의 성공 직전에 다다랐었다. 내 아내 욜란다 휘트먼이 거실에 앉아 있다가 무심결에 고개를 들었다. 곰 한 마리가 숲에서 나와 목초지를 가로지르기 시작했다. 그렇다면 그 기념비적인 순간에 나는 어디에 있었을까? 프린스턴 캠퍼스의 신축 건물 지하실에 있는 녹음 스튜디오에서 수석 코치 미치 헨더슨과 프린스턴 농구부에 대한 팟캐스트를 녹음하고 있었다.

내 이력서는 빈칸으로 남았다. 나는 우리 집 창문에서 밖을 내다보면서는 곰을 단 한 마리도 보지 못했다. 미치 헨더슨은 장차 두 눈으로 직접 곰을 봐야만 할 것이다. 한편, 욜란다가 지켜보는 동안 목초지 가운데에 도착한 곰은 거기에 앉았다. 이때는 일출 전이나 일몰 후가 아니었다. 늦은 오전이었다. 이 곰은 그 무엇도 두려워하지 않았다. 곰은 어깨를 들썩거리고, 몸을 풀고, 어깨를 으쓱거리고, 일광욕을 즐기면서 그루밍을 했다. 거기에 앉아 그루밍을 한 것이다! 그러는 동안 나는 프랭크 게리캐나다 건축가가 설계한 지하실에서 미치와 얘기를 하고 있었고, 정신을 똑바로 차리고 있던 욜란다는 곰의 사진을 찍고 있었다.

2.

앨범 퀼트

앨범 퀼트(Album Quilt. 상이한 디자인의 네모난 조각들을 덧대서 꿰맨 퀼트—옮긴이 주)에서, 퀼트를 구성하는 네모난 조각인 블록들은 디자인이 다 제각각이다. 이후로 이어지는 글들은 그런 제목을 요구하는 듯 보인다. 그 글들은 내가 썼지만, 지금까지는 어느 책에도 실리지 않은 글들에서 뽑은 것이다. 이 프로젝트를 실행하면서, 나는 수십 년간 공적인 자리에서나 개인적인 상황에서 썼던 글들을 훑어서 이곳저곳에 있는 구절들을 선택했다. 여기에는 〈뉴요커〉에 실린 많은 짧은 기사들, 그리고 내가 〈뉴요커〉에 합류하기 전에 일했던 〈타임〉과 다른 잡지들에서 가져온 다양한 길이의 글들이 포함돼 있다. 대학을 다닐 때 썼던 글 수십 편을 훑어봤지만, 그것들은 전부 제외했다. 종합하면, 나는 25만 단어를 샅샅이 훑어서 그중 75퍼센트를 잘라냈다. 내 목표는 어떤 글의 전편全篇을 다시 게재하는 게 아니었다. 대신, 나는 퀼트에 덧붙일 블록들을 찾고 있었다. 그러면서 글을 새로 가다듬고 일부 문장은 삭제하거나 시제를 바꿨다—단순히 글을 보존하려는 데서 그치지 않고 뭔가 새로운 작품으로 만들려고 애썼고, 그 결과물이 독자들의 관심을 끌게 만들기를 희망했다.

커다랗고 매끄러운 테이블에 3×5(인치)카드 56장을 올려놓은 후, 의도적으로 다양하고 무작위적이며 주관적인 방식으로 문장들을 배열하는 작업을 완료했다. 이 글들을 반드시 그런 방식으로 읽어야만 한다는 뜻은 아니다—한꺼번에 다 읽거나, 책을 뜯어 대여섯 페이지씩 읽어 달라.

디자이너 주: 이 페이지와 이어지는 페이지들에 등장하는 카누가 교차하는 모양의 블록들은 뉴저지주 스톡턴에 거주하는 카스 가너가 존 맥피에게 선물하려고 조각난 종이들을 덧대 만든 퀼트에서 가져왔다.

캐리 그랜트Cary Grant. 영국 출신 배우는 자신이 번 돈을 사실상 동전 한 푼까지 다 챙겼다. 그가 아내에게 동전 몇 개를 건네기 전에 동전을 하나하나 세어보는 모습이 목격된 적이 있다. 플라자호텔이 아침으로 잉글리시 머핀 1개 반을 보내자, 그는 룸서비스 책임자와 지배인에게 전화를 걸었고, 심지어는 호텔 소유주 콘래드 힐턴에게 전화를 걸겠다고 으름장을 놓기도 했다. 그는 메뉴에는 "머핀들"이라고 적혀있는데, 코에 붙이기도 힘든 1개 반은 복수형 표현에 부응하지 못한다고 주장했다.

호리호리하고 정중하며 피부가 근사하게 그을린 그는 분장을 결코 하지 않았다. 그런데도 시간이 흐를수록 점점 더 훤해졌다. 그는 실생활에서 자신이 캐리 그랜트인 척하면서 보내는데 성공했다. 예를 들어, 〈파리 마치〉프랑스어로 발행된 주간지를 펼치면, 거기에는 이탈리아제 차를 타고 무아엥코

르니시—그가 영화 〈나는 결백하다〉에서 그레이스 켈리를 쫓아간 길—에서 니스의 동쪽을 쌩쌩 달리는 사진이 실려 있을 공산이 무척 컸다. 그는 온 세상의 사랑을 받는 사람이고, 켈리가 보유한 모나코 장난감 궁전의 친위 보병이며, 오나시스아르헨티나의 그리스계 선박왕의 물 위를 떠다니는 살롱을 찾은 통치자들과 멋쟁이들 틈에 꼼짝없이 낀 보물 같은 존재다.

캐리 그랜트 노릇은 대단히 화려한 역할이라, 온갖 종류의 사람들이 자신도 캐리 그랜트라고 생각하기에 이르렀다. 예를 들어, 토니 커티스미국 배우가 하는 모든 짓은 그랜트를 희화화한 것으로 보인다. 그는 그랜트와 비슷하게 옷을 입었지만, 그랜트보다 몸에 더 달라붙는 바지를 입었다. 그의 억양은 그랜트 같은 소리를 내려고 시도하는 듯 보인다. 그리고 그는 스크린에서 그랜트 흉내를 낸다. 커티스는 롤스로이스를 구입할 때 반드시 그랜트의 것보다 더 좋은 모델을 가지려고 들었다.

그랜트를 흉내 내려는 원숭이들은 많았지만 그의 친구는 몇 되지 않았다. 할리우드에서—그는 베벌리힐스에 맨션을 갖고 있었다—그는 무리와 어울리지 않았고 파티나 영화 시사회에 모습을 드러내는 일도 드물었다. 영화감독 빌리 와일더는 최근에 이런 말을 했다. "지난 10년 사이에 그랜트의 집에 가봤다는 사람을 본 적이 없습니다." 그랜트는 배관공이나 시청 공무원이 그러는 것처럼 자신도 프라이버시를 지킬 권리가 있다고 꿋꿋하게 주장했다. 사람들이 사인을 해달라고 요청하면, 그는 상대가 파티의 흥을 깨버리려 기를 쓰고 있다는 듯이 믿기 어렵다는 눈으로 쳐다봤다. 어느 쾌활한 돌대가리가 "캐리, 여기에 당신의 존 핸콕John Hancock. 미국 독립선언서에 최초로 서명한 인물로, 이름이 '서명'의 대명사로 쓰인다을 써주세요"라고 하자 그는 대꾸했다. "내 이름은 존 핸콕이 아닙니다. 그리고 나는 아무 데나 그걸 적을 생각이 없습니다." 언젠가는 퇴짜를 맞은 팬이 쏘아붙였다. "도대체 당신은 자기가 누구라고 생각하는 거예요?" 그랜트는 삭풍처럼 싸늘한 표정으로 대답했다. "내가 누구인지는 잘 압니다. 그런데 당신이 어떤 사람인지는 도무지 감도 못 잡겠군요. 더군다나 그걸 알고 싶지도 않고요."

캐리 그랜트는, 물론, 아치볼드 알렉산더 리치Archibald Alexander Leach("내 이름을 보면 내가 어떤 가정 출신인지 감을 잡게 될 겁니다")로, 영국의 지방 도시에서 섬유 노동자의 아들로 태어났다. 아치가 열세 살일 때 아버지가 어머니를 버렸다. 키 크고 품위 있는 여성이었던 어머니는 버림받은 충격 때문에 한동안 폐인처럼 살았다. 사실상 홈리스 신세였던 어린 아치는 쇼 비즈니스로 눈길을 돌려 곡예단에 입단하려고 가출했다.

머리카락과 눈동자가 모두 검은색이던 어머니를 향한 반감 때문인 듯, 그는 금발에다 눈동자가 파란 아내를 셋 뒀다. 첫 번째 아내는 찰리 채플린의 〈시티 라이트〉에서 꽃 파는 소녀를 연기했던 버지니아 셰릴이었다. 두 번째 아내는 울워스미국의 슈퍼마켓 체인의 상속녀 바버라 허턴이었다(그녀의 다른 남편들과는 달리 그랜트는 이혼 수당을 요구하지 않았다). 세 번째 아내는 여배우 벳시 드레이크로, 그녀의 할아버지는 시카고에 있는 드레이크호텔과 블랙스톤호텔을 지은 인물이었다. 뛰어난 최면술사였던 드레이크는 그랜트를 무시로 잠들게 했고, 그가 담배와 술을 끊는 데 도움을 줬다. 두 사람은 함께 동양의 종교와 초월주의, 신비주의, 요가를 탐구했다. 그랜트는 치과 의사가 드릴로 턱의 한쪽에 구멍을 뚫을 때, 그쪽 부분을 마취하는 법을 그녀에게 배웠다고 주장했다. 몇 년간, 두 사람은 친밀하면서도 소원한 사이가 됐다. 두 사람은 별거를 하면서도 빈번하게 서로 데이트를 하고 함께 여행을 다녔다. 언젠가 어느 브로드웨이 공연장에서 캐리는 그녀가 다른 남자와 같이 오는 걸 봤다. "내 아내가 저기 있군요." 그는 자신의 동행에게 말했다. "그녀가 참으로 아름답지 않나요?"

그랜트와 그의 정신과 의사는 LSD의 도움으로 그의 마음속 깊숙한 곳에 존재하는 심리적 문제의 뿌리를 뽑으려고 시도했다. 즉석 분석instant analysis이라는 이름으로 자주 불린 LSD는 오수 정화조에 투여하는 수산화나트륨처럼 잠재의식을 깨끗이 청소해 낸다는 말이 있다. LSD의 영향 아래 자신의 상태가 나아졌다는 데에서 강한 인상을 받은 그랜트는 UCLA에서 고해 성격의 강연을 했다. "나는 자기밖에 모르는 상놈이었습니다." 그는 그에게 매료된 학생들에게 말했다. "마조히스트였고 내가 행복하다는 생각만 하면서 살았죠. 그런데 미몽에서 깨어나 '나한테 뭔가 잘못된 점이 있는 게 확실해'라고 말했을 때, 나는 철이 들었습니다." 이어진 인터뷰에서 그는 이런 말도 했다. "나 자신도 전혀 이해하지 못했던 내가 어찌 다른 누군가를 이해하기를 바랄 수 있었겠습니까? 내가 지금 난생처음으로 한 여성에게 진정한 사랑을 줄 수 있다고 말하는 이유가 그것입니다. 지금은 그녀를 이해할 수 있으니까요." 지난주에, 벳시 드레이크는 이혼소송을 제기했다.

촬영장에서, 그는 자잘한 것에 집착하는 깐깐한 성격으로 감독들과 동료 배우들을 미치게 만들었다. 언젠가 그는 헤아릴 수 없이 많은 엑스트라의 두피를 일일이 검사했다. 머리 염색이 제대로 됐는지를 확인하기 위해서였다. 도리스 데이와 〈댓 터치 오브 밍크That Touch of Mink〉를 촬영할 때, 그는 함께 쇼핑을 가서는 그녀의 촬영용 구두와 스커트, 블라우스를 구입하는 걸 감독했다. 영화 촬영장에서, 세트 벽에 걸린 그림들을 보고는 너무나 심란했던 그는 제작을 중단시키고는 집으로 가서, 집에 있는 컬렉션에서 더 나은 그림들을 갖고 돌아왔다. 그는 "1000개의 디테일이 합쳐져 하나의 인상을 만드는 겁니다"라고 설명했다.

캐리의 스튜디오 사무실에는 그의 아내들 전원의 특대형 사진들과 방대하고도 고상한 그의 커리어를 기념하는 수없이 많은 기념품이 있다. "좋았던 옛 시절은 바로 지금이에요." 그는 온화한 함박웃음을 지으며 말했다. 최근에 어느 편집자가 사실 확인을 위해 그에게 전보를 보내 물었다. "캐리 그랜트는 몇 살인가요?HOW OLD CARY GRANT? "늙은 캐리 그랜트는 어떻게 지내나요?"라고 해석할 수도 있다" 그러자 그는 회신을 보냈다. "늙은 캐리 그랜트는 잘 지냅니다. 당신은 어떤가요?"

뉴욕 콜리세움에서 열린 스포츠와 캠핑 전시회에서, 미국과 영국, 캐나다, 남미에서 두루 챔피언에 올랐던 전직 탁구 선수가 뉴욕시 시장인 존 린지의 부인과 탁구를 쳤다. 린지 부인은 챔피언의 안정적인 게임 운영에 맞서 우아하게 몸을 까딱거리면서 튀어 오른 공을 매끄럽게 넘기고 있었다. "안녕하세요, 린지 부인!" 탁구대 둘레에 쳐진 말뚝 울타리 바깥에 있는 군중 속에서 어느 목소리가 크게 외쳤다. "메리라고 불러줘요." 메리는 공에서 눈을 떼지 않으면서 그렇게 말했다. 프로 선수는 아찔할 정도로 높이 튀어 올라 낙엽이 떨어지는 듯한 모습으로 떨어지는 공을 날렸다. "어머나!" 메리가 소리쳤다. "그거 다시 보여주세요. 우리 애들한테 써먹고 싶어요." 프로 선수는 또 다른 로빙볼을 친 후, 약간 건방진 태도로 한쪽 다리를 들고는 발바닥으로 공을 쳐대는 것으로 그녀의 발리에 대응하기 시작했다. 기회를 엿보던 린지 부인은 베이스라인에 떨어지는 드라이브를 쳤다. 그의 다리가 공중에서 우스꽝스럽게 흔들리는 동안 공은 쌩하니 그를 지나갔다.

프로 포켓볼 선수가 묘기 샷을 보여줄 준비를 했다. 소형 확성기를 든 아나운서는 프로 선수가 한 번에 공 3개를 포켓에 넣는 것으로 시범을 시작할 거라고 군중에게 알렸다. 프로 선수는 초크를 문지르고는 샷을 시도했다. 정해진 위치에 배치된 공 3개를 향해 큐볼이 로켓처럼 날아갔다. 공들이 흩어지면서 다양한 쿠션이 일어났지만, 포켓에 들어간 공은 하나도 없었다. 그는 다시 시도했다. 다시 실패했다. 다시 시도했다. 다시 실패했다. "당구대가 시원찮은 제품인 것 같습니다." 아나운서는 말했다. 그는—적어도 그 순간 직전까지는—그 당구대 제조 회사의 직원이었다.

농구팀 신시내티로열스새크라멘토킹스의 전신 소속의 오스카 로버트슨이 홀에 들어오자 적어도 2000명쯤 되는 군중이 곧바로 그를 에워쌌다. 그중 절반 이상이 성인이었다. 사람들은 그에게 다가가려고 부스 위로 올라가고 바리케이드를 부쉈다. 그러면서 전시회에서 펼쳐지던 행사의 대부분이 일시적으로 마비됐다. 로버트슨을 이 행사에 출연시키고 사인회를 주최한 건 내셔널 슈즈National Shoes였다. 잠시 후, 로버트슨이 두꺼운 종이로 만든 백보드 한 쌍과 싸구려 잡화점에서 판매하는 종류의 후프들이 달린 조그만 '농구 코트'—너비 3미터에 길이 6미터—에 섰다. 사람들이 바티칸의 성 베드로광장에 모여든 인파처럼 밀려드는 듯했다. 열 살쯤

돼 보이는 소년이 로버트슨 옆에 섰고, 로버트슨은 아이에게 농구공을 건넸다. 소년은 슛을 쐈지만 빗나갔다. 로버트슨은 공을 가져와 아이에게 다시 건넸다. 소년은 다시 슛을 쐈지만 역시 빗나갔다. 로버트슨은 몸을 숙이고는 소년에게 뭐라고 말을 했다. 한두 마디가 아니었다. 그는 소년의 귀에 대고 30초간 말을 했다. 소년은 다시 슛을 쐈다. 출렁. 로버트슨 자신은 슛을 시도하는 걸 주저하는 듯 보였다. 바스켓의 수준이 형편없었다. 그리고—설령 바스켓이 온전하다고 해도—전문적인 농구 선수도 어쨌든 슛 성공률은 50퍼센트 정도일 뿐이다. 슛이 몇 번 빗나갈 경우, 여기 모인 군중은 그런 사정을 제대로 이해해주지 않을 것이다. 더군다나, 로버트슨은 평범한 비즈니스 정장 차림이라 마음먹은 대로 몸을 놀리지 못할 터였다. 그는 몇 명에게 사인을 해줬다. "슛을 보여줘요, 빅 오Big O. 로버트슨의 별명!" 누군가가 외쳤다. 다른 이들이 가세했다. "슛을 보여줘요, 빅 오!" 로버트슨은 못 들은 척하면서 다른 사람에게 사인을 해줬다. "슛을 보여줘요, 빅 오!" 그러자 로버트슨이 바스켓 하나를 꼼꼼히 살폈다. 이건 실수일지도 모른다. 이제는 물러설 길이 없었기 때문이다. 로버트슨이 일단 공을 손에 쥐고 바스켓을 올려다보자 세상의 그 무엇도 슛을 쏘고픈 그의 욕망을 막을 수 없었다. 로버트슨은 바스켓에서 5미터쯤 떨어진 지점으로 물러서서 공을 높이 들어 올렸다. 그가 두 손으로 날린 공이 손가락을 벗어나 느린 백스핀이 걸린 채로 바스켓을 향해 포물선을 그렸다. 군중은 갑자기 침묵에 잠겼다. 모두들 공

만 지켜봤다. 로버트슨만 빼고. 공이 들어가기 전까지 그는
바스켓에서 결코 시선을 떼지 않았다. 그는 다시 슛을 쐈다.
출렁. 다시. 출렁. 다섯 번, 여섯 번, 일곱 번 연속으로. 이제
콜리세움에는 아무도 없었다. 로버트슨은—두 손으로 슛을
쏘고 점프슛을 하고 심지어는 먼 거리에서 우아한 몸놀림으
로 훅슛을 쏘면서—군중에게서 멀어져 그의 재능이라는 은
신처로 물러났다.

이 수평단층들은 본질적으로 북쪽으로 기울어져 있다. 지진이 일어날 때마다, 낮은 쪽은 북쪽으로 미끄러지고 높은 쪽은 남쪽으로 이동했다. 지진이 일어날 때마다, 분지의 남북 방향 길이는 약간 짧아졌고 근처에 있는 산들은 60센티미터씩 솟아올랐다. 이런 국지적인 압축은 비교적 최근에 시작됐다. 본디 북쪽으로 이동하는 태평양 지각판이, 산안드레아스 단층이 지질학상 압축 굴곡이라고 알려진 이상한 만곡부 형태로 툭 튀어나온 북아메리카판을 밀치고 들어올 때 시작된 것이다. 산들이 솟아올랐다. 사람들이 왔고, 로스앤젤레스가 들어섰다. 산과 언덕, 배사구조적 당시 수평이던 지층이 지각변동을 겪은 후 낙타의 봉우리처럼 변한 구조는 계속 솟아오를 것이고, 분지는 계속 아래로 눌릴 것이다. 태평양판이 압축 굴곡을 계속 눌러대는 한 말이다. 미끄러지는 태평양판의 무게는 34경 5000조 톤이다.

판의 이동은, 도시계획을 세우는 사람처럼, 로스앤젤레스를 창조했다. 판의 움직임은 LA에 인접한 산들을 300미터 솟아오르게 만들면서 LA의 환경과 그 환경의 특출한 아름다움의·틀을 잡았다. 산들이 그토록 밀집해 있기 때문에 서쪽에서 밀려오는 공기는 산을 넘지 못하고, 그 결과가 스모그를 집중시키는 대기권의 역전층이다. 로스앤젤레스에서 일어나는 판의 움직임은 LA 길거리에 금과 은을 빗물처럼 퍼부어대는 석유가 저장된 배사구조를 만들었다. 판의 움직임이 무척 건조한 분지를 형성한 탓에 LA에서는 물을 800킬로미터 떨어진 곳에서 가져와야만 한다. 판의 움직임으로 LA는 지형상 화재에 약한 날씨가 발달했는데, 화재로 암설巖屑이 흩날리면서 도시가 망가진다. 판의 움직임은 온순하고, 치명적이고, 영원하고, 인과관계에 있고, 유익하고, 파멸적이고, 지속적이고, 불가피하다. 이건 순전히 운에 모든 걸 맡기는 카드 게임이나 다를 게 없다. 판의 움직임은 지진이다.

에릭 슬론Eric Sloane은 뉴잉글랜드의 고택古宅에서 1805년에 열다섯 살 소년이 쓴, 책등에 나무를 대고 가죽 장정을 한 일기를 발견했다. 일기에 적힌 내용들은 간결했다. "6월 3일, 물레바퀴를 옮기려고 로프 호이스트hoist. 비교적 가벼운 물건을 들어 옮기는 기중기의 하나를 설치하는 아버지를 도왔다." 또는 "6월 26일, 아버지와 함께 조림지에서 참나무를 썰매로 끌어 근처에 있는 제재소로 가져갔다." 슬론은 일기장을 가져와 오지에 농장을 짓는 과정을 세세히 보여주는 글과 그래픽으로 그것을 꾸몄다. 그가 관심을 가진 대상은 단순한 유물이 아니었다. 대신, 그는 개척자들이 쓴 도구들에 광을 내고 오래 쓸 수 있도록 날을 세우고 싶었다. 제 존재와 하는 일에 대해, 그리고 자신들이 살았던 시대에 대해 충분히 고심했고 스스로 만든 모든 것에 서명을 남긴 장인들이 쏟은 관심과 발휘한 실력에 꾸준한 경의를 표하면서 말이다.

슬론은 못을 하나도 쓰지 않고 집을 짓는 법을 보여준다. 그렇게 건설된 집은 수백 년간 그 자리를 지킬 것이다. 또한 바틀글래스bottle-glass 창문, 접이식 사다리, 나무 욕조, 사과 압착기 만드는 법과 자연석에 작은 구멍을 내는 법을 보여준다. 장작을 쌓는 두 가지 방법을, 갈색 잉크 제조법("먼저 잘 으깬 호두나무나 버터넛 껍질을 졸인다. 식초와 소금을 넣고 '굳도록' 물을 끓인다")을 보여준다. 그는 1805년에는 혁신적이었던 지붕을 얹은 교량의 건설 과정을 마룻대공 제작부터 지붕 공사까지 상세히 보여준다. 조지 워싱턴은 살아생전에 그런 다리를 결코 보지 못했다.

물레방아 바퀴는 톱을 작동시키고, 풀무에 펌프질을 하고, 곡물을 빻고, 기계 해머가 계속 두드릴 수 있게 해주고, 고기를 지글거리게 만들고, 갓난아기를 흔들어서 재우는— 동시에 이 모든 걸 해내는—만능 기기였다. 목재는 나무의 재질에 따라 선택됐다. 마차—참나무 프레임, 느릅나무 옆판과 바닥, 물푸레나무 바퀴살과 끌채, 소나무 좌석, 히커리 널—를 제작하면, 그 마차는 오늘날의 캐딜락보다 12배쯤 오래 탈 수 있었다.

일기를 썼던 이들 같은 그때의 어린 소년들은 겨울철 아침에 일어나면 도로를 가로질러 헛간으로 달려가서는, 젖소나 황소를 옆으로 밀친 후 그 동물이 잠을 잤던 따스한 구역에 서서 옷을 갈아입고는 했다. 어떤 집에 설치된 판유리가 10장이 넘으면, 집주인은 유리세稅를 내야했다—그래서 대부분의 집에는 판유리가 10장만 있었다. 실제로 창유리는 대단히 귀중한 것이라, 이사하는 가정은 그것들을 갖고 갔다. 여성이 숨을 거두면 교회는 종을 여섯 번 쳤다. 남성의 경우는 아홉 번을 쳤다. 그러다가 잠시 종을 치는 걸 멈춘 후, 모든 신도가 알 수 있도록 고인이 된 신도의 정확한 나이만큼 종을 쳤다. 어느 가족의 소유지에 다리가 있으면, 그 가족은 다리를 지나는 이웃과 낯선 이들에게 통행료를 받았다(이것은 오래도록 이어져온 전통이었다. 예를 들어, 내려갠섯만의 일부를 가로지르는 1.6킬로미터가 넘는 길이의 현수교는 1955년까지 루돌프 하펜레퍼의 사유재산이었다. 그는 그 다리 통행료로 1년에 100만 달러 넘는 돈을 벌었다).

차 두 대를 주차할 수 있는 너비의 차고에 겉치레용 건초다락이 있고 구두 수선공의 벤치에 칵테일이 놓여있는 시대에, 초기 미국인들의 생활 방식은 사람들에게 제대로 이해되기 보다는 별 생각 없이 써먹히는 경우가 잦다. 슬론은 그 생활 방식을 제대로 이해한다. 오래된 목제 장비의 손잡이를 잡은 그는 "이걸 반질반질하게 만든 바로 그 손"을 느낄 수 있다. 그는 그 장비를 독자들에게 건넨다.

내 포드 차를 로워맨해튼에 주차하고 문을 잠근 후 볼일
을 보러 갔다 돌아와서는 키를 안에 두고 내렸다는 걸 깨달
았다. 젠장. 모든 창문이 꽁꽁 닫혀있었다. 공교롭게도, 가
장 가까이에 있는 열쇠 복제 가게는 택시 요금이 50달러나
나오는 뉴저지에 있었다. 주차 공간은 프랭클린 D. 루스벨
트 드라이브의 고가도로 아래에 있었다. 미미하게 풍기던
신비로운 분위기를 상실한 그곳은 어스름한 조명 아래 우울
한 기운으로 가득했다. 쓰레기통이 고속도로의 강철 지지대
들 사이에 일정한 거리로 놓여있었다. 온 사방이 쓰레기 천
지였다. 그 지역을 살핀 후, 철사를 찾아 쓰레기통을 하나씩
뒤졌다. 마침내 깨진 포도주 병이 잔뜩 모인 곳에서 자동차
도둑이 쓰는 고전적인 연장—금속 옷걸이—을 찾아냈다. 불
행히도, 나한테는 그걸 쓸 줄 아는 기술이 없었다. 그 테크
닉을 두리뭉실하게는 알고 있었다. 옷걸이를 일직선으로 쭉

펴라. 그런 다음에 휘어서 커다란 헤어핀 모양으로 만들어라. 그 다음에는 한쪽 끝을 고리 모양으로 만들어라. 창문의 가장자리에 있는 고무 틈으로 철사를 집어넣어라. 고리를 치랑 내부 아래로 이동시키고—가상 노련한 놈놀림이 필요한 단계인—잠금 버튼에 고리를 걸어라. 힘을 줘서, 천천히, 와이어를 들어 올려라. 열려라 참깨.

뛰는 구석이라고는 한 군데도 없는 내 차를 살펴서 철사가 파고들기에 충분할 정도로 물렁한 지점을 찾아봤다. 그렇지만 처음에는 성공을 거두지 못했다. 한쪽 창문을 한동안 찔러본 후, 차를 돌아 다른 쪽으로 갔다. 결국에는 철사를 5센티미터쯤 넣는 데 성공했지만 그 이상으로 찔러 넣을까 말까 망설이는 중이었다. 그렇게 철사를 밀어 넣는 중에 차 한 대가 내 옆에 섰다. 뉴욕 경찰이 타는 녹색과 검은색이 섞인 친숙한 세단이라는 걸 곁눈질로 알아차렸다. 경찰두 명이 타고 있었다. 철사를 꺼내 그들에게 흔들고는 말했다. "안녕하세요. 별일 없으시죠? 보시다시피 키를 안에 두고 문을 잠그는 바람에요, 그리고……."

경찰들이 순찰차에서 내렸다. 그중 한 명이 철사를 달라고 했다. 철사를 건넸다. 그는 케이크를 테스트하는 제빵사처럼 포드에 그걸 찔러 넣었다. 3초 안에, 아마도 그보다 짧은 시간에 자동차 문이 열렸다. 그는 철사를 돌려줬고 나는 고맙다고 인사했다.

다른 경찰이 말했다. "이제는 강의를 해드려, 샘."

샘은 차에 열쇠를 두고 내리는 무모함을 꾸짖는 일장 연설을 했다.

그런 후 두 경찰관은 자기들 차에 올라 떠날 준비를 했다.

"잠깐만요." 내가 말했다.

그들은 나한테 어떤 종류의 서류나 신분증도 요구하지 않았다. 그들은 포드에 철사를 밀어 넣으려고 기를 쓰는 나를 발견했다. 척 보기만 하고도 이 차를 내 거라고 생각했던 걸까?

내 얘기를 다 들은 샘이 파트너를 쳐다봤다가 다시 나를 쳐다봤다. 그가 말했다. "잘 들어요, 선생. 선생이 그 차를 훔치는 중이었다면, 선생은 우리한테 도둑질을 도와달라고 부탁할 정도로 배짱이 두둑한 사람인 거요. 그러니 그 차를 가져요. 그건 선생 차요. 선생은 그 차를 가질 자격이 있는 사람이에요."

오스카 해머스타인은 공동 창작자 리처드 로저스와 함께, 한때는 노래와 촌극과 춤을 느슨하게 모아놓은 것 이상을 요구하지 않았던 공연 양식에 대사가 들어있는 노래를, 플롯이 딸린 음악을 통합시키면서 현대 뮤지컬 공연의 새로운 기준을 설정했다. 해머스타인은 항상 가사를 먼저 썼다. 창작의 고통에 몸부림치며 몇 주를 보낸 끝에야 가사가 완성되는 경우도 잦았다. 그는 가사를 쓰는 중에 펜실베이니아에 있는 자신의 농장 근처 아스팔트 도로를 몇 킬로미터씩 걸으면서 머리에 떠오른 단어들을 완성된 가사가 되도록 가다듬어 그가 작곡한 가짜 선율에 붙이고는 했다. 이런 임시 멜로디의 일부를 들은 리처드 로저스는 공포에 질린 척 휘청거리며 뒷걸음질을 치는 장난을 쳤다. 해머스타인이 쓴 가사가 오스트리아 가수들에 대한 것이건, 뉴잉글랜드의 공장노동자들이나 시암Siam. '타이'의 전 이름의 왕에 대한 것이건, 그의 가사에는 항상 구시대의 안정적인 낙관주의의 분위기가 깔려있었다. 그는 말했다. "나는 희망이 깃들어 있지 않은 가사는 쓰지 못하겠습니다." 전시에 발행된 신문의 헤드라인이 산호 해변에 널브러진 주검에 대한 것으로 암울하기만 하던 1943년에 〈오클라호마!〉가 브로드웨이에서 막을 올리면서, 해머스타인의 가사는 "목초지를 덮은 화사한 금빛 실안개"가 낀 아름다운 아침의 풍경을 세계 전역에 실어날랐다. 그러자 마자, 세상에 그런 풍경이 존재했다는 걸 떠올려준 것에 세계 곳곳의 많은 이들이 고마워했다.

1940년대와 50년대에 로저스와 해머스타인이 내뿜는 은은한 광휘 속에서 노래를 흥얼거리고 춤을 추며 성장한 사람들에게, 해머스타인이 1920년대에 오페레타희극적인 주제를 다루는 짧은 오페라 분야에서도 비슷한 정도로 굉장한 경력을 쌓았다는 사실은 놀라운 일로 다가온다. 그는 서른다섯 살이 되기 전에 〈로즈 마리Rose-Marie〉, 〈사막의 노래The Desert Song〉, 〈뉴 문The New Moon〉, 〈쇼 보트Show Boat〉의 가사를 썼다. 〈인디언 러브 콜Indian Love Call〉과 〈용감한 사나이들Stouthearted Men〉 같은 노래들로 세상에 자신을 알린 그는 〈올 맨 리버Ol' Man River〉로 입지를 굳건히 다졌다.

그에게는 공동 작업을 한 사람이 많았는데, 그는 그들에게서 이런저런 재주를 배웠다. 해머스타인이 〈사막의 노래〉를 같이 작업했던 오토 하바흐는 뮤지컬 무대용 글을 쓰는 기본 원칙을 그에게 가르쳤다. 가사를 보고 내뱉은 최상의 찬사가 "맞아떨어져, 맞아떨어져"에 국한됐던 시그먼드 롬버그는 하루 16시간 작업하는 것의 미덕을 가르쳤다. 해머스타인에게 키 높은 선장 테이블유람선에서 선장이 앉는 기다란 만찬 테이블을 줘서 해머스타인이 이후 그곳에서 글을 쓰게 해준 제롬 컨은 가사에 '큐피드'라는 단어를 절대로 사용하지 말라고 가르쳤다. 그건 명령에 가까웠다. 컨이 〈쇼 보트〉를 위해 작곡한 멜로디를 들은 후(제롬 컨과 한 작업에서는 음악이 먼저 작곡됐고 가사는 나중에 채워졌다) 해머스타인은 이렇게 시작하는 가사로 응수했다.

> 큐피드는 길을 알아,
> 그는 벌거숭이 소년
> 당신의 마음을 흔들어 놓을 수 있는……

컨이 정신을 차리고는 대안을 내놓았다.

> 나는 왜 그대를 사랑할까?
> 그대는 왜 나를 사랑할까?
> 세상에는 왜 우리 둘처럼
> 행복한 사람들이 있는 걸까?

컨은 브롱스빌에 있는 자택에서 롱아일랜드 그레이트넥에 있는 해머스타인에게 전화를 걸곤 했다. 그러고는 수화기를 피아노에 갖다 놓고는 건반을 열심히 두드렸고, 그러는 동안 미국 오페레타의 최고 걸작들이 전화선을 따라 성장을 거듭했다. 컨 부부와 해머스타인 부부는 가까운 친구

지간이었지만, 해머스타인의 아내 도로시는 사람들이 "제롬 컨의 〈올 맨 리버〉"라고 말하는 걸 듣고 있을 수가 없었다. 그녀는 사람들에게 말하고는 했다. "〈올 맨 리버〉를 쓴 사람은 오스카 해머스타인이에요. 제롬 컨은 타타 둠둠, 타 타타 둠둠을 쓴 사람이고요."

나는 프린스턴의 이스트파인홀에서 20년간 일했는데, 인문학 협의회가 약간이나마 영향력을 행사하는 그곳의 실질적인 지배자는 비교문학학과였다. 프린스턴 역사상 비교문학학과의 학과장은 두 명이었다. 그가 착수한 호메로스 번역 작업이 지금도 여전히 진행되고 있는 로버트 페이글스, 그리고 단테 전문가 로버트 홀랜더. 두 사람 모두 사람들과 대화하는 걸 무척이나 좋아하기 때문에, 나는 그곳에서 침입자이자 가짜 교수로, 주무 부처 없는 장관으로 지낸다. 내 처지는 이렇지만, 이스트파인의 3층은 정말로 일하기 좋은 곳이다. 저녁 6시 30분이면 그곳은 사실상 빈 건물이다. 종신 교수직을 받은 교수들조차 조용히 건물을 나선다. 그런데 아침 7시 30분이면 어떤 인물이 혼자서 홀을 돌아다니고 있을 것이다─등은 굽었고 고개는 약간 위로 젖혔으며 입술을 끝없이 놀리는 인물이. 그는 청동으로 무장한 전사들에 대한 이야기를 웅얼거릴 것이다. 페이글스는 청동에 대해 해박하다. 그토록 황동 기념패를 많이 받은 사람이라면 당연히 청동에 대해 해박할 것이다. 그가 다가오는 소리를 듣고 복도로 나가 질문을 던지면 그는 강의실을 순회하는 강사로, 유서 깊은 소재가 묻힌 광산으로, 상대에게 지식을 삼투시키는 행위를 하는 열렬한 지식의 기부자로 변신한다는 걸 나는 오래전에 알게 됐다. 예를 들어, 내가 키프로스에 초점을 맞춘 지질학 관련 산문을 쓴 적이 있었다. 그가 오는 소리를 듣고 복도로 나갔던 나는 나중에 내 컴퓨터로 돌아와 이렇게 썼다. "제련은 기원전 2760년에 키프로스에서 시작됐다. 광재 더미가 마흔 곳에서 발굴됐다. 『일리아드』에는 청동으로 무장한 전사들이 등장한다. 청동은 구리에 주석을 약간 첨가해서 단단하게 만든 것이다. 그 구리는 키프로스에서 생산됐을 것이다(구리는 호메로스가 태어나기 전에 거의 2000년간 키프로스에서 채굴됐다). (…) '키프로스'라는 단어는 구리를 뜻한다. 그 섬의 이름이 금속에서 따서 붙여진 것인지 금속의 이름이 그 섬의 이름을 따서 붙여진 것인지 여부는 시간이 흐르면서 가늠하지 못하게 됐다."

가끔 그러듯이, 내가 낚시를 하자며 페이글스를 델라웨어강으로 데려가면, 그는 내장을 제거하고 지느러미를 자른 후에 비늘을 벗긴 물고기들을 싸는 포장지가 내가 쓴 글이 인쇄된 종이인 거냐고 묻는다.

워싱턴에 그 도시를 손바닥 들여다보듯이 아는 친구가
있다. 그의 이름은 H. M. 레메오가 아니지만, 아무튼 그게
그의 이름이라고 치자. 그는 문서에 서명하는 데 쓸 펜을 대
통령들에게 제공하는 데 많은 시간을 쓰고, D.C. 로펌들의
중역 회의에 오래전부터 녹아들어간 그런 부류의 사람이다.
로펌들은 정부하고는 구체적인 연줄이 전혀 없지만, 그럼에
도 독보적인 영향력을 내뿜는 아우라 안에서 활동한다. 레
메오의 워싱턴은 캐피털 시티 투어Capital City Tours로 구경하
는 워싱턴이 아니다. 예를 들어, 언젠가 그는 워싱턴 전화교
환소의 카세트 보관소를 내게 구경시켜줬다. 그는 메릴랜드
교외의 구릉지에 거주한다. 대충 이 정도 묘사하는 수준에
만 머물러야 할 그 지역에서, 어느 가을날에 그의 차를 타고
드라이브하던 중이었다. 그가 누군가의 저택으로 이어지는
긴 진입로처럼 보이는 곳으로 차를 꺾었다. 진입로에서부

터 드넓은 잔디밭이 펼쳐졌다. 낙엽이 지는 나무들이 늘어선 사이로 난 진입로는 커다란 석조 저택으로 이어졌다. 날은 쌀쌀했지만 햇빛은 쨍쨍했고 바람이 많이 불었다. 저택 뒤에 차가 약 스무 대 있었는데, 달걀 모양으로 주차돼 있었다. 그 동그라미 가운데로 차를 몰고 간 레메오가 차를 세우고는 입을 열었다. "여기는 버닝트리 주차장이야. 저기는 클럽하우스고. 골프 코스는 저 너머에 있어. 코스는 직접 거기에 가보지 않는 한 그게 코스라는 걸 알아차리기가 쉽지 않아. 여기는 세상에 거의 알려지지 않은 곳이라서 사람들은 여기에 이런 게 있다는 걸 전혀 몰라. 그렇지만 브레즈네프 소련 서기장가 워싱턴 지역을 타격할 때 정밀 표적으로 삼을 곳들 리스트에서 이곳은 펜타곤보다 우선순위가 높아. 거물들이 있는 곳이거든. 정치적 위상만큼이나 골프 핸디캡도 큰 인물들이 말이야. 버닝트리의 티tee에서는 지구상의 다른 그 어떤 골프 클럽에서보다도 더 많은 힘이—더 짧은 거리를 위해—뿜어져 나가지. 이렇게 추운 날에도 여기에 누가 있는지 잘 살펴보라고."

주위를 둘러봤지만 아무도 보이지 않았다.

레메오가 핀잔을 줬다. "차를 잘 살펴보라는 말이야."

우리 바로 앞에 아칸소 번호판—MS2—이 붙은 메르세데스 벤츠가 있었다.

"상원의원Member of the Senate, 두 번째." 레메오가 설명했다. "아칸소 출신의 신진 상원의원 제임스 윌리엄 풀브라이트. 당연히 그는 외제차를 타지. 상원외교위원회 위원장이니까."

우리의 눈이 자동차에서 자동차로, 번호판에서 번호판으로 움직이기 시작했다. 선더버드, 미주리 8.

"자, 지긴 골 깃 같아?" 레메오가 물었다. "미주리에서 여덟 번째로 중요한 인물은 누구라고 말할 건가?"

머릿속에 떠오른 명단을 훑어 내려갔다―위원회 회장 랠스턴 퓨리나, 해리 트루먼, 헌스 주지사, 워런 브래들리, 부시, 안호이저…… "사이밍턴." 마침내 내가 말했다. "스튜어트 사이밍턴, 미주리 8."

"맞았어." 레메오가 말했다. "자, 이번에는 저걸 봐." 그는 메인주 번호판을 단 대형 크라이슬러를 향해 고개를 끄덕였다. 숫자는 하나도 없이 커다란 블록체로 표기된 "상원"이라는 단어만 있었다.

"머스키미국 정치인 에드먼드 머스키." 내가 말했다.

"의문의 여지가 없지. 정말로 확실한 한 가지는 마거릿 체이스 스미스는 오늘 이 골프 코스에 있지 않다는 거야. 버닝트리에 여성의 출입은 금지돼 있어. 저 클럽하우스에 발을 디딘 여성은 한 명도 없어. 오래전에, 조 데이비스가 여기에 수영장을 짓자고 제의한 적이 있어. 자기가 설치비를 대겠다면서. 분개한 회원들은 그 제안을 거부했어. 수영장을 만들면 여자랑 아이들을 받아들이자는 압력이 커질 거라는 근거에서 말이야. 회원들은 저 건물의 어느 구역이든 알몸으로 돌아다닐 수 있다는 사실에 상당한 자부심을 느껴."

이렇게 추운 오후에 골프 코스에 있는 사람들은 얼마나

잘 지내고 있는지 궁금했다. 그러다가 며칠 후 뉴저지의 집에 있던 중에 사실을 확인해 보려고 자동차 주인들에게 전화를 걸었다. 예를 들어, 사이밍턴 상원의원은 추운 날씨에 골프를 칠 의욕이 사라져 연습 티에서 공 몇 개를 치기만 했다고 말했다. 머스키 상원의원 사무실에서는 머스키 상원의원이 플레이를 한 후 모스크바로 떠났다고 말했다. "의원님은 자신의 게임 실력에 대해서는 매우 겸손하십니다. 그럴 만한 이유가 있죠." 보좌관 한 명이 머스키가 3년 전에 케네벙크미국 북동부에 있는 도시에서 홀인원을 한 적이 있다고, 그는 대략 비슷한 빈도로 90타를 넘기고 있다고 계속 말을 이었다.

풀브라이트 상원의원은 자신의 골프 실력을 개략적으로 묘사했다. 그런데 그의 태도는—이 얘기를 한 사람의 신빙성을 내가 지금처럼 신뢰하지 않았을 경우—의도적으로 상대를 후리는 타짜 특유의 능란한 자기 비하적 분위기라고 할 법한 분위기를 풍겼다. "내 실력은 굉장히 형편없어요." 그는 말했다. "골프를 충분히 자주 치지를 못해요. 나이를 먹으면서 노쇠해져서 말이요. 내 골프 실력이나 내가 사는 인생과 관련해서 무척이나 흥분할 만한 거리는 하나도 없어요. 사람은 나이가 들수록 둔해져요. 당신도 그걸 알게 될 거요. 나는 전에는 골프를 많이 쳤지만, 1970년대에 위원회 위원장이 된 이후로는 그리 많이 치지 않아요. 나는 1926년에 옥스퍼드에서 라크로스 선수로 뛰었던 사람이에요. 그 전에는 아칸소에서 미식축구 선수였고요. 그러다가 양쪽 무릎을 무척 심하게 다쳤죠. 연골을 들어냈어요. 그래서 골프를 잘 치기가 어렵죠. 그날은 일정을 잡아서 게임을 하러 간 건 아니었어요. 그날 오후에 거기에 갔다가 우연히도 만만한 먹잇감을 낚은 거죠."

그가 낚은 먹잇감은 의사 J. 론 톰프슨(컬럼비아자치구, 선더버드 701)이었다. 톰프슨은 내각과 의회 소속의 주치의이자 린든 B. 존슨의 전 주치의였다.

"안녕하세요, 닥터 톰프슨. 요전에 풀브라이트 상원의원과 함께 친 골프는 어땠었나요?"

"평소처럼 무슨 일이 있어도 그분과 골프를 치지 말라는 조언을 들었어요. 그런데 풀브라이트 상원의원은 언변이 굉장한 분이죠. 국내 정치뿐 아니라 첫 티에서도 그래요. 그분은 온당하지 않은 일을 하는 문제에 있어서도 상대가 자신에게 공감하게 만드는 일에 능해요. 자기가 정말로 고되게 일을 했다느니, 무척이나 피곤하다느니, 골프를 그리 많이 쳐보지 않았다느니 얘기를 하죠. 그런 얘기를 듣다가 정신을 차리고 나면, 내가 쳐야 할 순서인데도 그분이 치게끔 해줬다는 걸 깨닫게 돼요. 그런 식으로 당했어요. 주머니에 들어있던 지난달에 낼 내 의료보험료를 몽땅 그분에게 넘겨줬죠."

"몇 타를 치셨나요, 닥터 톰프슨?"

"84타요."

"상원의원의 성적은요?"

"3타 적었어요. 잘 알겠지만, 나를 벽에 매달아 놓기에 충분한 타수죠."

스미스 상원의원의 사무실에도 전화를 걸려고 시도했다. 머스키의 번호판에 '상원'이라고만 적혀있다는 사실이 나를 계속 괴롭히고 있었기 때문이다. 그렇다면 그녀의 번호판에는 뭐라고 적힐 수 있을까? "'1'이라고 적혀있어요." 그녀의 행정 보좌관이 말했다.

차를 몰고 느린 속도로 주차장을 가로지르던 레메오는 다음에는 플로리다 링컨콘티넨털 MC 9를 가리켰다.

"국회의원Member of Congress, 9번 지역구." 내가 말했다.

"잘하는군." 그가 말했다. "웨스트팜비치의 폴 로저스가 플로리다 9번 지역구 의원이야."

오하이오, 콘티넨털 FMF. "저건 힘들 거야." 레메오가 말했다. "오하이오주의 마이클 A. 페이건Michael A. Feighan 의원이 한때 플로렌스 매슈스Florence Mathews란 아가씨하고 결혼했다는 걸 모르는 한에는."

컬럼비아 자치구, 머큐리 341. "저건 더그 모드야." 레메오는 말했다. "변호사야. 내가 하는 일하고 똑같은 종류의 일을 하지. 덕은 월터 헤이건미국 골퍼의 장례식에서 운구를 했어. 헤이건이 쓰던 골프채 세트도 갖고 있지. 그렇지만 골프 실력이 대단한 수준은 아냐. 그는 모기가 없는 계절인 가을에 골프를 쳐. 오늘은 저기서 카드를 칠거야. 그는 1944년 대선에서 토머스 듀이의 선거운동을 사전에 준비한 사람이었어."

레메오에게 그도 골프를 치느냐고 물었다.

"오, 맙소사. 아니." 그는 대답했다. "나는 저 놈의 게임을 견디지를 못하겠어."

메르세데스 벤츠 DPL 2079(D.C. 번호판)을 지나면서 레메오가 말했다. "루이스 마차도. 외교관 번호판을 주목하도록 해. 그는 한때 미국 주재 쿠바 대사였어. 그 전에는 아바나 컨트리클럽 대표였지."

캐딜락, D.C. 144. "에이브 포타스미국 전 대법관의 옛날 로펌 아놀드, 포타스 앤 포터 알아?" 레메오가 물었다. "으음, 저 사람이 바로 그 포터Porter야. 포터한테는 이름이 헨리 포드Henry Ford인 운전기사가 있어."

버닝트리에 있는 자동차 한 대—콘티넨털, 텍사스, BKZ 922—가 우리의 눈을 끌었다. 번호판 때문이 아니라 차의 크기 때문이었다. 뭔가 인상적인 구석이 있는 차였다. 콘티넨털Continental이라는 이름이 붙기는 했지만, 대륙continent에서 몰기에도 지나치게 큰 듯 보였다. 양쪽 펜더 모두가 폭스바겐을 세워두는 차고로 써도 충분할 정도로 커 보였다. 한낱 상원의원을 위한 차량이라고는 할 수 없는 게 분명했다. 레메오는 그게 누구 차인지 감을 잡지 못했다. 그래서 나는 나중에 정치인 친구에게 전화를 걸었고, 그는 어딘가로 무전을 쳤다. 재빨리 회신이 왔다. 텍사스 BKZ 922는 미 공군 작전사령관 존 C. 메이어 중장의 차였다. 그는 유럽에서 전투 임무를 이백 번 수행한 역사상 최고의 공군 에이스 중 한 명으로, 프랑스와 벨기에에서 무공십자훈장을 받고, 공군수훈장, 은성훈장, 공군수훈십자훈장을 받았으며 청동무공훈장을 13개(13개라고 했나? 라저. 반복한다, 13개다) 받은 군인이었다. 펜타곤에 전화를 걸었다. 그러고는 얼마 안 가 메이어 장군이 얼마나 거물인지를 알게 됐다. 그와 통화하겠다는 의향을 밝히려고 또 다른 장성—H. L. 호건 3세 준장과 15분간 통화를 해야 했기 때문이다. 그는 자신이 무슨 일을 할 수 있는지 알아보겠다고, 그런 후에 전화를 주겠다고 정중히 말했다. 하루인가 이틀 후, 그가 전화를 걸어와 골프 문제로 메이어 장군과 통화를 하는 데 여전히 어려움을 겪고 있지만 노력을 계속 기울여 다시 전화를 주겠다고 말했다. "선생님께서 저희가 손가락 하나 까딱하지 않는다고 생각하시는 일이 없었으면 해서 전화 드린 겁니다." 관대한 호건 장군은 말했다. "우리가 서둘러 무슨 일을 할 수 있는지 봅시다." 이틀 후, 펜타곤에서 다시 전화가 왔다. "호건 장군입니다." 호건 장군이 말했다. "메이어 장군님 연결해 드리겠습니다!"

"메이어 장군입니다. 내 실력은 대체로 아주 형편없습니다. 그날 오후에도 형편없는 게임을 했던 게 분명합니다. 성적이 좋았다면 내가 스코어를 기억할 테니까요. 다른 장성 둘하고 쳤습니다. 딱히 추운 날씨라고는 생각하지 않았습니다. 내가 평소 치던 스코어, 그러니까 92타나 93타, 94타 정도를 쳤을 겁니다. 100타를 넘길 정도로 형편없었다면 그것도 기억했을 테니까요. 내 스코어가 좋았다면, 선생께 한 타 한 타를 다 설명해줄 수 있을 겁니다."

버닝트리의 기다란 진입로를 되돌아 나오는 길에 레메오가 말했다. "자네는 버닝트리가 화성인이 8번 홀에 착륙해서

아이젠하워 대통령한테 '나를 당신네 지도자한테 데려가줘'
라고 말한 곳으로 기억할지도 몰라. 이곳에는 풍부한 역사가
깃들어 있어. 이 클럽의 방침은 항상 어떤 종류의 홍보건 홍
보는 일절 하지 않는다는 거야. 그런데 가끔은 어쩔 수 없이
홍보되는 경우가 있어. 떠돌아다니는 다른 이야기에 따르면,
아이크아이젠하워의 애칭가 어느 날 여기에서 골프를 치고 있는
데 경호 요원들이 숲에서 뛰어나와서 그하고 뭔가를 상의했
대. 그러고 나서 경호원들이 다음 포섬이 플레이하는 페어웨
이로 허겁지겁 달려가서 말했다는군. '신사 여러분, 죄송합
니다만 대통령께서 먼저 플레이를 하고 지나가도 괜찮을까
요? 방금 전에 뉴욕이 폭격을 당했다는 소식이 들어왔거든
요.'…… 그래, 그래. 닉슨도 여기 회원이야. 닉슨 대통령하
고 애그뉴 부통령 다. 여기 회원 중에는 PGA미국 프로골프협회
회장도 있어. 골프를 쳤던 미국의 모든 대통령 중에서, 존 케
네디는 골프 실력 면에서 차원이 다른 사람이었어. 그는 등
이 아파서 고생을 했지. 그는 여기 올 때마다 잠깐 동안만 골
프를 쳤어. 여기 나타나서는 파를 몇 번 치고는 떠났지. 이걸
생각해 봐. 닉슨은 존 케네디가 여기 회원이 될 수 있도록 후
원했어. 이 클럽에는 대통령들이 사용했던 드라이버 컬렉션
이 있어. 대체로, 회원들은 격식에 얽매이지도 않고 딱딱하
게 굴지도 않는 사내들이야. 여름에는 반바지 차림에 윗도리
는 벗어던진 채로 플레이를 하지. 일부는 팬티 차림으로 플
레이를 하고. 겨울철 내내 긴 속바지를 걸치고 플레이를 해.
나는 회원권을 사는 데 거금이 드는 세계 전역의 클럽들을

다녀봤지만, 이 클럽이 가장 가식이 덜하고 가장 아늑하고 가장 겸손한 곳이라고 생각해. 여기에 불타오르는burning 건 아무것도 없어. 몇백 년 전에, 밤이면 빛을 발하는 나무가 한 그루 여기 있었어. 아마 인광燐光이었겠지. 그래서 인디언들이 이 지역을 포토맥Potomac, 불타는 나무가 있는 곳Place of the Burning Tree이라고 부른 거야."

그녀의 발은 너무 크다. 코는 너무 길다. 이빨은 고르지 않다. 목은, 그녀의 어느 라이벌이 말했듯, "나폴리 기린" 같다. 허리는 허벅지 가운데에서 시작하는 듯 보인다. 펑퍼짐한 골반은 곡식 자루 절반 정도 크기다. 뛰는 모습은 풀백 fullback처럼 보인다. 손은 엄청나게 크다. 이마는 낮다. 입은 너무 크다. 그리고 **맘마 미아** mamma mia, 그녀는 극도로 아름답다.

소피아 로렌이탈리아 배우 자신의 묘사에 따르면, 그녀는 "많은 이상한 것들의 연합체"다. 그녀는 아름다움의 규범을 다시 썼다. 나폴리만灣이 낳은 딸인 그녀의 혈관에는 사라센 사람, 스페인 사람, 노르만족, 비잔틴 사람, 그리스 사람의 피가 흐른다. 비스듬하게 기운 눈에서는 동양인의 혈통이 보인다. 진한 갈색 머리는 희귀한 비단을 모아놓은 비단가게다. 두 다리는 사람들에게 말을 건다. 나폴리 사람 특유의 장난기 가득하면서 관능적인 폭소를 터뜨리는 그녀는 차이콥스키가 〈이탈리아 기상곡〉을 작곡하면서 염두에 됐을 게 분명한 그 곡의 화신이다. 바이런 경은 그녀에게 경의를 표하기 위해 "이탈리아! 오, 이탈리아! 아름다움이라는 치명적인 하늘의 선물을 받은 그대여"라고 다시금 오마주를 바치려고 일주일에 한 번씩은 무덤에서 일어나 앉을 것이다. 언젠가 〈보그〉가 깡마른 무릎을 꿇고는 비굴하게 인정했다 "로레 이후로, 뼈만 앙상한 여자들은 지루하다." 카트린 드 메디시스Catherine de Medici. 프랑스 앙리 2세의 왕비는 여성들은 허리둘레를 13인치로 만들려고 분투해야 마땅하다는 칙령을 내렸었다. 지금 소피아 로렌은 또 다른 본보기를 설정한다. 38-24-38. 그녀는 스페인 사람들이 "머치 우먼much woman"이라고 부르고 프랑스 사람들은 **가슴 큰 여자**une femme plantureuse"라고 부르는 사람이다. 이탈리아 사람들은 언젠가 지나 롤로브리지다Gina Lollobrigida. 이탈리아 배우를 "이탈리아의 지나La Gina Nazionale"라고 불렀다. 이제 그들은 소피아 로렌을 "유혹의 소피아La Sophia Seducente"라고 부른다. 이탈리아 사람들은 유혹하는 여자를 선호한다. 지나는, 그들의 이상한 관점에서는, 지나치게 고상하다. 그들 말에 따르면, 소피아는 민중의 여자, **서민의 여성**donna popolana이다.

그녀의 몸은 움직이며 다니는 이런저런 과일과 멜론의 집합체이다. 그리고 그녀의 초기 경력은 대체로 사람들 앞에서 그것들을 제대로 전시하는 데 달려있었다. 그러나 소피아는 더 이상은 지나가는 라이카Leica 카메라를 위해 몸을 숙이지 않는다. "언젠가는," 그녀는 신인 여배우가 표출할 만한 진심이 담긴 목소리로 말한다. "세상 사람 모두가 나를 위대한 여배우라고 말하고 내가 그런 사람으로 기억되기를 바라요." (그녀는 1962년에 〈누 여인〉으로 아카데미 여우주연상을 수상했다.)

소피아가 자란 곳인 나폴리만의 포추올리는 여행 서적에 "아마 이탈리아에서 제일 지저분한 도시일 것"이라고 묘사돼 왔다. 이탈리아에서 제일 지저분한 도시의 거리에는 음악이 흐르고, 분홍과 흰색이 섞인 건물들이 서있으며, 갈매기는 머리 위에서 비명을 질러대고, 푸르른 물가가 있고, 제네로Gennaro—나폴리의 수호성인—가, 사자가 그를 먹어치우는 걸 거부했다는 데 자부심을 느끼면서 지극한 행복감에 젖은 곳인 로마의 원형경기장이 있다. 지금 이 시市는 이런 슬로건을 내걸었다. "우리는 그 얼마나 아름다운 여성을 수출했던가."

건강이 나빠진 어머니가 젖이 마른 후, 어린 소피아Sofia—지금 이름의 'ph'는 이탈리아 사람들의 눈에 더 이국적으로 보이도록 나중에 집어넣은 것이다—는 고용된 유모에게 넘겨졌다. 지난주에 그 유모는 손주 여섯 명이 우글거리는 침대에서 이렇게 회상했다. "소피아는 내가 평생 본 중에 제일 못생긴 아이였어요. 어쩌나 못생겼던지, 지금도 나는 그 아이한테 젖을 주고 싶어하는 사람은 세상에 아무도 없을 거라고 장담해요. 내 젖이 소피아를 그렇게 아름답게 만든 거라오. 그런데도 지금 그 애는 나를 기억조차 못해요. 나는

183

어린애 수백 명에게 젖을 먹였지만, 소피아만큼 많이 먹는 애는 없었어요. 그 애 어머니는 나한테 한 달에 50리라를 줬어요. 그런데 소피아는 적어도 100리라어치의 젖을 먹었죠. 마돈나 **미아**Madonna mia!"

급우들은 그녀의 집 현관문에 stecchetto(작은 막대기)라고 낙서를 했다. 그녀가 그만큼 삐쩍 말랐기 때문이다. 열네 살 때, 작은 막대기가 갑자기 꽃을 활짝 피웠다. 체조 수업이 로마 시대의 원형경기장에서 열렸는데, 소피아가 미용체조를 하는 걸 보려고 포추올리의 남정네들이 나타나기 시작했다. "거리를 걸어가는 것조차 즐거운 일이 됐어요." 소피아는 회상한다. 어머니는 소피아는 교사가 돼야 한다고 생각했었지만, 딸을 다시 찬찬히 살펴보고는 미인 선발 대회에 출전시켰다. 1950년 봄, 모녀는 영화계 일을 찾아보러 로마로 갔다. "거기서 소피아를 위해 처음으로 큰 거짓말을 했죠." 그녀의 어머니가 말했다. "누군가가 외치더군요. '이쪽 길은 영어할 줄 아는 아가씨를 위한 겁니다.' '그럼요.' 그 남자한테 말했어요. '내 딸은 영어를 해요. 소피아, 너 영어할 줄 알지?'

"**시**, 마마Si, Mamma"

모스크바주립서커스단에는 코끼리가 없다. 호랑이도 없다. 사자도 없다. 기린도 없다. 오랑우탄도 없다. 곰은 있다.

큰 곰. 작은 곰. 검은 곰. 갈색 곰. 엄마 곰. 엄청나게 튼튼한 망치와 낫을 들고 두툼한 털가죽을 걸치고 로켓을 동력원으로 삼는 소비에트 곰. 발렌틴 필라토프가 하루에 3분의 1톤의 설탕으로 조련하는 그 곰들은 롤러스케이트를 타고, 자전거와 스쿠터를 타며, 빙빙 도는 공중그네에 매달린다. 곰 세 마리를 모아놓으면 트로이카를 구축한다. 두 마리를 모아놓으면 권투 글러브를 끼고 싸운다. 훅을 때리고 잽을 날린다. 그들은 어둠 속에서 오토바이를 몰면서 헤드라이트를 껐다 켜고, 가는 길에 신호등에 걸릴 때마다 멈춰 선다. 곰은 대단히 영리하기 때문에 그들을 지켜보는 건 고통스러운 일이다. 그들을 보면 공짜로 얻어먹는 걸 좋아하면서 고상한 척하는, 지저분하고 뚱뚱하며 갈색의 펑퍼짐한, 아직

까지 조국을 위해 발톱을 세워본 적이 없는 옐로스톤^{미국 와}
이오밍주 로키산맥에 있는 국립공원의 곰들이 생각나기 때문이다.

1950년대의 어느 여름에, 〈타임〉의 편집부 직원은 휴가를 떠난 미국인들을 다룬 커버스토리에 쓸 자료를 모으기 시작했다. 〈타임〉의 커버 화보를 어느 아티스트보다 더 많이 제작했던 보리스 샬리아핀에게 그 주제를 표현하는 작품을 창작해 달라는 요청이 갔다. 그렇지만 그 결과로 제작된 그림은 잡지에 사용되지 않았다. 그 그림은 'NR not running. 게재 불가'이라는 치명적인 단어와 함께 어둠에 처박혔다. 샬리아핀은 수상스키를 타는 자유의 여신상을 그렸다. 그녀가 베틀로섬에서 벗어던진 가운은 그녀가 서있는 대좌에 걸쳐져 있다. 이제 그녀는 수영복 차림이다. 횃불을 든 그녀는 항구를 쌩쌩 가로질렀다.

　오래전에 〈타임〉에서 일할 때, 록펠러센터에 있는 편집 사무실에서 그 그림을 본 적이 있던 나는 그것을 기억했다 (그 누가 그 그림을 잊을 수 있겠는가?). 그 그림은 제작을 의

뢰해서 완성된 유사한 작품들의 무리 중에서도 돋보이는 스타였지만, 이런저런 이유로 인쇄기의 빛을 전혀 보지 못했다—대형 벽장에서 먼지를 뒤집어 쓴 'NR 〈타임〉 커버'가 돼버렸다. 그 몇 년 사이에 그 컬렉션이 얼마나 커졌는지 궁금해진 나는 예전에 내 편집자였고 지금은 〈타임〉의 편집장인 헨리 그런월드에게 전화를 걸어 물어봤다.

사용되지 않은 커버 그림과 조각품은 사라지는 경향이 있다고, 그렇지만 지금 보유하고 있는 작품들의 분량도 모자라지 않다고 그는 말했다. 우연히도 그는 래리 리버스의 작품을 그의 사무실 벽에 걸어놓고 있었다. 관에 누운 하나님을 그린 작품이었다.

"저건 누구 아이디어였나요?"

"래리 리버스 거였어."

"자세히 살펴봐도 돼요?"

"마음대로 해."

"다른 작품들은요?"

"안 될 게 뭐 있겠나?" 그런월드는 정중한 사람이다. 빈에서 태어나 자랐으며 뉴욕에서 교육을 받은 그는 목소리가 크든 작든 듣기 좋게 느껴지는 억양을 구사한다. 그가 25층에 있는 자기 책상에 걸터앉은 걸 봤다. 등 뒤에 있는 창문을 액자틀로 삼은 그—곱슬머리, 중키, 검정 테 안경 아래에서 커지고 있는 듯 보이는 눈—는 헨리 키신저미국 정치인의 NR 커버에 묘사된 인물 같았다. 두 남자는 상당히 많이 닮았다. 두 사람에게 상대와 닮아 보인다고 말하는 건 양쪽에게 아첨을 하는 것이다. 그런월드는 줄무늬 타이에 갈색과 흰색이 섞인 줄무늬 셔츠 차림이었다. 그는 내선번호가 잔뜩 달린 전화기를 통해 잡지를 편집하고 있었다. 그는 빌딩 곳곳에 있는 램프 속 요정들을 상대로 계속 떠들어대면서 나한테 손을 흔들어 인사하고는 하나님이 죽은 채로 누워있는 벽을 가리켰다.

그 그림은 콜라주였다. 하나님의 관은 아동용 서적에서 가져온 것처럼 접어서 조립하는 제품이었고, 관을 받친 대에서 먼 쪽을 가리키는 화살은 탈출할 때 택할 경로를 제시하는 듯 보였다. 부수적인 테마들이 중심부에 있는 이미지를 에워쌌다. 그림과 상징들로 구성된 세트는 분명히, 인류가 어찌어찌 하나님에게서 쥐어짜낸 기능들과 관련이 있었다. 의료. 날씨. 식기세척기. 로켓. 대단히, 대단히 교묘했다. 다빈치의 하나님을 풀로 붙이고는 그 위에 빨강 크레용으로 X표를 그었다. 리버스의 하나님은 관에서 벗어나려고 서두르는 기색이 없었다. 이 모든 것이 잡지에 싣기에는 지나치게 복잡했다고 그런월드는 내게 말했다. NR. 리버스는 "하나님은 죽었나?"라는 제목의 커버스토리를 반영한 콜라주를 작업했다. 그런데 결국에는 그 문장만이 시커먼 배경에 시뻘건 글자로 잡지 커버에 실렸다—이 잡지가 커버에 그림이나 사진을 사용하지 않은 역사상 첫 사례였다.

래리 리버스가 작업한 또 다른 커버용 작품도 NR 컬렉션에 들어있다고 그런월드는 말했다. 노먼 메일러미국 소설가의 본질을 한 곳에 풀칠해서 보여주려고 시도한 작품이었다.

근처에 있는 방 2개에 NR 판정을 받은 몇십 점의 그림과 콜라주, 조각품이 관객들이 감상할 수 있도록 배치돼 있었다. 리버스의 메일러가 몇 점으로 부서진 상태로 한쪽 구석에 있었다. 리버스는 작업 대상의 얼굴 사진을 구하는 것으로 작업을 시작했다. 그런 후, 오려낸 판지와 은종이, 일회용 반창고를—눈 부위만 남겨두고—그 위에 많이 배치했다. 한 쌍의 큰 눈, 그리고 판지로 만든 안경, 턱에 꽂힌 안경. 연필로 그린 구불구불한 선이 머리카락 노릇을 했다. "노먼 메일러는 거짓된 얼굴을 보여준다는 걸 묘사하려는 리버스의 기발한 발상이었어." 그런월드는 말했다. "그러니까, 그는 메일러의 얼굴은 그 안에 메일러 자신의 눈을 담은 복면이라고 본 거야." 리버스의 메일러를 응시하면, 정말이지 그 복면은 얼굴이 되는 것 같고 얼굴은—판지로 만든 우물의 밑바닥에 눈이 있는—복면이 되는 것 같았다. "실물하고 무척 닮은 것 같아요." 나는 중얼거렸다. "저 얼굴이 나한테 말을 할 거라는 생각을 할 뻔했어요."

방 주위를 둘러보며 NR 판정을 받은 이 커버에서 저 커버로 시선을 돌렸다.

스피로 애그뉴전 미국 부통령. 폴 데이비스가 종이를 이겨서 만든 조각품. 린든 존슨하고 지나치게 닮아 보인다는 이유로 NR.

장 폴 사르트르. 벤 샨 작품. 팔에 원고 묶음들—『말』『구토』『생 주네Saint Genet』—을 낀 사르트르의 옆모습. 얼룩덜룩한 파스텔로 그린 배경. 이 잡지는 어떻게 저런 작품을 거절할 수 있었을까?

거절한 적이 없다고 그런월드는 말했다. 저런 인물들에 대한 커버스토리는 예상치 못하게 쏟아져 나오는 뉴스거리에 휩쓸리거니 '알맞은 순간'을 찾으려는 헛된 추구의 과정에서 잊히는 경우가 자주 있다. 물론, 어떤 작가가 잡지 커버에 실릴 정도로 완전히 결딴나는 시점이 언제인지를 아는 사람은 아무도 없다. 사르트르의 경우, 그런 기사를 쓰자는 아이디어가 몇 년간 편집실을 돌아다녔지만, 이 잡지의 서평 담당 기자는 제대로 된 기삿거리를 써내기에 충분한 정도로 손을 맞춰 일해 본 적이 전혀 없었다. 벤 샨이 〈타임〉을 위해 작업한 작품들 중에서는 사르트르를 다룬 것만 게재되지 않았다. 샨은 레닌, 앨릭 기니스영국 배우, 사전트 슈라이버미국 정치인, 요한 제바스티안 바흐, 마틴 루터 킹 주니어의 초상화 커버를 작업했다. 샨은 사무실에 오면 자리에 앉아 커버스토리를 위한 자료를 조사하는 로즈마리 프랭크와 수다를 떨고는 했다. 그는 그녀에게 공공사업촉진국WPA 소속 화가로 일하던 대공황 시절에 대한 얘기를 들려주고는 했다.

W. H. 오든. 르네 부셰가 그린 유화. 주름이 많은 인상적인 얼굴을 그린 그림. 동반된 기사는 그런월드보다 앞서 편집장으로 재직했던 오토 푸어브링어가 휴가를 떠난 사이에 집필됐다. 오토는 오든을 좋아하지 않았던 게 분명하다고 그런월드는 말했다. 오토는 휴가에서 지나치게 빨리 복귀했다.

메릴린 먼로. 에런 보로드의 작품. 새털구름이 여러 가닥

있는 희미한 하늘에, 그녀는 가슴이 둥글게 파인 끈으로 묶는 상의 차림으로 계란형 사진 액자 안에 서있다. 요즘 시각에서 보면 얌전해 보이는, 매력적이고 돋보이는 초상화였다. 먼로를 그보다 더 잘 다룬 작품을 상상하기란 어려울 것이다. 그런데 1956년에, 푸어브링어의 전임자 로이 알렉산더는 지나치게 섹시하다는 이유로 그 커버를 킬kill했다.

클라스 올든버그조각가. 모눈종이에 그린 자화상. 혀를 내밀고 머리에는 얼음주머니를 얹고 있다. "대형 뉴스가 터지는 바람에 애석하게도, 커버에서 밀려났지." 그런월드가 말했다. "올든버그 기사는 사진 없이 게재됐어."

〈타임〉은 언젠가 기득권층에 대한 커버스토리를 계획했었다. 그 아이디어가 남겨놓은 모든 게 지금 여기에 있다. 에드워드 소렐이 그린 그림은 건장하고 탄탄해 보이는 대학교 클럽 회원 타입의 인물들이 작은 탑이 있고 해자를 두른 중세의 성을 공성망치로 공격하는 꾀죄죄한 인물들 무리에 맞서 수호하고 있는 내용이다. 공성망치 앞쪽 끝에는 스피로 애그뉴의 참수된 머리가 있다. 성 안에는 맥조지 번디미국 정치인, 존 갤브레이스미국 경제학자, 제임스 가드너미국 정치인, 존 맥클로이미국 정치인, 딘 애치슨미국 국무장관, 제임스 슐레진저미국 공무원, 오크스Oakes, 록펠러 같은 사람들이 가득했다. 윌리엄 F. 버클리 주니어미국 작가는 날아다니는 용의 모습으로 상공을 선회하고 있었다. "이 작품의 아이디어가 기사보다 더 뛰어났어." 그런월드는 잔해로 남은 작품을 애석하게 회상하며 말했다. "기사가 영 아니었어. 우리는 스스로 기득권층의 일부인지 아닌지 여부를, 그리고 만약 우리가 기득권층이라면 자신을 어떻게 다뤄야 할지를 도무지 가늠할 수가 없었거든."

그린월드는 밀 묶음과 미극적인 표정의 복면, 몇 입 베어 문 자국이 있어서 해골처럼 보이는 사과가 달린 선악과나무를 보여주는 투명한 컬러 슬라이드 용지를 집어 들었다. 이 모든 건 제빵사 살바토레 푸푸라가 퀸스코로나의 11번가에 있는 자신의 베이커리에서 창작한 거였다. 푸푸라는 빵을 매체로 삼아 굶주림이라는 주제를 표현해달라는 〈타임〉 커버를 의뢰받았다. 당시, 어떤 종류의 빵을 사용할 것이냐는 질문을 받은 푸푸라는 대답했다. "사람들이 먹을 수도 있는 이태리식 빵을 만들 겁니다." 이 기사는 탈락됐다. NR, 딱한 일이었다. 푸푸라는 〈타임〉 커버를 위해 빵을 구운 역사상 유일한 제빵사가 된 건지도 모른다.

〈타임스Times〉의 러셀 베이커미국 저널리스트는 언젠가 〈타임〉 의 커버에 무척 가까이까지—NR 통에 들어가기에 충분할 정도로 가까이까지—접근했었다. 베이커는 허블록(미국의 만화가)의 창작품에 묘사됐는데, 비행중인 신문사 비행기에 두 다리를 벌리고 올라탄 그의 몸뚱어리를 그린 그림에는 얼굴 사진이 붙어 있었다. 그의 주위를 둘러싼 하늘에는 거액의 정치자금을 모은 상원의원들과 하원의원들, 장성들, 외교관들이 있었다. 어떤 남자의 셔츠 앞부분은 말 그대로 터져 나오고 있었다. 인물들 각자의 등에는 장난감 풍선의 밸브가 달려있었다. 그린월드는 한숨을 쉬었다. "베이커는 여전히 글을 쓰고 있어." 그는 말했다. "이 커버를 언젠가는…… 그걸 누가 알겠나?"

직물과 섬유 소재를 활용한 디자이너 노먼 랄리베르테는 크리스마스 시즌을 아름답게 장식할 〈타임〉 커버를 위해, 착한 사마리아인을 표현한 멋들어진 태피스트리를 만들었다. 그러나 그 태피스트리는 여기 NR 컬렉션에 속해 있다. 다른 아티스트의 작품인 스테인드글라스 창문에 밀려났기 때문이다. 그런월드는 최근 몇 년 사이에 커버 1건 당 두 명 이상의 아티스트에게 의뢰하는 게 합리적인 방침이라는 걸 알게 됐다고 설명했다. 지금 표준화된 아티스트의 수는 두 명이었다—아티스트 두 명의 경쟁. 때로는 세 명. 많을 때는 일곱 명의 아티스트가 한 가지 주제와 한 가지 이슈로 작품을 창작해 달라는 의뢰를 받는다. 〈타임〉은 한때는 샬리아핀이나 보리스 아치바셰프 같은 몇 안 되는 검증된 고정 아티스트들에게 의존했었다고 그런월드는 말했다. 편집장에 취임한 푸어 브링어는 국제적으로 유명한 아티스트에게 의뢰하는 걸 무척 좋아했다. 그런월드는 그런 아티스트 중 일부는 '약간 재미가 없다'고 생각했다. 그와 그의 미술부장은 〈타임〉의 커버가 '더 모던하기를, 포스터 느낌이 나기를' 원했다. 그리고 '무명'인 아티스트들과 더 많이 접촉하기를 원했다. 위험이 따르는 일이라서, 동시에 대여섯 명에게 의뢰를 하기에 이르렀다. 게다가, 작품에 담긴 내용이 썩 적절하지 않거나 인쇄기에 늦게 도착할 경우, 인쇄 지연에 따르는 비용은 수만 달러에 이를 수도 있었다. 아티스트들의 품삯은 쌌다. 잡지는 커버 작품에

2000달러를 (특별한 경우에는 더 낮은 액수를) 지불한다. 그런 월드는 겨우 6000달러로 커버 세 점을 놓고 선택을 할 수 있었고, 그러면서 훨씬 큰 액수를 허비하게 될지도 모르는 가능성을 줄일 수 있었다.

아티스트들은 이 시스템을 좋게 생각하지 않는다. 어떤 이가 밝혔듯, "내 심장의 절반은 작품에 들어있지 않다." 그런데 그런월드의 눈에는 원하는 만큼 실험적인 선택을 할 형편을—예를 들어, 제럴드 스카피나 프랭크 갈로, 또는 그 문제에 있어서는 다른 어느 아티스트에게 리처드 닉슨을 소재로 〈타임〉 커버를 시도해달라고 당부할 형편을—마련할 다른 길이 전혀 보이지 않는다. 닉슨은 얼굴만 놓고 보면 지금까지 역사상 가장 다루기 힘든 대상이었다. 〈타임〉은 본지 기사에서는 어떤 식으로 묘사를 하건, 커버에서는 잔혹한 모습을 보이지 않는 쪽을 선호한다. 그런데 닉슨이 소재일 경우에는 그렇게 하지 않기가 쉽지 않다. 얼굴은, 으음, 얼굴은 기술적으로 교묘하게 처리하기가 어려운 문제다. 달리 무슨 말을 할 수 있겠는가? 설상가상으로, 닉슨은 〈타임〉의 커버에 그 누구보다도 많이 등장했다.

여기에 프랭크 갈로가—에폭시수지 주형으로 뜬—카루나우바Carnauba 왁스로 만든 황달에 걸린 사람처럼 보이는 닉슨이 있었다. 갈로는 〈타임〉을 위해 동일한 소재로 라켈 웰치미국 배우의 조각을 만든 적이 있다. 그 라켈 조각상의 크기는 실제 라켈보다 더 컸다. 그래서 그는 일리노이에 있는 자택에서 동부에 있는 〈타임〉으로 오는 길에 그녀를 앉힐 비행기 좌석을 구입해야 했다. 닉슨의 경우에는 짐칸의 공간을 구입했을 것이다. "우리는 너무 추하게 생겨서 싣지 못하겠다고 느꼈어." 그런월드는 말했다. "방부 처리를 한 시체처럼 보이잖아."

그리고 여기에는 영국의 만화가이자 종이 반죽으로 조각을 하는 제럴드 스카피가 만든 닉슨도 있었다. 그는 〈타임〉을 위해 비틀스를 작업했었고, 이번에는 종이 반죽으로 초대형 오리너구리처럼 보이는 닉슨을 작업했다. NR.

그런월드는 닉슨을 묘사한 작품들의 잔해가 공간을 잔뜩 채우고 있는 방으로 나를 안내했다. 작년 내내, 항상 적어도 한 명의 아티스트가 닉슨을 새로이 묘사하려고 시도하는 작업을 했었다고 그는 말했다. 지금 여기에는 그런 작품 수십 점이 벽에 도열해있고 테이블에 세워져 있다. 시선을 어디로 돌리건 쓰이지 않은 닉슨이 있었다. 닉슨. 닉슨. 닉슨. 닉슨. 닉슨. 닉슨. 닉슨. 닉슨. 닉슨. 닉슨. 닉슨. 닉슨. 닉슨. 닉슨. 닉슨닉슨닉슨닉슨닉슨닉슨. NR. 게재 불가.

사막의 강수량처럼 적은 비가 내리고 침묵이 계곡 전체로 울려 퍼질 정도로 깊이 고여있는 곳인 네바다 동부의 길다랗고 건조한 계곡들에서, 물은 대략 만 년간 저장돼 왔다. 과학자들에게—포화된 계곡saturated valley으로—알려진 것처럼, 이 물은 물을 잔뜩 담은 분지들에 스며 있다. 그런데 그런 분지를 찾아나서는 사람의 머릿속에 그런 묘사는 제일 나중에야 떠오를 것이다. 시선을 힐끔 던지면 번치그래스bunchgrass와 버펄로그래스, 섀드 스케일shad scale, 황갈색 블랙 세이지black sage보다 키가 큰 것은 한 포기도 없는, 고산준령들 사이에 건조한 도로들만 놓여있는 100만 에이커약 4046제곱킬로미터를 보게 될 것이다. 데이지 꽃잎 모양의 풍차 한 대와—서로서로 수십 킬로미터씩 떨어져있는—미루나무 군락지들은 대양들 사이에 있는 가장 꾸밈없으면서도 아름다운 풍경에 정착지가 세워진 과정을 들려준다. 이곳은 땅속에 감춰져 있는 물에 의해 하나로 똘똘 뭉쳐 지내는 시골 지역이다. 그 물이 없으면 이곳은 비바람에 노출된 기반암과 먼지만 있는 땅이 될 것이다. 지표면 아래에 고여있는 수량 중에 새로이 투입되는 담수의 양은 사실상 0이다. 그곳에 있는 물은 기후가 지금의 기후하고는 완전 딴판이던 시기에, 알프스와 대륙의 얼음이 북쪽과 동쪽, 서쪽에서 대단히 많은 비를 내리게 하면서 유타와 네바다의 그레이트베이슨미국 서부의 여러 주에 걸친 큰 분지에 대략 미시간호와 이리호 크기만 한 담수호 두 곳을 채우던 시기에 생성된 화석수다. 홍적세258만~1만 년 전의 시기에 내린 빗물 중에 지면에 남은 물이 포화된 계곡 아래로 흐르면서 그곳들이 사우디아라비아의 분지처럼 변하지 않도록 한다. 수량이 적더라도 시냇물과 샘물을 이룰 만큼은 흐르는 것이다.

라스베이거스는 그 물을 원한다. 라스베이거스는 포화된 계곡에서 수백 킬로미터 떨어진, 네바다 최남단에 있는 클라크카운티 소속이다. 돈이 있는 사람에게 지리적인 거리는 그리 큰 장애물이 아니다. 네바다에서는 돈을 주고 지하수를 살 수 있다. 그리고 그 물을 한쪽 분지에서 다른 분지로, 합법적으로, 수송할 수 있다. 그 수송이 기존의 법적 권리를 침해하지 않고 대중의 이익에 부합한다면 말이다. 대중은 라스베이거스—풀장과 분수들로 구성된 해양첨단기술도시marinopolis—에 산다. 라스베이거스의 강우량은 사하라 일부 지역의 강우량보다 적다. 그런데 이곳 인구는 200만 명이 넘는다. 라스베이거스 주위에는 우물용 케이싱우물을 팔 때 주변의 토사가 무너지는 것을 방지하기 위해 사용하는 파이프들이 당대의 분위기를 반영한 조각품처럼 공중에 서있고, 지표면 아래에서 너무나 많은 물을 뽑아낸 탓에 지면은 1.8미터나 내려앉았다. 새 우물을 뚫는 건 더 이상은 허용되지 않지만 라스베이거스는 관내에 있는 호수들을 채울 물이 절실하다. 그런데 그 호수들은 빙하호가 아니다. 라스베이거스에 호수를 만들고 싶다면, 구멍을 파고 거기에 물을 붓도록 하라. 어느 구역에는 호수가 8개나 있다. 라스베이거스에는 골프 코스가 스물두 곳 있는데, 디보트골프를 칠 때 골프채에 뜯겨나가는 잔디 조각 하나 당 6056리터의 물이 소비된다. 푸르른 잔디밭이 스트립the Strip, 라스베이거스의 제일 큰 도로 한가운데에 쭉 뻗어있다. 여기에는 웨트앤와일드물놀이 공원 라스베이거스가 있고, 저기에는 MGM 물놀이 장이 있다. 미라지호텔 밖에 있는 성층화산은 끊임없이 분화하고 있는데, 이 화산이 뿜어내는 건 물이다.

라스베이거스는 포화된 계곡을 뚫어 화석수를 도심으로 옮긴 후, 퀘벡 주민들이 단풍나무 수액을 튜브로 받는 것과 무척 비슷한 방식으로 그걸 남쪽으로 펌프질하고 싶어 한다. 영원한 샘물이 영원토록 마르게 되면 산양과 영양, 사슴, 코요테, 독수리, 오소리, 보브캣은 영원히 사라질 것이다. 라스베이거스는 수자원은 재생가능하다고, 라스베이거스는 네바다에 있는 홍적세 시대의 물을 빨아올리지 않을 거라고 무심하게 주장한다. 그들이 원하는 건 깊이 246킬로미터에 너비가 100만 에이커인 연못에 해당하는 물을—매년—퍼내는 것이다.

초콜릿 풀장, 초콜릿 풀장, 또 초콜릿 풀장. 펜실베니아 주 허쉬에 있는 초콜릿 공장의 콘칭초콜릿의 쓴맛을 줄이고 식감을 부드럽게 만들어주는 기법 룸들에 있는 풀장은 2268킬로그램짜리와 4082킬로그램짜리, 올림픽 규격 크기다. 향긋한 냄새가 가득한 커다란 방들. 눈이 닿는 아득한 곳까지 펼쳐진 초콜릿. 파도치는, 끈적거리는, 미지근한 초콜릿. 후루룩 소리를 내며 초콜릿을 들이마신 화강암 롤러들이 마찰을 일으키면서 파도치는 끈적끈적한 초콜릿을 풀장 아래 있는 구멍 뚫린 화강암 바다 위로 밀어낸다. 초콜릿이 이동한다. 크림색이 많이 섞인 갈색의 모래언덕으로 일어선다. 소용돌이친다. 물결친다. 초콜릿의 만灣, 초콜릿의 바다. 바다 위에 뜬 말꼬리 구름. 초콜릿이 담긴 수영장에서 하는 50야드약 45.7미터 자유형의 세계기록은 2시간 10분이 될 것이다.

거기에 작은 주걱을 밀어 넣어 맛이 어떤지 확인한다. 밀

랍 같은 느낌인가? 쫀득한가? 모래를 씹는 것 같나? 순한가? 찬찬히 맛을 음미한다. 그게 풍미를 즐기는 방법이다. 콘칭—초콜릿 깊은 곳에 화강암을 놓고 다시 그 위에 화강암을 놓고서 하는 작업—은 72시간 계속되는 게 보통이다. 그런데 빌 와그너가 판단하기에 맛이 별로인 것 같으면, 그는 추가로 몇 시간을, 심지어는 하루를 더 콘칭할 것이다. 우유 같은 느낌인가? 거친 느낌인가? 톡 쏘는 맛이 나나? 캐러멜 느낌이 나나? 빌 와그너는 45년간 초콜릿을 맛봐왔다. 그의 혀에 있는 미뢰를 100배 확대해보면 허쉬의 키세스처럼 생겼을 것이다. 이제는 노년이 된 그가 몸을 약간 숙인다—잿빛 머리에 간간이 흰머리가 눈에 띄는 호리호리한 남자. 안경은 테는 금속이지만 윗부분은 짙은 색 플라스틱이다. 얇은 흰색 양말과 갈색 구두, 검정 바지, 회사 이름이 적당한 크기로 찍힌 흰색 셔츠 차림이다. 초콜릿 근처에서는 모두들 모자를 쓴다. 대부분이 흰색 종이 모자다. 와그너의 말쑥한 모자는 눈처럼 새하얀 색에 차양이 달려있다. 초콜릿 제조 과정을 감독하는 감독관의 리넨 모자.

종이 모자를 쓴 남자가 와서 와그너에게 묻는다. "지금 저 키세스 반죽의 테스트를 계속 진행하실 건가요?"

"그래, 테스트 계속하게."

와그너는 1924년에 코코아 부서에서 일을 시작했다. 거기서 나는 먼지를 감당하기 힘들었던 그는 몇 주 후에 콘칭 부서로 자리를 옮겼다. 이후로 그는 맛과 식감을 파악하며 콘칭 작업을 해왔다. 콘칭은 예술의 경치에 오른 연금술로,

갈색 반죽을 액체 형태의 허쉬 바bar로 탈바꿈시키는 공정이다. 맛이 너무 강한가? 부드러운가? 괜찮은가? 특별한 맛이 안 나나? 균일한 맛을 내도록 돕는 점도계와 다른 과학 장비들이 있지만, 이 공정에서 사용되는 궁극적인 기구는 와그너 자신이다. "감으로, 맛으로 작업하는 거죠." 그는 말한다. "향미가 좋은지—식감이 껄끄러운지 여부를 살펴—고운 식감이 나는지를 알아보려고 맛을 봅니다. 우리 각자의 혀에는 맛을 느끼는 데 다른 곳들보다 더 자신 있는 위치가 있습니다. 나는 혀끝과 입천장을 활용합니다." 그는 언젠가 네슬레를 조금 먹어본 적이 있는데, 그게 언제였는지는 기억하지 못한다. 그가 혀끝에 초콜릿을 약간 올리고는 입천장으로 누른다. 4082킬로그램짜리 풀장에 있는 초콜릿을 소비자의 입까지 가는 여정에 올려놓는 표현은 늘 똑같다. 와그너의 미뢰가 만개한다. 그러면 그는 말한다. "바로 이게 허쉬의 맛이지."

밀턴 허쉬Milton Hershey의 고향 마을의 원래 이름은 데리처치Derry Church였다. 그곳은 예전이나 지금이나 완만하게 경사진 우유 생산지로 둘러싸여 있다. 허쉬는 이보다 더 나은 곳에서 태어날 수 없었을 것이다. 우유는 밀크 초콜릿의 20퍼센트를 차지하는 성분이기 때문이다. 빌 와그너는 데리처치 정남쪽에 있는 농장에서 자랐다. "임대 농장이었어요. 1915년에야 우리 농장이 됐죠. 나는 2차 세계대전 동안 농장에서 살았어요. 지금은 시내에서 살아요." 1900년이 막 지난 후, 와그너의 아버지는 밀턴 허쉬가 초콜릿 공장의 기초를 놓으려고 데리처치 아래에 있는 석회암 기반암을 파내는 걸 거들었다. 이제 데리처치의 지명은 허쉬로 바뀌었다. 그리고 이 도시의 주요 거리인 초콜릿애비뉴에는—은박지와 종이 술tassel 을 비롯한 모든 게—허쉬의 키세스 모양으로 생긴 가로등들이 있다. 도시의 심장부는 초콜릿과 코코아가 만나는 곳이다. 다른 거리(라고스, 아크라, 파라)는 카카오 원두의 산지 이름을 따서 붙였다. 평범한 열차에 가득 실려 도착하는 원두는 로스팅된 후, 연구 결과로 산출해낸 비율로 한데—기본 원두, 풍미를 내는 원두, 아프리카산 원두, 미국산 원두—섞인다. 그런 후에는 충지어 놓인, 원두를 으깨는 화강암 맷돌에 투입된 후 말가죽처럼 짙은 색을 띤 원액으로 흘러 떨어진다. 거대한 원통형 아코디언 압착기를 써서 이 걸쭉한 초콜릿 원액을 기계적으로 짜낸다. 순수한 코코아버터가 압착기에서 빗물처럼 떨어진다. 버터가 다 빠지면, 압착기를 열고 맨홀 뚜껑 크기만 한 건조된 갈색 원반들을 꺼낸다. 이 원반들을 분쇄해 가루로 만든다. 이 가루를 캔에 담아 판다. 그게—정글에서 곧장 가져와 슈퍼마켓으로 내보내는—허쉬스 코코아Hershey's Cocoa다. 슈퍼마켓에서 파는 순수한 해바라기씨만큼이나 순수한 제품이다.

신선한 우유를 농축하고 설탕을 넣어 반죽하라. 천연 초콜릿 원액 두 부분에, 한쪽은 우유와 설탕을 넣은 반죽을 첨가하고 다른 쪽에는 순수한 코코아버터를 첨가하라. 사흘 밤낮을 콘칭하라. 이것이 허쉬 초콜릿 바의 개략적인 레시피다. (베이킹 초콜릿baking chocolate에는 거푸집 안에 넣은 후에 손을 전혀 대지 않고 놔둬서 굳히는 순수한 초콜릿 원액 말고 다른 성분은 하나도 들어있지 않다. 화이트 초콜릿은 사실은 초콜릿이 아니다. 그건 우유와 설탕, 코코아버터로 만들어지며, 코코아는 들어가지 않는다.) 콘칭 룸에 있는 초콜릿 위의 기둥에 대형 성조기가 걸려있다. "이걸 만져 봐요." 빌 와그너가 말한다. 초콜릿이 담긴 무쇠로 된 용기의 벽은 온도가 섭씨 54.4도다. "이 아래에서 열을 가해서 이러는 게 아니에요. 순전히 자체적으로 발생한 열이에요. 화강암 롤러들이 마찰하면서 생기는 열이죠."

"롤러들이 멈추면 어떻게 되나요?"

"초콜릿이 얼어붙을 거예요."

그런 일이 벌어지면, 그 결과는 초콜릿이 갈색 만년설로, 콘칭 룸이 초콜릿으로 뒤덮인 놈Nome. 알래스카에 있는 도시으로 변하는 것이다. 가끔은 부품이 부서지거나 작업자가 밸브를 잠그는 걸 깜빡하는 바람에 수천 파운드의 초콜릿이 넘쳐흘러서는 바닥에 퍼져 굳어버리기도 한다. 그러면 작업자들은 손도끼와 쇠 지렛대, 삽과 곡괭이로 빠져나갈 길을 파내야 한다.

"간단하게 버튼을 눌러 일을 처리하고 싶어 하는 게 요즘 트렌드죠." 와그너는 말한다. "사람들은 꼼수를 찾으려고 애쓸 겁니다. 그래서 사람들이 각자의 할 일을 실행하게 만들려면 계속해서 진땀을 흘려야 하죠. 그런데 허쉬스를 만드는 꼼수 따위는 없습니다. 내가 농장에 그냥 계속 남았었다면 좋았을 거라고 생각하던 시절이 있었죠." 날마다, 그는 아침 6시부터 오후 4시 30분까지 일한다. 그래서 그는 공장에서 일하는 모든 교대 조를 부분적으로나마 관리할 수 있다. 그는 파라애비뷰에 있는 집에서 12분을 걸어 출근한다. "피리는 원두의 이름일 거라고 생각합니다. 원두 아니면 나라 이름일 겁니다. 어느 쪽인지는 확신을 못하겠어요. 여기에는 실론스리랑카의 예전 국호이라는 거리도 있습니다. 그건 원두 이름이 아닙니다. 나라 이름이죠." 콘칭 룸에서, 와그너는 미숙련 작업자의 눈으로는 포착하지 못할 색조의 미묘한 차이를 볼 수 있다. 그는 보는 것만으로도 어디가 키세스 반죽이고, 어디가 세미스위트semisweet이며, 어디가 초콜릿 칩이고, 어디가 바 밀크 초콜릿인지 알 수 있다. 키세스 반죽은 밀도가 약간 더 높다. 그래서 키세스는 곧게 서있는 자세를 취한다. 와그너는 허쉬와 콜브룩, 미캐닉스버그에 사는 손주들을 보러 가면 손주들 손에 키세스를 슬쩍 쥐어준다.

전문가의 감식안으로 보면 세상에는 더 소중한 초콜릿이 있고, 그게 무엇인지는 신만이 아시겠지만, 별로인 초콜릿이 있다. 그런데 딱 허쉬 바 같은 맛이 나는 초콜릿이 세상에 없다는 데에는 의문의 여지가 없다. 정확히 왜 그런 건지 이유는 허쉬의 임직원 누구도 말할 수 없거나 말하지 않을 것이다. 원두를 블렌딩하는 데에는 마법 같은 비결이 있다. 우유와 설탕을 섞은 반죽을 만드는 데에는 한결 더 큰 마법이 발휘된다. 빌 와그너가 일괄 작업이 끝나는 시점이 언제인지를 아는 데에도 마법이 작용한다. 그렇지만, 이 모든 것을 종합하더라도 이 제품의 독특함을 만족스럽게 설명하지는 못할 것 같다. 미스터리는 계속 남는다. 그런데 콘칭 룸에서, 화강암 바닥 위에 있는 초콜릿 아래 돌아가는 화강암 롤러에 무슨 일이 생기고 있는지를 주목하라. 지질학적으로 표현하자면, 그곳의 화강암은 서서히 침식되고 있다. 화강암 바닥은 수명이 약 30년쯤 된다. 화강암 롤러들의 수명은 약간 더 짧다. 롤러들은 앞뒤로 구르고, 또 앞뒤로 구르다보니 한쪽 면이 평평해진다. 화강암에 발생하는 이런 마모는 며칠이, 몇 달이, 몇 년이 지나는 동안 균일하게, 꾸준히, 지속적으로 조금씩 일어난다. 허쉬 초콜릿에는 라벨에 등재되지 않은 성분이 있는 것 같다. 극미량의 화강암 입자들이 다른 곳이 아니라 초콜릿으로 들어간다. 우리가 먹는 허쉬 바의 일부는 화강암이다.

경영진에게 화강암을 가져온 곳이 어디냐고 물어본다. 공식적인 대답은 "뉴잉글랜드"다.

"뉴잉글랜드 어디요?"

"뉴잉글랜드요. 우리가 해줄 수 있는 말은 그게 다입니다. 네슬레는 이 문제에 대해서는 한마디도 안할 겁니다. 마즈 Mars M&M 으로 유명한 초콜릿 제조업체도 마찬가지일 거고요. 그래서 우리도 아무 말도 않습니다."

몇십 년 전에 배서칼리지에서, 체육관을 가득 메운 사람들에게 내가 쓴 책의 일부 구절을 읽어주고는 질문을 받았다. 첫번째 사람이 물었다. "작가님이 어렸을 때 다녔던 모든 교육기관 중에서 지금 작가님의 작업에 가장 큰 영향을 준 곳은 어디인가요?" 그 질문을 받고는 잠시 멈칫했다. 이전에는 개별적인 스승님들의 관점에서만 그 주제를 생각했었지, 교육기관의 관점에서 생각해본 적은 없었기 때문이다. 유치원부터 초등학교까지 12년간과 뉴잉글랜드 사립학교(13학년), 그리고 대학 두 곳—미국의 대학과 외국의 대학—이 머릿속을 스치고 지나갔다. 별안간 내 입에서 이런 말이 불쑥 튀어나왔다. "여섯 살 때 갔던 어린이 캠프입니다."

청중은 폭소로 반응했다. 그런데 내 대답이 재미있건 말건, 그게 단순한 진실이었다. 키웨이딘이라는 이름의 그 캠프는 버몬트주 미들버리에서 13킬로미터쯤 떨어져 있는 던 모어호湖의 북쪽 끄트머리에 있었다. 카누를 타는 캠프였는데, 우리는 선박의 늑재와 널빤지, 뱃전 말고도 암석과 양치식물, 나무를 식별하는 법도 배웠다. 우리는 테니스를 쳤다. 배낭을 짊어지고 그린산맥Green Mountains의 롱트레일Long Trail 을 걸었다. 그 다양한 활동을 다 열거해서 리스트를 만들어야 한다면 나는 논문과 책들을 내놓게 될 것이다. 거기에다 키웨이딘을 갔던 경험에서 파생된 관심사 옆에 체크를 하라고 한다면 항목의 대부분에 체크를 하게 될 것이다. 나는 여섯 살부터 열다섯 살까지 매년 여름을 키웨이딘에서 보냈다. 나중에 대학을 다닐 때는 3년간 그곳의 카운슬러가 돼서 카누 여행을 선두에서 지휘하고 아이들에게 수영을 가르쳤었다.

캠프에서 발행되는 신문의 이름은 〈키커Kiker〉였고, 편집자는 내가 모신 첫 편집자인 알프레드 G. 헤어라는 카운슬러였다. 그의 성씨를 알곤킨족 말로 번역하면 와부스Waboos 였는데, 어렸을 때부터 그를 따라다닌 별명은 결국 그가 키웨이딘의 책임자로 오랜 세월을 보내는 동안에도 곁에 남았다. 와부스는 걸출한 편집자였다. 제출된 기사를 읽으면서 적절한 곳에서 폭소를 터뜨렸고, 어떤 기사도 가위질하지 않았으며, 캠프파이어 때에는 기사를 쓴 당사자가 자신이 쓴 글을 큰 소리로 읽게 해줬다.

어린애였던 내가 키웨이딘에 처음 도착했을 때(우리 아버지가 캠프의 의사였다), 아이스너Eisner라는 이름이 사방에—

은 트로피 위에, 식당에 비치된 최우수 수영 선수와 최우수 운동선수, 최우수 1인 카누 같은 제목 아래 명단을 나열한 연감에—있었다. 그 아이스너들에 마이클 아이스너의 이름은 들어있지 않았다. 내가 기웨이딘에 처음 도착했을 때, 그는 아직 세상에 태어나지도 않은 상태였다. 그는 태어날 때까지 5년을 기다려야 했다. 그의 아버지 레스터는 잘 알려진 아이스너에 속했고, 그의 여러 삼촌과 사촌들도 마찬가지였다. 시간이 흐르면서, 여러 명의 아이스너가 그 뒤를 따랐다. 레스터 아이스너가 마이클이 캠프에 등록하는 걸 좋아할지 여부를 확인하려고 캠프에 데려온 1949년에, 나는 캠프를 연령별로 분반한 4개의 반 중에서 가장 나이 많은 반의 카운슬러로 3년 중 첫해를 보내는 중이었다. 그 뒤로 이어진 두 번의 여름 동안(내 입장에서는 마지막 두 해 동안) 그는 제일 어린 그룹 소속이었고, 그래서 나는 그를 자세히 알지는 못했다. 그저 또 다른 아이스너가 기웨이딘에 왔다는 정도만 알고 있었다.

　여름 캠프는 다양한 분야를 다루고 가르치는 수준도 다양하다. 그 수업들은 수업의 성격과 임무 면에서 상당히 다르다. 긍정적이건 부정적이건, 딱 한 가지 묘사만으로 그 모든 행동을 다 비슷한 정도로 알맞게 묘사할 수가 없다. 기웨이딘에 온 아이들 모두가 캠프에서 엄청나게 좋은 경험을 하는 건 아니다. 내가 무척 좋아하는 발행인—파라, 스트라우스 앤 지루Farrar, Straus and Giroux 출판사의 창립자 로저 W. 스트라우스 주니어—은 열세 살 때 기웨이딘에 왔는데, 그곳에서 보낸 1분, 1분을 다 싫어했다. 그 시간을 다 합치면 8000분쯤 된다. 오랫동안, 그는 내가 키웨이딘을 무척 좋아하다는 걸 놀려대는 데 적어도 10만 분은 썼다. 그가 키웨이딘을 싫어하는 제일 그럴 법한 이유는 키웨이딘의 교육이 엄격하다는 것이다. 아이들은 점잖지만 엄격한 분위기를 통해 광범위한 활동으로 안내된다. 그렇게 여름이 끝날 무렵이면, 학생들의 신체적인 능력은 향상되고 자연에 대한 지식은 확장된다. 누구나 그곳으로 돌아가고 싶어 했다. 마이클 아이스너는 2000년에 그곳에 돌아왔다(그 복귀는 처음도 아니었고 마지막도 아니었다). 그는 쉰여덟 살이었다. 당시 키웨이딘은 여든다섯 살 난 명예 책임자의 경력을 축하하고 있었다. 토요일 밤의 캠프파이어에서 세 사람이 강연을 했다. 강연자 각자는 이름만 소개됐고, 그들의 직업이나 종사하는 사업, 소속 단체에 대해서는 아무런 언급도 없었다. 그냥 피터 헤어, 러스 맥도널드, 마이클 아이스너로만 소개됐다. 청바지에 야구 모자 차림인 아이스너는 두 팔을 저으며 불가를 걸어 다니면서 10대가 되기 전인, 그리고 막 10대가 된 어린이 300명에게 키웨이딘에서 보냈던 날들에 대한 흥미진진한 이야기를 들려줬다. 아이들은 몸을 바짝 숙이고 경청하면서 자주 웃음을 터뜨렸다. 그가 누구인지를 아는 아이는, 설령 있더라도, 드물었다.

(그는 할리우드의 월트 디즈니사의 회장 겸 CEO였다.)

전업 작가란, 정의하자면, 극기라는 옷을 걸치고서 거의 하루도 빠짐없이 자신이 정신과 영혼에 얼마나 가혹한 짐을 짊어지고 있는지 모른다고 유창하게 한탄하고, 무엇이 되었든 집안일이라도 생길라치면 '작업 기강'을 지키겠다는 의지를 마지막 한 방울까지 짜내고, 해쓱한 시인처럼 구슬픈 얼굴로, 두려움 가득한 작업실에서 두려움에 굴하지 않을 것이고, 다른 한가한 인간들에게 자신은 이만 가보겠다고 말하고, 글쓰기의 성소로 들어가서, 문을 닫고, 빗장을 채우고, 그 고독한 희생 속에서, 뉴욕 메츠의 야구 경기에 빠져드는 사람이다.

웨스트 57번가 521번지에서 합성 식품으로 긴 브런치를 먹는 동안, 미생물학자이자 식품 기술자인 구라모토 심페이 박사는 자연을 인공적으로 만들 수는 없다고 믿는 듯 보이는 사람들을 향한 인내심이 거의 한계에 다다랐다고 말했다. "그래서 선생님을 여기로 모신 겁니다." 그가 말했다. "소비자들은 인공적인 건 무엇이건 나쁘다고 생각합니다. 소비자들은 말하죠. '대자연을 갖고 장난치지 마.' 소비자들은 그런 식으로 세뇌돼 왔습니다. 수프 맛이 마음에 드시나요?"

　색상과 식감, 향, 풍미 면에서 평범한 토마토 수프가 아니었다. 극도로 맛 좋은 토마토 수프였다. 그런데도 수프에 토마토는 전혀 들어있지 않았다. 철저히 인공적으로 만들어낸 수프였다.

　구라모토 박사는 심지어 그의 딸조차 세뇌돼 왔다고 계

속 말을 이었다. 무엇보다도 바로 그 점이 그를 여기까지 오게끔 만들었다. 그의 딸은 천연 비타민은 합성 비타민보다 우수하다고 학교에서 '배웠다.' 말도 안 되는 소리! 자연에 있는 모든 먹거리는 화학물질로 구성돼 있고, 모든 합성 먹거리도 화학물질로 구성돼 있다. 분자들은 동일하다. 건강 식품 판매점은 원하기만 하면 양심에 거리낌 없이 100퍼센트 합성 식품들만 판매할 수도 있을 것이다. 그 치즈는 어떤가요?

"치즈"의 맛은 파르메산 치즈와 똑같았고 작게 덩어리진 모양도 똑같았다. 그런데 이 치즈는 웨스트 57번가를 벗어나 파르마파르메산 치즈의 원산지 근처에 간 적이 결코 없었다. 게다가 그 치즈에는 치즈가 함유돼있지 않았다.

합성 식품은 정말로 자연의 대응물을 개선한 식품이 될 수 있다고 구라모토 박사는 말했다. 예를 들어, 레몬을 개선할 "엄청난 기회"가 있었다. 그는 사람들이 자연이 우월하다는 근거 없는 통념을 고수하는 이유를 이해할 수가 없었다. 오히려, 합성 제품은 천연 제품보다 우월했다. 천연 식품에는 기초적인 성분 외에, 실험실의 생쥐에게만 먹여야 마땅한 온갖 종류의 성분이 소량씩 함유돼 있기 때문이다. 전통적인 식품들의 풍미를 정밀하게 모방하는 건 얼마 전까지만 해도 가능한 일이 아니었지만, 현대의 합성 식품 기술은 '천연 제품들에서 오염 물질들을 제거'하기도 했다.

구라모토 박사가 소속된 회사의 이름은 인터내셔널플레

이버 앤 프레이그런스IFF. International Flavors & Fragrances다. 뉴욕증권거래소에 상장된 이 회사는 자사의 활동과 관련된 모든 것을, 비밀에 부치는 정도까지는 아니더라도, 공개하는 데 신중한 태도를 취하려 애쓰고 있다. 회사의 주요 사업이 의뢰인들의 '발명품들'을 비밀리에 개발해주는 것이기 때문이다. 대형 비누 제조 업체나 제과 업체나 청량음료 제조업자나 세계적인 화장품 회사가 새롭고 이국적인 향기나 풍미를 '창조'할 때, 그 새로운 창작품은 사실은 웨스트 57번가에 있는 실험실에서 개발됐을 가능성이 무척 크다. IFF는 자신들을 "비밀에 싸인 납품업체"라고 부르는 걸 좋아한다.

적절한 인센티브가 주어지기만 하면, 회사는 지구상에 알려져 있는 그 어떤 맛이나 향도 재현하려고 시도할 것이다. 언젠가 인도에 기아가 닥쳤을 때, 인명 구조를 도우려고 산더미같이 쌓인 버터가 미국에서 인도로 쏟아져 들어갔다. 그런데 인도인들은 버터의 익숙지 않은 풍미에 의구심을 품으면서 그걸 건드리려고 하지도 않았다. IFF에 자문 요청이 들어왔다. 회사에 소속된 풍미와 향기 전문 화학자들은 인도산 버터의 맛과 냄새를 재현하기로 결정했다. 대강 정의하자면, 인도산 버터는 썩은 냄새가 나는, 물소의 버터다. 얼마 안 있어, 인도산 버터의 에센스가 인도로 공수돼 미국산 젖소 버터에 뿌려졌다. 그러자 버터 몇 톤이 인도인의 식도로 빠르게 넘어갔다.

언젠가 캘리포니아에 있는 레스토랑 운영자가 그의 레스토랑에서 나는 냄새에 딱히 손님들이 군침을 흘리지는 않는다는 불만을 들고 IFF를 찾아왔다. 전자레인지가 보급된 시대라서 그의 식당에 주방에서 풍기는 냄새가 잔뜩 배이지는 않았기 때문이다. IFF는 구운 햄의 합성 향기를 대책으로 내놨다. 그 향기를 에어로졸 캔에 담은 후, 화학적으로 제소해낸 더치애플 향기의 스프레이로 그 냄새를 보완했다.

플로리다의 해양 박물관은 바다 가까운 곳에 있었음에도 실내의 냄새가 '짠내'로 알려진 소금물과 해초, 부패하는 생선 비린내를 연상시키지 못한다고 느꼈다. IFF의 향수 제조자들은 그런 냄새를 합성한 후 그 통에 "대양Ocean"이라는 라벨을 붙였다.

농경법의 기적이라 일컬어지는 금방 크는 특정 신종 쌀이 동남아시아 사람들에게 무시당하는 경우가 일부 있었다. 맛이 그들이 기존에 기르던 천천히 크는 쌀의 맛하고 달랐기 때문이다. IFF는 옛날 쌀의 풍미를 분해하고 분석한 후, 합성 과정을 통해 만들어낸 그 쌀의 풍미를 내는 합성 성분을 신종 쌀과 섞어 사람들이 받아들일 만한 맛을 만들어냈다.

기체 액체 크로마토그래프 같은 첨단 기술 장비들과 핵자기공명을 결정하는 기구가 그런 위업을 이루도록 돕는다. IFF의 미국 풍미 부서United States Flavor Division의 기술적 지원을 책임지는 구라모토 박사는 이 장비들을 통틀어 "기계"라고 부른다. 잘게 부순 식품이나 조리 중에 발생하는 연기나 증기를 조합한 다양한 혼합물을 기계에 집어넣을 수 있다. 그러면 기계는 소형 스크린에 "깜박거리는 선이 이룬 봉우리들"을 보여준다. 각각의 봉우리는 순수한 화학물질을 대표한다. 그리고 나면, 분석 및 합성 조합의 예술이 시작된다.

당연한 일이지만, 우리가—IFF의 풍미 회의실에서—먹은 브런치는 합성 오렌지주스로 시작됐다. 구라모토 박사와 직원들은 냉동 농축 제품 제조 업체들이 순전히 천연 성분만으로는 결코 접근할 수 없는 것을, 즉 신선한 오렌지주스의 맛을 인공적으로 창조해내려는 시도로 오렌지를 갈아서 기계에 주입했다. 그는 조심스러운 어투로, 그런 주스는 여전히 개발 단계에 있다는 취지의 말로 말문을 열었다. "아직도 배워야 할 게 많습니다." 그는 말했다. "우리는 갓 짠 발렌시아오렌지주스의 원료로 사용되는 오렌지 품종의 풍미를—아직은—재현하지 못합니다. 실망스러운 일이죠. 맙소사. 그런데 인류가 인간을 달에 보내고 귀환시킬 수 있다면, 오렌지도 재창조할 수 있을 겁니다." 흰색 코트 차림의 풍미 화학자 조앤 쾨스터러가 오렌지 용액이 든 컵을 내게 건넸다. 컵을 흔들어 코에 갖다 댔다. 구라모토 박사는 기대가 가득한 눈빛이었다. 소매를 걷어붙이고 있던 그는 금방이라도 일어나 기계에 또 다른 발렌시아를 투입할 작정인 듯했다. 미네소타대학에서 박사학위를 딴 그는 제너럴밀스General Mills에 오래 재직했는데, 거기서는 인공육(기계로 가공한, 콩으로 만든 햄과 닭고기, 베이컨)을 개발하는 걸 거들었다. 이제 그는 감귤류를 신선한 상태로 포획하는 기법이나 그렇게 하지 못하는 이유를 알아볼 작정이다.

컵에 든 음료를 다 마신 후, 내가 한때 오렌지주스에 꽂혀입에 달고 살았던 결과로 오렌지주스에 대한 오천 단어짜리

글을 쓴 적이 있노라고 구라모토 박사에게 고백했다. 그 중
독은 대여섯 달 동안 아열대를 수천 킬로미터나 탐사하는
작업으로 이어졌었다. 나는 그의 실험실에 있는 용액만큼
갓 짠 오렌지주스의 풍미에 근접하는 음료는 어디서도 맛본
적이 없었다. 잠시 전만 해도, 그 음료는 실험실에서 만든
화학물질을 가루로 만든 혼합물이었다.

수프 코스에서, 우리는 '딸기 요구르트'를 마셨는데, 이
제품은 천연 딸기의 풍미를 개선할 뿐 아니라 희석까지 한
(그리고 인공적인) 요구르트를 발명하려는 실험의 결과물이
었다. 참신한 음료수가 될 수도 있을 것 같았다. 그런데 내
게는 좀 지나치게 참신했다. 그런 후, 우리는 100퍼센트 콩
단백질로 고기 질감이 나게끔 만든, 화학물질로 풍미를 낸
끔찍할 정도로 맵게 양념한 햄을 약간 먹었다. IFF가 맛을
낸 콩으로 만든, 크기를 2배로 키운 참치와 햄버거를 먹은
후, 애틀랜타코카콜라의 본사 소재지에서 폭동을 일으킬지도 모
르는 '코카콜라' 약간으로 입가심을 했다. "코카콜라의 '비
밀 제조법'에 대한 얘기, 그리고 그걸 보관하는 방법과 일부
사람들만 그걸 알고 있다는 얘기 들어봤죠?" 구라모토 박사
가 물었다. "그럼, 이걸 마셔 봐요."

나는 '코카콜라'를 마셨다. 진품의 맛을 제대로 표절한 작
품이었다. 진품과 구분할 수가 없었다. 구라모토 박사는 말
했다. "그걸 만드는 건 딱히 어려운 일이 아니었어요. 우리
는 펩시도 쉽게 만들 수 있었어요."

디저트는 평범한 밀크 초콜릿과 빼어난 인공 초콜릿 아

이스 우유, 맑은 음료수, 갈색 탄산음료로 구성됐는데, 인조 초콜릿 몰트를 넣은 우유의 향기 그대로를 풍기면서도 보기에는 루트비어 같았다. 그런데 거기에는 초콜릿도 몰트도 들어있지 않았다. 그건 히트할 가능성이 다분한데도, 초콜릿이 결코 유행시키지 못한 몇 안 되는 분야 중 하나인 초콜릿 소다수를 만들어내려는 IFF의 시도였다고 구라모토 박사는 설명했다.

구라모토 박사의 곁을 떠나 이 회사의 홍보 전문가 반 베흐텐 사이어의 사무실로 갔다. 그는 오늘의 쿵쿵거림에 종지부를 찍으려는 의도로 합성 향기 17개를 모아놓은 상태였다. "이건 뭘까요?" 그가 내 얼굴에 구운 햄 냄새를 뿌리면서 물었다. "그러면 이건요?"

"더치애플이군요."

"이건요?"

"바다요."

"이건요?"

"노르웨이 가문비나무, 발삼나무."

가문비나무, 발삼나무 냄새는 미국자연사박물관용으로 제조한 거였다. 그곳—북미 삼림 전시관—에 설치된 기계들은 타이머 설정이 내장돼 야생의 향기가 가득 담긴 에어로졸 캔의 밸브가 주기적으로 열린다. 다른 IFF의 통은 남아시아 포유류 전시관에 건초 냄새를, 아프리카 문화 전시관에 풀 냄새를, 마거릿 미드 윙Margaret Mead wing(태평양 문화 전시관)에 남태평양이라는 이름이 붙은 냄새(협죽도의 냄새와 바다 공기 냄새의 혼합물)를 뿌린다. 사이어는 그런 냄새들도 나한테 뿌렸다. 건초와 풀은 마음에 들었지만, 남태평양은 아주 강한 냄새라서 세이디 톰프슨사모아 섬을 배경으로 한 영화 〈세이디 톰프슨 Saide Thompson〉의 주인공 개릭디도 제입힐 것 같았다.

사이어는 향수 제조자가 쓰는 길고 얇은 압지 박스와 작은 병들을 가져왔다. 그는 압지를 병에 담근 다음, 그걸 공중에 흔들었다. 에그노그우유, 달걀에 브랜디, 럼주를 섞은 칵테일 음료. 다른 압지: 민스파이. 다른 압지: 사과.

캐러멜. 차. 갓 바른 페인트. 삼나무. 버터 피칸. 아이리시 커피. 각각의 냄새는 다 달랐는데, 하나같이 합성 향기였다.

"이건 뭘까요?" 그가 또 물었다.

"모르겠어요." 내가 말했다. "꽃 가게에 들어가면 나는 냄새 비슷한 냄새군요."

"이 향기의 이름은 꽃 가게예요." 그가 말했다. "이번에는 이걸 시도해 봐요. 신중하게 생각하세요. 당신은 지금 어디에 있나요?"

나는 큼큼거렸다. 즉각적으로 반응—미쳐 날뛰는 정신 나간 생각—한 나는 그걸 무시하려고 애썼다. 세상에 그런 냄새를 원할 사람이 누가 있겠는가? 어쨌든, 누가 그런 걸 만들 생각을 했을까? 설령 그런 생각을 했다 하더라도 화학자들은 어떻게 그걸 병에 넣을 방법을 궁리할 수 있었을까? 그런데 이끼가 거기에 있었다. 이끼와 뚝뚝 떨어지는 물방울, 축축한 느낌, 석순이 풍기는 분필 같은 냄새와 동면하는 곰이 풍기는 희미한 체취가.

"동굴!" 나는 버럭 소리를 질렀다. "동굴이에요!"

그는 내게 병을 건넸다. "동굴"이라고 라벨에 적혀있었다.

1969년에 데이비드 브로워David Brower를 만났을 때, 그는 실외보다는 실내에서 지내는 시간이 더 많은 사람이었다. 그의 나이는 20세기보다 겨우 열 살 어렸다데이비드 브로워는 1912년생이다. 그는 시에라Sierra. 봉우리가 뾰족하고 가파른 산맥에 가고 자연적인 구속과 비유적인 표현의 구속에서 멀어지는 것으로 실내 세계에서 탈출하면서 인생의 많은 부분을 보냈다. 그는 낯을 가렸는데, 그런 성격도 그를 도피에 나서게끔 자극했다. 그러면서 그는 산악 지대를 속속들이 알게 됐다. 그래서 마법의 손이 그를 세쿼이아국립공원에서 페더강 사이의 어느 곳에 떨어뜨려 놓더라도 그는 자기가 있는 곳이 어디인지를 정확히 알 거라는 말이 있었다. 클라이밍을 전문적으로 배운 그는 시에라의 37개 봉우리에 발을 디딘 최초의 인물이 됐다. 그는 그중 한 곳을 선택해서 머물러 살아도 좋았을 거라고 설명했다.

그의 시에라를 위협하는 다양한 형태의 위협이 갑자기 등장하자, 그는 산에서 내려와 투쟁에 나서야 했다. 그는 강의실에서, 극장에서, 대강당에서, 회의실에서 호메로스가 무척이나 잘 이해해줄 법한 방식으로 투쟁했다. 시에라 클럽과 지구의 친구들Friends of the Earth과 지구섬협회, 그리고 그의 신념을 수호하려는 이들을 위해 다른 장소들을 꿰뚫고 지나가는 그의 항해에는 반란과 동족상잔, 대대적인 승리가 간간이 끼어들어 방점을 찍었다. 맹세코, 그는 거침이 없었다. 그리고 아마도 오만했을 것이다. 끈질기고 가차 없었던 건 확실하다. 그리고 무엇보다도, 그는 효과적이었다—그가 그런 임무에 나서기 시작한 시기가 생태학의 초기 단계였고, 환경 운동으로 발전하기 전까지 운동이 영향력을 끼치는 범위와 그것에 내재된 힘을 그가 20세기 중반의 그 어떤 사람보다도 훨씬 더 넓게 확장시켰기 때문이다. 그 시대의 다른 이들은 그가 아는 것보다 더 많은 것을 배우고 더 안정적인 방식으로 그 주장을 밀고 나갔지만, 항상 그의 뒤만 쫓아다니는 신세가 되기만 했다.

나는 그와 1년을 보내면서 대강당에서 회의실로, 이 도시에서 저 도시로, 동부와 서부를 다녔다. 다행히도, 그 1년은 강과 삼나무 숲과 산으로 점철된 한 해이기도 했다. 현재 내 마음속에 다시 모여 들면서 북적거리고 있는 광경들과 일화들 중에서, 어쩐 일인지 사소하고 주변적인 순간 하나가 마음 한복판에 오래 머물고 있다. 우리는 모하비사막을 가로지르던 중이었다. 걸어서는 아니었다. 모하비에 들어서고 1시간인가 2시간이 지난 후, 데이브 브로워는 환경 관련 정책들과 관련한 기브 앤 테이크—사방에 늘어선 반대 세력들과 맞붙어서 벌이는 지난한 씨름—과정에서 필요하다면 외교와 타협의 이름 아래 모하비를 적에게 내줄 수도 있냐고 밝혔다.

그에게 그가 내주기로 선택한 지명들을 열거할 수 있다면 그곳들도 역시 같은 카테고리에 집어넣을 수 있지도 않겠느냐고 물었다. 그의 옆자리에 앉아있는 그의 아내—그를 평온하게 만들어주는 존재인 앤은 빙긋 웃는 듯 보였다. 그때까지 뒷자리에서 꾸뻑거리고 있던 그의 아들 켄이 앉은 자세를 바로잡고는 말했다. "그 명단은 짧을 거예요!"

순식간에 명단이 더 짧아졌다. 모하비를 잠시 더 둘러본 브로워가 마음을 고쳐먹었기 때문이다.

언젠가 어린 소년이 뉴욕에 왔다가 자취를 감춘 후 결국
에는 중년의 사내가 돼서 고향으로 돌아갈 것이다. 어머니
가 "그동안 어디에 있었니?"라고 물으면, 사내는 대답할 것
이다. "라디오시티뮤직홀Radio City Music Hall의 줄에 서있었어
요." 심지어 그는 대기행렬의 끄트머리 근처에서 만나 5번
가와 록펠러광장 사이에서 구애하고 6번가와 50번가가 만
나는 지점에서 결혼한 아가씨를 어머니에게 인사시킬 수도
있다.

가끔 오전 6시 30분이라는 이른 시간에 1.2킬로미터 길이
로 늘어서는, 뉴욕 경찰이 설치한 바리케이드의 미로를 통
과하며 두 겹, 세 겹으로 늘어나는, 뮤직홀로 들어가려고 기
다리는 사람들의 줄은 현대의 쇼 비즈니스를 제대로 보여주
는 현상 중 하나다. 관광객이 몰리는 여름철(외지 사람이 70
퍼센트나 된다)에 특히 긴 이 줄은 무릎까지 빠지는 진창이

된 눈 속에서 도너패스Donner Pass. 시에라네바다산맥에 속한 고개로 떠날 준비를 하는 겨울철에도 볼 수 있는 풍경이다. 전국의 여타 지역 사람들에게 뮤직홀은, 왠지는 모르지만 맨해튼의 중심점을 의미한다. 줄에 서있는 사람늘 대무문은 자신이 거기 있는 건 "순전히 고향에 있는 모든 사람이 이곳을 알고 있기 때문"이라고 말하는 남자에게, 그리고 그의 뒤 여섯 번째 구간에서 "그랜드캐니언처럼 어쩔 수 없이 봐야 하는 관광지예요"라고 말하는 사내에게 동의한다.

마침내 뮤직홀에 들어간 관객들은 3시간짜리 프로그램을 감상한다. 대략 3분의 2는 영화고 3분의 1은 무대 공연인 그 프로그램은 과장되게 홍보된 메트로폴리스의 또 다른 사기 행각에 불과하다. 고객들은 튀는 이름을 붙인 팝콘을 사려고 돈을 내고, 뮤직홀은 관객들에게 그걸 제공할 장비를 갖추고 있다. 오르간은 중국의 징부터 철금까지 모든 소리를 다 낼 수 있고, 오르간에서 나는 소리가 극도로 심하게 진동하기 때문에 오르간은 지진계처럼 보일 것이다. 고정된 조명 시스템은 세계에서 가장 발전된 장비에 속한다. 여러 방식으로 연출이 가능한 이 조명은 엄청나게 스펙터클한 불꽃놀이를 연출해내면서 불타오르는 놈Nome을 떠올리게 만든다. 알래스카의 이 소도시는 무대 위에서 조명과 비단과 바람이 연출해내는 차가운 대화재 속에서 3시간에 한 번씩 무너졌다. 무대에 등장한 분수는 무대 위에 날마다 150톤이 넘는 물이 찰랑거리게 만든다. 나이아가라폭포가 무대의 양 끝에서 한 번씩 쏟아진다. 실물 크기의 열차가 칙칙폭폭 언덕을 오른다. 어떤 쇼는 헬리콥터를 동원하고, 다른 쇼는 4기통 폭격기를 등장시키며, 또 다른 쇼는 인공위성들을 하늘로 쏘아 올린다. 러닝머신 위에서 질주하는 진짜 말들이 마차들을 끈다. 어뢰에 맞아 침몰하는 선박들은 거대한 무대용 3단 엘리베이터를 통해 무대 밑으로 가라앉는다. 크리스마스 공연은 항상 탁아 프로그램을 운영하는 게 특징이고, 부활절에는 무대가 대성당으로 바뀌면서 수녀로 분장한 발레단 소속 발레리나들이 손에 백합을 들고는 거대한 인간 십자가를 형성한다.

닐 사이먼Neil Simon. 미국 극작가이 신혼이었을 때, 그와 아내 조앤은 맨해튼의 이스트 10번가에 있는 브라운스톤아파트로 이사해 들어갔다. 그의 집은 4층으로, 현관 입구 계단으로 이어지는 별도의 계단도 있었다. 가구를 날라 도착한 배달원들은 가구에 털썩 주저앉아 입은 쩍 벌리고 눈에는 흰자위만 드러낸 채로 45분간 그대로 있었다. 가구 중 한 점이 커다란 싱글베드였다. 사이먼 부부의 침실에 넣은 침대는 이쪽 벽에서 저쪽 벽까지 닿았다. 부부는 벽장에 가려면 침대를 지나가야만 했다. 거실에서 자는 게 더 합리적인 것처럼 보였을 수도 있지만, 거실의 천장 채광창에 상당히 큰 구멍이 나있어서 겨울에는 그리로 눈이 뻔질나게 쏟아졌다.

이 모든 것이 성공적인 결혼보다는 성공적인 코미디 공연의 출발점에 더 가깝게 들리는데, 시간이 흐르면서 이 상황은 양쪽 모두에 다 해당되는 것으로 밝혀졌다. 결혼 생활은 10년간 이어졌다. 닐 사이먼의 코미디 〈맨발로 공원을 Barefoot in the Park〉도 그 정도로 긴 기간 동안 공연됐을 것이다. 자신을 두리뭉실하게 모방한 복제인간으로 로버트 레드포드를 출연시키고 장난기 많은 요정 같은 아내로 엘리자베스 애슐리를 출연시킨 공연은 사이먼의 과거 전성기에 일어났던 사건들과 임대료, 눈보라를 정확히 모방한다. 맛이 간 셰르파 같은 몰골로 비틀거리며 나타나는 배달원들과 그럴싸한 청춘의 사랑싸움을 벌이는 젊은 부부도 등장한다.

남자: 그 얘기 좀 해보자고.
여자: 얘기를 해도 방에서 당신하고 하지는 않을 거야.

리처드 후버는 헌터칼리지 교양학부 학과장이다. 그는 테니스를 칠 때는 가죽처럼 질긴 플레이어다. 경기가 끝날 때쯤에는 더 이상 터프할 수가 없는 상태가 돼서는 경기 상대를 "희생자"라고 부른다. 우리는 1년에 적어도 12번은 테니스를 친다. 후버는 많은 책을 썼는데, 대표작은 청명한 하늘에 뜬 애플파이를 보여주는 표지로 싸인 『성공에 대한 미국적인 견해The American Idea of Success』다. 그가 노먼 빈센트 필^{미국 성직자}과 데일 카네기에 대한 글을 썼을 수도 있다. 그렇지만 후버 자신은 『게임을 유리하게 이끄는 이론과 실행The Theory and Practice of Gamesmanship』의 저자 스티븐 포터에게서 영향을 받았다. 경기 도중에, 후버는 상대에게 레슨을 해준다. 그는 너무 이르게 승리를 축하하는 분야의 달인이다. 언젠가 내가 그를 1세트에서 격파한 후, 그는 정중하게 실례 좀 하겠다고 말하고는 경기장을 떠나 샤워를 했다. 그러고 돌아온 후 경기는 완전히 그의 독무대였다.

테니스 선수들로—테니스 선수 수십만 명으로—구성된 거대한 피라미드에서, 99퍼센트 이하의 계층에 해당하는 선수는 하나같이 영원토록 구제불능인 호구들이다. 이걸 세상 사람 모두가 자명한 사실로 받아들이는 건 아니다. 경기를 승리로 마무리하는 산뜻한 백핸드를 라인 끄트머리를 향해 날려본 적이 없고, 넘어온 공을 엄청나게 거창한 포핸드로 넘겨보지 못했으며, 그라운드에 박힐 것 같은 드롭 발리를 쳐본 적이 없는 사람이 세상에 누가 있겠는가? 예를 들어, 내 친구 제리 굿맨미국 작가은 이 세 가지 샷을 전부 날려봤었다. 그의 잠재의식에 들어있는 무엇인가가 그에게는 그 세 가지 샷을 구슬처럼 한 데 꿸 수 있는 능력이 있는 게 분명하다고 그에게 말하고 있었다. 어쨌든 그는 '애덤 스미스'라는 필명으로 연달아 두 권의 베스트셀러를 집필한 인물이었다. 그렇다면 연달아 두 번의 백핸드를 치지 못할 이유가 뭐란 말인가? 우리는 다년간 함께 테니스를 쳤었다. 그래서 나는 그의 실력이 발전하는 과정을 자세히 지켜봤었다. 그는 눈이 빠르고 심리적으로 차분했다. 그리고 그에게 날아오는 공이 네트를 넘어 그라운드로 떨어지기 시작하기 전까지는 그 공을 아웃이라고 판단하는 일이 결코 없었다.

짐 밀러JP Miller가 초기에 보여준 결점은 무릎을 결코 굽히지 않는다는 것, 항상 뒷발이 있는 위치에서 공을 때린다는 것, 서브를 리턴할 때 아래로 곧장 찍어 내린다는 거였다. 그는 최상급의 선수들에게는 밥이나 다름없었다. 돈 벗지는 그를 가르치려고 애썼다. 판초 세구라도, 루이스 아얄라도, 알렉스 올메도도 그랬다. 밀러는 무엇보다도 그들에게 줄 강습비를 마련하려고 〈술과 장미의 나날〉 각본을 썼다. 우리는 트렌딘의 경계에 있는 미시가운디 데니스 센터에서 테니스를 쳤다. 그는 일회용 반창고, 소금 덩어리, 몰스킨, 송진 스프레이, 헤드밴드, 리스트밴드, 다양한 주요 관절용 보조기가 담긴 가방을 들고 거기에 나타났다. 30년간 밀러는 거리낌이라고는 없었다. 그가 날리는 샷이 향하는 방향보다도 어느 정도 더 확실한 방향으로 농담과 모욕적인 언사, 노래의 일부분이 네트를 건너 날아왔다. 그런 와중에도 그가 뻣뻣한 무릎으로 뒷발이 있는 위치에서 때린 공은 코트 바닥으로 곧장 찍히기 일쑤였다.

빌 드와이어는 지역에서 벌어진 자잘한 토너먼트 대회에서 뛰는 내 복식 파트너다. 그는 자신이 그가 기억할 수 있는 것보다 더 많은 경기에 나를 데리고 다녔다고 말한다. 그럴지도 모른다. 몇 년 전에, 드와이어는 자신이 열심히 노력한 끝에 대학에 입학하게 됐다는 말을 하면서 자랑스러워하기도 했다. 그것도 역시 사실일 것이다. 그가 테니스 선수들을 상대로 타짜 노릇을 하지 않았던 것은 확실하다. 그렇지만 드와이어는 상대를 후려칠 중대한 비법은 안다. 할 수 있는 일을 하고 할 수 없는 일은 절대로 하지 마라―자신의 결점들을 극복하려고 결코 애쓰지 마라. 당신이 네트게임 양 선수가 네트 가까이에서 경기를 벌이는 일만 하고 그라운드스트로크 상대편이 친 공이 한 번 땅에 튄 다음에 그 공을 받아치는 플레이를 치지 않는다면, 교과서에 뭐라고 쓰여 있건, 어떤 종류의 코트에서 경기를 하건, 마지막 샷이 향하는 방향이 어디건, 네트를 향해 저돌적으로 돌진하도록 하라.

1970년대에 포리스트힐스Forest Hills에서 열린 자선 테니스 이벤트의 참가선수 명단.

아서 애시Arthur Ashe: 산만한 선수. 백핸드를 코트 깊숙한 곳으로 날리는 와중에도 머릿속으로는 크로스워드 퍼즐을 풀고 있다.

도널드 델Donald Dell: 한 시대를 풍미한 델과 레이버. 델은 레이버를 한 번 꺾었는데, 같은 주에 면도를 시작했다. 언더스핀 로빙이 좋다. 머리 위로 넘기는 바운드 공을 탁월하게 잘 친다. 약점은 돌아오는 공 받아치기. 변호사. 현대의 무정부주의적 테니스의 기획자. 애시, 스미스, 로시, 랠스턴, 리에센, 맥마누스, 파사렐, 루츠, 코즈, 프라눌로비치테니스 선수들의 이름의 재정과 관련한 운명을 관리한다. 테니스 코트에 서조차, 전화기에서 멀리 떨어져 있는 걸 참지 못한다. 배꼽을 전화기 잭으로 교체했다.

클리프 드라이스데일 Cliff Drysdale: 키다리. 품격 있는 인물. 남아프리카인. 테드 윌리엄스가 안타를 때리는 것 같은 폼으로 터프한 투핸드 백핸드를 날린다. 꾸준히 준준결승에 진출했다. 완패하는 경우가 드물다.

프랑수아 듀르 Françoise Dürr: 프랭키라고 불리는 프랑스계 알제리인. 알제리에서 테니스를 배웠다. 변칙적인 플레이에 뛰어나다. 탁구채를 쥐는 듯한 그립의 백핸드. 괴상망측한 포핸드. 인상적인 결과. 강사에게는 악몽이지만 선심線審에게는 전혀 그렇지 않다. 투덜거리는 법이 결코 없다.

판초 곤잘레스 Pancho Gonzales: 고르곤졸라의 약칭인 고르고로 알려져 있다. 생물학적 나이는 44세. 신체 나이는 26세. 할아버지. 최근에 라스베이거스에서 열린 경기에서 레이버와 스미스, 애시를 연달아 꺾었다. 190센티미터의 키치고는 무시무시하게 빠르다. 커다란 고양이처럼 움직인다. 1948년에 포리스트힐스에서 처음 우승했다. 1971년에 사우스웨스트 오픈 챔피언에 올랐다. 그 사이에 우승을 많이 했다.

톰 고먼 Tom Gorman: 시애틀. 태평양 북서부 출신 선수 중역대 최고. 지역의 영웅. 떠오르는 스타. 올 코트 플레이어. 행복해하고 태평하며 웃기고 영리하다. 가끔씩 집중력이 흐트러진다. 제일 큰 우승은 1971년에 윔블던에서 레이버를 상대로 연속으로 세트들을 따낸 거였다.

얀 코즈 Jan Kodeš: 법학도. 유부남. 체코인. 드로브니 이후 최고의 선수. 1970년, 1971년 프랑스오픈 챔피언. 잔디밭에서 치는 테니스를 "농담"이라고 묘사한 후, 포리스트힐스 결승전까지 진출했다. 총알처럼 날아오는 서브를 갓 발사된 총알처럼 되돌려 보내는 능력의 소유자.

로드 레이버 Rod Laver: 작년은 여러 면에서 그의 최근 시즌 중 최악의 해였다(82승 18패). 한때 그가 받은 상금은 골퍼들 중에서 최고였던 니클라우스의 상금을 거의 5만 달러 가까이 능가했었다. 호주의 열대지방에 있는 목장에서 자랐다. 집에서 만든 테니스 코트. 형들이 테니스를 치는 동안 자기 차례가 올 때까지 기다려야 했다. 그의 차례가 왔다. 독보적인 기록. 그랜드슬램 2회(역대 세 차례밖에 없는 기록이다). 윔블던 4회 우승. 테니스가 여태껏 목격한 중에 가장 위대한 선수다.

밥 루츠 Bob Lutz: 미식축구 하프백. 미식축구를 무척이나 사랑한 까닭에 1965년에 내셔널 주니어 챔피언십에서 우승하지 못하면 테니스를 포기하기로 결심했었다. 1965년도 내셔널 주니어 챔피언.

척 매킨리 Chuck McKinley: 세인트루이스에서 자랐다. 텍사스에서 교육을 받았다. 영국에서 정상급 선수로 발돋움했다. 뉴욕에서 부자가 됐다. 1963년에 윔블던에서 우승했고, 은퇴 후 곧장 중개업에 투신했다.

존 뉴컴 John Newcombe: 테니스의 미묘한 점들에 대해 대단히 명료한 글을 쓰고, 자신이 쓴 글을 실천한다. 시드니에서 자랐고, 지금은 텍사스 주 뉴브라운펠스에 있는 목장에 거주한다―윔블던 3회 우승 경력을 자랑하는 이색적인 행보. 역사상 손에 꼽을 정도로 걸출한 복식 선수이기도 하다. 포리스트힐스에서 2회 우승했고 윔블던에서 5회(로시와 짝을 이뤄 4회) 우승했다.

톰 오케르 Tom Okker: 몹시 신경질적이다. 초조해한다. '경련장이|the Twitch'로 알려져 있다. 작년에 프로 투어에서 12만 465달러를 챙겼다. 177센티미터, 63.5킬로그램. 힘은 그다지 세지 않다. 스피드로 상대를 위협한다. 네덜란드인. 그가 태어났을 때 가족들은 나치의 추적을 피해 숨어있었다.

찰리 파사렐 Charlie Pasarell: 끈질긴 선수. 예측불허. 힘이 좋다. 교과서적인 테니스 선수, 사진을 옮겨놓은 듯한 서브. 비범할 정도로 특이한 경기에 휘말리는 편이다. 사례 2개. 곤잘레스는 1969년에 윔블던에서 그를 22 대 24, 1 대 6, 16 대 14, 6 대 3, 11 대 9로 꺾었는데, 이는 역사상 두 번째로 경기 시간이 긴 테니스 경기였다. 파사렐은 1967년에 윔블던에서 산타나를 꺾었는데, 윔블던에서 전년도 챔피언이 개막일에 무릎을 꿇은 유일한 사례다.

켄 로즈월 Ken Rosewall: 20년간 테니스계 최고 수준을 유지해왔다. 술을 마시지 않는다. 담배를 피우지 않는다. 잠자리에 드는 시간은 해가 졌을 때. 시드니에서 자랐는데, 잡화점 주인인 아버지는 가족의 수입에 보태려고 소유한 테니스코트 세 곳을 임대했다. 대단히 우아한 스트로크를 구사해서 테니스의 교본이나 다름없다. 서브 앤 발리를 강요하는 테니스를 치기에는 너무 덩치가 작다. 별명은 근육.

스탠 스미스 Stan Smith: 농구 선수. 점프슛이 좋다. 두 손으로 던지는 슛도 양호하다. 공이 없을 때 움직임이 좋다. (10

대 후반의) 늦은 나이에 테니스로 전향해서 5년 후에 처음으로 윔블던 결승에 올랐다. 현재 포리스트힐스와 윔블던 챔피언. 그를 꺾는 방법은 그가 심판 의자 아래에 두는 지갑을 집어드는 것이다.

1917년도 지그펠드폴리스Ziegfeld Follies. 브로드웨이에서 해마다 공연되는 일련의 유명 쇼가 공연되는 동안, 50대 중반의 남성이 밤마다 객석에 나타났다―그는 티켓을 늘 두 장 샀는데, 한 장은 자신을 위해서였고 다른 한 장은 그의 모자를 위해서였다. 그는 매리언 데이비스라는 금발의 코러스 걸에게서 눈을 떼지 않았다. 그는 이미 아내와 다섯 아들, 금광, 잡지 7종, 신문 10종, 1에이커가 넘는 땅을 갖고 있었다. 그런 그가 이제는 그 코러스 걸을 원했다. 윌리엄 랜돌프 허스트 입장에서 그 여자를 품에 안는 건 택시를 잡는 것처럼 쉬운 일이었다. 두드러진 건, 그녀가 35년간 그의 정부로 남았다는 거였다.

허스트는 매리언을 미국 영화계 최고의 스타로 만들 계획을 세웠다. 본명이 매리언 세실리아 도우러스로, 뉴욕 삼류 정치인의 딸이었던 그녀는 아직도 10대였다. 수녀원에서 운영하는 학교를 다닌 그녀의 교육은 몇년 전에 중단됐다. 허스트는 그의 갈라테아그리스신화에서 피그말리온이 조각한 처녀상를 만들어내는 데 도움을 받으려고 할렘스튜디오Harlem Studio를 매입하고 영화사를 설립했으며 강사들과 연기 코치들과 최상급 시나리오작가, 세트 디자이너, 감독들을 고용했다. 1918년에 그녀가 주연한 영화 〈분홍 장미의 세실리아 Cecilia of the Pink Roses〉의 개봉을 위해, 그는 장미에서 추출한 향유를 장착한 환기 시스템을 극장에 설치해서 관객들에게 강렬한 향기 세례를 퍼부었다. 당연히, 그가 소유한 신문들은 8열에 걸친 헤드라인 아래 게재한 최상의 현란한 리뷰로 새 스타의 탄생을 목청 높여 보도했다.

매리언은 말을 더듬으면서 눈을 깜빡거리는 버릇이 있었다. 그렇지만 허스트에게 그건 그다지 큰 문제가 아니었다. 그는 관객의 눈이 휘둥그레지게 만들 스펙터클을 연출하려고 수백만 달러를 썼다—그러면서 항상 매리언을 황제에게 바쳐진 처녀 같은 역할로 캐스팅했던 그런 작품들로 기분 좋게 적자를 봤다. 장난기가 많고 툭하면 깔깔거리는, 터무니없는 일을 좋아하는 맑은 눈의 매리언은 그를 아빠라고 불렀고, 그의 끝내주는 은빛 머리칼을 손가락으로 훑는 걸 좋아했다. 그녀는 그의 아내가 될 수도 있었지만, 역시 코러스 걸 출신인 허스트의 아내 밀리센트는 허스트의 이혼 요청을 끈질기게 거부했다.

영화 자본이 뉴욕에서 할리우드로 옮겨가자, 허스트는 메트로골드윈메이어일명 MGM가 매리언이 제공하는 재능 있는 서비스의 대가로 그녀에게 주급 1만 달러를 지불하게끔 일을 꾸몄다. 허스트는 매리언을 위해 7만 5000달러를 들여 MGM 스튜디오에 방 14개짜리 맨션을 짓고는 그걸 "방갈로"라고 불렀다. 마음씨가 착한 데다 돈을 아낌없이 쓴 매리언은 허스트의 돈을 사람들에게 관대히 베풀면서 이내 스튜디오에서 가장 인기 좋은 여배우가 됐다. 그녀는 사환의 진료비를 지불했고, 촬영기사와 전기 기사에게 값비싼 선물을 건넸으며, 심지어는 스튜디오 신문 배달원의 사립학교 수입료를 내주기도 했다.

허스트는 데이비스의 영화를 찍는 촬영장에 시도 때도 없이 출몰해서는 불행한 감독들에게 1분에 20여 가지 명령을 내리고는 했다. 허스트의 애인을 특정 역할에 캐스팅하라는 요청을 노먼 시어러가 어찌어찌 거절하자, 허스트는 미국 전역에 있는 그의 편집자들에게 지면에서 시어러의 이름을 절대로 언급하지 말라고 지시했다. 묘한 예지력을 가진 허스트의 신문들은 "매리언 데이비스의 가장 위대한 영화가 오늘 밤에 개봉된다" 같은 헤드라인들이 진실이라는 것을 확신할 수 있었다.

영화는 치명적인 운명을 맞았지만, 매리언이라고 재주가 전혀 없는 사람은 아니었다. 그리고 허스트 소유의 신문이 아닌—〈뉴욕 타임스〉를 비롯한—신문사 소속 평론가들도 이따금 그녀에게 준수한 찬사를 보내는 기사를 써줬다. 그런데 그녀의 영화는 계속해서 적자를 봤다. 게다가 어느 정도 시간이 흐른 후 두 사람 모두에게 그녀가 결코 또 다른 메리 픽퍼드무성영화 시대의 대표적인 여배우가 되지는 못하리란 사실이 명확해진 까닭에, 매리언은 1937년에 그녀의 마지막 영화를 찍었다. 그녀와 아빠는 어느 정도는—샌타모니카에 있는 욕실이 55개 있는 335만 달러짜리 해변의 궁선과 산시메온에 있는 트윈 타워가 딸린 300만 달러짜리 허스트캐슬에서 사는—미다스Midas 같은 삶에 정착했다.

그 저택에서 열린 전설적인 파티에서, 나이를 먹은 허스트는 식전 칵테일을 1인당 한 잔으로 제한하라고 집요하게 고집을 부렸다. 그렇지만 매리언 데이비스와 캐럴 롬바드는 여자 화장실에서 그에 대한 해결책을 실행에 옮겼다. 캘빈 쿨리지미국의 30대 대통령가 허스트와 주말을 보낸 후, 매리언은 투덜거렸다. "두 사람이 하는 얘기라고는 마-마-마-망할 놈의 발행 부수 얘기뿐이었어."

허스트가 아무리 나이를 먹어도 극단적인 질투심은 변함없었다. 늘 그랬듯, 그의 눈은 매리언이 움직일 때마다 그녀를 따라다녔다. 그녀와 공연한 남자 배우들은 카메라 앞에서 키스하는 장면을 찍는 걸 진짜로 두려워했다. 허스트의 신문들이 별것도 아닌 이유로 다른 남자 배우들의 경력을 망쳐버리는 걸 봤었기 때문이다. 대공황기인 1930년대에 허스트의 제국이 파멸에 직면했을 때, 매리언은 허스트에게 100만 달러를 빌려줬고, 허스트는 평생 그 일을 고마워했다. 그녀가 40대일 때 허스트는 80대였다. 매리언은 허스트가 숨을 거둘 때까지 그에게 충실했다. 그에게 글을 읽어주고, 심장마비를 일으킨 그가 1951년에 사망할 때까지 4년간은 그를 정성껏 간호했다.

　그보다 20년 전에 MGM 스튜디오에서, 그녀는 이런저런 간섭을 하는 아빠의 전화를 받고 나서 친구를 바라보고는 언젠가 그녀의 묘비명이 될 수도 있었을 대사를 웃는 얼굴로 더듬거렸다. "허-허-허-허스트가 왔어, 허-허-허-허스트가 도와줬어."

술을 처음 마신 때를 기억하느냐고? 기억하고말고. 우리는 프로스펙트애비뉴와 머레이머리플레이스가 만나는 모퉁이에서 미식축구를 하고 있었다. 나는 열 살이었다. 우리는 위스키 얘기를 하고 있었다. 어떤 종류의 위스키였는지는 전혀 생각나지 않는다. 그건 프린스턴대학이 소유한 공터의 모래밭에서 패드도 차지 않고 즉석에서 하는 태클 미식축구였다. 우리는 거기서 자주 놀았다. 어느 날 누군가가 느지막이 나타났다. 대학 캠퍼스 빌딩에서 발견한 위스키 병을 들고.

우리 무리에 속한 아이였다—우리와 동갑인 친구이자 팀메이트였다. 그렇지만 초등학생 수준의 센스가 아닌, 거리의 사람들처럼 발달된 센스를 가진 아이였다. 병은 4분의 3이 차 있었다. 미식축구 경기는 기다란 타임아웃 상태가 됐다. 공터 한쪽 끝에 커다란 튤립나무가 한 그루 있었다(그 나무는 지금도 그곳에서 누군가의 주택 위에 가지를 펼치고 있다). 우리는 조숙함을 시험해보기 위해 나무 아래에 둥글게 둘러앉았다. 킁킁. 콧방귀. 커지는 콧구멍. 불타는 석탄처럼 달아오르는 목구멍. 위장병 전문의 이언 프레이저가 갈색 드레이크 하루살이drake mayfly를 씹어 먹은 후에 심사숙고했던 것처럼, 위스키를 딱 한 모금만 마시고 중단하기는 쉽지 않았다. 15분 동안, 20분 동안, 나는 그게 무엇이건 대여섯 번을 꿀꺽꿀꺽 넘겼다. 불쾌한 경험이 아니었다는 건 확실하다.

지금 몇 시지? 오, 맙소사. 잭슨 양한테 피아노 레슨 받을 시간이잖아. 벌써 15분이나 늦었어.

벌떡 일어나 자전거를 타고는 집으로 질주했다.

우리는 시내 주위에 있는 다양한 곳들 중에 마음 내키는 곳에서 미식축구를 했는데, 그런 장소 중 한 곳이 프린스턴 고등연구소 앞의 잔디밭이었다. 플라타너스가 두 줄로 잔디밭을 에워싸고 있었는데, 그 나무들의 너그러운 몸통이 우리를 위해 사이드라인 구실을 해줬다. 가끔씩 우리 경기를 지켜보는 관객이 있었다. 사자 같은 머리를 하고 양말도 신지 않은 맨발로 머서스트리트에 있는 자택에서 걸어서 출근하던 알베르트 아인슈타인은 경기를 지켜보려고 한동안 걸음을 멈추고는 했다. 박수를 치지는 않았다. 입을 여는 일도 없었다. 그러다 잠시 후에 다시 걸음을 뗐다. 그렇지만 그는 관심이 있는 듯 보였다. 자기가 지켜보는 광경을 이해하는 듯 보였다. 설령 우리는 그러지 못했더라도 말이다. 그때는 그가 프린스턴에서 산 지 6년인가 7년째였다. 그는 여생

동안 머서스트리트에 머물 터였다. 당시 프린스턴에서 자란 많은 아이들이 그에 대해 들려줄 이야기를 갖고 있다. 그는 아이들 중 일부의 수학 숙제를 도와줬다.

그런데 그건 다른 날의 일이고, 이때는 내가 압박감을 느끼며 자전거를 타고 머리플레이스에서 메이플스트리트로 질주하던 때였다. 자갈이 깔린 우리 집 진입로로 미끄러져 들어가 자전거에서 펄쩍 뛰어내리고는 옆문을 통해 거실로 달려 들어갔다. 레이번 잭슨 양이 거기 있었다. 오래전부터 피아노에 놓인 낱장 악보를 쳐다보면서, 나를 비난하듯 피아노 의자 절반만 차지하고 앉은 채로. 뜀박질로 그녀를 지나쳐 거실을 빠져나가서는 위층으로 올라간 후, 복도를 달려 화장실로 가서는 콜게이트 치약의 튜브를 움켜쥐었다. 양손으로 튜브를 감싸고는 입을 겨냥해서 짰다. 아버지는 술을 입에 대지도 않는 분이었다. 결코 한 방울도 마시지 않았다. 나는 아버지가 사람들이 내뱉은 숨에서 나는 술 냄새를 비웃는 소리를 자주 들었다. 콜게이트 치약 1톤이 내 입 천장을 때렸다. 그런 후 치약을 혀로 힘껏 밀어 이빨 사이사이로 삐져나오게 만들었다. 그걸 내뱉고는 계단을 달려 내려가 피아노 벤치의 내 자리로 갔다. 잭슨 양은 무표정한 얼굴이었다. 아인슈타인이 그랬던 것처럼 아무 말도 하지 않았다. 그녀는 연주 훈련을 잘 받은 젊은 여성이었다. 그녀의 레퍼토리는 드뷔시와 쇼팽부터 베토벤과 바흐에 이르렀지만, 여전히 그녀의 생계 수단은 여러 명을 레슨하는 거였다.

나는 〈시골 정원Country Gardens〉영국 민요를 쳤다. 내 생각에는 썩 잘 쳤다. 잘 치지 못하기가 쉽지 않은 곡이기 때문이다. 그건 피아노 연주의 입문 단계에 치는 곡이다.

피아노 레슨을 4년째 받는 중이었다. 잭슨 양은 대중을 상대로 여는 리사이틀에서 내가 〈시골 정원〉을 연주하도록 일정을 짜두고 있었다.

미 미 레 도 도
시 시 라 솔 솔
라 시 미 파
라 솔 파 미

건반을 두드리는 내 손을 지켜보는 걸 좋아하던 그녀가 내가 그 부분을 반복하고 있는데도 건반이 아니라 나를 유심히 지켜보고 있는 듯 보였다.

미 미 레 도 도
시 시 라 솔 솔
라 시 미 파
라 솔 파 미
다 다 두 다
다 다 다 다 두 다
다 둠 둠
다 둠
둠 디 둠.

내 입에서 커다란 반투명 거품이 나왔다. **다 두**. 또 다른 커다란 반투명 거품이 그 뒤를 따랐다.

막내딸 마사가 열일곱 살 때, 그 아이의 영어 선생님—
토머스 부인—이 칠판에 다음의 단어 47개를 적은 후 학
생들에게 그 단어들을 모두 활용한 짧은 산문을 써오라
고 말했다. aspersion, audacious, avarice, blanch, blight,
brusque, buffeted, caprice, cataclysm, charlatan, collude,
concomitantly, condign, contiguous, cynosure, decorum,
depreciatory, desultory, diaphanous, dilatory, discursive,
dispersion, éclat, effulgence, elucidate, emollient,
empyreal, enervated, equivocal, erudite, felicity, fiscal,
flaccid, fortuitous, gamut, gazette, gregarious, habitat,
haggard, homogeneous, innovative, nectarine, oscillate,
procrastinate, progeny, prognosticate, recalcitrant. 마사는—
전부 해서 452단어로 구성된—다섯 문단을 제출했다. 그 아
이의 산문에 들어있는 단어 10개 중 하나 정도가 토머스 부

인이 칠판에 적었던 단어였다.

　내가 우리 아버지의 프로필을 담은 이 글을 쓰기 시작했다는 긴 더할 나위 없이 행복한 일felicity이다. 아버지는 흥미로운 분이시다. 흥미롭다고 말하는 내 말에 모호한 뜻이 equivocal 담겨있는 건 아니다. 아버지의 성격을 자세히 설명 elucidate해줄 형용사는 많다. 아버지는 확실히 박식하고erudite 자상한 분이다. 동시에 즉흥적이면서 융통성 없는 분이다. 아버지를 사기꾼charlatan이라고 부를 수는 없지만, 변덕이 죽 끓듯 하는 분이라고 말할 수는 있다. 끝이 보이지 않는 대재앙cataclysm이 아버지의 세계를 덮친 것처럼 보이던 시절이 있다. 아버지는 그런 날에는 예의바른 모습decorum을 보여주지는 않지만, 위기 앞에서 창백해진blanch 모습을 보여주지도 않는다. 사실, 아버지는 당신 자신이 그날에 일어난 갑작스러운 변화caprice에 동요되는 걸buffeted 허용하지 않는다. 아버지는 대담한audacious 행동과 회유하려는 행동 사이를 오가지oscillate 않는다. 아버지는 꿋꿋하게 버틴다.

　아버지한테는 분명 돈 문제가 있다. 아버지의 재정fiscal 상태가 무척 좋다는 건 행운이다fortuitous. 아버지의 문제는 탐욕avarice이 아니다. 아버지의 문제는 돈의 분산dispersion에 직면했을 때 대두된다. 달리 말해, 아버지는 돈을 써야만 할 때가 되면 우선은 돈을 쓰지 않으려고 질질 끌다가 procrastinate 누가 돈을 달라고 하면 퉁명스러운brusque 모습을 보인다. 결국 '돈을 달라는 사람'이 끈질기게 손을 내밀면,

특히 그 사람이 당신의 자손progeny이라면, 아버지의 사근사근한gregarious 성격은 자취를 감춘다. 아버지는 무기력해 enervated 보인다. 거의 축 늘어져flaccid 보인다. 평소 보여주던 뽐내는 듯한 모습éclat을 잃고, 얼굴은 초췌해진다haggard. 우리 언니 셋과 내가 더 많은 돈을 받으려고 공모할collude 때, 우리는 가능한 수단 전체gamut를 다 동원한다. 우리는 획기적인innovative 수법을 쓰는 동시에 우리가 아는 계책들을 모두 다 꺼내 든다. 우리의 서식지habitat, 또는 우리 집으로 알려진 곳에서, 우리는 동질적인homogeneous 4인조다. 우리는 결코 미적거리거나dilatory 두서없게 굴지desultory 않는다. 우리는 곧장 급소로 달려든다. 아버지는 우리를 당신의 집안 재정을 갉아먹는 해충blight으로 여긴다. 아버지가 절약하라는 얘기를 역설하면서 산만해질discursive 때, 우리는 호사스러운 생활을 들먹이며 반항적으로recalcitrant 변한다.

아버지가 우리의 행동 방식에 비난aspersion을 가하는 시점이 바로 이때다. 그러면 우리는 또 다른 방법을 시도한다. 우리는 천도복숭아nectarine처럼 달콤한 딸들로 변신한다. 우리의 혀는 아버지의 엄격한 태도를 진정시키는 진정제 emollient 노릇을 한다. 우리는 하늘에서 내려온 천사empyreal 같은 모습을 보인다. 그러면 그 결과concomitantly 아버지는 탐욕스럽고 구두쇠 같은 모습을 보인다. 나는 이런 대결의 결말을 결코 예상prognosticate할 수 없지만, 내 눈앞에서 현금이 반짝거리는effulgence 일은 없을 거라는 건 약속할 수 있다. 신문에 글을 쓰는 아버지는 침실 근처에contiguous 사무실을 갖고 있다. 우리가 별도로 몇 달러를 챙겨서 악취 진동하는 그 사무실에서 나올 경우, 우리는 자신을 행운아라고 여긴다. 우리가 쇼핑을 갔을 때, 나는 속이 비치는diaphanous 가운을 갖고 집에 온다. 나는 여성들로 이뤄진 우리 작은 무리에서 주목받는 대상cynosure이다. 이걸 우리 아버지에 대한 적절한condign 프로필이라고 부를 수 있을까? 내가 독자를 깔본 게depreciatory 아닐까 염려된다. 사실 우리 자매는 대부분의 경우에 썩 잘 어울려서 지내는 이질적인 집단이다.

리처드 버턴Richard Burton이 누구인지를, 적어도 그가 이 순간 어떤 존재인지를 모르는 사람은 없다. 그는 우리 지구를 떠받드는 아틀라스 같은 반신반인이다. 남성들을 대표하는 무기와 투구이고, 엘리자베스 테일러와 같이 사는 사내다. 항만 노동자들은 감탄하는 눈으로 그를 바라본다. 영화계 아이돌들은 그를 시기한다. 그는 난데없이 나타난 민중의 영웅 같은 사람으로, 탭Tab Hunter. 미국 배우이나 록Rock Hudson. 미국 배우, 립Rip Torn. 미국 배우 같은 이름 대신 리처드 같은 괴상한 이름으로도 탭과 록, 립을 능가한 인물이다. 그가 정말로 난데없이 나타난 인물이라고 해도 그가 가진 황홀한 면모에 그늘이 드리워지는 일은 없을 것이다. 그런데 작년 내내 번쩍거렸던 헤드라인의 차원을 넘어섰을 때, 리처드 버턴이 실제로 어떤 사람인지를, 그리고 그가 과거를 꿀꺽 마셔버리고는 잔을 깨뜨리는 식으로 흔적을 없애버리고 있는 것이 무엇인지를 아는 사람은 거의 없다.

그리 오래지 않은 과거에, 리처드 버턴은 세계의 영어 구사권에 존재하는 위대한 배우 여섯 명 중 한 명으로 간주됐다. 같이 꼽힌 나른 배우들―폴 스코필드와 로런스 올리비에 경―도 이 점을 인정했다. 케네스 타이넌 같은 평론가도, 점점 더 규모가 늘어나는 대중도 마찬가지였다. 그들은 버턴이 아직 젊고 그가 주요 작품으로 내세울 작품들의 대부분은 아직도 완성되지 않았다는 걸 잘 알고 있었다. 그는 제대로 된 연기를 아직도 다 펼치지 못했다. 그가 결코 그러지 못할 가능성도 적지 않다. 그렇지만 어느 누구도 그가 이룬 성과를 그에게서 빼앗아올 수 없다. 적어도 그가 이미 성취한 업적은 그렇다. 스트랫퍼드어폰에이번Stratford-upon-Avon. 셰익스피어의 출생지과 올드 빅Old Vic. 런던에 있는 유명한 극장에서, 그는 주요한 셰익스피어 작품을 아홉 편인가 열 편 연기했다. 햄릿 왕자를 단일 공연에서 백 번 이상 연기했던 연기자는 역사적으로 네 명뿐―헨리 어빙 경, 허버트 비어봄 트리 경, 존 길구드 경, 그리고 리처드 버턴―이다. 더군다나, 버턴은 올드 빅 역사상 가장 오랫동안 공연한 햄릿이었는데, 그곳은 흥행이 상당히 잘되는 한에서만 햄릿을 레퍼토리에 계속 넣는 곳이었다.

오늘날, 동종업계 종사자들은 버턴을 울적한 시선으로 본다. "영화계 경력이 끝났을 때," 길구드는 한숨을 쉰다. "그는 낭만적이던 시절을, 활기 넘치던 시절을 잃은 뒤일 겁니다." 그의 친구이자 에이전트인 하비 오킨은 험한 말을 했었다. "그의 밑천은 다 드러났습니다. 지금은 속임수로 세상의 인정을 받으려고 애쓰고 있죠. 이 행성에서 가장 위대한 연기자가 될 수도 있었는데 말이죠." 버턴에게 처음으로 경고를 한 사람은 올리비에였다. "결정을 해. 세상이 다 아는 사람이 되고 싶은 건가? 아니면 위대한 배우가 되고 싶은 건가?" 폴 스코필드는 조심스럽게 언어를 선택한다. "연기 면에서 보면 리처드는 전후에 등장한 가장 흥미로운 배우입니다. 그가 보여주는 영웅적인 풍모라는 특징이 영화에서 한껏 활용된 적은 없다고 생각합니다. 그는 영화에서 자신의 매력을 최대한 보여주지는 못하고 있습니다. 그의 미래 얘기를 하자면, 그는 조용히 무대로 돌아와야 옳습니다."

버턴이—형식적인 시늉의 차원을 넘어—무대로 다시 돌아갈지 여부는 그가 최근에 맺은 애정 관계의 운명보다 상당히 더 심오한 차원에 있는 무엇인가에 의해 결정될 것이다. 그의 몸뚱어리 안에서는 두 명의 작은 신—안정감과 힘으로 구현된 신과, 고인이 된 그의 친구이자 동포 딜런 토머스영국 시인처럼 무모한 자기 파괴의 길에 오르게 만드는 또다른 신—이 전쟁을 벌이고 있다.

어느 쪽 신이 승리하건 그는 한 명과 0.5명으로 구성된 존재다. 그는 그를 생생하게 교육하는, 제멋대로 날뛰는 정신의 소유자다. 그는 걱정스러울 정도로 생기가 넘치고 통찰력이 뛰어난데, 이건 연기자에게는 드물면서도 위험한 특징이다. 그는 진심에서 우러난 폭소를 터뜨린다. 사람의 마음을 끄는 거짓말을 한다. 다른 사람을 철석같이 믿는다. 상대가 누구건 배꼽을 잡게 만들 수 있다. 만취한 사람에게 문학에 대한 얘기를 하며 엄청난 교양을 보여주면서도 위선적인 말은 한마디도 하지 않을 수도 있다. 그는 읽는 속도가 빠르다. 그런데 그는 책마다 일정한 시간을 배정한다—그는 『앵글로색슨적 태도Anglo-Saxon Attitudes』 같은 소설을 읽는 데에는 2시간밖에 안 걸리지만, 『모비딕』은 나흘간 읽을 가치가 있다고 생각한다. 그리고 로버트 버턴의 『우울증의 해부』를 읽는 데에는 '3달 넘게' 걸렸다. 그는 셰익스피어를 암기하는 걸어 다니는 색인이다. 그의 머릿속에서는 위대한 동시에 하찮은, 모든 세기와 모든 수준을 망라하는 영어 운문이 울리고 있다. "에드워드 7세가 병석에 눕자," 그는 음울한 미소를 지으며 말할 것이다. "어느 계관시인—빌어먹을 멍청이—이 이렇게 썼죠.

전선을 따라 전신 메시지가 오는구나.

'왕께서는 차도가 없습니다. 그분의 병세는 한결같습니다.'"

버턴의 눈은 연한 청록색이고, 머리카락은 고운 질감이 나는 갈색이며 안색은 거친데, 이 안색이 여성들에게 어마어마하게 어필하는 그의 매력에 도움을 준다는 말이 있다. 한술 더 떠, 여성들은 본질적으로 우수에 찬 그의 모습을 보고는 몸을 주체하지 못한다. 그의 얼굴이 갑작스럽게 지은 미소로 환하게 밝아질 수도 있지만, 그는 항상 얼마 안 가 처음의 우울한 모습으로 돌아가고는 한다.

그는 자기 말을 듣는 상대가 누구건 중요한 사람을 대하는 것처럼 말을 한다. 그것이 그의 특별한 재능으로, 연기자들에게서는, 또는 그 문제에 있어 성직자들에게서는 좀처럼 찾아보기 힘든 것이다. 버턴의 비법은 간단하다. 실제로 그에게는 모든 사람이 중요하니까. 그는 셰에라자드보다 더 많은 이야기를 들려준다. 그런데 두 사람의 차이점은, 그는 상대의 얘기를 귀담아 듣는다는 것이다. 그는 어떤 사람이 하는 아이들에 대한 얘기를, 또는 다른 사람이 하는 일요일 추구 경기에 대한 얘기를 정말로 듣고 싶어 한다. 그는 자기 앞에 있는 사람들이 자신은 실제보다 더 중요한 존재라고 느끼게 만들 수 있다. 남자들은 그 점 때문에 높이 평가한다. 그런데 여자들은 그에게 편지를 쓰고 테이블 주위로 그를 쫓아다니고 해외로 따라다닌다.

버턴과 함께 하는 삶은 결코 조용한 삶이 아니었다. 그의 수면 시간은 5시간이다. 그 이상은 자지 않는다. 그리고 그는 잠을 거르고서도 이튿날에도 꾸준히 일을 해나가는 기력의 소유자다. 그는 웨일스의 노래들을 쿵쾅거리거나, 보통은 그 상황에 어울리지 않는 분위기 있는 음악을 연주하면서 밤새 피아노 앞에 앉아있을 수 있다. 그러는 동안 시를 낭송하는데, 이번에는 길구드의 목소리로 조롱하고, 다음에는 올리비에의 목소리로 조롱하다, 그의 마음을 끄는 무엇인가를 할 때면 리처드 버턴의 목소리를 거기에 끼워 넣는다. 그는 기병대 병사처럼 상스러운 말은 하지 않는다(그는 언행이 저속하다며 테일러를 꾸짖는다). 속어로 자리를 잡으려는 단계에 있는 단어들을 지나치게 좋아하기는 하지만 말이다.

그는 세상 무엇보다도 혼자 있는 걸 더 원한다고 말한다. 그러나 그의 분장실 문은 나이와 성별을 가리지 않는 친구들을 위해 항상 열려있다. 사람들은 그를 좋아하기만 하는 게 아니다. 사람들은 그를 거의 숭배하기에 이르렀는데, 그럴 만한 이유가 있는 경우가 잦다. 언젠가 〈카멜롯Camelot〉을 공연할 때, 공연에 투입된 어린 소년이 새파랗게 겁에 질려 버렸다. 소년은 버턴과 함께 하는 첫 리허설에서 얼어붙어 버렸다. 그러자 버턴은 일부러 말을 더듬고 비틀거리고 몸을 떨었다. 그가 할 수 있는 가장 노련한 연기 중 하나였다. 소년의 긴장이 풀렸고 목소리는 활기를 되찾았다. 소년은 지금도 한 달에 한 번씩 버턴에게 편지를 쓴다.

언젠가, 영화 촬영장에서 똑같은 대사를 거듭해서 씹은 후, 버턴은 고개를 숙이고는 머리로 벽을 들이받았다. 영국 배우가 그런 일을 하는 걸 상상하는 건 불가능한 일이다. 그런데 버턴은 물론 영국인이 아니다. 웨일스인이다. 사실, 그는 뼛속 깊이 애국적인 웨일스인이다. 그렇지만 그는 그 사실 때문에 균형감을 잃는 대가를 치른다. 그가 모아놓은 위대한 웨일스인의 갤러리에는 루이 14세와 크리스토퍼 콜럼버스, 알렉산더 대왕도 포함돼 있다.

그는 사람은 누구나 자신이 속하고 싶은 곳을 찾으면서 평생을 보낸다는 제임스 조이스의 믿음을 기억한다. "나는 내가 평생 꿈꿔왔던 곳에서 자랐다고 생각합니다"라고 그는 말한다. 그곳은 높이 솟은 푸르른 산들 사이에 있는 계곡으로, 하얗게 부서지는 급류가 흐르는 작은 강—꽤나 이상하게도, 그 강의 이름은 에이번Avon이다—으로 갈라진 곳을 한때 송수교送水橋로 쓰였던 높고 비좁은 돌다리가 이어주는 곳이다. 궁핍한 생활을 하기에 이런 물리적 환경보다 더 품위 있는 곳을 찾아내기는 힘들 것이다. 마을의 이름조차 낭만적으로 발음됐다—폰트리디펜Pontrhydyfen. 그곳은 리처드 버턴의 눈에는 특히, 일종의 글러모건셔 브리가둔 Glamorganshire Brigadoon, 웨일스의 글러모건셔 있는 브리가둔이라는 뜻으로, 브리가둔은 동명의 뮤지컬에 나오는 100년에 딱 하루만 모습을 드러내는 신비로운 스코틀랜드 마을이다이었다. "고향에 갈 때면," 그는 말한다. "산 가장자리를 도는 순간부터 심장이 쿵쾅거립니다."

그는 1925년 11월 10일에 폰트리디펜에서 태어났다. 아버지—리처드 젱킨스—는 이름 말고 가진 거라고는 6호 삽과 언어에 대한 탁월한 재능밖에 없는 광부였다. 리처드는 13남매 중 열두 번째였다. 어머니는 그가 막 두 살이 됐을 때 남동생 그레이엄을 낳은 직후에 세상을 떠났다. 리처드는 에이번의 끝부분에 있는 해안도시 포트텔벗의 교외에 있는 타이바흐에서 큰누나 세실리아의 헌신적인 보살핌을 받으며 자랐다. 포트텔벗에 있는 학교에 다녔지만, 주말은 폰트리디펜에서 보냈다. 도시에서는 영어를 썼고 시골에서는 웨일스어를 썼다. 그래서 리처드는 바이링구얼bilingual로 자랐다. 그는 자신이 살지 못한 곳인 시골에 강한 소속감을 느끼며 컸다.

"아버지는 독학한 분이었습니다. 논쟁을 벌일 때는 마귀 같은 모습을 보이는 불가지론자였죠. 양쪽 언어를 구사하는 홀륭한 재능을 가진 분이었고요. 아버지는 과장법을 썼습니다. 8음절로 구성된 시구를 쓰는 걸 겁내지 않으셨죠. 격언 비슷한 걸 갖고 계셨어요. "긴 단어를 쓸 수 있는 자리에서 절대로 짧은 단어를 쓰지 마라." 대화를 할 때면 웨일스의 푸시킨 같은 분이었죠. 한바탕 정신없이 말을 쏟아낼 때는 존 배리모어미국 배우를 과묵한 사람처럼 보이게 만들 수도 있었어요. 아버지는 내가 몇 째 아들인지를 결코 알지 못하셨어요. 내가 태어났을 때 아버지는 쉰 살이었습니다. 우리는 아버지를 '우리 아버지'라는 뜻의 대디 니Daddy Ni로 불렀습니다. 가끔씩은 아버지가 무서웠습니다. 엄청나게 삐딱한 분이셨거든요. 아버지가 다음 순간에 무슨 일을 할지를 제대로 아는 사람은 아무도 없었습니다. 어린아이의 눈에는 그게 꽤나 섬뜩한 일일 수 있잖아요."

대디 니는 연극이나 영화에 출연한 아들의 모습을 한 번도 제대로 보지 않은 채로 1957년에 세상을 떠났다. 그가 아들이 공연하는 모습을 보려고 한 적이 한 번 있었다. 포트텔벗의 영화관에서 상영하는 〈나의 사촌 레이첼My Cousin Rachel〉을 보려고 집을 나섰을 때였다. 그는 계곡으로 가는 길에 펍 열일곱 곳을 들렀다. 결국 극장에 자리를 잡은 그는 영화가 시작되는 걸 지켜봤다. 리처드가 스크린에 등장해서 처음으로 한 일은 술을 한 잔 꺾는 거였다. "볼 거 다 봤군." 대디 니는 자리에서 일어나 열여덟 번째 펍으로 향했다.

대디 니는 세상 무엇보다도, 심지어 럭비보다도 교육에 더 많은 관심을 쏟았다. 리처드가 최초로 기억하는 인생의 장면에서 대디 니와 리처드의 형 아이버, 톰, 윌, 다이는 리처드에게 시선을 모으고 말했다. "너는 옥스퍼드에 갈 거야." 그레이엄을 제외한 다른 모든 형제가 채탄막장에서 일했다(리처드는 광산에서 일한 적이 결코 없었다). 그들 중 일부는 지방정부와 경찰, 군대의 다른 일자리에 취직했다. 그렇지만, 가족은 리처드에게 계곡 너머에 있는 더 나은 세상의 꿈을 심어줬다. "웨일스 광부의 아들이 옥스퍼드에 진학한다는 생각은" 리처드 버턴은 말한다. "기능성의 영역을 넘어선 말도 안 되는 일이었습니다."

우선, 리처드는 600명의 지원자 중에서 중등학교에 입학한 서른 명 중 한 명이었다. 그는 또한 운동에 재능이 뛰어났다. 그리고 무엇보다도 아이스테드바드eisteddfod. 웨일스에서 개최되는 시와 음악 경연 대회에서 상을 받은 재능 있는 소프라노였다. 그의 누이가 말한 대로, 그는 "모든 치아에 종이 들어있는 것처럼" 노래를 불렀다. 어떤 면에서, 그는 그의 가족으로서는 감당하지 못할 거물로 자랐다. 심지어 그 나이에도 덩치보다 큰 존재감을 가진 존재가 된 것이다. 포트탤벗 중등학교에서 연극 코치와 영어 교사로 재직하던 필립 버턴이라는 교사 겸 작가가 자기 셋방에 있는 방 하나를 그에게 내줬다. 세실리아와 남편은 버턴의 뜻에 동의했다.

리처드는 필립 버턴을 처음 알게 됐을 때 자신이 "터프한 척하고 다녔었다"고 말했다. 버턴 입장에서 리처드에게 결정적인 인상을 받았던 건, 리처드가 불편한 심경으로 처음 무대에 올랐을 때 보여준 "관객을 쥐락펴락하는 경이로운 능력"이었다. "그 아이는 관객을 데리고 하고 싶은 짓은 무엇이건 할 수 있었습니다." 이건 후천적으로 키워낼 수 있는 재능이 아니라, 순전히 발견만이 가능한 재능이다. 리처드가 그런 재능을 갖고 있었기에, 필 버턴은 그에게 연기 훈련을 시키고, 그의 목소리에 담긴 웨일스의 활력이 모호해지지 않는 방식으로 영어를 다듬어줬으며, 위대한 책들로 구성된 독서 목록을 그에게 주고, 옥스퍼드 진학을 위한 준비를 시키고, 그가 초기에 참여한 모든 공연에서 그의 연기를 연출했다. 1943년에, 리처드는 공식적으로 필립 버턴의 피보호자가 되면서 그의 성씨를 취했다. 몇 년 후, 아버지가 타계했다는 소식을 들은 리처드는 물었다. "어느 아버지 말인가요?"

필립 버턴은 참신한 방식으로 리처드를 훈련시켰다. 그는 리처드가 동시에 전화기 다섯 대를 상대로 통화를 하게 만들었다. 전화기에서 전화기를 옮겨 다니며 별개의 대화 5개를 해나가는 분주한 은행 간부를 다룬 연극의 한 장면을 공연하게 만든 것이다. 그는 소년에게 대사 연기를 조정하는 능력을 키우고 수학적으로 정확한 발음을 가르치려고 이 연습을 천 번쯤 반복해 시켰다. 당연한 말이지만, 오늘날 리처드는 전화를 싫어한다. 그렇지만 그는 대사 연기를 기가 막히게 정확하게 한다. 또한, 필립 버턴은 리처드를 폰트리디펜과 바다 사이에 있는 마지막으로 높은 산인 미니드마르감으로 데려가 바람 부는 쪽을 향해 셰익스피어의 아리아들을 큰 소리로 낭송하라고 시키고는 했다. 필립 버턴은 리처드가 서있는 자리에서 멀리, 더 멀리로 이동하면서 계속 소리를 질러댔다. "내 귀에 들리게 해. 고함을 치지는 마. 그래도 내 귀에 들리게 하라고." 10년 후, 리처드가 "오! 나는 불한당에 농노 같은 자로다"(『햄릿』2막 2장에 나오는 햄릿의 독백)를 속삭일 때, 그가 내뱉은 웅장한 음절은 올드 빅의 제일 끝자리에 있는 관객에게도 처음부터 끝까지 특송 배달됐다.

학문적인 훈련도 성공적이었다. 리처드는 옥스퍼드 엑서터칼리지의 입학 허가를 받았다. 때미침 영국 공군이 나중에 공군으로 복무한다는 조건으로 장학금을 줬다. 그가 실제로 학생 신분이 되기까지는 두 학기를 기다려야 했다. 그래서 그는 배우 에믈린 윌리엄스가 〈드루이드의 휴식The Druid's Rest〉이라는 연극에 출연시킬 젊은 웨일스 배우를 찾으려고 웨일스의 〈웨스턴 메일〉에 실은 광고에 응했다. 그 역할을 맡아 웨스트엔드에서 다섯 달을 보낸 그는 약간 노련한 전문 배우가 돼서 옥스퍼드에 들어갔다.

그곳은 전시戰時의 옥스퍼드였다. 그러나 그때까지 그 어떤 전쟁도 대학의 운영 방식을 바꿔놓지는 못했다. 얼마 지나지 않아 버턴은 맥주 냄새가 진동하는 입학 신고식을 뒤늦게 치른 끝에 대학의 높은 문턱을 넘는 데 성공했다. 그는 자신이 엑서터의 스콘scone 기록을 깼다고 자랑한다. 스콘은 무례한 행위에 대한 벌칙으로 만찬장에서 받는 복잡한 처벌인데, 나쁜 짓을 한 사람은 이 처벌을 받을 때 30초 안에 대략 1.1리터의 맥주를 억지로 마시고, 그러지 못하면 술값을 내야만 한다. 그는 맥주를 삼키지 않으면서 마시는 법을 배웠다. 그래서 10초에 스콘을 해치울 수 있었다. "지금까지 내가 아는 한" 그는 말한다. "그 위업을 뛰어넘은 사람은 아무도 없어요."

그는 겉으로 보기에는 영문학과 이탈리아문학을 읽고 있었다. 심지어 "여드름투성이에, 땀에 젖어 하키를 하는, 성실하고 가슴 큰 그 모든 아가씨들과 함께" 강의에 들어가기도 했다. 그렇지만 그의 진정한 관심의 대상은 옥스퍼드대학 드라마협회OUDS, the Oxford University Dramatic Society였다. 네빌 코길—교수, 평론가, 연극인—이 〈자에는 자로〉를 연출하고 있었다. 버턴이 역할을 달라고 요청하자, 코길은 유감이지만 캐스팅이 모두 끝났다고 말했다. 버턴의 타고난 적극성이 번쩍하면서 섬광을 터뜨렸다. "저한테 남자 주연의 대역 배우understudy를 맡겨주십시오." 그는 심술궂게 말했다. 더 정확한 표현은 "주연배우의 사기를 꺾는 배우undermine"였을 것이다. 〈자에는 자로〉가—당시의 OUDS도 지금처럼 중요한 극단이었기 때문에 존 길구드와 테런스 래티건영국 극작가 같은 사람들이 객석에 앉은 가운데—막을 올렸을 때, 안젤로를 연기하면서 무대를 활보하고 다닌 게 누구였을 것 같은가?

그래, 하늘은 그를 용서했어! 우리 모두를 용서했고!
죄를 짓고 잘 되는 사람도 있고 덕을 베풀고 망하는 사람도 있지.
—〈자에는 자로〉 2막 1장의 대사

263

제니 린드Jenny Lind가 1850년에 외륜 증기선을 타고 뉴욕항에 입항했을 때, P. T. 바넘미국의 쇼맨은 두 팔 가득 빨간 장미 꽃다발을 안고 보트에 올라 그녀를 맞으러 갔다. 그녀는 가운데 가르마를 탄 스물아홉 살의 소박한 젊은 여성이었다. 그녀의 코는 북유럽에서 나는 감자 같았다. 입은 컸고 화장은 전혀 하지 않았다. 그녀는 세상에서 가장 유명한 소프라노였다.

바넘은 좋은 음악을 구분하는 귀가 없는 사람이었다. 그래도 그는 제니 린드를 미국에 데려왔다. 그게 자기 이미지를 바꿔줄 거라는 희망에서였다. 사람들은 바넘을 생각할 때 화려한 이미지만 떠올렸는데, 그는 사람들이 순수예술을 떠올리기를 원했다. 그는 스웨덴 가수가 미국행 선박에 발을 디디기도 전에 계약금으로 18만 7500달러를 지불한 상태였다. 그의 투자는, 설령 그의 위엄을 높여주지는 못했더라도 금전적으로는 성공을 거뒀다. 제니 린드가 4000킬로미터쯤 돌아다니면서 했던 165회의 콘서트 투어가 매진됐기 때문이다. 콘서트 투어 1석의 입장료는 653달러였다. 다른 공연에서는 스탠딩 룸 티켓 1000장이 15분 안에 팔려나갔다. 언론은 미쳐 날뛰었다. 모든 기사가 바넘이 직접 쓴 글이라고 해도 믿을 수 있는 지경이었다. 〈홀든스 달러 매거진〉은 이렇게 썼다. "당신의 헌 옷을 팔아라. 구식 부츠를 처분하라. 모자를 팔고 보석을 저당 잡혀라. 운하로 나와 배를 타고, 모금을 하고 그 돈으로 내라. 집을 담보로 돈을 모으고, 집에 있는 흑인 일꾼을 영원한 노예로 팔아버리며, 다른 흑인은 더 높은 값을 부르는 이에게 처분하라. 1년간 담배를 끊고 차와 커피, 설탕을 포기하라. 빵과 고기, 소스용 채소 같은 사치품 없이 살아라. 그런 다음에 제니 린드의 노래를 들으러 가라."

그녀는 모차르트와 베버, 마이어베어를 부르면서 〈밀밭에서Comin' Thro' the Rye〉와 〈여름의 마지막 장미The Last Rose of Summer〉 같은 노래들도 불렀다. 그녀는 오페라 〈클라리Clari〉에 삽입된 거의 알려지지 않은 노래인 〈즐거운 나의 집Home, Sweet Home〉을 불러 불후의 명곡으로 만들었다. 거의 3옥타브에 걸친 목소리는 하이 C를 넘어 G까지 도달했다. 그녀의 하이 F#은 깔끔했고, 그녀는 그런 고음을 내면서도 대단히 편하게 노래하는 믿기 어려운 능력을 보여줬다. 그녀의 메사디보체—단일 음의 음량을 서서히 높였다가 줄이는 테크닉—에 필적할 사람은 아무도 없었다. 그녀는 그 테크닉을 문손잡이를 돌리는 것처럼 쉽게 구사했다. 이런 테크닉이 〈올드 블랙 조Old Black Joe〉 같은 곡들을 부르는 데 허비됐을 수도 있지만, 그녀는 자신에게 명성을 안겨준 〈노르마Norma〉부터 〈람메르무어의 루치아Lucia di Lammermoor〉에 이르는 오페라 삽입곡들도 항상 불렀다.

워싱턴 어빙미국 수필가은 그녀의 노래를 들으려고 허드슨강을 내려갔다가 엄청난 인상을 받았다. 보스턴에서 헨리 워즈워스 롱펠로미국 시인도 마찬가지였다. 그는 이렇게 신언했다. "그녀는 샛별처럼 노래한다." 그녀가 튀어나온 바위에 서서 깊이 팬 폭포를 향해 아리아를 불렀을 때는 심지어 나이아가라폭포조차 그녀의 발치에 쓰러졌다. 남부와 사랑에 빠진 젊은 북부인인 피츠버그의 스티븐 포스터미국 작곡가는 그녀에게 영원토록 고마워했다. 그녀가 "Mein Old Kentucky Home〈켄터키 옛집(My Old Kentucky Home)〉을 가리킨다"이라고 칭했던 노래를 비롯한 그가 작곡한 노래들을 레퍼토리에 포함시켰기 때문이다. 그렇지만 너새니얼 호손은 그녀를 따분하다고 생각했다.

제니 린드가 워싱턴에 도착했을 때, 밀러드 필모어 대통령 부부는 그녀에게 명함을 남기려고 백악관과 윌러드호텔 사이에 있는 숲을 하이킹했다. 그녀는 자신의 첫 워싱턴 콘서트를 필모어 부부, 미주리 상원의원 토머스 하트 벤턴, 켄터키의 헨리 클레이 같은 관객들 앞에서 시작했다. 필모어의 내각 멤버 일곱 명과 부인들을 위해 예약된 앞줄의 열네 자리는 비어있었다. 그 시간에 그들은 러시아의 장관이 연 연회에서 보드카를 들이붓고 있었다. 제니 린드가 〈만세, 컬럼비아Hail, Columbia〉를 부를 때, 그들이 비틀거리며 통로를 내려와 자리에 앉았다. 국무장관인 매사추세츠의 대니얼 웹스터가 벌떡 일어나 그녀의 노래를 따라 부르는 동안, 그의 아내는 남편의 기다란 검정 연미복을 미친 듯이 잡아당겼다.

　제니가 친구들과 함께 덴마크에 머물 때, 한스 크리스티안 안데르센이 그녀가 머무는 집의 아이들에게 이야기를 들려주러 오고는 했다. 그녀를 보려는 핑계였다. 그는 그녀를 사랑하게 됐다. 그는 그녀를 위해 「나이팅게일The Nightingale」을 썼다. 그녀가 그를 냉담하게 대하자 「눈의 여왕」을 썼다. 그가 그녀에게 결혼해달라고 애원하자 그녀는 말없이 그에게 거울을 건넸다. 그날 밤, 그는 「미운 오리 새끼」를 썼다. 『제니 린드: 스웨덴의 나이팅게일Jenny Lind: The Swedish Nightingale』의 저자 글래디스 데니 슐츠는 이 유명한 일화를 수정한 버전을 내놓는다. 그녀는, 린드의 진심은 그녀 자신의 외모에 의문을 제기한 것이라고 주장하면서, 린드가 그토록 잔인하게 굴 수 있는 사람이었다는 세간의 믿음을 뛰어넘으려고 시도한다. 제니 린드가 어울린 동아리에는 베를리오즈, 마이어베어, 슈만, 브람스가 있었다. 그녀의 제일 친한 친구 펠릭스 멘델스존은 피아노에 앉아 그녀의 높은 음역을 탐구하는 걸 무척 좋아했다. 프레데리크 쇼팽은 애정이 담긴 목소리로 그녀를 "이 스웨덴 여인"이라고 불렀다. 그녀는 일흔여덟 살 난 웰링턴 공작워털루에서 나폴레옹에게 승리를 거둔 영국 군인과 함께 자주 기차를 타고 윔블던에 갔다. 노망이 난 웰링턴 공작은 무대에 오르는 빛나는 젊은 여성들을 자기 곁에 장식품으로 두는 데 집착했었다. 오스트리아의 메테르니히 대공부터 프러시아의 프리드리히 빌헬름 왕까지 왕위에 오른 통치자들은 그녀의 우정을 차지하려 경쟁을 벌였다. 그녀는 빅토리아 여왕의 총애를 받았다. 1887년에 제니 린드가 예순일곱 살로 세상을 떠난 후, 웨스트민스터사원의 시인들의 자리Poets' Corner에 그녀에게 바치는 추도문이 새겨졌다—사원 역사상 여성에게 그런 영예를 바친 첫 사례였다.

아타파스카족은 1896년에 서시트나계곡에서 탐사 모험에 나선 어느 젊은 프린스턴 졸업생이 황야로 가는 길에 윌리엄 매킨리가 미합중국 대통령에 출마하는 공화당 후보가 됐다는 걸 우연히 알게 된 사건을 그다지 인상적으로 여기지 않는다.

『낙향Coming into the Country』2001년에 출판된 맥피의 저서에 들어 있는 이 문장과 이어지는 몇 문장은, 예기치 않게, 오리건에 사는 어떤 여성으로 하여금 분노와 억울함이 구구절절이 담긴 편지를 쓰게 만들었다. 그 책의 문장은 이렇게 이어진다.

그 산은 이렇게 계획에도 없던 방식으로, 적어도 이 나라 대부분의 지역에서 통용될 이름을 갖게 됐다. 그 산에는 숱하게 많은 세기 동안 불리던 이름이 이미 있었음에도 말이다.

영어로 옮기면 위대한 산the Great One, 웅장한 산the Mighty One, 높은 산the High One 같은 다양한 이름이 그 산에 붙어있었다. 이 산을 숭배하는 인디언들은 이 산을 데날리Denali라고 불렀다. 지명을 연구해보면, 그 산의 정당한 이름은 그것이다.

격분한 오리건의 독자는 내게 독설을 퍼부으면서 나를 내 이름이 아닌 다른 이름으로 불렀다. 그녀는 그 산의 이름을 매킨리가 아닌 다른 이름으로 불러야 한다는 정보를 주는 교양 없는 사람에게 철저한 경멸을 표명했다. 그 산의 이름은 고인이 된 그녀의 아버지의 존함을 따서 붙인 것이라고 그녀는 말했다.

그에 대해 내가 무슨 말을 할 것인가?

프린스턴대학 인문학협의회의 편지지로 그녀에게 보내는 편지를 썼다. 편지 주셔서 고맙다는 인사를 하고는 따스한 축하 인사를 했다. 그러고는 적었다. 나는 딸을 넷 둔 아버지인데, 언젠가 내가 세상을 떠난 뒤에 어떤 상황에서 딸아이들 중 하나가 나를 지키려고 당당히 일어섰으면 하는 것이 나를 가장 흐뭇하게 해주는 소망일 거라고.

(그렇지만 나는 여전히 그 산의 이름은 데날리여야 마땅하다고 생각한다.)

생기발랄하면서도 초조해 하고, 정신 사납게 부산하고, 환한 미소를 잠깐 지었다가 음울한 분위기를 풍기고, 폭소를 터뜨리는 사이사이에 "앞으로, 앞으로"를 외치고, 캐시미어 스웨터 차림으로 공연을 하고, 항상 타이를 매지 않는 모트 살Mort Sahl은 파멸을 맞기 직전에 가까스로 바비큐 화덕을 모면한 사람 같은 분위기를 풍긴다. 오른손에 둘둘 만 신문을 쥔, 번뜩이는 푸른 눈으로 늑대 같은 웃음을 짓는 그는 관객들에게 자신이 다루려는 주제를 밝히고는 즉흥연주에 나서는—또는 즉흥연주를 하는 것처럼 보이는—재즈 뮤지션처럼 공연의 열기를 띄운다. 그는 농담을 하나씩 하나씩 차근차근 들려주는 게 아니그는 농담으로 잡다하고도 혹하게 하는 구조를 조심스레 만드는데, 이는 언어를 매단 모빌들과 비슷하다. 자신이 다루는 주제의 근간에서 공연을 시작한 그는 생각 위에 다른 생각을, 농담 위에 다른 감칠나는

농담을 꿴다. 그것들 중 다수는 주제하고는 아무런 관련이
없다. 그러다 보면 전체적인 구조가 빙글빙글 회전하기 시
작하지만, 그럼에도 공연이 균형을 잃는 일은 생기지 않는
다. 그는 공연 내내 최종 결말을 향해 공연을 구축해나간다.
펀치 라인스탠드업 코미디에서 관객을 웃기는 대사이라고 불리기에
는 지나치게 거창한 그 결말은 그가 다룬 특별한 주제를 제
대로 소화해낸 것이다.

리틀록센트럴고등학교아칸소주 리틀록에 있는 학교로, 공립학교의
인종 분리는 위헌이라는 판결이 나온 뒤인 1957년에 인종차별을 폐지한 곳이
다가 뉴스의 초점이 되자, 살은 다양한 샛길을 통해 그 주제
에 접근했다. 샛길 중 하나는 아이젠하워 대통령을 저격하
는 걸 좋아하는 그의 성향이었다. 대통령이 진정한 사나이
라면 어린 흑인 소녀의 손을 잡고 인종 차별주의자들이 늘
어선 줄을 뚫고는 그 소녀를 고등학교로 데려가 줄 거라고
말한 평론가가 있었다. "당신이 그런 상황하고 관련이 없는
사람이라면 말이야 쉽죠." 살은 말했다. "그런데 당신이 행
정부 소속이라면, 당신은 정책과 관련한 많은 문제를 고민
해야 합니다. 오버래핑그립골프채를 쥐는 방법 중 하나을 잡을 거
냐 말 거냐 같은 문제를요." 그런 농담을 맞이하는 건 공연
장 지붕이 들썩거리는 폭소다. 그런데—고개를 끄덕이고 신
경질적인 웃음을 지으며 특유의 "맞는 말이에요, 맞는 말"이
라고 말한 후—그는 샛길들로 이어지는 실타래를 붙잡고 나
아갈 것이다. 보통은 현안과 이해관계가 얽힌 보수주의자들
을 다루는 여담으로, 그는 그들에게 미국 어디에서건 〈시카

고 트리뷴〉을 "얼음에 재워 항공편으로" 받아볼 수 있다고 말하는 식의 이야기를 늘어놓는다. 그런 후, 다시 아칸소로 돌아온 그는 리틀록을 절대적인 여론의 초점에 올려놓은 유명한 내사를 쏟아낼 것이나. "나는 쏘버스 주시사Orval Faubus. 아칸소 주방위군에게 흑인 학생의 등교를 막으라고 명령한 주지사를 좋아합니다." 그는 인정했다. "그렇지만 그가 내 누이랑 결혼하는 건 원치 않을 겁니다."

그의 유머가 다루는 소재의 몸통은 늘 정치가 차지하지만, 그가 다루는 소재는 사방에 걸쳐있다. 그는 최신 유행에 열광한다. 하이파이 오디오를 다룬 그의 공연은 자신들의 집 차고에 거주하면서 본체를 스피커로 활용하는 어느 가족에 대한 이야기로 끝난다. 정신분석학적인 클리셰도 자주 등장한다. 언젠가 어떤 은행 강도가 은행원에게 "돈을 내놓고 정상적으로 행동해"라고 적힌 쪽지를 밀어 넣었다고 그는 말했다. 은행원은 대꾸했다. "우선, 용어 정의부터 하죠. 결국, '정상적'이라는 건 뭔가요?" 살의 농담 중 일부는 극히 소수의 사람들만 이해할 수 있는 것들이다. 언젠가, 그는 통계분석 강의를 들으면서 시그마는 절대 사용하지 않고 대신에 자기 이니셜을 쓰는 걸 선호하는 학생에 대한 얘기를 시작했다. 어떤 사람이 낄낄거리자 살은 놀란 표정으로 그를 바라보면서 말했다. "이 농담이 이해된다면, 당신은 이 자리에 있어서는 안 됩니다. 당장 정부에 전화를 하세요. 정부에는 당신 같은 인재가 간절히 필요하니까요."

모트 살은 1927년 5월 11일에 아버지가 담배 가게를 운영하고 있던 몬트리올에서 태어났다. 캐나다 시민권자로서 빙판에서 넘어지는 경험이나 하면서 근심 걱정 없는 성장 과정을 거쳤을 것 같겠지만, 모트는 그런 걸 하나도 겪어보지 못했다. 그의 아버지는 극작가가 되겠다는 강한 의지를 품고 뉴욕의 로워이스트사이드로 이주했다. 브로드웨이와 할리우드는 그가 자신에게는 예술적인 재능이 있다는 확신을 갖기에 충분할 정도로 그를 부추겼지만, 그 분야에 뛰어들었다가 생계를 꾸리는 데 실패하면서 그는 음울하고 냉소적인 사람으로 변해버렸다. 그의 철학은 '그건 완전히 조작된 거야'와 '세상은 우수한 건 무엇이건 원치 않아' 사이의 비좁은 범위에 갇혔다. 반면, 모트의 어머니는 대책 없는 낙관론자였다. 외동인 모트는 비관주의와 이상주의에, 창작을 향한 존경심과 쇼 비즈니스를 향한 경멸에 흠뻑 젖은 채로 성장했다. 가족은 로스앤젤레스로 이주했고, 그곳에서 아버지는 FBI의 사무직 일자리를 찾았다. 어린 모트는 두 살 6개월 때부터 라디오 뒤에 서서 그 나름의 뉴스 버전을 큰 소리로 방송하는 걸 좋아했다. 여덟 살 때는 라디오 방송국을 서성거리다 바닥에 뒹굴거나 쓰레기통에 처박힌 폐기된 대본을 주워 와서는 집에서 직접 만든 가짜 마이크에 대고 읽었다.

그는 백수 신세로 버클리에 살면서 '스키광ski bum. 스키장 부근에서 일자리를 구하려고 전전하는 사람의 대학교 버전'이 됐다. 그는 강의를 청강하는 사이사이에 캠퍼스에 있는 심야 스낵바에서 예술과 사회과학, 정치학을 토론하며 몇 시간씩 보냈고, 한 달에 커피를 1톤 정도 마셨다. 잠은 주로 다 부서져가는 그의 쉐보레 뒷자리에서 잤고 즉석요리 레스토랑에서 일하는, 니체에 흠뻑 빠진 친구가 갖다준 차가운 햄버거를 먹었다. 이렸을 때 쉬있틴 나무 바이그에서 니체의 소스가 뿌려진 햄버거까지, 그는 경험과 지식, 증오심을 쌓아갔다. 그가 수련을 끝마치는 데에는 엄청나게 충격적인 딱 한 방이 더 필요했다. 그는 오른쪽 아랫배의 통증이 심해졌을 때 그걸 얻어맞았다. 응급수술에 필요한 450달러가 그에게 없다는 이유로 버클리병원의 의사는 다른 병원을 추천했다. 그 의사는 진료비 10달러를 내라면서 그를 쫓아다녔다. 그러다가 살의 맹장이 터졌다. 그는 보훈병원에서 몸을 추스렀고, 이후로 미국의학협회AMA, American Medical Association가 그의 코미디 레퍼토리에 첨가됐다. 의료계에 대한 그의 유순한 농담은 이런 식이다. "AMA는 척추 지압사chiropractor와 주술사witch doctor, 그리고 환자를 빠르게 치료하는 그 외의 다른 모든 치료법을 반대합니다."

그는 그해(1953년) 늦가을에 샌프란시스코에 있는 밑바닥의 '헝그리 i'(지식인 intellectual의 머리글자)에서 관객들을 앞에 두고 라이브로 하는 오디션에 참가했다. 무대에서, 살은 매카시의 재킷에 대한 얘기를 하면서, 그건 아이젠하워의 재킷과 비슷하지만 "옷에 있는 별도의 덮개가 사람들 입으로 날아가 덮힌다"는 점만 다르다며, "매카시 상원의원은 당신이 말하는 내용에 의문을 품기보다는 그걸 말하는 당신의 권리에 의문을 품을 것"이라고 덧붙였다. 아무도 웃지 않왔다. 잠시 후 바에서 근육질의 남자가 터뜨린 웃음소리가 들려왔다. 헝그리 i의 주인 엔리코 반두치의 웃음소리였다. 그러면서 모트는 주급 75달러에 일자리를 얻었다.

그의 최초 관객은 캘리포니아대학교와 그 지역의 다른 캠퍼스에서 온 학생들이었다. 얼마 안 있어, 공통분모를 찾기 어려운 사람들로 구성된 팬이 아주 많은 수로 늘어났다. 그는 자신의 팬들을 "내 사람들"이라고 부른다. 많은 팬의 뺨에 솜털이 나있고, 이마에도 솜털이 나있다. 그들이 공유하는 건 명료하게 설명되는 아이러니와 어떤 무리의 '내부에' 있다는 느낌을 좋아한다는 것이다. 간혹, 누군가가 일어나 "빨갱이"라고 투덜거리면서 걸어 나간다. 다른 이들은 그가 지나치게 호들갑스럽고 모욕적이라고, 염세주의자라고, 세상 만물을 다 증오하는 인간이라고 생각한다. 그의 사람들은 그를 긍정적인 내용을 암시하는 흑기사로—실제로는 완벽을 향한 갈망을 암시하는, 음울하고 비판적인 분위기를 풍기는 이상주의자로—본다. 그들은 어느 대학 신입생이 한 "그는 진실을 알아내려고 주제를 깊이 파고드는 쿨한 방법을 갖고 있다"는 말을 모두 이해할 것이다.

건축가들은 제너럴 일렉트릭 파빌리온General Electric Pavilion
을 위해 거대한 돔의 안팎을 뒤집어 놓으면서, 철강으로 만
든 내벽을 몽땅 겉으로 드러내 놓았다. 그래서 그 건물의
전체적인 모양새는 아 라 모드a la mode. '유행하는'이라는 의미
GE를 시사한다. IBM은 금속으로 만든 나무들 꼭대기에 플
라스틱 둥지에 들어있는 50톤짜리 달걀처럼 보이는 물체를
설치했다. 존슨 왁스Johnson Wax는 푸른 수영장 위에 놓인 거
대한 황금빛 조개를 섬뜩한 나팔꽃 꽃잎처럼 높이 솟은 가
느다란 철탑 6개로 매달았다. 제너럴 모터스의 미래상은—
20세기가 3분의 2가량 지난 시점에—인구는 아직도 폭발적
으로 증가할 수 있는 여지가 충분히 있다는 아이디어를 위
주로 건설됐고, 전인미답의 황무지에 지어질 미래의 기계
와 미래 도시의 모델들로 그 아이디어를 입증했다. 200미터
길이의 GM 머신은 조만간 열대우림을 제압할 것이다. 열대

우림 앞에서, 크기가 작은 기계들이 레이저 빔으로 쓰러뜨린 나무 주위를 뛰어 다닐 것이다. 깜빡, 깜빡. 시뻘건 빔이 나무를 동강내면서 나무를 쓰러뜨린다. 이제 위대한 여왕 기계가 우림을 장악하고는 나무들과 하층 식생을 먹어치우려 전진하는 동안, 아득히 먼 후방에서 4차선 고속도로가 밀려오고 있다. 덤불 양쪽에서 도시들이 솟아오른다.

그는 언젠가 자기 인생은 "운 좋은 상황의 연속"이라고 묘사했다. 그 말을 한 당시에 그는 20대였다. 그의 인생의 절반 이상이 흘러간 시점이었다. 어머니에 대한 그의 기억은 단 하나의 이미지에 국한됐다. 어머니가 목욕용 파란 코듀로이 가운 차림으로 리치먼드 플레이그라운드Richmond playground 복판에 있는, 그들의 집을 에워싼 코트와 운동장이 보이는 문간에 서있는 모습. 그날, 심장 질환으로 허약했던 그녀는 병원에 실려가 스물일곱 살 나이로 숨을 거뒀다. 그때 그는 여섯 살이었다.

이것이 세상이 다 아는 그의 비극이 될 터였다. 그는 딸이 여섯 살일 때 그 아이 곁을 떠날 터였다. 그의 인생은 어머니와 비슷하게 이른 나이에 발명한 심장 질환의 결과로 의학적인 아이러니에 처했다.

그의 어머니는 키가 컸다. 머리는 길고 부드러웠고 얼굴은 온화하고 갸름했다. 그녀는 책을 많이 읽었다. 아들에게 책을 많이 읽어줬다. 그의 아버지는 아내에 대해 이렇게 말했다. "그녀는 딱 우리 아들 아서 주니어 같았어요. 언쟁을 하는 일이 결코 없었죠. 과묵하고 느긋하고 마음씨가 고왔어요."

어머니에게서 그런 품성을 물려받은 아들은 절대로 언쟁을 하지 않았다. 또한 언쟁을 하지 말라는 교육을 받고, 지시를 받고, 코치를 받았다. 그는 낯선 나라에서 홀로 돌아다닐 때 언쟁을 하지 않는 것으로 수수께끼를 빚어내고는 그 수수께끼를 무기로 바꿨다. 상황이 험해지면 그는 통제력을 거머쥐었다. 대단히 긴장된 순간에도 다른 선수들은 그가 자신들을 갖고 논다고 생각했다. 사람들은 그가 무슨 생각을 하고 있는지를 거의 알지 못했다. 그가 화가 났는지 여부를 알 수가 없었다. 그를 상대로 경기를 하는 건 때로는 미치고 팔짝 뛸 일이었다. 솔직하지 않은 모습을 보여준 적이 결코 없는 그는 테니스 코트에 있는 자신에 대해 제일 좋아하는 건 자신의 처신이라고 말했다. "뭐냐면, 어느 정도는 통제된 쿨함입니다. 항상 상황을 내 통제력 아래 두는 거죠. 설령 지고 있는 상황에서도요. 머릿속에 있는 패배감을 결코 드러내지 않는 겁니다."

그리고 물론, 그는 그걸 결코 드러내지 않았다—운동 능력이 절정에 달했을 때도 그러지 않았고, 그 이후에 이어진 정치적인 견해를 표명하는 운동가로서 보낸 몇 년 동안에도 그러지 않았으며, 인생의 종반전에서도 그러지 않았다. 당신이 단 하나의 이미지를 선택하기를 소망한다면, 당신은 20대인 그가 거기에 서있는 모습을 보게 될 것이다. 코트의 상황이 형언될 수 없을 정도로 심각한 가운데에도 케이블을 꼬아놓은 것 같은 그의 유연한 몸을, 명백한 한계를 보이지 않는 그의 에너지를 보게 될 것이다. 그리고 그 상황에서 그가 하는 행동은 안경 코걸이 부분에 집게손가락을 얹고 콧날에 밀어 올리는 게 전부일 것이다. 재앙이 드리운 그림자 안에서, 그는 맹공을 퍼붓는다. 성공 확률이 높은 보수적인 리턴과 성공 확률이 10퍼센트 정도인 필사적인 강공 사이의 선택에 직면할 경우, 그는 강공을 선택한다. 시그니처가 된 특유의 방식으로, 그는 로빙된 볼이 그에게 떨어질 때 왼팔을 위로 쭉 뻗는다. 불꽃을 뿜어내는 오버헤드가 공을 해결한다. 그의 백핸드는 오히려 그의 포핸드보다 강하고, 그가 코트 양쪽의 대부분의 지역으로 날리는 샷들은 폭발적이다. 생각하는 속도만큼이나 재빠르게 반응하면서, 우아하면서도 결단력 있게 몸을 놀리는 그는 드롭샷의, 끊임없이 공격의 기회를 노리는 게임의, 잡다한 드롭샷과 칩샷의, (그리고 제일 위험한) 크로스코트 하프 발리crosscourt half volley의 달인이다. 다른 테니스 선수들은 제정신 박힌 사람이라면 누가 그런 시도를 하겠느냐고 의아해할지 모르지만, 바로 그것이 아서 애시의 경기 스타일이다—제일 긴박한 순간에, 그는 거의 불가능한 쪽을 선택한다. 그는 예상 가능한 예측 불허의 존재다. 그의 속내는 읽을 수가 없다. 그의 총알 같은 서브는 기이한 패턴으로 움직이면서 예상하지 못한 방식으로 코트를 강타한다. 그의 무표정한 얼굴 뒤에는—수수께끼 같은 안경과 높이 치켜든 턱과 함교에 선 1등 항해사 같은 모습 뒤에는—미소가 있는 듯 보인다.

말장난의 인기도 오르고 있다. 제일 질 낮은 유머 형태라는 비방을 받기는 하지만 말이다. 단어들은 제대로 된 사람의 수중에 들어가면 점프하고 허물을 벗고 꿈틀거리고 오그라지고 휙휙 움직이고 충돌하고 싸우고 활보하고 스스로 안팎을 뒤집거나 물구나무를 서게 만들 수 있다. 펠리시아 램포트미국 시인는 통통 튀는 시를 쓰는 많은 작가들처럼 접두사를 쳐내서 새로운 단어를 만들어내는 걸 좋아하는데, 그것이 그녀가 가진 가장 뛰어난 능력이다.

많은 새로운 작은 생명이 아비를 얻는다.
즉흥적이지 않은(promptu. '즉흥적인'이라는 뜻의 'impromptu'에서 'im'을 뺀 단어) 음모plot를 거리끼지 않는(hibited. '거리끼는'이라는 뜻의 'ihhibited'에서 'in'을 뺀 단어) 남자에 의해.

그녀의 라임 아래에서 반짝거리는 빛을 상상해보라.

무엇이 촉촉할 수 있겠는가And what could be moister
굴이 흘리는 눈물보다 더Than tears from an oyster

램포트는 작가들이 글을 쓰는 곳(토머스 울프는 원고를 냉
장고 꼭대기에 올려놓고 단어를 삭제하는 작업을 했고, 진 커Jean
Kerr는 그녀의 쉐보레 앞좌석에서 작업했다)이 그들이 쓰는 글
의 내용만큼이나 중요해졌다는 걸 강조하는 내용의 산문에
서 홍보의 시대를 조롱하면서, 그들을 능가하는 인물로 엘
리후 리노트Elihu Linot을 꼽았다. 그는 늘 여성들의 등에 종이
를 올려놓고 목 부분에서 시작해서 아래쪽으로 글을 썼다.
그의 편집자는 그 원고를 들고 달아났다. 원고지 밑에 댄 먹
지는 없었다.

지능이 뛰어난 사람들의 클럽인 북미 멘사Mensa가 저번 주말에 볼티모어에서 연례 모임을 열었다. 멘사에 가입하려면, 후보들은 테스트를 거쳐 자신들의 지능이 나머지 인류의 적어도 98퍼센트보다 높다는 걸 입증해야 한다. 멘사는 1946년에 영국에서 창립됐다. 북미 멘사는 1960년에야 설립됐지만, 미국과 캐나다에 만 명 넘은 회원을 두면서 이 단체의 가장 큰 지부가 됐다. 멘사를 좌파나 우파, 사회의 위쪽이나 아래쪽을 지향하는 사람들이라는 식으로 부를 수는 없다. 멘사 헌장은 멘사 차원에서 정치적 견해를 공표하는 걸 금지하기 때문이다. 멘사의 목표는 단순히 세상에서 가장 똑똑한 사람들을 한데 모으는 것이다. 그렇게 하면 그들의 두뇌는 그들 자신과 인류 전반에 유익하도록 교류할 수 있고, 그렇지 않았다면 각기 다른 길을 걸었을 그들은 공동의 길을 걷는 동안 외로움을 덜 느낄 것이다.

당연한 말이지만, 멘사 AG에서 M들과 FeM들과 점심을 함께하자는 초청을 받았을 때 칭찬을 받은 것 같은 기분이었다. 멘사 사람들은 놀라울 정도로 똑바른 문법을 구사하면서 축약이나 배배 꼬인 표현을 쓰지 않기 때문에 이니셜에 상당히 많이 의지한다. M은 멘사 회원 중 남성을 가리킨다. FeM은 멘사 회원 중 여성을 가리킨다. YaM이라고 불리는 청년young-adult 멘사 그룹이 있다. AG는 연례모임Annual Gathering이다. 볼티모어 팜코트Palm Court로 가는 입구 통로에 있는 시계 아래에 걸린 표지판에는 "PAID를 가진 분은 이 길로 가세요"라고 적혀 있다. 11시 30분에 도착한 나는 언론에는 비공개된 오전 비즈니스 회의가 팜코트 옆의 매디슨 룸에서 여전히 열리고 있다는 걸 알게 됐다. 실내에서 폭발적인 함성이 터져 나왔다. 그곳에서 SIGRIM—멘사 개혁에 진지한 관심을 기울이는 그룹Seriously Interested Group for Reform in Mensa—이 기득권층을 옹호하는 의회를 난도질하고 있었다는 걸 나중에 알게 됐다. SIGRIM이 품은 여러 불만 중 하나는 자신들을 특별한 관심을 기울이는 그룹Special Interest Group이라고 부를 권리를 지도부가 거부했다는 거였다. 그래서 SIGRIM은 할 수 없이 그 이름 대신에 진지하게 관심을 쏟는 그룹이라는 이름에 만족해야 했다. 실내를 들여다보지는 못했지만, 어떤 남자가 "의사 진행에 문제가 있습니다!"라고 대여섯 번이나 고함을 치는 소리를, 그리고 다른 사람이 SIEG HEIL나치가 외친 '승리 만세'라는 뜻의 구호이라는 이름의 새 파벌을 제안하는 소리를 들었다. 덩치 큰 남자가 엄청나게 격분한 모습으로 방에서 나와 말했다. "뉴욕에 있는 미치광이 전부가 저 안에 있어요. 저 작자들은 결의안을 놓고 투표를 했는데, 그들 중 40퍼센트는 자신이 무슨 표를 던졌는지도 몰라요."

나는 그를 못 본 척하면서 팜코트의 테이블에 놓인 멘사의 다양한 출판물을 뒤적거리기 시작했다. 어느 자료는 멘사 회원이 1만 200명이라고 밝혔다. "그중 7508명이 남성입니다. 2689명은 여성입니다. 그리고 나머지 M 세 명에 대한 정보는 없습니다." 『카리스마: 뉴욕 멘사 문학 리뷰Charisma: The New York Mensa Literary Review』에서 "아이슬란드는 살기 좋은 땅이다"로 시작되는 「아이슬란디아Icelandia」라는 시와 「중단된 클리셰Interrupted Cliché」라는 시를 읽었는데, 다음은 후자의 시 전편全篇이다. "하필이면 남자들이 하는 일, 사디스트." 멘사 회원들을 지역으로 구분해보면 메인, 버몬트, 뉴햄프셔, 매사추세츠, 로드아일랜드는 뉴잉글랜드원래 뉴잉글랜드는 이들 주와 코네티컷의 6개 주를 가리킨다카테고리에 코네티컷과 버지니아 북부는 중부 대서양 카테고리에 들어있었다. ("우리의 통계 시스템은 새로운 겁니다." 어느 M이 설명했다. "시스템에 아직도 오류가 몇 개 있죠.") 멘사 회원 중 50퍼센트는 대졸자라는 걸 알게 됐다. 〈멘사 회보〉 1966년 6월호의 「퍼스널 칼럼」에 실린 "레이 월스톤미국 배우의 열혈 팬이 〈화성인 마틴My Favorite Martian〉월스톤이 출연한 영화을 구할 수 있도록 온갖 노력을 지원할 M을 찾습니다"라는 글을 읽었다. 그리고 "M 28세, 키 크고 호리호리하며 미남 소리를 들음. 지난 몇 년간 세계 여행을 다녔음. 피곤한 상태임. 대졸, 운동 잘함. 인생에서 만나는 모든 아름다운 것을 사랑하고 치유 불능일 정도로 낭만적임. 부근 어딘가에 예쁘고 성실한, 평범한 남자에게 신물이 난 FeM 계신가요?"라는 광고도 있었다.

비즈니스 회의가 끝나고 사람들이 점심을 먹으러 다른 방으로 이동할 때 문으로 나오는 사람들이 어떤 사람들일지 궁금했다. 내가 처음에 한 추측—수염이 덥수룩하고 분노에 차서 금방이라도 주먹다짐을 할 것 같은 천재들—은 창백한 시인들을 보여주는 환영幻影에 길을 내줬다. 그러다 갑자기, 그들이 나왔다. 여기에 모인 북미 멘사 회원들이, 250명 넘는 M과 FeM들이. 코듀로이 재킷 차림의 남자들과 파스텔 색조 여름 정장을 입은 여성들, 길고 부드러운 머리칼을 휘날리는 예쁜 아가씨들, 내 눈에는 세일즈맨과 엔지니어, 학생, 주부, 학교 선생님처럼 보이는 사람들이 있었다. 진실을 모르는 사람이 보면 저렇게 친숙하고 안도감을 주는 외모 아래에 지능이 고인 비범한 저수지가 놓여있다는 생각을 추호도 못할 것이다.

점심은 대형 라운드 테이블에 제공됐다—'멘사'라는 이름은 동등한 사람들이 둘러앉은 라운드 테이블 협회이라는 뜻이기 때문에 이 상황은 적절하다. 뉴욕만이 아니라 캘리포니아, 와이오밍, 버지니아, 매사추세츠, 뉴멕시코에서 온 사람들이었다. 루이지애나에서 아내와 함께 온 카펫 세일즈맨과 시턴홀대학에서 영어를 가르치는 여성, 컴퓨터 설치기사, 컴퓨터 프로그래머 여럿, 캐나다 대학생 두 명, 고등학생 대여섯 명, 전기 엔지니어가 있었다. 내 왼쪽에는 뉴저지의 고무 회사에서 수석 엔지니어로 일하는 남자가 있었다. MIT 졸업생으로, 최근에 애크런Akron에서 동부로 이사 왔다. 내 오른쪽에 앉은 사람은 예일대 2학년생이었고, 그 옆에는 경영 컨설턴트가 있었다. 뉴욕에서는 거의 매일 멘사 활동—맨해튼을 돌아다니는 하이킹, 에스페란토어와 중국어를 배우는 스터디 그룹, 평일에 날마다 다른 레스토랑에서 갖는 멘사 오찬—이 열리고 있다고 예일대 학생이 내게 말했다. 목요일의 레스토랑은 플레이보이 클럽이다. 검정테 안경을 끼고 수염을 잘 다듬은 컨설턴트가 M이 아닌 사람의 존재를 감지했다. 그가 나한테 고개를 돌리고 물었다.

"보도 목적으로 온 건가요?"

"맞습니다." 내 신분이 곤두박질치는 기분을, 계속 곤두박질치다가 20퍼센트 수준의 밑바닥에 떨어지는 기분을 느끼면서 대답했다.

"이곳은 정말로 다양한 회원이 모인 집단입니다." 컨설턴트는 말했다. "우리가 가진 유일한 공통점은 지능 수준입니다. 여기에 괴팍한 사람은 없습니다. 미치광이도 없고요. 우리는 서로서로 대화를 하는 거대한 커뮤니티입니다. 특정 아이디어에 대해, 특정 주제에 대해 대화를 하죠. 우리는 멘사 내부의 문제들 뿐 아니라 철학과 수학, 교육, 예술, 심리학, 역사, 종교에 대해서도 소리를 높입니다. 당신이 똑똑하다면, 당신의 관심은 한 분야에만 국한되지 않습니다. 멘사는 과학적인 절차로 회원을 선발하는 유일한 단체이지만,

당신은 길거리에서 멘사 회원을 지나치더라도 그가 멘사 회원이라는 걸 알아차리지 못할 겁니다. 우리는 다른 사람들하고 비슷합니다. 지능은 얼굴이나 성격에 드러나지 않죠. 오늘 아침에 그랜드센트럴Grand Central에서 부스스한 몰골로 길을 잃은 것처럼 보이는 남자를 봤습니다. '진짜 바보 천치가 저기 있군'이라고 혼잣말을 했는데, 1시간 후에 여기 멘사 미팅에서 그 사람을 봤죠. 그는 M이었어요."

멘사에 어떤 매력을 느껴 가입하게 된 거냐고 컨설턴트에게 물었다.

"신문 광고를 봤습니다." 그가 말했다. "나는 단체에 가입하는 걸 늘 끔찍이도 싫어하는 사람이었습니다. 단체에 가입하고 6개월 뒤에 보면 그 단체가 모스크바로 이주해 있는 것도 가능한 일이니까요. 그런데, 멘사 헌장에 따르면 멘사에 그런 일은 일어날 수 없습니다. 사람들 대부분은 호기심 때문에 멘사에 가입합니다. 사람들은 똑똑한 사람들로 가득한 방에 가서 그들이 하는 말을 들으면 어떤 기분일지 궁금해 하죠. 멘사 사람들은 자신들의 IQ에 대해 대단히 신중한 입장입니다. 서로의 IQ를 비교하는 일은 결코 없죠. 내가 테스트를 받을 때 그 방에 모기들만 없었다면 나는 더 좋은 점수를 올렸을 거라고 생각합니다. 우리 사회에는 똑똑한 사람을 위한 자리가 없습니다. 똑똑한 사람들은 홈리스나 다름없는 신세죠. 뿌리를 내리지 못하는 처지인 겁니다. 멘사는, 대학교 환경을 제외하면, 똑똑한 사람들을 위한 유일한 본거지입니다. 일부 사람들은 동일한 목적을 위해 대학

교나 전문직 동료들을 활용하지만, 우리 사회에 그런 곳들은 그리 많지 않습니다."

그날의 주요 연사는 SF소설을 쓰는 보스턴대학 생화학 교수 아이작 아시모프로, 그는 이 자리에서 자신이 1급 스탠드업 코미디언이라는 걸 입증했다. 그가 한 연설의 기조는 일련의 농담이었는데 일부 농담은 두 번이나 했다. 그는 이 방에 있는 모든 사람은—다 모으면—자기보다 더 똑똑하다고 상상한다고 말했다. 그는 참신한 용어들로 진화를 설명했다. 진화는 정말이지 가장 약한 존재들의 생존 방식이다. 왜냐하면 바다를 떠난 물고기들은 야심에 차서 그런 게 아니라 다른 동물들에 밀려나는 바람에 그런 거였기 때문이다.

오후 내내 연사들이 더 많이 등장하고 많은 논의가 뒤를 이었다. "IQ 엘리트를 대표하는 그룹을 상대로 강연을 하는 건 기쁜 일입니다." 어느 연사가 말했다. "사회의 구조는 대단히 똑똑한 사람들을 차별합니다. 사회는 똑똑한 사람들은 이상한 사람일 거라고 예상합니다. 그러고는 그게 참말이라는 걸 입증할 환경을 조성하죠." 웃음이 약간 터지고 박수가 조금 쏟아졌다.

객석에 있는 어느 M이 날카로운 목소리로 외쳤다. 그는 물었다. "우리의 광채를 이불 아래 숨겨야 한다고 말씀하시는 건가요?"

딸깍. 9번 공이 사이드포켓으로 툭 떨어지고, 큐볼이 원 쿠션을 친 후 센터 스폿 근처에 멈춘다. 급수탑처럼 덩치가 크면서도 발놀림은 경쾌한, 통통한 손가락에 다이아몬드 반지를 낀 뚱보가 테이블을 돌아 이동한다. 마세massé 샷과 뱅크bank 샷, 개더gather 샷과 여러 샷들로 구성된 거의 믿기 힘든 레퍼토리를 보여주면서, 그리고 딱 충분한 정도로 영어를 쓰고 알맞은 정도의 인기를 끌면서, 그는 31시간 연속으로 자신의 명성을 한껏 지켜내고 있었다. 그가 초크를 바르고 다시 샷을 쳤다. 딸깍. 15번 공이 코너를 세게 강타하고는 사라진다. 미네소타 뚱보Minnesota Fats는 여전히 세계에서 가장 위대한 당구 사기꾼이다.

재키 글리슨Jackie Gleason. 미국 배우. 미네소타 뚱보는 〈허슬러〉에서 그가 연기한 배역이다은 그가 맡은 새 배역을 눈에 띄게 쉽게 연기한다. 그는 시나리오를 한 번만 보고도 대사를 암기한다.

메소드Method 배우들이 자신들의 영혼을 탐구하고 자신들이 맡은 역할을 '살아보는' 반면, 글리슨은 시나리오를 휙휙 넘기는 것으로 촬영에 들어갈 준비를 마친다. 그의 동료 연기자들은 촬영에 들어가기 전에 몸을 푸는 연습을 해서 그를 즐겁게 해주는 동시에 짜증나게 만든다. 〈허슬러〉를 찍을 때, 폴 뉴먼미국 배우은 레이스를 벌이기 전의 수영 선수처럼 팔목을 한도 끝도 없이 흔들었다. 지금 〈헤비급을 위한 진혼곡Requiem for a Heavyweight〉의 촬영장에서, 앤서니 퀸미국 배우은 테이크에 들어가기 전에 30분 동안 섀도복싱을 하고 펄쩍펄쩍 뛰며 춤을 춘다—글리슨은 그걸 "고기를 양념장에 재우는 것"이라고 부른다. 글리슨은 주위에 서서 농담을 지껄여대며 "갑시다! 가자고요!"라고 고함을 친다. 그런데 그의 연기를 연출해 본 감독들은 이구동성으로 말한다. 그들이 액션을 외치는 순간 글리슨은 순식간에 그가 연기하는 캐릭터로 돌변한다고.

그녀의 목소리는 또렷하고 생기가 넘치고 강렬했다. 그
리고 그 목소리에는 훈련을 받은 흔적이 전혀 없었다. 그녀
는 화장을 하지 않았다. 가운데 가르마를 탄 그녀의 긴 검
은 머리는 기다란 아몬드 같은 얼굴 위에 휘장처럼 늘어
져 있었다. 공연장에서, 그녀는 무대에 올라가자마자 곧장
마이크로 가서 노래를 시작했다. 쓸데없는 수다를 떠는 일
은 없었다. 이런저런 의견도 제시하지 않았다. 보통은 스웨
터와 스커트, 또는 수수한 드레스 차림이었다. 그녀는 가끔
씩 올이 굵은 삼베를 손바느질로 꿰맨 것처럼 보이는 동양
적 분위기의 의상으로 몸을 꾸몄다. 그녀의 순수한 목소리
는 그녀가 택한 접근 방식의 순수함을 보여줬다. 불과 스물
한 살밖에 안 된 그녀는 성적 매력을 뚜렷하게 풍겼지만, 공
기 속을 흐르는 그 청명한 목소리에 성적인 분위기는 거의
깃들어 있지 않았다. 자식을 걱정하는 기색이 역력한 어머

니의 구슬픈 목소리였다. 그리고 그 목소리는 궁정에서 공연했던 마드리갈반주 없이 여러 명이 부르는 세속적인 성악곡 가수들을, 저승사자를 자신들의 동굴에서 떠나보내고자 매혹하려 애쓰는 구슬픈 집시들을 아련하게 환기한다. 〈바버라 앨런Barbara Allen〉은 잘 알려진 포크송이었다. 그런데 그 노래를 그녀만큼 사무치게 부르는 가수는 세상에 없었다. 〈외로운 길Lonesome Road〉부터 〈내 모든 시련All My Trials〉까지, 그녀가 전형적으로 선곡하는 노래는 대부분 매우 애절하고 간절한 곡이라서 그녀가 초기에 녹음한 곡들은 장례식에서 틀더라도 부적절하게 여겨지지 않을 것이다. 그녀는 다양한 면모를 보여주려는 생각에 조금 더 밝은 곡들을 추가했지만, 그래도 그녀의 성격에 깃든 슬픔의 힘은 여전히 강렬한 상태로 남았다.

그녀의 어머니는 영국인—스코틀랜드인이었고, 아버지는 멕시코 출신이었다. 물리학자인 아버지는 학문적인 이유로 로스앤젤레스와 버펄로, 바그다드, 보스턴, 파리를 돌아다녔다. 그 여정에서, 부부의 세 딸은 편견에 대한 기억할 만한 교훈들을 배웠다. 예를 들어, 바에즈 박사가 버펄로에서 군사적인 성격의 프로젝트를 연구하고 있을 때, 가족들은 전형적인 미국의 소읍에 정착하는 게 즐거운 경험이 될 거라 생각했다. 그들은 인구가 900명인 뉴욕주 클래런스센터를 선택했다. 그런데 이웃에 사는 노망 든 늙은 남자는 존Joan의 피부를 노려보고는 "검둥이"라고 쏘아붙였다. 바에즈 가족은 이 이웃 사람을 올드 보기Old Bogey. 늙은 유령라고 불렀다. 올드 보기가 계속 혼란스러워 하도록, 가족은 집 밖의 전신주에 플러그를 박고 거기에 양동이를 걸었다. 바에즈 박사는 이야기를 계속했다. "단풍나무 수액을 받는 것에 대해 아는 게 하나도 없다는 이유로 그가 우리를 한껏 경멸하리라는 걸 우리는 알고 있었습니다. 그런데 우리는 그가 양동이를 남몰래 들여다보고픈 욕망을 이겨내지 못하리라는 것도 알고 있었죠. 그가 전신주에 다가와 주위를 살피고는 양동이 안을 슬며시 들여다볼 때, 창문에서 그걸 훔쳐보던 우리는 웃음을 참느라 애를 먹었습니다. 그러다가 우리는 양동이에 물건들을—물과 기타의 것들을—집어넣기 시작했습니다. 그는 그걸 보고는 대경실색했죠. 가여운 올드 보기."

캘리포니아주 레드랜즈에서, 존은 이웃에 사는 괴팍한 노인에게 받은 것보다 편견으로 가득한 사회 분위기에 더 깊은 상처를 받았다. 그곳의 히스패닉 학생들은 '백인들'과 별개의 무리를 이뤄 놀았다. 유쾌했던 그녀는 눈에 띄게 성격이 우울해졌다. 열세 번째 생일이 됐을 때, 그녀는 이후로 자주 되풀이할 말을 꺼냈다. "엄마, 나는 철이 들고 싶지 않아요."

그녀는 보스턴대학에서 연극을 전공하며 한 달 정도를 보냈다—그녀 입장에서는 이것이 대학 생활의 시작과 끝이었다. 그러면서 그녀는 노래와 기타 연주 테크닉을 가르쳐준 세미프로 포크 싱어를 여럿 만났다. 그녀는 발성이나 음악을 체계적으로 공부한 적이 결코 없었다. 민요를 공부할 때는 노래를 직접 선곡하느라 애를 먹기까지 했다. 그런데도 그녀는 주위에 있는 사람들의 테크닉과 지식을 조금의 어려움도 없이 쑥쑥 빨아들였다. 그녀는 하버드 지하 세계 Harvard underworld—하버드나 그 외의 어느 곳에도 공식적인 적을 두지 않은, 청바지에 펭귄 클래식 책을 꽂은 떠돌이—무리가 거주하는 하버드스퀘어와 그 주위의 커피하우스에서 노래를 불렀다. 그들은 하버드 학생인 척하면서 대학 식당에서 식사를 하고 강의실에 들어갔다. 존 바에즈—쌀쌀맞은 태도와 장발, 맨발, 삼베 의상 탓에 오랫동안 지극히 여리여리한 비트족1950년대 전후에 기성 질서에 저항하는 문화를 추구한 세대의 일원으로 여겨진 인물—는 대학을 전전하는 이런 불한당들을 처음부터 혐오했다. 그녀는 말했다. "침대에 누워 대마초나 피우면서 멍청한 짓들만 해대는 사람들이에요." 그런데 그들이 그녀의 첫 번째 관객이었다. 첫 번째 관객에는 일반 시민들도 있었는데, 시간이 흐를수록 후자가 불어나면서 불한당들을 압도했다. 그녀가 불한당들에게 거친 말을 하는 경우가 자주 있었다. 어떤 손님이 술에 취해 혀 꼬부라진 소리로 신청곡을 요청하자 그녀는 혀 꼬부라진 소리로 맞받아쳤다. 다른 가수가 공연 도중에 심술궂은 모습을 보이자, 방 뒤쪽에 있던 바에즈는 벌떡 일어나 노래를 불러 무대 위의 가수를 목소리로 난도질해서는 입을 다물게 만들었다. 1959년 여름에, 다른 가수가 그녀를 제1회 뉴포트포크 페스티벌에 초대했다. 그녀의 뚜렷하고 밝은 목소리가 그곳에 있는 1만 3000명에게 쏟아져 그들을 전율하게 만들었다.

음반사가 접근했다. 컬럼비아 레코드 대표자가―스타 발굴 분야의 마술사라 할 미치 밀러Mitch Miller라는 이름을 들먹이며―그녀에게 말했다. "미치를 만나고 싶어, 베이비?"

그녀는 대꾸했다. "미치가 뭐하는 사람인데요?"

토머스 울프는 버릇없고 천방지축인 미국판 조지프 콘래드였다. 콘래드에게 바다가 있었다면, 울프에게는 그가 태어난 땅이 있었다. "원초적인 에너지 안에서 다시금 언어를 찾으려고" 추구하는 단어들이 그에게서 자라나오면서 수백만 장의 종이 위에서 폭동을 일으켰고, 그를 뒤덮었으며, 가끔은 그를 초월했다. 울프는 세상을 떠나기 몇 년 전에 서부에서 세쿼이아를 처음으로 봤다. 그는 믿지 못하겠다는 듯 침묵을 지키며 한동안 위쪽을 응시했다. 그러더니 거목으로 달려가 긴 팔을 넓게 뻗었다. 천진한 소년 같은 제스처였다. 그런데 서른다섯 살 난 이 남자는 여전히 살아있는 가장 거대한 사물도 품 안에 받아들일 수 있을 것 같다고 믿었다.

그는 310밀리미터 크기의 신발을 신고 성큼성큼 걸어 다녔다. 키 198센티미터에 109킬로그램 나가는 덩치를 창피해하면서, 그의 명성 덕에 신화가 되기 전까지는 기행으로 불렸던 짓들을 저지르고 다녔다. 그는 거의 씻지도, 셔츠를 갈아입지도, 머리를 깎지도 않았다. 그는 담배와 석탄처럼 시커먼 커피만으로도 몇 시간을, 심지어 며칠을 살 수도 있었다. 그런 다음에는 아침 한 끼로 계란 12개에 우유 2리터, 빵 한 덩이를 먹어치웠다. 고뇌에 찬 눈으로, 그가 산문으로 쓴 것처럼 강렬한 말들을 쉼 없이 중얼거린 그는 사정거리 안에 있는 모든 이에게 저수지에서 길어온 것 같은 침을 입가에서 튀겨댔다. 그를 웃기는 자자라고 생각하는 사람들도 있었지만, 수천 명이 그의 발이 결코 닿은 적이 없는 땅을 숭배했다. 얼마 안 있어, 그는 자신에게 고통을 안겨준다며 모든 친구를 비난했다. 그렇지만 그는 그들이 간절히 필요했다. 그래서 언젠가 새로 장만한 맨해튼의 아파트에서 열린 파티에서, 그는 검은색 크레용으로 천장에 썼다. "내 모든 친구들에게 메리 크리스마스, 그리고 톰이 사랑을 보내노라."

세계의 여러 정부는 오래전부터 그들의 금을 맨해튼에 묻어두는 게 편리하다고 생각해왔다. 그 장소는 공공 도서관에서 정남쪽으로 5320보步 떨어진 곳, 그런 후 정서正西쪽으로 2280보 떨어진 곳이다. 예전의 지형이, 그리고 지금은 메이든레인Maiden Lane에 있는 잘 보이지 않는 강바닥이 그곳이 그 자리에 있음을 보여주는 징표다. 그리로 가는 경로는 메이든레인에서 해수면에서 16.5미터 되는 곳까지 땅 밑으로 곧장 내려가는 것이다. 그러면 굴착기로 단단한 변성암을 파서 만든 작은 동굴에 들어가게 되는데, 금을 발견할 수 있는 곳이 바로 그곳이다. 이 저장고는 현재까지 알려진 바로는 가장 많은 수량의 금을 한 장소에 축적해놓은 곳이다. 그 수량은 유사有史 이후로 채굴된 금 총량의 6분의 1이다. 머리 위에 있는 석회암 궁전은 연방준비은행으로, 이 기관은 금의 관리인 노릇을 한다. 금 총량 중 미국의 몫은 1억 달러 가치—0.5퍼센트 안팎—에도 미치지 못하지만 말이다. 금이 거기에 있다는 사실을 아는 것만으로도 금이 보관된 곳에 있고 싶다는 감정이, 그 낮은 곳에 들어가고 싶다는 충동이 생겨난다.

연방준비은행은 회비가 엄청나게 비싼 남성 전용 클럽과 닮았다. 장작불이 신중하게 타오른다. 갤러리처럼 꾸며진 복도에 메트로폴리탄미술관에서 가져온 예술품들이 걸려 있다. 화장실에는 빗과 솔, 옷솔, 치실과 의료용 저울이 가득하다. 모름지기 사람은 금이 있는 곳으로 안내되기 전에는 본능적으로 외모를 단정히 가다듬게 마련이다. 나는 먼저 수석 부행장 토머스 O. 웨이게를 만나려고 2층 사무실에 들렀다. 웨이게가 이끄는 현금 관리부는 금괴를 비롯해서 건물 내에 있는 모든 종류의 화폐와 관련한 물리적인 대상에 책임을 진다. 그는 저 아래에 있는 기반암은 무척이나 조용할 거라고 말했다. 금은 다소 종교적인 의미를 제외하면, 더 이상은 누군가가 가진 화폐의 액면가에 해당하는 가치의 지급을 보장하지 않고 있기 때문이다. 저 아래에는 역사상 그 어느 때보다도 많은 금이 있을지 모르지만 그것이 수행하는 기능은 그리 많지 않다. 금은 통화通貨의 기본으로서는 더 이상 아무런 실용적인 의미가 없다. 왕년에, 그러니까 금이 금 노릇을 할 때 연방준비은행 지하 깊은 곳에 있는 금은 여러 나라의 통화들을 뒷받침하면서 말 그대로 이곳저곳을 옮겨 다녔었다. 덴마크가 프랑스에게 거액의 빚을 졌다고 해보자. 암호화된 전보가 코펜하겐에서 날아오고 다른 전보가 파리에서 날아올 것이다. 그러면 은행 측은 각국에서 보내온 지시를 대조해본다. 그런 후, 아래에 있는 금 보관소에서, 전문 스태커stacker. 물건을 쌓는 사람들—골드바를 다루다보니 집게손가락이 바나나만큼 커진 사람들—이 덴마크 칸에 들어가 프랑스에 빚진 액수만큼 골드바를 들고 나올 것이다. 그들은 그걸 프랑스 칸으로 밀고가 거기에 쌓을 것이다. 그런 종류의 일이 항상 벌어진다. 예를 들어, 아르헨티나가 영국에 진 부채를 청산하거나 인도네시아가 쿠웨이트에 부채를 청산할 경우, 맨해튼 지하 깊은 곳에서 금이 한쪽 무더기에서 다른 무더기로 옮겨진다. 이것이 그리도 많은 나라—전부해서 대략 60개국—가 금을 한 곳에 보관하고 싶어 하는 이유다. 이 작업은 기력이 너무 많이 소진되는 일이라서 스태커들은 라크로스의 미드필더들이나 아이스하키의 라인line. 집단적으로 플레이하는 포워드 집단들처럼, 조를 이뤄 몇 분마다 작업을 진행했다 멈췄다 하면서 각자 맡은 역할을 수행한다. 그들의 신발에는 마그네슘 커버가 덮여있다. 골드바는 길이가 17.8센티미터밖에 안 되지만, 무게는 12.4킬로그램이나 된다.

자유 시장에서 금 거래가는 국제적인 통화 기관들이 합의한 공식적인 가격하고는 오래전부터 별도로 움직여 왔다. 두 가격 사이의 격차는 말도 안 되는 수준을 넘어설 정도로 커져왔다. 현재 공식 가격은, 그러니까 통화를 뒷받침하는 금으로서 '공식' 가치는 7돈 반에 42달러 22센트다. 자유 시장에서 금—귀금속용 금, 산업용 금, 개인 수집가의 금—

의 가격은 같은 무게에 200달러에 가깝다. 이런 가격 차이는 우리 아래에 놓여있는 거대한 보물을 쓸모없게 만들어왔다. 공식 가격으로 금을 거래할 경우, 어느 누구도 종이 쪼가리를 받는 대가로, 설령 종이의 분량이 막대할지라도, 부채를 지불하는 데 금을 사용할 리 없다는 것은, 많은 나라들이 자유 시장에 그들이 보유한 금을 투척할 심리적 준비가 돼있지 않다는 것은 자명하다. 원시적인 상태로 돌아가려는 심리, 신비주의, 어떤 물건의 소박한 형태가 그 물건의 가장 가치 있는 형태라고 믿는 심리의 위력은 여전히 금에 영적인 중요성을 부여하려는 인간의 영혼과 결합돼 있다. 그래서 이제 그 금은 인간이 만든 동굴 깊숙한 곳의 림보에—어쨌든 1만 4000톤이—놓여있다.

동굴의 유일한 출입구는 무게가 90톤이나 되는 강철 실린더로 막혀있다. 실린더가 돌면 어른이 걸어서 통과하기에 충분할 정도로 큰 구멍이 나타난다. 누군가가 그 안에 들어가려면 한 팀 전체가 다 들어가야 한다. 예를 들어, 웨이게 씨와 헤어진 후, 나는 이 은행의 부은행장보assistant vice-president 리처드 회니그의 안내로 기반암층에 내려갔다. 우리는 강철 실린더에서 현금 관리부의 에드워드 후드와 금고국의 앨버트 닐랜드, 감사관 샘 러드맨을 만났다. 다른 업무도 많지만, 무엇보다도 금 스태커들을 감독하는 것이 가장 중요한 업무인 감사실과 금고, 현금 관리 부서에 소속된 3인조와 동행하지 않고는 누구도 금이 있는 곳에 들어가지 못한다. 금 보관 칸에 있는 122개의 문을 비롯한 많은 문에는 자물쇠가 3개씩 달려있다. 그걸 여는 열쇠들, 또는 조합들은 세 부서에서 나온 사람들의 주머니나 기억 속에 따로따로 보관돼 있다. 그들이 결탁해서 모의를 하는 경우를 피하기 위해 그들의 근무시간은 로테이션으로 배성되고, 그래서 어떤 세 사람이 계속해서 함께 일하는 경우는 없다. "이 금은 내 겁니다." 후드는 설명을 쉽게 하기 위해 비유를 동원했다. "내 금을 앨의 집에 보관하고 샘이 그걸 관리하는 거죠." 세 사람이 이 은행에서 일한 기간을 모두 합하면 94년이다. "은행에서 일하다보면 결국에는 이 일에 내려오게 되죠." 샘이 말했다.

"우리는 조직의 사다리를 오르는 대신 내려온 거예요." 앨이 말했다.

"사다리의 다음 계단은 땅에 묻히는 거죠." 에드가 말했다.

쇳덩이를 통과한 우리는 동굴에 발을 디뎠다. 그곳의 주조 색은 칙칙한 노란색이었다. 주변 건축물은 옛 시절의 교도소 감방 같은 분위기를 풍겼다. 카운티의 교도소라고 해도 무방한 곳이었다. 감방 문에 있는 철망과 쇠못을 통해 보이는 것은 감금된 신세를 시무룩해하는 금 더미들과 더미들이었다. 감방 밖에 있는 화물 운반대에 골드바 1000개쯤이 놓여있었다. 작업이 아직 끝나지 않았다는 증거였다. 예를 들어, 스위스에는 지폐로 발행된 통화량과 스위스가 보유한 금의 양 사이의 비율을 항상 일정하게 유지해야 한다는 법이 있다. 그래서 스위스는 가끔씩 뉴욕에 있는 보관소에 금을 보내달라고 요구한다. 골드바에 손을 뻗어 들어봤다. 일반적인 건축용 벽돌보다 약간 작았다. 무게는 12.7킬로그램이었다. 반짝거리지는 않았다—사실, 방사선 실험실에서 빌려온 납 벽돌에 금을 칠해놓은 것처럼 보였다. 순도 99.94퍼센트라고 표시돼 있었다. 이 바의 가치는, 공식적으로는 1만 7000달러 정도고 자유 시장에서는 7만 5000달러 정도 될 것이다. 어깨의 힘줄이 금방이라도 끊어질 것 같기에 금을 내려놨다.

"그걸 반드시 바bar라고 부르세요. 브릭brick이라고 부르지 말고." 회니그 씨가 말했다. "여기 아래에서 일하는 사람들은 그걸 브릭이라고 부르는 것에 하나같이 예민해서 그런 소리를 들으면 화를 내거든요."

각 칸의 국적은 비밀이었다. 다양한 숫자가 적혀있는 감방을, 그곳에서 우울해하고 있는 금이 누구의 금일지 궁금해 하면서 꼼꼼히 살폈다. 망치와 낫이 표시된 골드바를 봤다. 그렇지만 그 금은 지금은 누구의 것이든 될 수 있었다. 그건 1937년에 소련에서 주조된 거였다. 각 칸에 보관된 내용물의 가치는 문에 걸린 게시판에 적혀 있었다. 예를 들어, 3번 칸에는 1만 4568개의 골드바가 있었는데, 공식적인 가치는 2억 5000만 달러쯤이었다—이 정도는 평범한 수준의 고객이 비축한 양이었다. 이곳에 보관된 구좌들의 액수는 10만 달러 미만에서 50억이나 60억 달러까지 걸쳐있다고 회니그는 말했다. 각 칸은 개별 구좌의 전부 또는 일부를 대표한다. 그래서 상이한 고객들의 금이 섞이는 일은 절대로 없었다.

금 무더기들은 석공들이 건식 벽체를 만들 때 채택할 법한 조심성과 패턴—수평으로 층을 만들기, (나무로) 쐐기 끼우기, 서로 맞물리게 하기—으로 쌓여졌다. 대형 칸 하나에는 포트 녹스Fort Knox. 미국의 연방금괴저장소에 있는 양의 절반이 족히 넘는 금이 있었다. 거기에 있는 무더기는 3개였다. 2개는 높이가 4.5미터쯤으로, 각각 골드바 10만 개가 들어있었다. 한편, 세 번째 무더기는 5만 개의 골드바로 만든 거였다. 스태커들—땀을 뻘뻘 흘리며 파라오의 노예들처럼 일하고 있는—은 하루에 최대 1200개의 골드바를 다룰 수 있다. 그래서 이 무더기 3개를 만드는 데에만 거의 1년 가까운 작업 시간이 들었다.

갑자기, 이 모든 작업에 깃든 우둔함이 역사를 통째로 흔들어대면서 금 1톤의 무게처럼 내게 떨어졌다. 나는 모두에게 고맙다는 인사를 하고는 햇볕을 쪼이려고 그들과 헤어졌다. 나는 내장 깊숙한 곳에서 생겨난 급성 금 공포증에 시달리면서 비틀비틀 거리로 나섰다.

뮤지컬에는 여성의 첫 노래Girl's First Song—〈남태평양South Pacific〉의 〈삐딱한 낙관론자A Cockeyed Optimist〉와 〈마이 페어 레이디My Fair Lady〉의 〈연인 같지 않나요Wouldn't It Be Loverly〉 처럼 여주인공이 자신이 누구이고 무엇을 원하며 그녀에게 어떤 위험이 닥칠 것인지에 대해 힌트를 주는 것—라고 부르는 관습이 있다. 〈퍼니 걸Funny Girl〉에서, 바브라 스트라이샌드는 극장의 대형 천막 아래에 서서 분명한 목소리로 자신의 첫 노래를 노래한다.

나는 제일 위대한 스타야,
단연코 그런 사람이야,
그런데 누구도 그걸 몰라.

그 순간부터, 아무도 그걸 모를 가능성이 없었다. "나는 엄청나게 큰 재능 덩어리야." 그녀는 확신에 차서 노래 부른다. "표정이 36개나 돼. 파이처럼 달콤한 표정부터 가죽처럼 거친 표정까지. 그리고 그건 배리모어 가족the Barrymores. 몇 대에 걸쳐 많은 배우를 배출한 것으로 유명한 집안으로, 20세기 초에 활약한 존 배리모어와 드루 배리모어 등이 유명하다을 모두 합한 것보다 6개나 많지. 나는 제일 위대한 스타야. 미국적인 미녀의 코에, 미국적인 아름다운 장미야."

이 코는 성지聖地다. 코는 벌집을 쌓아놓은 것 같은 그녀의 머리카락에서 시작해 트롬본의 B♭이 닿는 곳에서 끝난다. 코가 가르는 얼굴은 길고 우수에 젖어있다. 온화한 표정조차 사냥개의 사나운 본성을 뽑아놓은 것 같다. 그런데 그녀가 삽입곡을 부르고 또 부르면서 듣는 이의 마음속에서 존재감을 키워갈 때, 그녀는 어색한 면모로, 공격적인 유머로, 대단히 연약해 보이기 때문에 더더욱 사람들의 마음을 끄는 용감한 모습으로 듣는 이의 심금을 건드린다.

중간 휴식 시간에 극장의 불이 켜지면, 사람들은 바브라 스트라이샌드에 대한 정보를 찾으려고 〈플레이빌Playbill〉브로드웨이 공연 전문지에 손을 뻗는다. 사람들은 그다지 많은 걸 알아내지 못한다. 개인 이력 항목에 적혀있는 바브라는 관객 앞에 있는 모습 그대로다. 그녀는 그 항목의 내용을 직접 썼다. 그녀가 젊었을 때 했던 작업은 그녀 자신의 원형적인 성격으로 격상돼서 틀을 잡아갔다. 그리고 인쇄된 사실들 중 그 어떤 재미없는 내용도 그녀의 길을 막아서지 못할 것이다. 그녀는 자신이 구슬 꿰는 일을 뛰어나게 잘하는 장인이며 낡은 구두의 수집가라고, 마다가스카르에서 태어나 랑군미얀마 수도 양곤의 옛 지명에서 자랐다고 밝혔다. 그녀의 파라오 같은 옆얼굴과 풍뎅이 같은 눈은 한층 더 아스완이집트 남동부에 있는 도시을 상기시킨다. 그런데 사실, 그녀는 뉴타운크리크와 고와너스카날 사이의 브루클린에서 태어나 자랐다.

무명 상태에서 벗어나고픈 의욕이 강한 그녀지만, 그럼에도 익명성을 잃는 데 따르는 아픔은 절감한다. 그녀는 거리에서 자신을 알아보고 사인을 해달라고 요청하는 사람들 때문에 심기가 불편하다. 그런 사람들 중 일부는 그녀가 하는 것처럼 머리카락을 높이 올리고는 그녀의 무표정한, 영성체를 받는 사람 같은 표정을 모방하려고 시도한다. 그들이 개인적으로 꾸는 몽상에서 그녀는 하나님 같은 존재이기 때문이다. 그녀를 멈춰 세우는 다른 사람들은 불경한 이방인들이다. 그녀의 남미 스컹크 코트 아래로 보이는 술 달린 노란 블라우스와 흰색 울 바지, 꾀죄죄한 운동화를 본 사람들은 말할 것이다. "어이, 당신, 바브라 스트라이샌드를 쏙 빼닮았는걸!"

노를 저어 이동하는 배의 시대는 3000년간 지속됐다. 그 중에서도 제일 큰 선박은 그 시대가 끝날 무렵이 아니라 시작된 시기에 더 가까운 시점에 건조됐다. 노가 늘어선 줄이 한 줄인 선박들은 그리스인들을 트로이에 데려다줬다. 바이림bireme. 노가 2단으로 설치된 배은 페니키아인들을 실어 날랐다. 마침내 기원전 6세기가 끝나갈 때, 트라이림trireme. 노가 3단으로 설치된 배이 개발됐다. 6미터 길이의 기둥과 잘 조정된 세 줄의 노가 설치된 길이 36미터의 트라이림은 역사적으로 이런 형태의 선박 건조술이 가장 실용적으로 구현된 사례였다. 살라미스해전기원전 480년에 페르시아와 그리스 해군이 맞붙은 전투이 벌어지면서, 슈퍼갤리선super-galleys. 갤리선은 그리스와 로마 시대에 노예들이 노를 저은 배를 가리킨다의 짧고 유별난 시대가 시작됐다. 쿼드림quadrireme. 4단의 노, 퀸쿼림quinquereme. 5단의 노, 데카림decareme. 10단의 노, 도데카림dodecareme. 12단의 노, 심지어

1800명이 노를 젓는 트레데카림tredecareme. 13단의 노도 있었다. 거대하고 빠른 노래기 같은 선박들은 서로서로 들이받아 침몰하면서 수면에서 사라졌다. 역사상 가장 컸던 노로 젓는 배는 트리진타림trigintareme. 30단의 노 2척으로, 이집트의 프톨레마이오스 2세가 기원전 3세기에 건조한 거였다. 역사가 칼리세노스Callixenos는 그러고서 얼마 지나지 않아 프톨레마이오스 4세가 쿼드라진타림quadragintareme. 40단의 노을 건조했다고 주장했지만, 학자들은 칸리세노스를 믿지 못할 사람으로 간주하면서 그런 선박이 실제로 존재했었는지 여부를 의문시한다. 트리진타림만 해도 감당하기가 충분히 벅찼다. 땅을 파고드는 뿌리처럼 물에 박혀있는 노 30단은 바니안 나무를 통째로 옮기는 것이나 다름없었다. 선박 대형화의 추세는 역전됐다. 오래지 않아, 지중해에서 활동하는 해군의 대부분은 퀸쿼림으로 돌아갔다. 로마 해군은 대체로 바이림과 트라이림을 활용했다. 마르쿠스 안토니우스가 악티움해전에서 겪은 많은 고충 중 하나는 시대에 뒤떨어진 데카림 선단을 보유한 데 있었을 것이다. 그로부터 1000년이 지났다. 선박으로 통상을 하는 베니스의 상인들은 13세기에도 여전히 노가 3단인 선박들을 이용하고 있었고, 베니스의 선박들의 규모는 그리스 초기의 트라이림과 거의 정확히 일치했다.

로버트 맥나마라 국방 장관이 록히드항공사가 지금껏 설계된 중에 제일 큰 항공기를 건조할 거라고 발표했다. C-5A로 불리게 될 이 항공기의 무게는 350톤이다. B-36이 소개된

1948년에, 신문들은 오빌 라이트Orville Wright의 비행기가 B-36의 한쪽 날개에서 이륙했다가 36미터—비행기가 조종사의 통제에서 벗어나지 않은 상태로 최초의 비행을 한 거리—떨어진 다른 쪽 날개로 착륙하는 설 보여주는 그림을 실었다. 오빌 라이트의 첫 비행은 C-5A 내부에서도 가능할 수 있었다. 이 항공기의 거대한 기수機首는 조종사가 쓴 헬멧의 얼굴 가리개visor처럼 경첩에 고정된 채로 위로 열린다. 72미터 길이의 기체 내부 공간에는 많은 짐을 실을 수 있고, 항공기는 바이저를 연 채로 천천히 이동할 수도 있다. 대형 버스 두 대가 동시에 비행기 내부에 들어올 수 있다. 버스 여섯 대로 내부를 채우고도 공간이 남는다. 엔진은 대단히 크기 때문에 동체 밑에 달린 포드pod, 비행기 동체 밑의, 연료·장비·무기 등을 싣는 유선형 공간들 중 하나는 시골의 작은 집으로 개조해도 무리가 없을 것이다. 비행기 자체가 무척이나 크기 때문에, 조종사가 조종간을 당기더라도 사람이 감지할 수 있는 즉각적인 반응은 일어나지 않을 것이다. 기수는 몇 초가 흐른 후에야 올라가기 시작할 것이다.

300년 전에, 노션notion. 개념이란 뜻도 있다은 사고thought였다. 이 의미는 오래 지속됐다. 그런데 현재, 이 단어에는 백화점의 노션 카운터에 놓인 온갖 잡다한 물건들이라는 의미도 있다. 어원학의 작은 시냇물에 놓인 이 분기점이 어떻게 존재하게 됐는지는 불확실하다. 하지만 존 로크가 1690년에 "다양한 유형의 종種들의 본질은 노션이라고 불리는 더 특별한 이름에 따른다"라는 글을 썼을 때 직접 창작했을 가능성이 있다. 그러므로 로크는 현대 민주주의 정부의 아버지일 뿐 아니라 현대 소매업의 아버지이기도 하다. 노션 부서 Notions Departments는 백화점을 굴러가게 만드는 곳이기 때문이다. 주요 층에 있는 다양한 유형의 종들의 본질에 이끌려 백화점에 들어온 고객들은 더 높은 층으로 올라가서 더 야심 찬 구매를 할 것이라는 게 이 이론이 주장하는 바다.

한때 노션은, 미국 소매업계에서 핀과 바늘, 리본, 단추,

활, 기타의 관련 상품들이었다. 미국에서 핀은 로드아일랜드에서 처음 제작됐고, 노션 이동 판매상이라고 알려지게 된 양키Yankee. 뉴잉글랜드 지방 사람 장사꾼들을 통해 그곳에서 퍼져나갔다. 그들은 뉴잉글랜드 곳곳의 마을에서, 결국에는 변경에서 바늘과 항아리, 핀, 냄비를 팔았다. 이들이 구사한 전형적인 호객 멘트는 이렇게 시작됐다. "부인, 오늘 부인께 어울리는 물건을 드려도 될까요? 저는 온갖 노션을 다 갖고 있답니다." 1849년 이후, '노션 선박'—떠다니는 시장—이 샌프란시스코와 캘리포니아 해안의 다른 곳에 나타나기 시작했다. 19세기에, 모든 노션을 끝장낼 노션은 버슬여성이 치마 뒷부분을 불룩하게 하려고 입던 물건이었다. 〈섬유, 잡화와 노션Fabrics, Fancy Goods and Notions〉 1888년 호는 버슬을 "착용자가 착석할 때 몸에 더 쉽게 밀착되게 해주면서 일어선 후에도 재빨리 원래 형태대로 되돌아오게 하는 탁월한 스프링을 만들어내기 위해 철사들을 교차하고" 모슬린으로 덮어서 만든 물건이라고 묘사했다. 1890년경, 노션 카운터는 전국 모든 매장들이 갖춘 표준적인 특징이 됐다. 여전히 일부 핀과 바늘을 노션 카운터에서 찾아볼 수 있지만, 오늘날 판매할 수 있는 물건이면 무엇이건 노션에 해당된다—진짜로 참신하거나 그런 척하는 종류의 품목이면 더 좋다. 노션을 구매하는 이들은 백화점 업계에서 제일 큰 창꼬치고기가 됐다. 뭔가 정말로 좋은 물건이, 예를 들어 가정용품이 나오면, 그 물건을 구하려 애쓰는 구매자는 아마도 노션에서 태어난 슈퍼피시superfish에게 잡아먹힐 것이다.

공무원 여섯 명에게 5000달러를—세금 면제로, 부대조건을 거의 달지 않고—수여하는 행사를 참관하러 워싱턴에 갔다. 행사에서 오가는 돈은 출처가 미심쩍은 돈이 아니었다. 은밀한 곳에서 다발로 슬그머니 넘겨주고 넘겨받는 종류의 돈이 아니었다. 그 돈은 한때 존 D. 록펠러 3세 소유였다가 프린스턴대학의 장부에 오랫동안 기재돼 있던 거였다. 록펠러와 프린스턴은 이 일을 20년간 해오고 있다. 마녀사냥이 자행되던 시대에 공무원들이 무척이나 안쓰러웠던 록펠러는 그들의 사기를 진작할 방법을 강구했다. 그런데 제 아무리 존 D. 록펠러라고 해도 세간의 미심쩍어 하는 시선을 받는 일 없이 공무원에게 현금을 그냥 건넬 수는 없는 노릇이었다. 그래서 그는 프린스턴에 기금의 관리권을 주고는 상금 수령인을 선발하는 프로그램을 만들어달라고 부탁했다. 정부 외부에는 존재가 거의 알려져 있지 않는 이 상은 공무원에게 주어지는 여타의 상들보다 더 위신이 높다(상금도 훨씬 많다). 정부 부처들은 미식축구 팀들처럼 경쟁을 벌이면서 자기 부서 소속 공무원을 수상자로 선정해달라고 대학 측을 계속 괴롭힌다. 국방부는 프린스턴에 전화를 걸어 선제공격 역량을 살짝 내비지고는 국방부에 근무하는 이 공무원이나 저 공무원의 수상 가능성에 대해 묻는다. 상무부도 비슷한 소란을 피운다. 국무부는 외교상의 절차를 건너뛴다. 그러는 동안, 수상 후보를 상세하게 추천해달라고 당부하는 서신 수백 통이 대학에서 정부 내부와 주변 인사들에게 발송된다. 요청을 받지 않았더라도, 누구나 후보를 추천하는 서신을 쓸 수 있다. 그렇게 해서 해마다 125명쯤 되는 후보 명단이 작성된다―프랭클린 루스벨트가 "익명을 매우 좋아하는 사람들"이라고 말한 사람들 중에서도 제일 우수한 사람들.

수상자 루나 레오폴드는 록펠러상의 취지를 보여주는 특히 완벽한 본보기로 보인다. 허튼짓 않으면서 인상적인 업무 능력을 보여주는 정부의 일꾼을 선발하고, 그가 독보적인 존재가 아니라 그저 평범한 우리 중 한 사람이라는 걸 강하게 암시하며, 아울러 세상의 누군가는 그가 하고 있는 일을 인지하고 있을뿐더러 심지어는 응원하고 있다는 걸 밝힌다. 미국지질조사국 소속인 루나 레오폴드는 수리水理학자로, 강물의 역학에 대한 세계적인 권위자다―신문에 실린다면, 안쪽 지면에서 찾아볼 수 있는 이름이다. 그는 보고서 단 한 건으로 에버글레이즈플로리다 남부의 도시를 구해냈다. 까무잡잡하고 키가 크며 매처럼 생긴 그는 프라도미술관의 벽에서 훔쳐온 그림 속의 사람처럼 생겼다. 그는 자신이 그런 영예를 안게 된 이유를 정확히 알고 있었다. "록펠러가 하고 있는 일은 좋은 일입니다." 그가 술을 몇 잔 마시는 자리에서 말했다. "조직의 중간층에 있는 공무원 중에 실제로 자신이 상을 받게 될 거라는 생각을 하면서 복무하는 사람은 아무도 없습니다. 그런데 누군가가 이런 상을 받는다는 사실은 모든 공무원이 자기 직무를 더 중요한 일로 여기게 만들죠. 대중은 정부를, 그리고 정부를 위해 일하는 사람들을 더 이상은 신뢰하지 않습니다. 록펠러는 세상에는 연방정부의 서비스가 유익한 일이라고 생각하는 사람이 있다는 말을 하고 있는 겁니다. 정부가 국민을 위해 한 유익한 일이 무척 많습니다."

언젠가 어떤 수상자는 행사장에서 제일 가까운 곳에 있는 자동차 딜러에게 직행해서 캐딜락을 샀다. 수상자가 공무원으로 계속 근무하는 한, 록펠러는 수상자가 상금을 쓰는 용처에 대해서는 그다지 많은 신경을 쓸 수 없다. 프린스턴의 신탁 관리자들은 수상자를 확정하기에 앞서 수상자들에게 상을 받은 즉시 은퇴할 계획은 없다는 입장을 명확히 밝혀달라고 요청한다. 그것이 이 상에 수반되는 조건이다.

가끔씩 정오에 딜런체육관에서 농구를 할 때 그를 수비했었다. 그는 자신의 왼쪽으로 돌파하지는 않았다. 그렇다고 오른쪽으로 돌파하지도 않았다. 그런데도 그는 수월하게 슛을 쐈다. 시가가, 그가 뿜어내는 연기가 그에게 도움이 됐을지도 모른다. 그놈의 시가는 테니스 코트에서도 나를 미치게 만들었다. 우리는 여름 내내 정기적으로 게임을 했다. 그러면 그는 열 번 중 여덟 번은 나보다 뛰어난 실력을 보인다. 내가 그를 상대로 몸부림을 치다 무릎을 꿇으면, 그의 얼굴 한복판에서는 나를 경멸하는 기색이 항상 발갛게 빛을 발한다. 그가 시가를 피우지 않았는데도 경기에 지고 나면, 내가 감당할 수 없는 게임을 하고 있었다는 걸 알게 된 나는 뼛속까지 오한을 느꼈다.

　재드윈체육관프린스턴대학에 있는 종합 체육관 공사가 한창이던 어느 무척 더운 여름 저녁, 사위가 어둑어둑해질 때였다.

그의 집에 전화를 걸어 그를 바꿔달라고 했더니 부인이 대답했다. "그이는 여기 없어요. 새 체육관에 있어요." 여기서 새 체육관이란, 땅에 뚫린, 대들보가 올라가고 있는 거대한 구덩이를 말하는 거였다. "어디요?" 내가 물었다. 그러자 그녀가 대답했다. "새 체육관이요. 그이는 밤마다 거기에 가요. 새 체육관하고 교감을 한다나 뭐라나. 자기가 시외로 나가야만 할 일이 생기면 우리 식구 중에 한 명을 보내고는 해요."

하고 있던 일을 모두 팽개치고는 캔 맥주 2개를 사서 지금 재드윈 주차장이 있는 곳으로 차를 몰았다. 그러고는 어스름 속에서 강철로 된 골조를 향해 걸어갔다. 그는 콜드웰 필드하우스와 공사장 사이에 있는 옹벽에 걸터앉아 있었다. 다가가 그의 뒤에 앉는 동안, 그는 나를 쳐다보지도 않았고 입을 열지도 않았다. 그에게 캔 하나를 건넸다. 그는 그걸 땄다. 그는 계속 아무 말도 하지 않았다. 그저 미래에 체육관 내부가 될 곳을 지긋이 응시하기만 했다. 장담하는데, 나도 무슨 말을 할 생각이 없었다. 누군가가 그의 침묵을 깨뜨리면, 그는 가만있지 않을 성싶었다. 아주 오랫동안, 그는 한마디도 안 했고 내 쪽을 힐끔힐끔 쳐다보지도 않았다. 그렇게 30분쯤 지났을 것이다. 하늘은 깜깜했다. 마침내 그가, 고개를 돌리지도 않고, 입을 열었다. "자네, 여기에 형편없는 농구팀을 투입하는 걸 상상할 수 있나?"

댄 화이트한테 그 이야기를 했더니, 그는 그걸 1978년도 저서 『이기기 위한 플레이: 프린스턴 농구부 코치 피트 캐릴의 프로필Play to Win: A Profile of Princeton Coach Pete Carril』를 여는 일화로 사용했다.

어느 해에, 한 농구 선수가 봄 학기에 내 작문 강의를 신청하면서 능숙하게 쓴 매력적인 산문을 제출했다. 전화기를 들고 피트에게 전화를 걸었다.

"자네 선수가 내 강의를 신청했어. 그 친구를 받아주려고 하는데, 그 강의는 오후 내내 하는 세미나야. 그 친구가 강의 도중에 일어나 체육관에 가야만 한다면 그 친구를 받아주지 않을 거야."

피트는 그가 구사하는 유일한 어조로—돌풍이 몰아치는 것 같은 두꺼비 소리 비슷한 바리톤으로—내 말을 막고는 물었다. "이름이 뭐야? 그 녀석 이름이 뭐냐고?"

"매슈 헨션."

"수강 신청 받아줘. 그 녀석은 그 강의를 들을 거니까. 수업이 끝나는 시간이 몇 시야?"

"4시 20분."

"그 녀석, 강의 잘 들을 거야. 그리고 말이야—이 얘기는 꼭 해야겠어—그 망할 녀석이 그보다 일찍 강의실을 나갈 경우, 그 녀석이 자네 수업을 1분이라도 놓친다면, 녀석은 프린스턴 농구부를 위해 결코 단 1분도 뛰지 못할 거야."

헨션은 챔피언 팀의 주전 선수였다.

지금 나는 더 이상은 테니스를 치지 않고, 피트를 그리 자주 만나지도 못한다. 그래서 그와 얘기를 나누면서, 가끔씩 재드윈에서 그랬던 것처럼, 길고 빠른 산책에 나서 그를 따라잡으려 애쓰고 싶은 생각이 굴뚝같다. 분명히 그도 그런 기회를 갖고 싶은 생각이 굴뚝같을 것이다. 우리가 강을 따라 난 인도를 걸을 때 그는 머리에 이어폰을 끼고는 투우음악을 듣는다.

내 편집자 밥 빙엄이 우리 집으로 전화를 걸어 〈보그〉에서 일하는 친구가 원고료를 엄청 두둑이 줄 테니 새에 대한 아주 짧은 글을 쓸 건지 말 건지 의향을 나한테 확인해 달라는 요청을 했다고 말했다. 나는 새에 대해서는 아는 게 하나도 없다고, 그들이 엉뚱한 사람을 찾은 거라고 말했다. 그러자 빙엄이 말했다. "수중에 들어온 돈이 빠져나가게 놔둬서는 안 돼." 나는 그런 글을 쓸 자격이 없다는 걸 다시 강조했다. 빙엄이 말했다. "그냥 나를 인터뷰하도록 해." 나는 "오케이"라고 대답하고는 한껏 돈 욕심을 부리며 덧붙였다. "당신이 원고료의 절반을 챙긴다는 조건에서요." 우리는 한동안 얘기를 나눴고, 나는 그가 한 얘기를 녹음했다. 나는 내가 원고료의 절반을 챙기게 되는 글이라면, 그 글에 아무리 사소한 거라도 뭔가 기여를 해야만 한다고 생각했다. 나는 개인적으로 화제를 선도하는 입장에서 기억을 파헤쳐 가며 다음과 같이 쓰기 시작했다.

뉴햄프셔 최북단에 있는 자그마한 호수에 떠있는 카누에 앉은 나는 호숫가를 떠나는 새 한 마리를 봤다. 무슨 새인지 알 수는 없었는데, 멀리서 보니 갈매기인 것 같았다. 물 위를 날던 그 새가 그루먼어벤저Grumman Avenger. 2차 대전 때 사용된 미국 폭격기가 비행경로를 잡는 것처럼 나한테로 곧장 날아왔다. 놈의 고도는 60센티미터를 넘지 않았다 놈은 표적에 대한 감을 또렷하게 잡은 채로 방향을 틀지도 않고 계속 나한테 다가왔다. 우리 사이의 거리가 90미터로 줄었다. 45미터. 25미터. 놈이 이 보트를, 또는 나를 어떤 존재로 생각하고 있는지는 하나님만이 알 일이었다. 아무튼 이제는 충돌 직전이었다. 나는 자기방어를 위해 두 팔을 올렸다. 갑자기 새가 고개를 쳐들고 날개를 펼치더니 몸을 꼿꼿이 세우고는 공중에 딱 멈췄다. 거대한 한 쌍의 눈. 눈동자에 계산을 잘못 했다는 눈빛이 어렸다. 올빼미. 우리는 30센티미터 거리를 두고는 서로를 멀뚱멀뚱 쳐다봤다. 놈은 날개를 잽싸게 퍼덕거려 상공으로 향하더니 사라졌다.

되도록 서둘러 전화기로 달려가 내가 아는 조류 관찰자bird-watcher에게 전화를 걸었다. 그는 올빼미가 그런 만남의 가치를 충분히 잘 평가하지 못할 것 같은 사람을 선택하다니, 무척 안된 일이라고 했다. 맞는 말이었다. 나는 새에 대한 불분명한 태도를 타고난 인간이기 때문이다. 내 아내는 새를 잘 알고 무척 좋아한다. 나한테는 새를 잘 아는 친구들이 많다. 내가 새에 대한 지식이 부족하다는 사실에, 그리고 사람들이 새에게 느끼는 매력에 대한 지식뿐 아니라 이해심도 부족하다는 사실에 나는 오랫동안 어느 정도 죄책감을 느껴왔다. 내가 아는 조류관찰자는 로버트 빙엄이라는 내 동료다. 나는 그도 결코 이해하지 못한다. 나는 얼마 전부터 새를 관찰하게 만드는 요인이 본질적으로 어떤 것인지에 대한 그의 속내를 들어보려 노력하기 시작했다.

빙엄 씨는 상대를 신뢰한다는 눈빛을 반짝거리는 갈색 피부의 키 큰 남자다. 그는 심지어 새조차도 신뢰할 법한 온갖 종류의 수염을 기른다. 그는 조류 관찰이 안겨주는 기쁨과 장점을 깊이 숙고해 왔다. "그에 대해 대놓고 말하는 편이, 조류 관찰 활동 전체가 섹슈얼리티를 상기시킨다는 걸 인정하는 편이 나을 겁니다." 그가 말했다. "민망한 얘기지만, 그게 관음증에서 비롯된 일인 건 분명합니다. 잠행을 하면서 운이 좋으면, 그리고 성능 좋은 렌즈 두어 개가 있으면 자연에서 가장 아름답고 고상하며 관능적인 존재들의 내밀한 비밀을 들여다볼 수 있다는 뜻입니다. 새를 관찰하면서 보는 광경은 대단합니다. 나뭇가지로 올라가 새들과 함께 나뭇잎 사이에 있으면, 황금빛 왕관을 쓴 상모솔새가 침엽수 사이를 쏜살같이 날아가는 걸 한 번 더 보려고 안간힘을 쓰는 동안, 생기 넘치는 영원한 비행을 해보기 위해 지상의 땅에 영원토록 묶여있는 신세는 끝내고 싶다는 생각을 하게 되죠. 내가 봤던 노란 머리 한가운데 그어진 그 진홍색 줄무늬는 진짜 실제로 존재하는 걸까요, 아니면 순전히 내 상상속에만 존재하는 걸까요? 그런 데서 느끼는 흥분과 비교할 수 있는 건 열네 살 때 침을 꿀꺽꿀꺽 삼키면서 야한 부분을 찾아 『채털리 부인의 사랑』을 획획 넘겨대던 경험뿐입니다. 그 환상은 강렬하고 순수한 환상입니다. 지상에서 몸부림치는 짐승들의 것이 아닌, 천사들의 에로티시즘이죠. 나는 새로 환생한다면 홍관조가 되는 걸 선택할 겁니다. 홍관조는 무척 흔한 새죠. 밝은 빨간색 정장 차림이기는 하지만, 지극히 평범한 교외 거주 통근자 유형이라고 할 수 있죠. 그런데 홍관조의 아내를 가까이서 관찰해 본 적이 있나요? 어디까지나 내 생각입니다만, 지독히도 매력적입니다. 딱 내 타입이죠. 따스한 기운이 감도는 청동 색상의 수수하면서도 멋들어지게 재봉된 드레스 때문에 자꾸만 다시 쳐다보게 됩니다. 홍관조 암컷은 스타일리시한 긴 꼬리로 자신이 유서 깊은 가문 출신으로 최상급의 학교들만 다녔지만 내면에는 풍성한 영혼이 깃들어 있다는 걸 당신에게 알립니다. 그리고 그 부리를 보세요! 그 섹시한 오렌지색 부리가 자연적으로 만들어졌다는 사실이 거의 믿어지지 않을 겁니다. 그 부리를 삐쭉 내밀면 멋진 풍만함이 느껴지죠. 그녀의 친척인 콩새의 어릿광대처럼 과장되고 우스운 분위기는 조금도 풍기지 않으면서요. 있잖아요, 홍관조는 대단한 애처가입니다. 부부가 번식 철만이 아니라 겨우내 함께 지내죠. 왜 그러는지를 알 수 있습니다. 몇 주 전에, 내가 설치한 새 모이통에서 서로에게 호박씨를 넘겨주는 부부를 봤습니다. 그건 내가 평생 본 중에 제일 섹시한 행동이었어요.”

빙엄 씨는 자신은 "거의 평균적인 조류 관찰자"라고 주장한다. 그는 자신이 조류를 관찰하는 동기를 잘 검토해보면, 사람들이 숲 주위에서 쌍안경을 들고 서서 자신들의 조류 관찰 기록에 새 항목을 추가하려 애쓰게 만드는 요인에 대해 설명할 수 있을 거라고도 주장한다. 북미 대륙에 있는 걸로 알려진 조류의 종은 600종이 넘는다. 로저 토리 피터슨의 『조류관찰 필드 가이드A Field Guide to the Birds』—여러 가지 이유로 골든프레스Golden Press의 『북미의 새Birds of North America』로 대체된 표준적인 교재—에는 '돌연변이'와 아종亞種을 합쳐 702종이 등재돼 있다. '센추리 런century run'(하루에 새 100종을 관찰하는 것)을 하려고 이동 행렬에 동참하기까지 하는 광적인 관찰자들은 1년에 600종 이상을 관찰할 수 있다.

언젠가 빙엄 씨에게 그의 조류 관찰 기록이 얼마나 기냐고 물었다.

그는 말했다. "그건 밝히지 않을 겁니다. 나는 그런 걸로 경쟁하는 세태를 개탄하는 사람입니다."

"그렇다면, 자신을 평균적인 조류 관찰자라고 밝힌 건 어떤 의미에서인가요?"

"으음, 예를 들어, 봄철에 울새들이 번식깃번식기에 평상시와 달라지는 조류의 깃으로 완전히 덮였을 때, 나는 휴대용 도감을 참조해서 6종의 울새를 구분할 수 있을 겁니다. 내게, 그 새들은 눈부시도록 아름다운 '사냥' 대상입니다. 예를 들어, 검정과 흰색이 섞인 울새는 희끗희끗하고 말쑥한 외투를 걸치고 있습니다. 연한 미색 울새는 정말로 멋진 노란 조끼를 걸치고 있죠. 그런데 나는 도감들이 "혼란스러운 가을 울새 confusing fall warblers"라고 부르는, 짝짓기용 깃을 차려입었다 깃털 갈이를 하는, 모두 똑같아 보이는 새들에게조차 완전히 빠져있습니다."

"새를 관찰birding한 지 얼마나 오래되셨나요, 빙엄 씨?"

"'버딩'이라는 단어는 과장됐다고 생각합니다. 그 단어는 새로운 스타일의 생태학에 관심을 가진 반체제 문화 참여 자들이 쓰는 단어죠. 테니스화 차림의 자그마하고 나이 많은 여성들이 자신들을 앞서가면서 대단히 꼼꼼한 활동을 벌인다는 사실에 부끄러워하는 그들은 스스로 하는 일을 설명할 때는 과격한 언사를 동원해 대야만 한다고 느낍니다. 나는 그런 사람들이 불편합니다. 나는 우리의 강은 깨끗해야 하고, 우리의 공기는 오염되지 않아야 하며, 우리의 원시림을 야수 같은 개발업자들에게서 보존해야 한다는 차세대 자연 애호가들만큼 단호한 입장을 가진 사람입니다. 그런데 왠지, 조류 관찰의 낭만적인 현실도피는 우리 사회에 새롭게 등장한 생태학적 열의에 밀려 내쫓기는 신세가 돼버렸습니다. 지난번에 조류를 관찰하러 갔을 때, 그 모임의 리더는 고형 폐기물 처리에 대해 얘기하는 데 자기 시간의 대부분을 쓰는 정말 멋들어진 젊은 남자였습니다."

"조류 관찰을 한 지 얼마나 됐나요, 빙엄 씨?"

"꽤 늦게야 이 세계에 입문했습니다—그러니까, 조류 관찰자를 비웃으며 살아온 뒤인 30대 때요. 마서스비니어드 메사추세츠주에 속한 섬으로, 유명한 고급 휴양지다에서 휴가를 보낼

328

때였습니다. 그곳의 칠마크커뮤니티센터Chilmark Community Center가 매주 월요일 오전에 들새 관찰 모임을 후원했죠. 그 모임의 리더 에드워드 찰리프가 무단침입 금지 표지판을 지나쳐 잘 모르는 방문객은 절대로 볼 수가 없는 섬으로 사람들을 데려갈 수 있다는 얘기를 들었습니다. 그 첫 번째 월요일 아침에 나는 완전히 황홀경에 빠졌습니다. 내가 알던 것하고는 완전히 딴판인—아름답고 감각적인—세계가 내가 30여 년 동안 살아왔던 친숙한 세계 위에 겹쳐 놓여 있다는 걸 발견한 것 같은 기분이었죠. 느닷없이 그 세계를 볼 수 있었습니다. 그 세계에, 내가 전혀 못 보고 지나쳤을지도 모르는 또 다른 경험의 차원에 들어갈 수 있었습니다. 존재한다는 걸 모르고 있던 올새 세 마리를 봤습니다. 찰리프는 내가 목적도 없이 새를 좇아 숲속을 헤매고 다니게 만드는 대신에, 새들이 나한테 오도록 유인하는 장치들을 가르쳐 줬습니다. 내가 조류를 관찰할 때 제일 먼저 하는 일은 사냥을 하려고 날카로운 소리를 내는 올빼미처럼 소음을 내는 겁니다. 그런 다음에 상처 입은 새끼 올새 같은 소음을 내죠. 성공 가능성이 높은 지역에서 그걸 잘해내면, 도대체 무슨 일이 벌어지고 있는지 알아내려고 올새 수십 마리가 모여듭니다. 올빼미 소리는 혀끝에 상당히 많은 침을 모은 다음에 고개를 뒤로 젖히고 낮은 휘파람을 몇 번 불어서 냅니다. 상처 입은 새끼 올새 소리는 자기 손등에 힘껏 입을 맞춰서 내고요."

"당신의 조류 관찰 경력에서 사람들에게 내세울 만한 성공 사례가 있나요?"

"돕스페리에 있는 우리 집 주방 창문 밖에 큰 나무가 한 그루 있습니다. 나는 겨울 동안 쇠기름하고 다른 동물성 지방을 나무껍질 아래 박아두죠. 어느 날 아침에 커피를 내릴 주전자를 올려놓으러 주방에 갔는데 엄청나게 큰—관모새의 머리에 길고 더부룩하게 난 털가 나있는 게 분명한—딱따구리가 퍼덕거리면서 마당을 가로질러 아침을 먹으려고 나무에 앉더군요. 새가 겁을 먹고 도망갈까 두려워 식구들에게 그 소식을 큰 소리로 알릴 엄두도 못 냈습니다. 그런데 내가 조용히 아내와 세 아이와 뉴펀들랜드종 개를 불렀을 때에도 관모가 난 딱따구리는 여전히 그 자리에 있었습니다. 한번은 마서스비니어드의 타시무호수로 이어지는 작은 만의 물결 속에서 즐겁게 노는 큰부리바다오리razor-billed auk를 발견했습니다. 그 섬을 떠나기로 한 날의 전날이었죠. 에디 찰리프에게 전화를 걸어 그 얘기를 해줬습니다. 1년 후, 찰리프가 어떤 그룹에게 작년 여름에 이름이 기억나지 않는 남자한테 들은 정보를 바탕으로 큰부리바다오리를 보려고 타시무호수에 서른 명을 데려갔다는 말을 했다는 얘기를 들었습니다."

"조류 관찰자로서—만약에 그런 게 있다면—당신의 주된 핸디캡은 무엇인가요, 빙엄 씨?"

"새의 이름이나 가장 중요한 특징들을 기억하지 못하는 거죠. 종달도요와 아메리카도요semipalmated sandpiper의 차이를 확실하게 숙지했던 때가 있습니다. 그런데 마지막으로 종달도요를 봤을 때, 나는 그 새를 세발가락도요sanderling라고 불렀습니다. 쇠기름을 먹으려고 우리집 나무를 기어 내려가던 박새는 내가 결코 이름을 떠올리지 못한 새입니다. '저기 거꾸로 뒤집혀 있는 새의 이름이 뭐지?' 조류 관찰자가 아닌 아내에게 물으면 아내는 대답할 겁니다. "이 바보, 동고비잖아."

우리는 게이시르Geysir에서 가던 길을 멈췄다. 그곳의 땅에 나있는 거대한 구덩이는 그곳 지명과 비슷한 간헐천geyser이다. 오래된 간헐천은 더 이상은 물을 뿜어내지 않는다. 물이 가득하지만 더 이상은 활성 간헐천이 아니다. 그 주위는 밧줄로 출입이 차단돼 있었다. 가까운 곳에 젊은 간헐천이 있었다. 그 간헐천은 5분에서 7분 간격으로—그 이상을 넘기는 일은 없다—엄청나게 부풀어 오르다 묵직한 끙끙 소리를 연달아 쏟아낸 후 수증기 기둥을 하늘로 쏘아 올렸다. 우리는 아이슬란드인들이—특별한 경우였다—오래된 간헐천을 분출하게 만드는 방법을 배웠다. 그들은 거기에 비누를 던지고, 그러면 간헐천은 분출한다.

이동을 시작한 우리는 미국의 나이아가라 크기만 한 폭포를 지났다. 그런 후 둥글둥글한 바위로 덮이고, 나무 한 그루는 고사하고 풀 한 포기조차 찾아볼 길이 없는 빙하성

유수 퇴적outwash 평원의 자갈밭 위를 1시간인가 2시간 동안 차를 몰았다. 결국, 더 이상은 차를 타고 이동할 수가 없었다. 그래서 우리는 차를 놔두고 걸어서 북쪽으로 나아갔다. 건너야 할 냇물이 있었다. 로라저자 존 맥피의 맏딸의 신발은 런닝화였고 내 신발은 부츠였다. 딸아이는 내 등에 올라탔고, 나는 아이를 개울 건너에 내려줬다. 그런 후, 우리는 역시 둥글둥글한 바위 위를 3킬로미터쯤 걸었다. 그러고 산마루를 지나 드높은 빙퇴석에서 푸른 얼음 절벽들을 배경으로 삼은 호수를 굽어봤다. 여기는 곡빙하의 모서리가 아니라, 거의 1220만 제곱킬로미터를 뒤덮는 빙원의 모서리였다. 호수 위로는 깎아지른 듯한 빙벽이 약 45미터 솟아있었다. 빙산들이 빙원에서 떨어져 나가 물에 빠질 때마다 고성능 라이플을 쏜 것 같은 소리가 들려왔다. 우리는 더 이상은 갈 수 없었다. 빙퇴석을 내려와 여울을 향해 돌아가는 길에, 나는 빙하에서 생겨난 저 강은 낮에는 햇볕에 얼음이 녹아서 더 커진다고, 그리고 지금 내가 아이를 업고 그걸 건널 때면 강이 아까보다 더 커졌겠거니 말하는 것으로 아이에게 점수를 따려고 시도했다. 그런데 아이는 이번에는 나한테 업히는 걸 거부했다. 그 아이가 마지막에 건넜던 강을 아버지의 등에 업혀 건넜던 건 분명했다. 신발을 벗은 아이는 자기 힘으로 개울을 건너는 데 성공했다.

리버티과학관Liberty Science Center이 공표한 설립 목표는 그들의 눈에 과학에 대한 대중의 무지로 보이는 것과 맞서 싸운다는 것, 명료하고 영리한 방식으로 아이들의 탐구열에 불을 붙인다는 것, 그런 후에 그 아이들이 그곳을 다시 찾게 만들고 그 불꽃을 계속 피워가게 만든다는 것, 궁극적으로는 많은 아이들을 교육하고 운이 좋으면 소수의 몇 명에게 과학적 영감을 준다는 것이다. 그렇다면 박물관은 어떻게 그런 일을 할까? 운영진이 하는 말은 이렇다. "먼저, 아이들에게 겁을 주지 마라."

두려움 없이 경사로를 올라 4층에 있는 아트리움으로 들어갔다. 희끗희끗한 수염으로 내 청춘을 감췄다. 에스컬레이터 양옆은 유리로 돼있어서 작동하는 부품들이 훤히 보인다. 당신을 태운 에스컬레이터가 곤충 동물원으로—왕개미, 케냐 노래기Kenyan millipede, 분홍발가락 타란툴라pink-toed tarantula, 황제전갈이 모인 전시용 군집으로—올라간다. 그곳에 가까워지자, 초등학교 2학년생들이 바구미, 쥐며느리, 톡토기, 밑들이벌레 번데기와 작은 토착 노래기를 찾아 흙무더기를 파고 있다. 아이들에게 겁을 주지 마라.

길이가 핫도그보다 긴 아프리카 노래기African millipede는 BX 케이블의 조각들을 떠올리게 만든다. 한 마리 다뤄보실래요? 이 사람들 속에서, 내가 달리 어떤 선택을 할 수 있을까? 박물관 직원인 니나 지타니가 내 손바닥에 케냐 노래기를 한 마리 올려놓는다. 암모나이트처럼 몸을 만 놈이 손바닥을 덮는다. "1분 안에," 니나가 말한다. "그 아이가 움직이기 시작할 거예요."

그 아이가 움직이기 시작한다. 말았던 몸을 쭉 펴서 내 팔목에서 손가락 너머까지 몸을 늘린다—이 아이의 감촉은 미술품 복원가가 쓰는 붓만큼이나 간지럽다. 남의 시선을 의식하는 것 같다. 이해할 만한 일이다. 사람들은 이 아이를 밀리피드millipede. '다리가 1000개'라는 뜻라고 말하지만, 이 아이의 다리는 250개밖에 안 된다. 내 손을 떠난 아이가 니나의 손으로 기어간다.

마다가스카르 히싱 바퀴벌레Madagascar hissing cockroach를 들어보실래요?

고개를 끄덕이면 바로 이것이야말로 내 평생 야망으로 품어온 일이었다는 속내가 전해지리라.

호기심 많고, 벌레 비슷한 더듬이를 가진 마다가스카르 히싱 바퀴벌레는 납작하고 딱딱하며 길이가 7.5센티미터쯤 된다. 놈들이 쉿쉿 소리hiss를 내는 건 당신이 자기를 잡아먹을 거라고 생각하기 때문이다. 내가 놈의 키틴질곤충류나 갑각류의 외골격을 이루는 물질을 애무하자, 바퀴벌레는 프린터 같은 소리로 반응한다. 바퀴벌레는 기어 다니는 진드기들로 덮여 있다. 진드기와 마다가스카르 바퀴벌레의 관계는 왜가리와 텍사스 롱혼Texas longhorn. 뿔이 긴 소의 관계와 같다.

중앙아메리카 동굴 바퀴벌레Central American cave cockroach는 호두나무 가지 위에 놓인 유리 상자 안에서 잘 지내고 있다. 성체의 길이는 7.5센티미터에서 10센티미터 사이다. 확연하게 분절된 새끼들이 투구게처럼 놈들 주위에 흩어져 있다. 분류학적으로 그렇게 다양한 곤충이 모여있는 이곳에서 바퀴벌레가 사람들을 불러 모으는 스타인 것은 우연이 아니다. 이곳은 바퀴벌레의 유토피아인 그레이터 뉴욕Greater New York. 애초 규모가 작던 뉴욕 시티에 1898년, 주변부의 도시와 소도시들이 통합되면서 오늘날의 큰 도시가 된 후로 통용되는, 뉴욕 시티의 비공식적 명칭이니까.

온도 감지 센서가 달린 카메라 앞에 서보라. 당신의 얼룩덜룩한 이미지가 체표면의 온도와 관련된 색상들로 스크린에 떠오른다. 저게 나다! 완벽하게 나를 닮았다. 녹색 수염, 노란 입, 분홍색 코, 빨간 머리. 체표면의 온도 범위는 섭씨 17도 범위에 걸칠 수 있다. 혓바닥을 내밀자, 혓바닥이 흰색 오렌지색 불꽃처럼 나를 핥는다.

베르누이 벤치Bernoulli Bench에서는 공기호스를 집어서 그것으로 실린더 케이지에 들어있는 공의 윗부분에 공기를 뿜어 공이 떠오르게 만들 수 있다. 탁구공을 토스하면, 공은 우리 눈에 보이지 않는, 분사된 공기의 측면으로 윙윙거리면서 달라붙는다. 볼링공 2개 사이에 제트기류를 발사해 보라. 공들은 흩어지는 대신, 서로 격하게 부딪힌다. 베르누이 원리는 항공기 날개의 모양을 잡아주고, 투수들이 던지는 변화구에도 적용된다. 다니엘 베르누이Daniel Bernoulli는 기압은 움직이는 공기의 속도와 반비례 관계에 있다는 걸 발견한 18세기의 스위스 수학자였다. 기압은 전全방향으로 작용하기 때문에, 어떤 물체의 윗부분을 빠르게 가로지르는 공기의 흐름은 그 물체에 바닥과 양 측면에 작용하는 압력보다 낮은 압력을 가할 것이다. 비행을 즐기시라.

복도 건너편에 있는 스트림 테이블Stream Table에서, 물이 우각호牛角湖와 뜨개질형 하천braided river 모양으로 놓인 으깨진 호두 껍데기 위를 흐르면서, 사람들이 지켜보는 가운데 포인트 바point bar. 곡류 하천 외곽에 퇴적된 지형와 공격면cut bank. 하천에서 침식되는 쪽 사면을 만들어내고 있다. 수도꼭지에 배치돼 있는 직원은 지구과학의 칼 세이건대중적인 과학 서적『코스모스』를 집필한 미국의 유명 천문학자이 아니다. 그는 자신이 설명하는 주제는 사람들이 보통은 '지형학'이라고 알고 있는 주제로 이해하라는 지시를 받았다면서, 이내 자신은 캘리포니아 변호사협회 회원이라고 말한다. 그가 호수와 연못 분야에 대해 가진 지식은 형법 강의에서 배우게 될 내용에 국한돼 있다.

흐르는 물이 있는 수족관에서 자석이 달린 유리로 다양한 물건들을 통제하려고 시도해보라. 유체역학 1페이지 첫 줄.

　다양한 발견을 할 수 있는 박물관의 공간들 뒤에 자리한 아이디어는, 뭔가 특별한 것이 흥미를 사로잡을 경우 당신은 그걸 한층 더 파고들 수 있다는 것이다. 당신이 뼈를 모으고 말벌의 벌집을 부수고 심폐 소생술 인형을 상대로 연습하는 걸 도와줄 준비가 된 직원 스물다섯 명이 각 층마다 있다. 대부분의 학교에는 여기 있는 장비(스캐닝 전자 현미경)가 없다. 아이들이 바구미를 찾아 흙을 파헤치고 있는 곳이건 컴퓨터를 분해하고 있는 곳이건 각각의 방은 사실상 나름의 전시를 하고 있다. 아이들은 집에서 각자의 장난감이나 기계를 가져와 지하에 있는 중고품 가게에서 그걸 분해한다. 2색 반사장치dichroic reflector와 축전기, 리드 계전기 reed relay, 팝 펌프pop pump, 솔레노이드를 가져와 하드 드라이브 에어 필터와 팬케이크 모터, 전기 기계식 가위, 휴대용 표창과 교환한다.

　나한테—내가 받은 전체적인 인상에 대해—물어보라. 내가 열 살이라면, 15센티미터 길이의 케냐 노래기의 애무조차 내 내면에 있는 과학자를 달래서 끌고 나오지 못했을 것 같으냐고. 노래기는 그러는 대신 나를 간지럼 태워서 내 내면에 있는 글쟁이를 사정없이 끌어냈다.

핸드헬드 고도계를 전문적으로 다루는 사람은 자신이 얼마나 높은 곳에 있는지를 항상 잘 알고 있을 테지만 방위方位를 유지하는 데에는 어려움을 겪을 수 있다. 나는 이 사실을 맨해튼 섬의 북쪽 끄트머리 근처에 있는 포트트라이언파크에서 배웠는데, 뉴저지주 앨런허스트에 거주하는 윌리엄 피트로부터였다. MIT에서 교육받은 엔지니어인 그는 휴대자의 고도가 해수면에서 얼마나 되는지를 밝혀주는 정밀성이 뛰어난 휴대용 기계로 미국 시장의 상당 부분을 장악해온 인물이다. 피트가 사명감이라고 느끼는 게 있다면, 분명 그것은 황야 지역을 도보로 이동하는 사람들이 쓸 자기나침반을 고도계로 대체하자는 게 아니라, 그걸 보완해줄 장비—자체적인 용도를 가진 별도의 조그만 장치—를 그들에게 제공하자는 것이다.

포트트라이언파크는 고도가 약 9미터에서 75미터 사이의 원뿔형 언덕 2개로 구성된 곳이나 다름없다. 언덕들은 가파르고, 깎아지른 듯한 곳들도 곳곳에 있다. 꼭대기 중 한곳에는 외딴 곳에 위치한 메트로폴리탄미술관의 분관이 있다. 클로이스터스라는 명칭이 붙은 이 중세풍의 분관 건물을 경사진 숲이 에워싸고 있다. 피트는 그곳에서 숲으로 들어가서는 시야에서 사라졌다. 30분 뒤에 돌아온 그는 X자로 표시해놓은 지형도를 내게 건넸다. 그는 X 표시가 된 곳에 자그마한 자유의 여신상을 숨겨뒀다면서, 그걸 찾아내리고 했다. 나침반을 갖고 있던 나는 잠시 동안은, 어떤 종류가 됐건 나침반을 보완해줄 기구는 필요 없다고 거절했다. 나는 지도를 쥐고 길을 나섰다.

피트가 표시한 X는 클로이스터스미술관의 북동쪽 모서리에서 진방위 44도북극 방향을 진북으로 정해 0도로 설정한 후 그곳에서부터 시계 방향으로 44도 방향 선상에 있었다. 식은 죽 먹기라는 생각이 들었다. 그냥 방위를 따라가서는 여신상을 찾자. 방위를 따라가면서 깊은 구렁을 쑥 훑어봤다. 맨해튼의 커다란 편암 노두가 언덕을 지지하고 있다. 진방위 44도를 그대로 따라가는 건 자살행위였는데, 나는 자살을 감행할 마음의 준비는 돼있지 않았다. 대신에 아래쪽에서 경사면으로 접근하기로 결심하고는 빙 돌아가는 길을 따라 공원 아래로 내려갔다. 천연 삼림을 빠져나와 운동장의 아스팔트에서 돌출되어 있는 플라타너스 수풀에 들어갔다. 운동장에서는 아이들이 작은 뾰족탑 모양의 지붕 아래에서 미끄럼틀과 그네를 타고 정글짐을 오르고 있었다. 운동장은 리버사이드드라이브와 브로드웨이가 지하철 A선의 디크먼스트리트역 위쪽에서 예리한 각도를 이룬 곳 지면에 있었다. 타임스스퀘어가 제14 관할 경찰서 노릇을 하듯, 이 교차로는 제34 관할 경찰서 노릇을 했다. 인워드Inwood 주류 판매소. 깃대 주위에 둘둘 감겨서 줄어든 대형 성조기를 내건 맥도날드.

맥도날드는 운동장을 가로질러 숲으로 돌아가려는 시도에 있어 최고의 출발점으로 판명됐다. 이제 피트의 X는 진 방위 272도 방향에 있었다—맥도날드의 정서正西쪽에 가까웠다. 나침반을 들고 그 방향으로 향해서 브로드웨이를 다시 가로지르고, 지금 있는 나무에서 표적으로 삼은 나무를 향해 운동장을 다시 가로지르면서 오르막에 있는 숲으로 들어갔다. 헤치고 나가야 할 하층 식생—덤불, 두꺼운 덩굴식물—이 많았다. 녹음이 우거진 동굴 같은 공간에 진입했다. 그곳에는 파인트 사이즈의 보드카 스미노프 병과 갈색 종이 봉지에 든 맥주 캔, 코코넛 껍질, 콘돔이 가득했다. 스티로폼 컵이 미식축구 관중에게 돌리기에 충분할 정도로 많았다. 크기가 거의 매트리스만 한 베개가 2개 있었는데 상태는 눈에 띄게 좋았다. 문짝이 없는 내화성 금고를 발견했는데 너무 무거워서 아무리 힘을 써봐도 꿈쩍도 하지 않았다. 12미터 떨어진 곳에서 문짝을 발견했는데, 문짝에는 동일한 쇠지렛대 모양으로 팬 곳들이 있었다. 3.6미터 높이의 석재 옹벽에 도착한 나는 벽 아래에 트로피카나Tropicana 갑을 남겨놓고 장애물을 돌아 오르막으로 돌아가서는 말도 안 되는 고지를 향해 방위를 따라갔다. 여신상은 발견하지 못했다.

다른 방향을 택하려고 거리로 돌아왔다.

디크먼스트리트를 향해 페이슨애비뉴를 걸어 내려간 후 몸을 돌렸다. 지형도를 보니, 우연히도 페이슨애비뉴는 빌 피트가 표시한 X를 가리키는 화살표처럼 놓여있었다. 방위—222도—를 잡아 걸어온 걸음을 되짚어갔다. 1.5미터 높이의 벽을 기어올라 계속 갔다. X자의 교차되는 십자선에 해당하는 지점에 도착할 때까지 오르막을 계속 올랐다. 보물을 집어들려고 몸을 숙였지만, 거기에는 아무것도 없었다.

꼭대기까지 수풀을 헤치며 길을 냈다. 꼭대기에서는 한도 끝도 없이 많은 일본 남성들이 고급 리무진에서 쏟아져 나와 클로이스터스미술관으로 줄지어 들어갔다. 나는 벤치에 축 늘어진 채로 실패를 인정했다. 피트의 표정에서 인내심과 기쁨이 엿보였다. 피트는 학구적인 분위기의 안경을 쓴, 키 크고 과묵한 남자다. 그는 반소매 프린트 셔츠 차림이다. 셔츠의 프린트는 메인주에 속한 작은 지역의 대축척 지도였다. 그가 내 앞에 고도계 여러 개를 펼쳐놓고는 말했다. "이것들을 써봐요."

나는 한 손에 하나씩 선택했다. 모델 88을 선택했는데, 540미터까지 높이를 훌륭하게 측정해주는 장비였다. 16개의 보석류로 만든 충격 방지 무브먼트를 갖춘 이 모델의 문자반은 직경이 5센티미터가 채 안 됐지만, 920보를 걸을 때마다 그 사실을 정확하게 알려주도록 설계된 눈금이 매겨져 있었다. 또한, 전자 고도계도 선택했다. 얼티미터the Ultimeter로 알려진, 한 변이 약 7센티미터인 정사각형 케이스에 디

지털 디스플레이가 들어있는 이 고도계는 고도가 3미터 바뀔 때마다 해당 고도를 보여줬다.

피트는 해수면에서 18미터에서 15미터 사이에 다다를 때까지 길을 따라 내려가라고, 그런 다음에 길을 빠져나가 오른쪽으로 꺾어서는 숲을 가로지르는 등고선에 오르라고 말했다. 나는 그리 오래지 않아 쓰러진 나무를 맞닥뜨렸다. 그런 다음에는…….

"오른쪽으로 가라고요?" 내가 물었다.

"예." 피트는 대답했다.

그때 나는 길 문제로 피트가 X표시한 곳인 왼쪽을 살피면서 1시간을 막 보낸 참이었다.

내리막길을 걷는 동안, 고도계를 봉헌물이나 되는 양 하늘을 향한 손바닥에 올려놓고 있었다. 모델 88의 바늘은 꾸준히 움직였다. 얼티미터는 이 높이에서 저 높이로 꾸준히 뜀박질을 했지만, 대체로는 고도가 낮아지고 있었다. 나는 뉴어크공항으로 접근하는 마지막 단계에서 1500미터를 하강하는 비행기가 아니었다. 여기는 언덕을 깎아 만든 좁은 도로였다. 이 고도계들은 그걸 소지한 사람의 위치를 천장부터 바닥까지 사이의 거리보다 그렇게 크지는 않은 거리로 표시해 주는 장비들이었다. 42미터. 36미터. 30미터. 발을 헛디디면서 언덕을 구를 뻔했다. 그런데도 그 기계들에서 눈을 떼지는 않았다.

내가 나름의 행보를 취한 곳은 모델 88의 바늘이 자신 있게 휴식을 취하는 반면 얼티미터의 숫자들은 15에서 18로,

21로 뜀박질을 했다가 돌아오기를 반복한 지점인 18미터 바로 아래에서였다. 길에서 벗어나 오른쪽으로 방향을 틀어 가파른 숲을 가로질렀다. 숫자들은 꾸준한 상태를 유지하면서 등고선을 따르고 있었다. 쓰러진 나무와 맞닥뜨렸다. 그 등고선에 계속 머무르면서 여신상을 찾았다.

"고도계를 갖고 있으면 등고선 하나하나가 위치선position line이에요." 내가 마지막으로 언덕을 비틀비틀 올라간 후에 피트가 말했다. "등고선은 지상에서 길을 찾는 작업에 필요한 또 다른 차원이죠."

예를 들어, 우리는 산골짜기를 돌아가 특정 높이를 따라 걸으면서 목적지에 도착할 수 있다. 특정 높이를 수평으로 걷는 데 소요되는 에너지와 시간은 가파른 지형을 내려가거나 올라갈 때의 10분의 1밖에 안 된다고 피트는 말했다. 당신이 지도에 표시된 어느 코스에 있을 때, 고도계는 당신이 있는 등고선이 어느 것인지를, 그래서 당신이 어디에 있고 앞으로 가야 할 거리가 얼마나 되는지만 알려줄 것이다. 가파른 지형, 빽빽한 나뭇잎, 자욱한 안개, 칠흑 같은 어둠, 시야를 가리는 눈보라 안에서, 우리는 길을 찾기 위해—나침반을 갖고 그러는 것처럼—랜드마크를 찾아볼 필요가 없다. 산비탈을 가로지를 때는 등고선을 따라가면서 측면으로 이동하는 걸 피하도록 하라. 측면으로 이동했다가는 나침반을 든 당신의 시선이 나무에서 나무로, 바위로 이동하는 동안 당신은 길에서 벗어나게 될 것이다. 사냥감을 회수하기 위해 고도계를 사용할 수 있다. 표범을 사살했을 경우, 그

고도만 기록해두면 나중에 돌아와 그 고도에서 표범을 찾을 수 있다. 하와이의 조류 관찰자들은 찾기 힘든 種이 둥지를 트는 고도를 알아내 그런 종들을 발견했다. 지난여름에 아이다호에서 금을 찾던 지질학자들은 자신들이 소지한 가장 소중한 장비는 고도계였다고, 우람한 나무들이 빼곡한 숲에서 없어서는 안 될 장비였다고 인정했다. 석유탐사 회사들은 모든 암석 표본에 고도를 표시해야 한다고 주장했다. 그 암석이 긍정적인 결과를 보여주는 표본이라는 테스트 결과가 나오면, 그들은 그 암석의 출처로 돌아갈 필요가 있을 것이다. 고도계가 없으면, 그들은 네덜란드인의 잃어버린 금광Lost Dutchman's Mine. 19세기에 발견됐지만 위치가 비밀에 붙여진 금광의 전설을 되풀이할지도 모른다.

내 정신은 점점 샛길로 빠져나가고 있었다. 피트는 꿈도 꾸지 못할 용도로 고도계를 사용하는 내 모습이 보였다. 48번가와 파크Park가 교차하는 곳에 있는 사무실 책상에 앉은 매뉴팩처러스하노버트러스트의 C.E.O. 존 맥길러커디의 고도는 얼마인가? (41미터) 54번가와 파크가 교차하는 곳에 있는 시티코프Citicorp의 회장 존 리드의 고도는 얼마인가? (23미터) 뉴욕에서 가장 높은 변호사는 어디에 있을까? (월드트레이드센터에 있는 아놀드 쉬클러. 82미터) 뉴욕에서 제일 낮은 변호사는 어디에 있을까? (모든 관할경찰서에) 64번가와 브로드웨이가 교차하는 곳에 있는 캐슬린 배틀미국의 소프라노의 고도는? (30미터에서 상승 중) FBI의 수사를 받고 연방법정에 선 레오나 헴슬리세금 탈루와 기타 범죄로 유죄판결을 받은 미국의 비즈니스우먼의 고도는? (15미터에서 추락하는 중) 76미터 위로 솟아오른 빌딩은 몇 채인가? 76미터—데이터베이스를 기반으로 계산한 추정치—는 남극대륙과 그린란드의 얼음이 녹았을 때 바닷물이 수평을 유지하게 될 높이다. 지구 역사에서, 뭍의 거대한 평원에 얼음이 등장했던 적이 딱 세 번 있었다. 600만 년 전에 상대적으로 짧게 지나간 시기, 300만 년 전에 또 다시 짧게 지나간 시기, 그리고 지금인 홍적세의 얼음. 이런 이례적인 사건을 제외하면, 수량이 고정된 지구상의 모든 물은 4600만 년 내내 액체 상태였다. 고도계가 있으면, 우리는 상황이 정상 상태로 돌아갔을 때 주위를 돌아다니면서 누가 살아남는 데 성공했는지를 확인할 수 있다. 현재의 해수면에서 76미터 높은 위치는 엠파이어스테이트빌딩의 19층이고 크라이슬러빌딩(움푹 꺼진 땅에 서 있다)의 21층이며, 30 록펠러플라자30 Rockefeller Plaza의 19층이다. 메트로폴리탄미술관은 온전하지 못할 것이다. 메트로폴리탄오페라극장도 온전하지 못할 거고, 클로이스터스미술관도 온전하지 못할 것이다. 포트트라이언파크의 남쪽 언덕은 0.9미터 높이의 앙증맞은 섬으로 수면 위에 솟아있을 것이다.

여기는 포트트라이언파크다. "뭐라고 그랬어요?" 피트에게 물었다.

피트는 X자를 잘못 표시했다고 사과하고 있었다. 그런 좁은 지역에서 X를 표시할 때 자신의 독도讀圖 솜씨를 과신하는 바람에 방위를 확인하지 않았다는 것이다.

대수롭지 않은 실수다. 그는 그렇게 하는 와중에 그가 가진 작은 기계들의 용도를 시범으로 보여줬을 뿐 아니라 또 다른 중요한 점도 보여줬기 때문이다. 나침반을 소지하지 않은 채로는 길이 없는 숲에 절대 들어가지 마라.

■ ■ ■

2018년에 적는 부연: 노두의 고도를 기록하는 현장지질 학자들 입장에서, 고도계에 눈금이 매겨져 있고 기압이 변 하지 않고 있다면, 고도계는 GPS보다 뛰어나다.

무명의 영화배우가 영국의 병원에 입원하면서 시나리오 수십 권을 침대 옆에 놓았다. 그가 무명인 건 그때까지 출연작이 변변찮은 영화 세 편밖에 없기 때문이다. 그럼에도 그가 그렇게 많은 시나리오를 챙겨온 건 세계 전역의 제작자들이 자신들이 만드는 영화에 출연해서 연기를 해달라고 애원하고 있기 때문이다. 그리고 입원이 필요했던 건 몸이 엉망진창이기 때문이다. 지난 20개월 동안, 그는 두 발에 모래로 인한 화상을 입었고, 양쪽 발목을 접질렸으며, 복사뼈에 금이 갔고, 허벅지와 골반의 인대가 찢어졌으며, 척추가 탈구됐고, 엄지가 부러졌으며, 손가락 2개의 감각을 부분적으로 잃었고, 목을 삐었으며, 뇌진탕을 두 번 겪었다. 생존자의 이름은 피터 오툴영국 배우로, 그는 샘 스피겔미국 영화제작자의 아라비아의 로렌스Lawrence of Arabia다.

유럽인들이 세계적인 영화배우가 되기 위해 영어를 배워야만 하던 때가 있었다. 마를렌 디트리히독일 출신 영화배우와 폴 무니우크라이나 출신 배우, 샤를 부아이에프랑스 출신 배우, 잉그리드 버그먼스웨덴 출신 배우, 피터 로레헝가리 출신 배우, 모리스 슈발리에프랑스 출신 배우도 다 그렇게 했다. 그런데 지금은 다르다. 할리우드는 몰락의 세월이 지나간 뒤로 더 자욱한 연기를 뿜어내면서 세상에 주는 즐거움은 덜하다. 한편, 현재 세상에서 가장 유명한 영화들은 유럽인들과 아시아인들의 손에 만들어지고 있다. 따라서 새로운 현상이 벌어지고 있다—한때 영화계의 아이돌 클라크 게이블이 사이판에서 탕헤르까지 세계 곳곳에서 대단한 사랑을 받았던 것과 아주 유사하게 미국 전역에서 대단한 사랑을 받는 영화 아이돌이라는 현상이. 이런 아이돌 중에서도 최고의 거물이 마르첼로 마스트로야니이탈리아 배우다.

얼굴 윤곽은 젊은이의 그것이지만, 때 이르게 팬 주름이 많은 그의 잘생긴 얼굴은 자신이 올리는 기도의 효험에 대한 믿음을 잃은 사마귀의 표정처럼 겁먹은 표정을 짓는다. 그는 르네상스 시대 교양인하고는 정반대되는—세상사의 모든 진실을 고통스럽게 파악한, 그렇지만 그걸 알고서도 할 수 있는 일이 하나도 없는—인물상을 제시한다. 그의 척추는 플라스틱 냅킨 고리를 쌓아놓은 것처럼 보인다. 그런데 거짓된 허세를 부리는 기색은 그에게서 전혀 엿보이지 않는다. 그리고 그는 한없이 매력적이다. 그와 한자리에 있는 거의 모든 여성이 말없이 동일한 반응을 보인다. "마르첼로는 분명히 전문가의 도움을 받을 필요가 있어요. 그런데 그한테는 전문가보다 먼저 내가 필요해요."

마르첼로는 실제의 그 자신으로 캐스팅되는 일이 무척 잦았다—실제로 그가 페데리코 펠리니의 〈달콤한 인생〉에서 연기한 캐릭터의 이름은 마르첼로였다. 그래서 그는 〈이혼: 이탈리아 스타일Divorce-Italian Style〉의 시칠리아 귀족 역할을 간절히 원했다. 그는 그 역할 덕에 머리에 기름을 바르고 콧수염을 기르고는 엄청나게 부패한 인물을 연기할 기회를 잡았다.

전화기가 울린다. 전화를 받은 건 아랫배가 불룩 튀어나
온 중년 초입의 사내다. 그는 근시인 듯 보인다.

"엘로우ell-ow." 그가 완벽한 런던 토박이 억양cockney으로
말한다.

"피터 셀러스영국 배우 씨 계십니까?"

"여기 업서요, 저나 거신 부는 뉘시죠?'E aynt eer. Ooze callin?"

물론 피터 셀러스는 그곳에, 런던에 있는 그의 아파트에
있다. 게다가 전화를 받고 있다. 그는 흡족한 표정으로 수
화기를 내려놓는다. 셀러스처럼 부끄럼이 많은 사람은 낯
선 사람은 고사하고 친구들하고 대화를 하는 것도 싫어한
다. 셀러스는 어마어마하게 넓은 범위의 억양과 어조, 사투
리로 무장한, 세상에서 제일 뛰어난 흉내쟁이다—그가 구사
하는 억양에는 런던 토박이 억양 다섯 종류, 런던 사교계 사
람들이 쓰는 억양, BBC의 뻣뻣하고 고상한 억양, 옥스퍼드

억양, 케임브리지 억양, 요크셔 억양, 랭커셔 억양, 웨스트카운티 억양, 하일랜드 스코틀랜드 억양, 에든버러 스코틀랜드 억양, 글래스고 스코틀랜드 억양, 잉글랜드 북동부 타인사이드 조르디Tyneside Geordie 억양, 노던아일랜드 억양, 서던아일랜드 억양, 프랑스 억양, 중부 유럽 억양, 미국의 콧소리 섞인 억양, 미국의 느릿한 억양, 캐나다 억양, 호주 억양, 인도의 억양 세 종류가 포함된다. 그는 모두를 속인다. 친구들을 제외한 모두를. 친구들은 그의 속임수를 알아차린다. 친구들이 그에게 전화를 걸었는데 상냥한 노파인 독일인 유모가 전화를 받으면, 친구들은 쏘아붙인다. "장난 집어치워, 이 늙어빠진 망나니 자식아." 문제는 셀러스의 거처에는 상냥한 노파인 독일인 유모가 실제로 있다는 것이다. 그녀는 "어느 부니라고 저내드릴까요Voss diss?"라고 전화를 받았다가 험한 소리를 듣는 일이 잦다.

셀러스의 부모는 보드빌 배우였다. 그는 두 살 때부터 연기를 했고, 자신의 얼굴을 제외한 모든 종류의 얼굴 표정을 습득하면서 젊은 시절을 보냈다. 그는 타고나길 소심하고 내성적이며 다른 누군가인 척하지 않는 한 자기 속내를 또렷하게 밝히는 일이 없는 사람이었다. 그는 그래서 피치 못해 훌륭한 배우가 됐다. 배우 일을 하는 게 고통스럽기는 하지만 말이다. 언젠가 그는 이런 말을 했다. "나는 꺼리는 게 너무 많아서 가끔은 내가 실제로 존재하는 것인지 의문이 들기도 합니다. 나는 피터 셀러스를 연기하고픈 욕망이 전혀 없습니다. 나는 피터 셀러스가 어떤 사람인지 모릅니다.

출연료를 받는 사람이라는 걸 빼면요. 캐리 그랜트는 캐리 그랜트입니다. 그게 그의 직업이죠. 내가 나 자신을 피터 셀러스로 판매하려고 애쓸 경우, 나는 쪽박을 차게 될 겁니다. 당신이 염두에 둔 캐릭터를 무엇이건 써보세요. 그러면 나는 당신이 쓴 그 인물로 변신할 겁니다. 그렇지만 나를 위한 역할은 쓰지 마세요."

셀러스는 그가 잘 알거나 열심히 찾아낸 사람들을 바탕으로 캐릭터를 구축한다. 그는 실제 인물들—노조 지도자, 신경질적인 미국인, 늙은 장성—에 그 자신을 집어넣은 후에 걸어 잠그는 식으로, 그리고 그들의 성격을 마지막 한 방울까지 흡수하는 것으로 새 역할을 연기할 준비를 한다. 그 결과는 항상 사람들을 웃기는 연기이고, 가끔은 무자비하기까지 한 연기다. 그런데 셀러스는 새 시나리오를 읽을 때마다 패닉 상태에 빠지는 게 보통이다. "전화를 걸어서 이 영화는 못하겠다고 말하는 게 낫겠어." 그는 아내에게 말한다. 그는 몇 시간이고 미친 사람처럼 서성거린다. "그러다가" 그녀는 말한다. "피터가 새 차를 사면 문제가 싹 사라져요." 지난 14년간, 그가 소유했던 자동차는 62대였다. 그중에는 롤스로이스 실버 클라우드도 있었는데, 그는 그 차 때문에 심기가 편치 않았다. 그는 〈선데이 타임스〉에 차량 판매 광고를 실었다. "명품 차량이 주인을 처분하는 걸 소망합니다."

〈뉴욕 타임스〉에서 일하는 컴퓨터 개발자 조지프 마틴은 지난 몇 년간 그가 "신문을 만드는 작업과 관련한 이상적인 철학"이라고 묘사하는 목표를 추구해왔다. 이상적인 철학에 따르면, 우리는 "원점原點에서 두드린 자판을 포착하는 것"으로 작업을 시작한다. 두드린 자판? 타자기 앞에 앉은 기자는 기사 내용을 옮기려고 최초의 자판을 두드린다. 마틴의 목표는 그 작업의 결과를 전자적으로 받아들여서 그걸 컴퓨터에 간직하고는, 기사 작성 과정에서 몇 번이나 반복되는 힘든 원고 수정을 제거하는 것이다. 기사 작성은 기자의 머리에서 사무실을 거쳐 재택 근무자의 책상과 편집자의 책상으로, 그리고는 결국 식자기로 이어지는 경로를 밟는 것이 전형적이지 않던가. 이상적인 철학은 불필요한 구닥다리 짐 덩어리로 간주되는, 기자들의 글이 적히는 곳인 타자지를 없애는 것도 요구한다. 마틴은 기자들과 편집자들이 내놓는 제안을 따르면서, 그리고 웨스트체스터에 있는 전자 회사의 도움을 받으면서 이 일들을 모두 해낼 수 있는 장비를 만들어내는 데 성공했다.

〈뉴욕 타임스〉는 〈뉴요커〉의 바로 위쪽인 34번가에 있다. 마틴의 장비를 보려고 거기 도착했을 때, 3층의 뉴스 룸은 늘 그렇듯 왁자지껄한 상태였다. 확 트인 넓은 공간에는 증권거래소의 플로어처럼 사람들의 몸뚱어리가 득실거렸고, 복사지는 사방으로 날아다녔으며, 교열 담당자들은 담배를 꼬나 물고 우울한 눈빛을 내뿜는 물리학자처럼 보였고, 기자들은 전화기를 끌어안고 있거나 이미 참호에 들어가 있었다—타자기 두드리는 소리가 참호에서 간헐적으로 터져 나왔다. 이런 소란한 광경을 진정시킬 용도로 만들어진 기계는 조용한 칸막이 안에 안전하게 모셔져 있었다. 희끗희끗한 머리를 아주 짧게 깎은 호리호리하고 약간 침통해 보이는 남자인 조 마틴과, 다양한 뉴스와 기획 기사 분야에서 수십 년간 경험을 쌓아왔고 지금은 편집 스태프의 관심을 회사의 나머지 직원들의 그것과 조율하면서, 그 결과로 전자적인 혁신에 깊이 관여하고 있는 편집자인 소크라테스 부치카레스가 나를 그 기계로 안내했다. 거구인 부치카레스는 밝은 노란색 셔츠 차림이었고, 레몬 문양 넥타이를 매고 있었다. 내 오랜 친구이자 〈뉴욕 타임스〉의 환히 빛나는 스타 기자 겸 가장 솜씨 좋은 글쟁이인 이스라엘 솅커도 합류했다. 솅커가 그의 직업 세계를 바꿔놓으려고 설계된 기계를 보는 건 이게 처음이었다.

무게가 14.5킬로그램 나가는 기계가 테이블에 묵직하게 놓여있었다. 작은 청색 여행 가방을 닮은 기계는 가로 45.7센티미터에 세로 33센티미터, 높이 17.8센티미터였다. 항공기 좌석 아래에 딱 알맞게 들어갈 것 같았다. 기계 이름은 텔레람 P-1800 포터블터미널이었다. 부치카레스가 기계를 꺼냈다. 주요 구성 요소는 TV와 비슷한 음극선 튜브와, 타자기의 전통적인 'qwertyuiop' 배열을 그대로 반영하고 거기에 SCRL과 HOME, DEL WORD, DEL CHAR, CLOSE, OPEN, INSRT 같은 명칭이 적힌 키key 세트를 측면에 배치해놓은 독립형 키보드였다.

부치카레스는 키보드 유닛을 TV-스크린 유닛에 끼고는 자리에 앉아 글을 쓰기 시작했다. 그의 손가락이 날아다니자, 그 즉시 스크린에 1줄에 45글자까지 단어들이 떠올랐다.

워싱턴 D.C.—오늘 포드 대통령은 그의 배부른 자본가 친구들이 공화국의 부富를 앗아가는 동안 가난한 국민들에게서 거금을 우려먹으라고 의회에 요청하는 짓을 더 이상은 하지 않겠다고 말했다.

"자, 자네가 여기에 색을 살짝 입히고 싶어 한다고 치자고." 부치카레스는 말하고는 HOME 키 주위에 있는—위를 가리키는 화살표, 아래를 가리키는 화살표, 양옆을 가리키는 화살표가 표시된—키들을 두드리기 시작했다. '커서'로 알려진 반짝거리는 작은 사각형이 화면의 표면을 이동하기 시작했다. 커서는 영화 스크린에 뜬 노래 가사의 단어에서 단어로 폴짝폴짝 튀어 다니는 공하고 비슷했다. 커서가 첫 줄로 올라간 후, 부치카레스는 커서를 "포드Ford"와 "말했다 said" 사이의 여백에 설 때까지 이동시켰다. 그는 INSRT 키를 두드렸다. 그러고는 썼다.

　　좋아하는faborite 청색 슈트와 수프가 묻은 청색 타이 차림으로,

　새로 친 단어들이 "포드" 이후의 여백에 들어갔고, 그 단어들을 수용하기 위해 커서가 문장에 있는 다른 모든 단어를 오른쪽으로 계속 밀어냈다. 단어들은 모퉁이 주위를 돌다 스크린 아래로 내려갔다. 부치카레스는 커서가 "faborite"의 "b"에 올라가 반짝거릴 때까지 커서를 이동시켰다. 그는 DEL CHAR글자 삭제delete character 버튼을 눌렀고, 그러자 "b"가 사라졌다. 그는 "b"를 "v"로 대체했다. "자, 자네가 단어 하나를 제거하고 싶어 한다고 치자고." 그는 그렇게 말하고는 커서를 단어 "away" 쪽으로 이동시켰다. "커서가 하는 일은 단어의 한 부분을 건드리는 게 전부야." 그는 계속 말을 이었다. "그러고 나서 DEL WORD단어 삭제 키를 치면 단어는 없어지지." "away"가 없어졌고, 그 단어의 양옆에 있던 단어들이 그 단어가 있던 공간으로 이동했다. 비슷하게, 커서는— 그러라는 지시를 받을 경우— 몇 줄을 통째로, 몇 문단을 통째로 먹어치울 수 있었다. "자네가 쳤던 글은 시멘트에 고정된 게 아냐." 부치카레스는 말했다. "무엇이건 쉽게 바꿀 수

있어. 나한테 선택권이 있다면, 나는 평생 봐온 그 어떤 타자기보다도 이 장치로 글을 쓰는 쪽을 택할 거야."

스크린이 꽉 차더라도(스크린에는 대략 125단어가 담긴다) 글쓴이는 계속 글을 써나가면 된다. 아래에서 새 줄이 올라올 때마다 맨 윗줄이 사라진다. 돌아가서 글을 다시 살펴보고 싶으면 SCRL 키를 누르기만 하면 된다. 글 전체가 두루마리scroll처럼 뒤로, 또는 앞으로 말릴 것이다. 집필되는 기사는 330단어쯤으로 이뤄진 블록(〈뉴욕 타임스〉 칼럼의 절반이 조금 안 된다) 단위로 음성주파수로 바뀌어 카세트에 입력된다. 글쓴이가 카세트에 들어있는 내용이 무엇인지를 확인해볼 필요가 생기면, 그것 역시 스크린으로 다시 가져올 수 있다. 문장을 다듬는 걸 도우려고 커서가 텍스트를 가로지르는 최종 여정을 성공적으로 마치고 나면, 기자는 제일 가까운 전화기로 간다. P-1800에는 전화기의 수화기와 송화기에 딱 들어맞는 연결 장치가 들어있다. 기자는 이 장치를 알맞게 연결한 후, 컴퓨터의 번호인 212-556-1330에 전화를 건다. 삐 소리가 43번가로 전달되는 동안 P-1800은 분당 300단어 속도로 글을 전송한다. 기사의 길이가, 예를 들어 750단어라면, 컴퓨터는 2분 조금 넘게 작업한다. '편집 터미널'에 앉아있는 편집자는 즉석에서 기사를 불러와 볼 수 있다. 편집자의 기계는 기자의 기계와 흡사하다—말리고 펴지는 스크롤, 춤추는 커서. 편집자는 폭넓은 수정 작업과 압축작업, 문단 위치 바꾸기, 그 외의 이런저런 참견을 다 수행할 수 있지만, **글쓴이가 가진 사본은 단 한 단어도 건드**

리지 못한다. 컴퓨터는—부치카레스는 이제 셍커에게 장담하고 있다—원본을 장치 깊숙한 곳에 "언제까지나" 보존할 것이기 때문이다. 그렇지만 편집자가 작업한 버전은 시간이 흐르는 동안 시번으로 향하게 된다. 컴퓨터는 원본과 사본을 다 보관하지만, 편집 과정에서, 컴퓨터에게 독자들이 읽게 될 글을 타이핑하라고 명령하는 버튼을 누르는 사람은 결국 편집자이기 때문이다. 그 과정을 거치는 동안 기사—기자가 쓰고 전선과 트랜지스터, 뇌를 통해 입력된 글—는 이런저런 일을 당하지만 원본이 고쳐져서 복사되는 일은 결코 없다.

"시도해봐, 셍커." 마틴이 말했다.

"이건 신세계야, 셍커." 부치카레스가 말했다.

깔끔하게 재봉된 진한 색 핀스트라이프 셔츠 차림인 셍커는 기자라기보다는 대출을 받으라며 접근하고 있는 은행가 같은 모습이었다. 그는 자리에 앉아 소매를 걷어붙이고는 손가락으로 P-1800을 다뤘다. 부치카레스와 마틴은 기대에 찬 표정으로 지켜봤다. 셍커는 부드럽게, 신속하게, 조금도 주저하지 않고 글을 썼다. 그가 쓴 단어들이 스크린 위에서 반짝거리고 있었다. 그는 이렇게 썼다.

이스라엘 셍커는 이 기계가
화약火藥에 대한 대응책이라고 생각하지 않는다.

"종이로 작업하는 것보다 쉬워." 부치카레스가 말했다. 셍커가 작업을 계속하자 단어들이 스크린으로 뛰어 들어왔다.

이게 아이들에게 주는 크리스마스 선물로
전기 기차를 대신할 수도 있겠다.

"마감 시간에 이 기계는 30분을 절약해줘." 부치카레스가
그에게 말했다. 기자들은, 지금 현재 많은 이들이 그러는 것
처럼, 더 이상은 핍사자transcriber들이 기사를 정확하게 타자
지에 타이핑할 거라고 믿으면서 전화기에 대고 기사를 부르
거나 녹음기에 기사를 녹음하지 않아도 될 것이다.
셍커는 글을 계속 썼다.

늦잠을 자거나 사무실에 지각을 할 수 있게 해준다면
이 기계는 유용한 장치가 될 수 있을 것이다.
그런데 내가 숙고 끝에 내린 판단은
우리가 30분 일찍 일어나거나 조금 더 열심히 일하면
커다란 기계를 들고 다니면서 기사 작업을 하는 더 힘든 방
법을 찾느라 근육을 혹사하지 않아도 될 거라는 것이다.

"이건 테스트 모델일 뿐이야. 대당 5000달러가 들었지. 무
게가 23파운드약 10킬로그램 정도로 줄어들기 전까지는 전량
주문을 하지 않을 작정이야."

한편, 이건 편집자를 위한 이상적인 기계다.

이 기계는 자신들이 이해하지 못하는
기사를 쓰면서 몸부림을 치는 기자들이라는
볼 만한 구경거리를 감상하는 그들의 즐거움이 계속되게 할
것이다.

쭈그려 앉은, 황소처럼 어깨가 떡 벌어진 부치카레스의
모습은 딱 수비수로 뛰다가 몇 년 전에 은퇴한 라인맨이었
다. "이런 장비를 들고 현장에 나갔는데도 마음에 들지 않으
면, 솅커, 쓰지 않아도 돼." 그는 말했다. "자신에게 물어봐.
'내가 무슨 일을 하려고 애쓰고 있는 거지? 내가 취재하고
있는 건 뭘까? 시간은 절대적으로 중요한가? 기계가 도움이
될까?' 이건 전쟁과 폭동, 골프 경기, 컨벤션을 취재하는 데
완벽한 기계야. 고든 화이트가 코튼볼Cotton Bowl을 포함해서
미식축구 세 경기를 취재하는 데 이미 이 기계를 써봤어. 그
는 이 기계가 없었다면 마감을 지키지 못했을 거야."
　솅커는 계속 타자를 쳤다.

이 기계가 할 수 없는 유일한 일은
편집자들을 없애는 것이라고 생각한다.
우리, 기자에게 마땅히 주어져야 할 것을 주는 기계를 갖도
록 하자.

　결국 솅커가 편한 자세로 앉았다. "이 기계가 방사선을 내
뿜는지는 테스트해 봤어요?" 그가 물었다.

"그래," 부치카레스는 말했다. "자네가 아버지가 되는 데는 아무런 문제가 없을 거야."

"이걸로 글을 쓸 수는 있지만, 이걸로 생각을 할 수는 없어요." 셍커는 견해를 밝혔다. "머릿속으로 작곡을 다 한 다음에 머릿속에서 본 걸 악보에 끼적거린 모차르트한테는 끝내주는 기계일 테지만, 저한테는 아니에요." 뒤늦게 떠오른 생각에 사로잡혔던 그가 키보드로 돌아갔다.

그들의 "왜?"라는 질문이 날아다니는 걸 보기 전까지는
타전하지 마라.
그들의 거짓말이라는 곤경에서 도망치기 전까지는
아버지가 되지 마라.

"셍커, 언젠가 누군가가 자네한테 와서 '잘 들어, 친구, 나한테 끝내주는 기계가 있어. 그 기계는 깃펜과 잉크통을 없애버릴 거야'라고 말했더라도 자네는 그걸 좋아하지 않았을 거야." 셍커의 손가락이 여전히 움직이고 있었다.

무엇이 하나님을 근심 걱정하게 만들었나?

〈뉴요커〉로 돌아오는 길에, 공중전화 부스에 들러 송화기에 귀를 대고 556-1330에 전화를 걸었다. 잠시 후에 귀를 뚫는 하이 C# 소리라는 선명한 반응이 들려왔다―저먼 셰퍼드만이 들을 수 있을 것 같은 종류의 소리였다. 나는 카세트가

아니라서 내가 전화기에 대고 할 수 있는 말은 하나도 없었다. 전화기는, 귀에 가까이 대고 있으면 고통을 안겨준다.

찌푸린 녹색 눈이 어둠을 응시한다. 눈이 가까워진다. 이 제 막 성장을 마친 어린 검정고양이가 하수관에서 나와 도 시를 가로질러 이동하기 시작한다. 놈이 먹잇감을 찾아 슬 며시 걸음을 옮긴다. 도로경계석을 가로지르고 인도의 갈라 진 금 위를 지나간다. 다시 눈이 보인다. 다른 고양이. 야옹. 송곳니. 싸움. 몸들이 격렬하게 날아다니고 섬뜩한 고성이 울려 퍼진다. 승리했다. 검정고양이는 계속 걸음을 옮긴다. 그러는 내내, 단어들이 이 동물의 위와 아래, 옆에 등장하고 있다. 사람들 이름이다. 에드워드 드미트릭 감독. 타이틀 디 자인 솔 바스. 찰스 F. 펠드먼이 선보이는 영화 〈워크 온 더 와일드 사이드Walk on the Wild Side〉.

"타이틀 디자인 솔 바스"는 흥미로운 문구다. 관객들은 영 화가 시작할 때 등장하는 크레디트의 기다란 행렬을 보면서 텔레비전 광고를 볼 때처럼 똑같이 짜증이 나곤 한다. 솔 바스는 홀로 그런 분위기를 바꿔놓았다. 실제로 뉴욕의 영화 비평가 절반 이상이 바스가 연출한 은밀히 돌아다니는 검정 고양이를 〈워크 온 더 와일드 사이드〉에서 단연코 제일 뛰어난 요소로 꼽았다. 정말로 그랬다. 이 크레디트 화면은 영화의 주제를 제시하면서, 영화 본편이 구현하려고 애썼지만 실패해버린 분위기를 설정한다.

요즘에 세상 사람 모두가 바스를 흉내 내려고 들지만, 그에 필적할 성과를 거둔 이는 아무도 없다. 때때로 그가 연출해낸 작품들은 상대적으로 단순하다. 그는 마차의 바퀴 중심의 시점에서 끝없이 뻗은 태평양 연안의 황갈색 대지 너머를 응시하다 무한의 문턱에 자그마한 단어들을 올려놓는다. 〈빅 컨트리The Big Country〉. 〈7년 만의 외출The Seven Year Itch〉의 출연진과 스태프의 크레디트를 보여주기 위해, 그는 모자이크로 이어붙인 연하장 같은 파스텔 색조 패널들을 활용했다. 그게 다였다. 그렇지만 이 화면의 색상과 레이아웃은 몬드리안의 그림들이 움직이는 것처럼 시각적으로 흥겨웠다. 그리고 'Itch'의 글자 't'는 제 몸을 긁었다.

처음부터 충분히 신랄했던 톰 에글린Tom Eglin의 유머 감
각은 그를 괴롭히는 병환에 대응하면서 날로 발전하는 듯
보였다—유머에 담긴 통찰력과 소재의 범위가 갈수록 풍성
해지는 듯 보였다. 풍자적이고 웃기면서도 실제 사실인지는
확인되지 않은 주장을 펴는 그는 문병하기 쉬운 환자였다.
그는 문병을 온 당신의 원기를 북돋워 준다. 당신에게 이야
기를 들려준다. 그의 병실에는 통통 튀는 작은 공과 농구 백
보드가 있었다. 그는 사람들이 놓치는 슛의 개수를 세면서
즐거워했다.

우리 둘 다 가진 스코틀랜드 혈통—시간적으로 보면 그
는 나보다 그 혈통에 훨씬 더 가깝다—을 염두에 둔 그는
자기 아들들이 스코틀랜드의 섬들 사이를 항해했던 이야기
를 들려줬다. 교수들이 교육용으로 승선한 그 배의 이름은
아르고너트Argonaut였지만 선장의 이름은 이아손Jason이 아니

었다그리스신화에서 이아손은 황금 양털을 찾으려고 아르고너트를 타고 항해를 떠난다. 소년들은 그들의 혈통의 뿌리가 있던 바로 그 바다를 항해하는 동안 멀미에 시달렸다. 그들은 이런 글을 읽었다.

이것이 산봉우리와 협곡이 있던 땅이다. 월터 스콧 경〈아이반호〉를 쓴 스코틀랜드 소설가조차 섬들이 별처럼 뿌려져있는 바다에서 찾아온 피오르fjord의 침입을 받은 이 땅의 호수와 산의 낭만적인 아름다움을 과장하지 않았다. 그곳의 날씨는 무척이나 갑작스럽게 변한다―안개가 자욱했다가 말끔히 걷혔다가 다시 자욱해진다. 그래서 1시간 안에 강풍을 동반한 비가 내렸다가 고요함과 안개에 흐릿한 햇빛이 그 뒤를 잇고는 한다. 그런 햇빛도 자욱한 안개 속에 사라지지만, 그 안개도 얼마 가지 않아 진청색 바다 위의 확 트인 하늘로 사라져버린다. 태양이 파랄 때, 공기는 렌즈처럼 맑고, 섬들―예를 들어, 뮬Mull, 스카바Scarba, 아일라Islay, 쥐라Jura, 그리고 다른 섬들―은 16킬로미터나 24킬로미터 떨어져 있는데도 바로 눈앞에 있는 듯, 금방이라도 우리 품을 파고들 것처럼 보인다.

소년들은 선박 우현의 난간에서 멀미에 시달렸다. 멀미가 그쳤을 때, 소년들은 독감에 걸려 3등 선실에 가야 했다. 부끄러움에 약간 얼굴을 붉히고는 미소를 지으면서 이 이야기를 들려주던 톰은 그래서 짜증이 났다고 고백했다. 그는 실제로, 아들들이 앓게 돼서 무척이나 짜증이 났었다고 말했다. "자네도 상상할 수 있겠지만, 그 여행은 비용이 적게 든 게 아니었기 때문이야." 어느 스코틀랜드 아버지가 다른 스코틀랜드 아버지에게 들려준 진심에서 우러난 얘기였다.

빌 브래들리^{미국의 농구 선수 출신 정치인}가 프린스턴에 왔을 때, 톰은 신입생인 그에게 조언을 해주는 조언자였다. 톰의 임무는 방향을 잃은 이 청춘을 유익한 목적지 같은 곳으로 안내하는 거였다. 분명히, 톰은 그렇게 하는 데 성공했다. 그건 오랫동안 지속된 우정의 시작이었고, 브래들리는 이후로 틈틈이 톰의 격려와 관대한 상담을 소중히 여겨왔다. 우리 세 사람의 인생행로는 가끔씩 교차했다. 빌은 대학 재학 중 여름에 로렌스빌필드하우스에서 혼자 연습을 할 때 점프슛을 6개 연속으로 못 넣은 적이 있었다. 그러자 그가 우리에게 말했다. "뭐 좀 알려드릴까요? 저 바스켓은 3.8센티미터쯤 낮아요." 며칠 후, 톰이 발판 사다리를 가져왔고, 그와 나는 바스켓을 측정했다. 바스켓은 3.5센티미터 낮았다. 농구선수라면 누구나 후프가 낮게 달려있다는 걸 알 수 있겠지만, 얼마나 낮은지는—0.3센티미터 범위 안에서는—모를 것이다.

그는 NBA 농구선수였던 1970년대 초에 이따금씩 혼자 연습을 하러 로렌스빌에 갔다. 어느 날, 슛 연습을 하는 그에게 공을 넘겨주고 있던 나는 거창한 환상을 키웠다. "내가 자네하고 매디슨스퀘어가든에서 열린 경기에 투입된다고 생각해 봐." 나는 말했다. "자네는 **내가** NBA에서 슛을 넣게 해줄 수 있어?" "물론이죠." 그는 말하고는 키가 60센티미터인 사람도 베이스라인 근처에서 압둘 자바미국의 농구 선수를 상대로 점수를 낼 수 있는 동작을 보여줬다. 그 순간, 톰이 어느 틈엔가 땅에서 솟아난 사람처럼 나타났다. 브래들리는 그에게 나를 수비하라고 시켰고, 내가 한 그 플레이는 먹혀들었다. 톰과 나는 역할을 바꿨다. 플레이는 다시 먹혔다— 딱히 뭐라고 규정하기 어려운 플레이라서, 나는 무슨 일이 벌어질 것인지를 알고 있으면서도 그걸 막을 수가 없었다. 이제, 두 사람의 키를 합해야 농구 선수 한 사람의 키 정도밖에 안 되는 두 사람은 NBA에서 먹힐 하나밖에 없는 슛을 전수해준 것에 대해 빌에게 영원토록 고마워할 터였다.

그것이 대학에서 처음 알게 됐고, 나중에 너무도 간절하게 친구를 필요했던 때가 포함된 10년인가 15년간 그의 단골 테니스 파트너였던 사람이 톰에 대해 떠올리는 둘밖에 안 되는 추억 중 하나다. 당시 그는 묵묵히, 그리 많은 말을 하지 않으면서도 내 옆을 지켜줬다. 그 시기에 우리 각자를 에워싼 추억의 흐름들을 비교해 보면 그것들은 모두 비슷비슷한 만큼이나 각기 달랐고 특별했다. 그리고 모든 추억이 사랑과 우정을 베푸는 면에서는 특대형 능력을 갖고 있던 이 과묵하고 유머러스하며 생기 넘치는 인물—운동선수, 카운슬러, 선생님—과 관련돼 있다.

1961년의 어느 오후에, 루이스 모렐리라는 젊은 배우가 할리우드의 어느 사무실에 들어갔다. 사무실을 나왔을 때, 그의 이름은 트랙스 콜튼이었다. 그 전에 어느 누구도 그의 이름을 들어본 적이 없었고, 이후로도 누구도 그의 이름을 들어보지 못했다. 그렇지만 그는 적어도 할리우드의 유서 깊은 개명改名 의식에서 미미한 자리를 차지해 보기는 했다. 더군다나, 모렐리는 현재 실력을 발휘하고 있는 개명의 마술사 중 한 명의 손길을 받았다. 그 마술사는 에이전트 헨리 윌슨 Henry Wilson으로, 그는 메릴린 루이스를 론다 플레밍으로, 프랜시스 맥고원을 로리 캘훈으로, 아서 젤리언을 탭 헌터로, 로버트 모즐리를 가이 매디슨으로, 로이 피츠제럴드를 록 허드슨으로 개명시킨 인물이다.

　연예계에서는 치아를 가지런해 보이도록 손보기에 앞서 이름부터 개명하는 게 자명한 일이라서, 윌슨 같은 문학에 조예가 깊은 인물 수백 명이 예명이 색종이 조각에 섞여 휘날려 내려오는 폭풍 속으로 뛰어들었는데, 이런 예명 짓기는 오랫동안 경박하면서도 의미가 충만한 미국의 문화로 자리 잡았다.

가장 많은 개명 사례는 듣자마자 쏙쏙 이해가 되는 이름이다. 이수르 다니엘로비치는 귀에 좋게 들리지는 않는 이름이다. 그래서 그 이름은 커크 더글러스로 압축됐다. 툴라 엘리스 핑클레아가 이름을 시드 채리스로 바꾸고 싶어 한 이유도 이해할 만하다. 프랜시스 검이 주디 갈런드로, 버니 슈워츠가 토니 커티스로, 세라 제인 풀크스가 제인 와이먼으로, 에마 마초가 리자베스 스콧으로, 주디스 투빔이 주디 홀리데이로, 도리스 카펠호프가 도리스 데이로, 에런 츠와트가 레드 버튼스로, 젤마 헤드릭이 캐스린 그레이슨으로, 유니스 퀘덴스가 이브 아덴으로, 너태샤 거딘이 내털리 우드로, 바니 잰빌이 데인 클라크로, 윌리엄 비들이 윌리엄 홀든으로 개명한 것도 그런 사례다. 할리우드에서 활동하는 제임스 스튜어트의 그늘에 가린 영국의 제임스 스튜어트는 스튜어트 그레인저로 이름을 바꿨다. 프레더릭 비클Frederick Bickel—피클pickle 과 운이 맞는다—은 이름을 프레드릭 마치로 바꿨다. 프레더릭 아우스터리츠는 성姓이 징을 너무 많이 박은 구두처럼 촌스러워서 프레드 아스테어라는 가벼운 밑창을 대는 것으로 구두의 무게를 줄였다. 물론, 캐리 그랜트는 핑키 폰틀로이부터 아돌프 쉬클그루버까지 사이에 있는 어떤 이름으로도 그의 인기를 막을 수 없었을 것이다. 그 문제에 있어서는 심지어 그의 본명인 아치 리치도 마찬가지였다.

그런데 이런 이유들이 저런 연유들과 충돌하기 시작한다. 왜 개명한 건지 이해가 안 되는 이름이라고 부를 수 있는 집단이 있다. 해리엇 레이크 같은 우아한 이름을 가진 사람이 어째서 앤 소던으로 개명하고 싶어 하는 걸까? 존 F. 설리번은 프레드 앨런으로 개명했을 때 자기 이름이 존 L.로 잘못 알려질 걸 두려워할 이유가 없었을 것이다. 에디트 마레너라는 이름은 적어도 수전 헤이워드만큼이나 흥미롭다. 왜 델마 포드에서 셜리 부스로, 저닛 모리슨에서 재닛 리로, 에드워드 플래너건에서 데니스 오키프로, 퍼트리샤 베스 레이드에서 킴 스탠리로, 버지니아 맥매스에서 진저 로저스로, 줄리아 웰스에서 줄리 앤드루스로, 헬렌 벡에서 샐리 랜드로, 필리스 아이슬리에서 제니퍼 존스로 바꾼 걸까?

평범하고 발음하기 쉬운, 미국 재향군인회에서 많이 볼 수 있는 이름을 가진 배우들은 더 인상적인 이름으로 바꾼다. 루비 스티븐스는 바버라 스탠윅이다. 마거릿 미들턴은 이본느 드 카를로다. 노마 진 베이커는 메릴린 먼로다. 글래디스 스미스조차 메리 픽퍼드라는 이름이 지명도가 약간 더 높다고 생각했다. 한편, 부끄러움이 많은 귀한 집 자제들은 이름에서 하이픈을 떼고는 자신들은 서민들과 본질적으로 다를 게 없는 사람이라고 선언한다. 레지널드 트루스콧-존스Reginald Truscott-Jones는 그의 이름을 부를 때 나는 쉿쉿 소리에 지나치게 파묻히는 것 같은 기분이었던 게 분명하다. 그는 레이 밀랜드가 됐다. 스팽글러 알링턴 브루흐는 그의 이름에 걸쳐져 있는 장식품을 모두 벗어던지고는 로버트 테일러로 등장했다.

일부 본명은 실제 인물과 잘 어울리지 않는다. 로이 로저 스는 레오너드 슬라이였다. 보리스 카를로프프랑켄슈타인을 연기해서 유명해신 배우는 윌리엄 헨리 프랫으로는 단 한 사람도 두려움에 떨게 만들 수 없었을 것이다. 집시 로즈 리는 로즈 루이제 호빅이라면 결코 하지 못했을 일들을 했다. 다른 본명들은 자신을 드러내려고 몸부림치고 있는 듯 보인다. 메리 미키 루니는 한때 조지프 율 주니어였다. 샘 골드윈은 새뮤얼 골드피시였다. 셸리 윈터스는 셜리 슈리프트였다. 릴리 세인트 시르는 마리 반 샤크였다. 다이애나 도스는 다이애나 플루크였다.

할리우드 스타들은 모든 민족과 국가에 뿌리를 둔 소수자 집단 출신이다. 그들 중 많은 이들이 민주주의의 실패에 대해 목청껏 격렬히 항의한다. 그들 중 충분한 수가 원래 이름을 고수한다면, 영화가 누리는 광범위한 인기 덕에, 그 결과로 끼치는 영향은 우리 사회의 편견을 상당히 많이 누그러뜨리고 선입견을 많이 줄였을 것이다. 개별적으로 도전적인 행동에 나서는 사람은 아무도 없었을 테지만, 그들이 하나의 집단을 이뤄 행동했다면 자신들에게 유익한 일들을 해낼 수 있었을 것이다.

예를 들어, 이탈리아와 스페인 배경을 가진 배우들 중, 디노 크로체티는 딘 마틴이 되는 걸 선택했고, 마가리타 칸시노는 리타 헤이워스가 됐으며, 안나 마리아 루이자 이탈리아노는 지금은 앤 밴크로프트다. 이름을 영어식으로 바꾸면서, 앤서니 베네데토는 토니 베넷이 됐고, 조반니 드 시모네는 조니 데즈먼드가 됐다. 유대인 중에서, 이찌 이츠코위츠는 이름에 사포질을 할 필요가 약간은 있었을 것이다. 그는 다음과 같은 유대인의 이름을 유지했다. 에디 칸토르. 그런데—제리 레비치(제리 루이스)부터 네이션 번바움(조지 번스)과 이매뉴얼 골든버그(에드워드 G. 로빈슨), 폴린 레비(폴레트 고더드), 로제타 제이콥스(파이퍼 로리), 멜빈 헤셸버그(멜빈 더글러스)까지—대부분의 배우들은 앵글로색슨의 분위기를 선호했다.

많은 배우들이 본명에 조각칼을 댄다. 에델 짐머먼Ethel Zimmerman은 '짐zim'을 잘라냈다. 비비언 하틀리Vivien Hartley는 '하트hart'를 없앴다. 제임스 바움가너James Baumgarner는 '바움baum'을 떼어냈다. 그레이스 스탠스필드Grace Stansfield는 지금은 그레이시 필즈Gracie Fields다. 밀턴 벌Milton Berle은 한때 멘델 벌링어Mendel Berlinger였다. 도로시 램보어Dorothy Lambour. 도로시 라무어Dorothy Lamour로 활동한 배우는 한 글자가 차이를 만들었다. 이름first name은 성surname으로 탈바꿈하는 습관이 있다. 베니 쿠벨스키Benny Kubelsky는 이름을 잭 베니Jack Benny로 바꿨고, 무니 바이센프로인트Muni Weisenfreund는 폴 무니Paul Muni로 개명했다.

성last name이 사라진다. 아를렌 프랜시스 카잔지언, 에디 앨버트 헤임버거. 일부 스타들은 이름first name을 감당하지 못한다—예를 들어, 레슬리 호프와 해리 크로스비.

롤리타 돌로레스 마르티네즈 아순솔로 로페즈 네그레테

는 지금은 돌로레스 델 리오다. 매리언 모리슨은 여자 이름처럼 들릴 거라는 생각에 존 웨인으로 개명했을 것이다. 더글러스 페어뱅크스의 본명은 더글러스 울먼이었다. 준 앨리슨은 엘라 게이스먼이었다. 태즈메이니아섬 출신인 에스텔레 멀 오브라이언 톰프슨은 퀴니 톰프슨으로 경력을 시작했다가 성장을 거듭한 끝에 멀 오베론이 됐다. 율 브리너는 본명이 타이데 칸 주니어였고 동북아시아에서 유래한 이름이라고 말하면서 돌아다녔지만, 그의 본명은 조지프 도아크스나 그와 비슷한 거였다. 지금까지 어느 누구도, 심지어 그의 부인들도 그의 배경을 정확하게 확인하지 못했다.

한편, 터무니없어 보이는 할리우드 예명을 상징하는 중음절의 심벌인 립 톤은 본명이 립 톤이다. 그의 아버지 이름도 립 톤이었다.

그들 중 많은 이들이 열아홉이나 스무 살인 청년이었다. 멍에를 맨 황소를 두어 마리 가진, 겁이라고는 찾아볼 길이 없는 신혼부부도 많았다. 그들은 날이 좋을 때는 22.5킬로미터를 이동할 수 있었다. 걷거나 마차를 타고 덜컹거리며 두 달을 보낸 후에도 가야 할 길은 여전히 2414킬로미터가 남아있었다. 아이가 태어나면 마차 행렬은 몇 시간 정지했다. 그들은 이 여정에서 숨을 거두는 그런 사람이 아니었고, 놀랍게도 그렇게 세상을 떠나는 사람은 드물었다. 사실, 조지 R. 스튜어트의 『캘리포니아 트레일The California Trail』에 등장하는 이주자의 행로 전역에 흩뿌려진 해골들은 거의 전부가 황소와 젖소의 유골들 아니면 할리우드 시나리오작가들이 남겨놓은 것들이다. 스튜어트는 말한다. 인디언들은 "대수롭지 않은 골칫거리이지 진정한 위험은 아니었다." 캘리포니아로 향하는 마차 행렬은 1841년에 처음 시도됐고, 해마다 새로운 시도들이 행해졌지만, 1845년까지 인디언에게 목숨을 잃은 백인 여행자는 없었다.

나중에, 인디언들이 가끔씩 습격했을 때, 그들이 빙 둘러선 형태로 배치된 마차들을 향해 무리를 이뤄 화살을 날려가며 돌격했다는 기록은 어디에도 존재하지 않는다. 이건 철저히 무의미한 작전이다. 그런 작전을 폈다가는 몸을 숨긴 소총수들의 라이플 사격에 자신들을 고스란히 노출시키는 셈이기 때문이다. 대신, 그들은 샘물이나 시냇물을 장악하고는 백인들의 혀가 까맣게 타들어갈 때까지 포위 공격을 했다. 그런데 그런 일조차 드물었다.

코네스토거 왜건Conestoga wagon. 바퀴가 달리고 포장이 쳐진 폭이 넓은 마차을 쓴 사람은 아무도 없었다. 그런 마차는 움직임이 지나치게 둔했다. 2.7미터×1.2미터 크기의 칸이 있는 작은 마차들이 인기가 좋았다. 그 마차들은 대형 포장마차prairie schooner라고 불리지 않았다. 깊은 강을 맞닥뜨리면, 칸의 바닥을 캔버스나 가죽으로 덮을 수 있었다. 바퀴를 떼어내면 마차는 보트로 변신했다. 뭍에서는 황소나 노새가 마차를 끌었다. 황소의 가격은 25달러였고 노새는 75달러였다. 말은 없었다. 지나치게 허약하므로.

그들이 아직까지도 상대적으로 동부에 있을 때, 그들은 3성급 호텔의 식사를 했다. 뜨끈한 비스킷과 신선한 버터, 꿀, 우유, 크림, 사슴 고기, 야생 콩, 차, 커피가 전형적인 만찬 식단에 포함됐다. 서부에 가까워지면서, 그들은 맛이 간 베이컨과 산양, 붉은 여우, 때로는 삶은 가죽을 먹었다. 목이 말라 죽어가고 있을 때는 노새의 오줌을 마셨다. 1846년에 도너 파티 Donner Party. 마차를 타고 캘리포니아로 떠났다가 갖은 고초를 겪은 끝에 일부만 살아남은 개척자 집단의 멤버 여든일곱 명 중에 마흔일곱 명이 굶주림으로 죽어갈 때에는 인육을 먹는 일도 있었다. "오늘 아침에 내가 조리한 게 뭐였다고 생각하니?" 어느 날 베치 도너 아주머니가 물었다. "제화공의 팔이었단다."

눈雪. 1940년대에 9번가와 5번가의 모퉁이에 있는 매디슨 스퀘어가든에서 버드 파머미국 농구 선수가 장거리 원핸드 슛을 날리는 걸 보러 뉴욕 시내에 갔었다. 친구의 아파트에서 아침에 일어났다가 눈에 완전히 파묻힌 차들이 흰색 물집처럼 튀어나온 광경을 내려다봤다. 1950년대에 시내에 내린 눈이 너무 깊이 쌓이는 바람에 행인들 말고는 움직이는 게 아무것도 없었던 걸 기억한다. 50년대에 또 다른 눈보라—너무 심각해서 대서양 중부와 북동부에 있는 주들의 모든 공항과 철도역, 주요 고속도로를 폐쇄한 폭풍—가 들이닥쳤을 때, 유일하게 움직일 수 있는 수송 수단은 미 해군의 감시용 소형 비행선들뿐이었다. 그런데 비행선들은 아무도 실어 나르지 않고 있었다. 비행선들은 적군의 기습 공격이 있을 경우 경보를 발령하기 위해 북대서양 상공에 나가 있었다.

뉴저지에 있는 집에서 무려 사흘간이나 눈 세례를 받았던 적이 있다. 그런데 그건 뉴저지 기록에 비하면 기록 축에도 끼지 못했다. 1980년대에 아내와 나는 뉴욕에서 하룻밤을 보낸 후 돌아왔다가 프린스턴 교차로 주차장에 있는 우리 차가 헤드라이트 부분까지 눈에 묻혀있는 걸 발견했다. 주요도로들은 제설 작업이 된 상태였다. 우리는 택시를 잡아 스포츠 용품 가게로 갔다. 우연히도, 며칠 전에 그곳에서 크로스컨트리 부츠와 스키를 주문했었다. 우리는 택시가 기다리는 동안 물건들을 받았고, 택시는 우리가 가야 할 도로 입구까지 데려다줬다. 제설 작업이 안 된 그곳에는, 예상했듯 눈이 90센티미터나 쌓여있었다. 우리는 극장에 갔던 차림새로 스키를 타고 1.6킬로미터 떨어진 집에 갔다.

1970년대에, 2월과 3월의 일부를 알래스카의 북극권 한계선Arctic Circle 근처에서 보냈다. 겨울의 그곳은 뉴욕만큼 흉포한 동장군이 설치는 곳이 아니었다. 알래스카 실내의 건조한 추위는 매서운 추위는 아니었다. 기온은 낮았지만 타임스스퀘어의 뼈를 파고 드는 칼바람이 부는 건 아니었다. 알래스카의 공기는 무척이나 오래도록 잠잠하기 때문에, 가문비나무 가지에 얹혀있는 가벼운 눈덩어리들은 촛불을 끄는 정도보다 약한 바람만 불어도 완전히 무너질 수 있다.

기록을 찾아보자. 내가 겪은 중에—자, 내가 이야기를 끝내는 동안, 딸들아, 여기 난로로 바짝 붙도록 해라—가장 깊은 눈에 쌓였던 건 뉴욕이나 알래스카가 아니라 미네소타주 벤슨에서였다. 1965년 3월에, 시카고에서 포틀랜드로 향하는 옛날의 그레이트 노던 레일웨이Great Northern Railway의 엠파이어 빌더Empire Builder를 타고 있었다. 그 시절만 해도, 나는 비행기를 타는 걸 무서워했기 때문이다. 그런 시절은 벤슨 근처에서 끝났나. 섬섬 싶이 쌓이는 순백 속으로 용맹하게 돌진해서 160킬로미터를 달려온 기차가 그곳에서—당신들이 짐작하는 것처럼—갑자기 멈춰 섰기 때문이다. 창문 밖으로 보이는 눈은 기차보다 높이 쌓여 있었다. 결국 우리는 이게 미네소타 역사상 최대 규모의 눈폭풍에 속한다는 걸 알게 됐다. 몇 시간 후 난방 시스템이 고장 났고, 승무원들은 차량과 차량 사이의 강철판 위에 불을 피웠다. 객차의 문들이 열려있는 건 문제가 되지 않았다. 실내의 추위도 바깥의 추위와 비등비등했으니까. 차량 전체적으로—일종의 야영지처럼—불길이 차량 연결 장치 위에서 타올랐다. 우리는 차례차례 돌아가며 불을 쪼이고는 싸늘한 자기 좌석으로 돌아갔다. 우리는 얼음처럼 차가운 식당칸에서 뜨뜻한 음식을 먹었다. 제국을 건설하기에 충분할 정도로 넉넉한 술이 전원에게 무료로 제공됐다. 우리를 구하려는 제설 열차가 눈을 빨아들여 소규모 눈보라처럼 옆으로 날려버리면서 서서히 남쪽으로 내려왔다. 그 열차가 짜낼 수 있는 전진 속도는 시간당 1미터 미만이었다. 열차는 이튿날에야 우리에게 당도했다. 그 덕에 우리는 열차를 함몰시키겠다고 위협하는 눈의 높다란 벽들 사이를 천천히 전진했다. 벤슨의 눈은 지붕보다 높이 쌓여있었다. 그래서 지역 전체가 눈에 파묻혀 있었다. 미네소타의 주택들은 뉴욕의 자동차와 비슷했

다. 그날 벤슨은 눈에 파묻힌 하얀 물집들이 줄지어 서있는
것에 불과했다.

그는 기억 저 깊은 곳까지 즉시 파고들어서는 폭넓은 기억을 끄집어내 비유를 하는 식으로 반응하는, 순발력 좋은 유머 감각을 가진 키 큰 사내였다. 눈에 띄게 반짝거리고 안정적인 그의 시선에서 벗어날 수 있는 건 그리 많지 않았다. 그는 보스턴라틴스쿨과 필립스엑서터아카데미, 하버드칼리지에서 교육을 받았고, 2차 세계대전 때는 프랑스에서 보병으로 대피소도 없이 맨하늘 아래에서 1년을 보냈었다. 상륙용 주정을 타고 프랑스에 도착한 그는 소총을 깜빡하고는 보트에 두고 내렸다.

엑서터 때부터 친구지간이던 고어 비달미국 소설가이 언젠가 그에게 기자 일을 그만두고 편집자가 되려고 하는 이유가 뭐냐고 물었다.

로버트 빙엄은 대답했다. "2류 작가가 되느니 1류 편집자가 되기로 결심했어."

발끈한 소설가가 물었다. "2류 작가가 뭐가 잘못됐다는 거야?"

물론 잘못된 건 하나도 없었다. 그러나 로버트 빙엄이 되는 기회를 부여받은 사람은 세상에 거의 없다.

그는 거의 20년 가까이, 주로 사실에 기초해서 작성한 글을 편집하는 편집자로서 〈뉴요커〉의 일부였다. 그 기간 동안, 그가 개인적인 관심을 쏟으며 인쇄기로 보내기 직전까지 하나하나를 가다듬으면서 다룬 단어는 수백만 단어에 달했다. 그는 많은 작가들과 가까이 작업했다. 그들의 증언에 의하면, 그는 소리를 내는 사람이 가질 수 있는 가장 잘 공명하는 공명판일 것이다. 그는 앞에 놓인 문장들에 노련하게 반응했다. 그가 한 작업의 대부분은 그가 원고 형태로 눈앞에 놓이는 걸 보기 전까지 미묘한 형태의 촉매작용을 일으키는 것이었다.

낙담의 구렁텅이에 빠진 작가와 통화할 때 그는 이렇게 말하고는 했다. "자, 이제는 바닥을 친 거예요. 여기가 바닥이라고요. 나를 상대로 시도해 보도록 해요."

"그렇지만 당신은 내 얘기를 들을 시간이 없잖아요."

"시간이야 만들면 되죠. 이 교정쇄를 마무리하고 나서 전화할게요."

"그래 줄래요?"

"물론이죠."

1970년 겨울과 봄에, 나는 그에게 전화로 6000단어를 읽어줬다.

그와 동석한 사람은 그가 입꼬리로도 편집을 할 수 있는 사람이라는 걸 알게 될 것이다. 그는 입꼬리를 살짝 아래로 기울이는 것으로 뭔가를 잘라버리라는 지시를 할 수 있었다. 그는 수염을 길렀다가 밀었다가 했다. 수염을 길렀을 때는 그 편집 방법의 효과가 약간 떨어졌지만, 그럼에도 효과를 보이기는 했다.

편집자로서, 그는 선입견을 전혀 갖지 않은 상태를 유지하고 싶어 했다. 그는 자신은 작가와 독자 사이에 존재하는 사람이라는 걸 유념했다. 그래서 그는 양쪽 중 한쪽을 대표할 때 투명 인간으로 남고 싶어 했다. 그는 글을 쓰는 데 필요한 조사를 하러 떠나는 여정에 참여하려는 행보를 의도적으로 전혀 취하지 않았다. 그의 작가들은 흥미로운 장소들로 여행을 다녔다. 그도 그러고 싶었을지 모른다. 그렇지만 절대로 그러지 않았다. 그랬다가는 객관적인 독자의 시점에서 글을 볼 수가 없었을 테니까.

그는 나한테 똑같은 내용의 쪽지를 빈번하게 썼다. 쪽지에는 이렇게 적혀있었다. "맥피 씨, 내 인내심은 무궁무진하지 않습니다." 그러나 그의 인내심은 무궁무진**했다**. 기사가 인쇄기로 향하고 있을 때에도, 그는 내가 교정 중인 산문을 만지작거리는 동안 그 긴 저녁 내내 내 곁에 머물렀다. 그는 반박할 수 없는 결함들을 지적했다. 글의 구조를 재배열할 필요가 있다고 조언했다. 나는 그에게, 그리고 전반적인 기사에 만족스러운 방식으로 그 작업을 해내려 애쓰고 있었다. 그는 내가 그러는 내내 기다려줬다. 글쓰기는 다섯 달이나, 심지어는 5년이나 걸리는 작업이라는 사실을, 그리고 지금 그는 단 5분밖에 안 되는 사이에 그 글의 이곳저곳을 지적하고 있다는 사실을 유념하면서 글을 쓰는 이를 존중했기 때문이다.

언젠가 에드먼드 윌슨미국의 문학평론가은 어떤 작가가 효과적인 글을 쓸 수 있는 건 "그를 괴물이나 어떤 목표를 달성하는 데 필요한 마법 같은 특성을 가진 존재로 대하는 게 아니라, 단순히 그의 공감을 끌어내는 고초를 겪으면서 그가 우러러볼 용기와 자긍심을 가진 또 따른 인간의 개입이 있을 때만 의해서만, 충분할 정도로 솔직하고 인간적인 사람의 개입이 있을 때만 의해서만 가능하다"고 썼다. 작가들이 재능 있는 작가라는 소리를 들을 때, 아마도 그런 사람의 개입이 그의 재능보다 더 앞선 자리에 있었을 것이다.

그곳이 정말로 푸르르다는 사실에 깜짝 놀랐던 걸 기억한다. 여름에 알래스카에 처음 갔을 때, 나는 북극권 한계선 너머에 있는 브룩스산맥알래스카에 있는 로키산맥의 최북단의 날씨가 티셔츠만 입고 지내도 될 정도라는 걸 알게 됐다. 물론, 구름이 해를 가리면 스웨터로 손이 가지만, 그렇더라도 그곳은 미처 예상하지 못했던 알래스카였다.

그해 가을에, 자전거 핸들 모양으로 수염을 기른 민머리의 젊은 남성이 알래스카에서 살려고 시카고를 떠날 때 누군가가 왜 가는지 물었다고 내게 말했다. 그는 이렇게 대답했다. "그 질문을 해야만 한다면, 너는 내가 대답을 해줘도 이해하지 못할 거야." 나는 아직도 그의 말뜻을 어렴풋이 이해하기 시작하는 단계에 있다. 북극권 알래스카의 강을 내려가는 동안, 나는 가장 가까운 고속도로에서 수백 킬로미터 떨어져 있다는 새로운 '시각'을 얻게 됐다. 그리고 이곳을 내가 이전에 알고 있던 어떤 세계의 연장으로 바라볼 경우, 이 지형을 개략적으로나마 이해할 수조차 없을 거라는 걸 감지하기 시작했다. 내 마음속의 나한테는 (땅위에서 그러는 것처럼) 가야 할 먼 길이 있었다. 마을의 오두막 주위에 누워있는 208리터들이 철제 드럼, 블라조Blazo. 시애틀에서 알래스카로 수송되는 가솔린 브랜드 통, 낡은 침대 스프링, 잡다한 쓰레기들은 그걸 처음 봤을 때 그랬던 것처럼 여전히 내게는 유쾌하지 못한 것들이었다. 나는 불도저들이 그런 것들을 땅에 파묻어 버리는 거대도시 출신이었다. 세계에서 내가 사는 지역의 일부 장소에는 사람들이 너무나 많아서, 그들이 한꺼번에 빌딩들에서 나오면 길거리만으로는 수용이 힘들다. 그 결과, 아마도 목숨을 부지하기 위한 일종의 형식으로서 그들은 서로에게 문을 닫아거는 경향이 있다. 대화는 이상한 방향으로 흘러간다. 슬쩍 던지는 눈길은 대화의 물결에 섞이지 않는다. 아무도 다른 사람이 하는 얘기에 귀를 기울이지 않는다. 고위도에 있는 작은 커뮤니티들—인구가 열아홉 명인 마을, 아홉 명인 마을, 아흔 명인 마을—에서, 한 명의 인간은 그 존재 자체가 대대적인 이벤트다. 한 사람의 개인은 우편으로 도착한 책 한 권과 비슷하다. 왜 알래스카에 왔는지 100명에게 물어보라. 이런저런 이유 같은 전반적인 사실을 제외하면, 그들은 '로워 포티에이트Lower Forty-eight. 알래스카주와 하와이주를 제외한 미국의 48개 주'라고 부르는 곳에서 도망치고 싶었다고 대답할 것이다. 대답의 핵심은 이렇다. "개인 한 사람, 한 사람이 소중하게 대우받는 곳에 있고 싶었어요." 그곳에서 어느 정도 시간을 보내고 나면, 블라조 통과 침대 스프링이 매력적으로 보이기 시작한다. 강철 드럼의 경우, 그곳 사람들이 그걸 알래스카주를 상징하는 꽃이라고 부르는 건 아이러니한 표현이 아니다. 충분히 오랫동안 살펴보면, 그것들은 활짝 꽃을 피운다.

언젠가 알래스카 동부 내륙의 다양한 곳들에서 오랫동안 머문 끝에 앵커리지로 갔었다. 그러고는 추가치산맥에서 쏟아져 내린 다음에 앵커리지의 움푹한 지형을 관통해서 흐르는 개울에서 벌어지는 급류 카누 레이스에 곧장 빠져들었다. 우리는 바위와 낡은 불도저 타이어들을 피하면서 9.6킬로미터 레이스를 벌인 끝에 코카콜라와 맥주를 마시는 일군의 관객들 사이에 있는 결승선에 도착했다. 어느 누구의 기준을 적용해 봐도, 그건 소규모 군중이었다—강둑에 모인 수십 명. 그렇지만 레이스를 끝내려고 사주砂洲에 힘겹게 오르는 동안 든 생각은 그 조그만 모임에 온 사람들이 단연코 내가 유콘계곡 상류의 10만 2400제곱킬로미터 남짓한 곳에서 지난 몇 달간 마주쳤던 사람들—인디언, 백인, 떠돌아다니는 여러 부족—의 총 인원수보다 많다는 거였다. 하루인가 이틀 후에 나는 뉴저지에 있었다. 갈피를 잡지 못하고 방향감각을 잃은 채로, 비명을 질러대고픈 변덕스러운 충동을 느끼면서 주위를 걸어 다니고 있었다. 잔가지에 달려있는 나뭇잎들은 야구 글러브처럼 보였다. 내가 사는 도시에 있는 대학은 어찌어찌 그 존재가 이해됐지만, 수송과 통상 면에서 세계의 주된 통로인 이곳에서 그 외의 나머지 모든 것의 존재는 거의 이해되지 않았다. 3차원 사진으로 존재하던 내가 구닥다리 2차원 네거티브필름으로 변해가는 것 같은 느낌을 받을 수 있었다. 당연한 말이지만, 나는 그 위기를 넘겼다. 하지만 그걸 극복하지는 못했다. 한번은 워싱턴에서 증언을 하려고 동부로 온 브룩스산맥의 어느 가이드가 우리 집에 들렀다. 나는 내가 표현하려고 노력하는 내용이 무엇인지 확신은 못하지만, 어쨌든 내가 알래스카에 있지 않다는 것에 죄책감을 느낀다는 말을 그에게 했다. 그는 자신도 죄책감을 느끼기 때문에 내가 무슨 말을 하려는 것인지 잘 안다고 했다. 그러고는 아침에 알래스카로 돌아갔다. 나는 그의 뒤를 따르고, 또 따랐다. 시카고로 가서 지선에서 내려 노스웨스트항공 3호기를 타러 걷기 시작해보라. 그건 미국 동부에서 알래스카로 가고 싶어 하는 사람들을 모두 실어 나르는 비행기다. 그걸 타려면 먼 길을 걸어야 한다─800미터 이상을. 그러면서 대륙 중부에 알려져 있는 모든 항공사를 다 지나고 텅 빈 긴 복도를 지나야 한다. 몇 킬로미터를 걸은 끝에, 당신은 주위에 있는 사람들이 줄어들고 있다는 걸 감지한다. 계속 나아간 당신은 마침내 항공사 이름들─루프트한자, 에어프랑스, 스위스에어, SAS, 에어링구스─이 적힌 액자 아래에 티켓 카운터가 있는 타원형 구역에 들어선다. 그러고서도 계속 나아간다. 더 많은 복도로 들어선다. 이제는 사람이 하나도 없다. 당신은 시카고 오헤어공항에서 운영하는 가장 외딴 구역으로 하이킹을 가고 있다. 드디어 그곳에서 울 셔츠와 다운 베스트 차림인 사람들의 조그만 무리를 발견한다. 당신은 미합중국에서 벗어나 알래스카의 정수로 들어가는 길을 하이킹해 왔다.

알래스카는 미국인의 원초적인 심금을 울리는 것 같다. 초기 개척자들과 관련한 추억을 제공하고, 이건 하늘만이 알겠지만, 로워 포티에이트에 사는 사람들의 마음속에, 저 위에 사는 사람들을 향한 존경심에서 우러난 시기심을 불러일으키면서 말이다. 우편이라는 통로를 제외하고는 거의 철저하게 이 사람들과 장소에 흡수됐다가 갑자기 그 사람들과 단절되는 건 글 쓰는 인생을 살면서 짊어져야 할 책임 중 하나로 올릴 수도 있는 경험이다. 2월 저녁에, 얼어붙은 유콘강 위를 오래도록 산책했다. 이것이 내가 거기서 보낼 마지막 밤이라는 걸 알면서. 태양이 사라지고 있었고 새하얀 강물 위의 파란 하늘을 분홍빛 번개가 가로질렀다. 큼지막한 별들이 조용히 모습을 나타냈다. 나는 혼잣말을 했다. "잘 있어. 이제부터는 새로운 시작이야. 내일 우편항공기가 오면 여기 생활은 다 끝날 거야."

온갖 냇물이 흘러든 바다 같은 곳,
바다 같은 책

번역 의향을 묻는 메일을 받았을 때 "못 하겠다"고 거절
했어야 했다. '원고 파일을 보낸 성의를 생각해서라도 읽어
보는 게 예의'라는 생각 같은 건 하지 말았어야 했다. '잘 쓴
글'이라는 생각도 하지 말았어야 하고, '내 능력으로는 어려
운 것 같다'고 말하는 걸 창피하게 여기지도, '까짓것 한번
해보지, 뭐'라는 괜한 오기를 부리지도 말았어야 했다. 번역
계약서에 도장을 찍은 다음에 정신을 차려봐야 무슨 소용이
란 말인가? 돌이키지 못할 사고를 친 '내가 원수'라고 자책
하며 책을 펼친다. 낚시 얘기부터 나온다. 미치겠다. 기억을
더듬고 또 더듬어도 태어나서 지금까지 낚싯대를 잡아본 적
이 한 번도 없고, 잡아볼 일이 있을 것 같지도 않다. 낚시 용
어들을 검색하며 어찌어찌 첫 관문을 통과한다. 내상이 깊
다. 제대로 번역을 하긴 한 걸까? 낚시를 통과했더니 미식
축구가 가로막는다. 내가 전생에 지은 죄가 많은가 보다. 미

식축구에 2점짜리 플레이가 있다는 걸 처음 알았다. 번역하면서 배우고 배우면서 번역한다. 다음 관문에는 골프가 버티고 있다. 도대체 무슨 재미가 있기에 사람들이 골프에 그렇게 미치는 건지를 궁금해 하는 사람으로서 눈앞이 깜깜하기만 하다. 모진 놈 옆에 있다 벼락 맞는다 했던가. 친구 이종성이 골프 문외한과 오래 사귀었다는 죄로 날벼락을 맞았다. 적지 않은 분량의 원고를 꼼꼼하게 검토하면서 이상하게 번역된 골프 관련 용어들과 표현들을 지적하고 의견을 준 종성이에게 고맙기 그지없다. 그래도 오역과 잘못은 모두 내 탓이다. 페이지를 넘길 때마다 악몽의 새로운 장이 열린다. 미국 드라마에서나 가끔 본 라크로스가 등장하고 곰 얘기가 나온다. 산 넘어 산이라더니. "앨범 퀼트"라는 제목을 단 2부에 접어들면 아수라장이 펼쳐진다. 캐리 그랜트나 리처드 버턴은 내가 자라던 시절에도 '주말의 명화'로 방영되던 영화에서나 보던 '옛날 배우'였다. 요즘 독자들이 그런 배우들을 알까? 그러다 보니 자꾸만 옮긴이 주를 달게 된다. 번역을 하는 건지 옮긴이 주를 다는 건지 헷갈린다. 옮긴이 주를 다는 게 독자들을 무시하는 행위는 아닐까 걱정이 든다. 그래도 주를 달지 않으면 이해하기가 쉽지 않을 거라는 노파심에 자꾸만 주를 달게 된다. 번역은 이길 수가 없는 싸움이다. 이기면 뭔가가 잘못된 싸움이다. 아무리 잘하더라도 기껏해야 "졌지만 잘 싸웠다"는 얘기를 들을 수밖에 없는 싸움이다. 이 책을 작업하면서 얼마나 처참하게 깨질지 가늠이 서지 않는다. 그 와중에 출판사에서 묻는다. 존 맥피가 이 책을 통해서 하고 싶어 하는 얘기를 짧게 정리하면 어떻게 될 것 같으냐고. 나무 한 그루 한 그루를 상대하는 것도 버거운데 숲이 어떻게 생겼는지 얘기해보라니. 고심을 한다고 해보는데, 잘 모르겠다. The Patch. 책의 제목. 책의 첫 장에서 물고기가 서식하는 호수의 작은 지역을 가리키려고 쓰는 단어. 우리말로 옮기기가 마땅치 않다. '뙈기'로 옮겨볼까 생각도 해봤지만, 논밭의 크기를 가리키는 단어를 쓰는 건 적절치가 않은 것 같다. 결국 '더 패치'로 옮기기로 결정한다. 무성의하게 보이는 짓인데, 도무지 적절한 단어를 못 찾겠다. 그래서…… 무성의한 놈이 됐다. 번역한 초고를 놓고 찬찬히 읽어보니 뭔가가 보이는 것도 같다. patch. 장식용으로 덧대는 데 쓰는 조각이라는 뜻도 있는 단어. 2부의 제목이 앨범 퀼트인 건 힌트일까. 누비이불처럼, 모자이크처럼, 조각들을 이어 붙이는 작업에만 열심일 때는 몰랐는데, 작업을 마치고 뒤로 조금 물러나서 바라보니 그 조각들이 모여서 이뤄낸 형체가 보이는 것 같다. 출판사에 말해야겠다고 생각한다. 온갖 강물과 냇물이 흘러드는 호수 같은, 큰 바다 같은 책인 것 같다고. 발원된 곳과 거쳐온 곳은 모두 제각각이지만 결국에 모여드는 곳은 한곳인 책으로 보인다고. 미식축구와 골프 같은 스포츠를 다루고, 연예인과 유명인들에 대한 시시콜콜한 얘기들을 하고, 초콜릿과 고도계 같은 걸 소재로 글을 썼지만, 곰곰 생각해보면 그 글들이 하나같이 사람에 대한 얘기를, 우리의 삶에 대한 얘기를 하고 있다고. 각양각색의 사람들이 살아가는 얘기를 하면서도, 결국에는 그런 얘기가 담긴 패치를 하나씩, 하나씩 모아 인간의 삶에 대한 통찰을 제공하는 커다란 퀼트를 만들어내려는 의도로 집필된 책인 것 같다고. 엄청난 내공과 막강한 필력을 자랑하는 글쓴이 존 맥피를 상대로 힘닿는 데까지 해볼 만큼 해봤지만 이번에도 역시 지는 싸움을 하고 말았다고. 그래도 인생에 대한 깊이 있는 생각을 많이 하게 해준 경험이라서 얻은 게 무척 많은 작업이었다고. 변변찮게 번역해놓고 이런 얘기하기는 미안하지만, 이 책을 읽은 독자들도 나랑 같은 심정이었으면 좋을 것 같다고.

2020년 3월

윤철희

이 책에 쏟아진 찬사

미국 최고의 저널리스트

〈워싱턴 포스트〉

다작을 쏟아낸 경력을 쌓은 지도 오래인 지금, (맥피가) 마침내 글쓰기의 달인이라는 정체를 드러내기에 좋은 시점일 것이다. 그는 즐겨 구사하던 회심의 전략을『두려움 가득한 작업실에서 두려움에 굴하지 않고-더 패치』(이하『더 패치』로 표기함)에서 다시금 부끄럼 없이 택한다. 대중이 매력적으로 여기지 않는 게 분명한 주제들을, 심지어는 지저분한 포장지에 싸인 따분해 보이는 주제들을 소개하면서, 그 주제들에 관심을 가져달라고 독자들을 설득하기 위해 무척이나 힘이 넘치고 탄탄한 구성을 갖추도록 문장을 가다듬는 전략을 말이다.『더 패치』는 호기심을 아낌없이 쏟으면서 계속 집필해나가는 회고록의 또 다른 장章이다.

크레이그 테일러 〈뉴욕타임스 북 리뷰〉

구성 하나만으로도 참신한 작품. 수십 년간 세상을 상세하게 관찰하고 그 관찰 내용을 정확하게 묘사한, 글을 쓴 시기나 맥락이 알쏭달쏭한 글들이 당신을 향해 밀려오는 것을 경험하는 건 매혹적인 일이다. 인생의 추억을 한데 이어붙이는 무척이나 신슬하고 효과적인 방법을 보여주는 이 책의 구성은 깔끔한 발단과 전개, 결말이 글쓰기 전략의 일부라는 것을 인정한다.

윌리 블랙모어 〈로스앤젤레스 타임스〉

(맥피는) 당대 논픽션 장르의 독보적인 보석이다. 그는 장편 형식으로 내러티브를 전하기로 유명한 작가이기도 하지만, 문장과 문단까지 확장되는 시적인 산문을 구사하는 작가이기도 하다. 맥피는 허구의 사실을 빚어내는 마술사라기보다는 현실의 정보를 고스란히 전달하는 그릇에 가까운 작가다. 이건 그의 솜씨를 인정해서 하는 말이다. 그의 작품은 세상의 이면을, 그리고 표면 아래를 우리 눈앞에 드러내고, 그의 책 한 페이지 한 페이지는 이야기의 일부로 자리매김한다."

닉 리파트라존 〈내셔널 리뷰〉

맥피의 문장은 그가 자주 묘사하는 지리학적 특징만큼이나 다채롭다. 어떤 문장은 빙하가 이동하는 속도로 움직이고, 어떤 문장은 지표면에 드러난 화강암처럼 뜻밖의 순간에 불쑥 튀어나오며, 다른 문장은 구불구불한 시냇물처럼 부드럽게 휘었고, 또 다른 문장은 하층에서 자라는 식물처럼 빠르고 위험하게 불타오른다. 항상 복잡한 음악 같은 구성에 맑고 투명한 고갱이가 담긴 그의 문장은 사물들을 연결하고 거미줄을 자아내며 의미를 차곡차곡 붙여나간다.

타일러 멀론 〈리터러리 허브〉

퓰리처 수상자 존 맥피는 본질적으로 좋은 글감으로는 보이지 않는, 하물며 독자의 시선을 사로잡는 글감으로는 보이지 않는 주제들을, 그러니까 지질학이나 오렌지, 청어 떼 같은 주제들을 다루면서 경력을 보내왔다. 그러나 그는 몇몇 사람만 즐기는 주제를 독자의 가슴을 파고드는 극히 중요한 주제로 탈바꿈시키는 데 능숙하다. 낚시와 스포츠 등을 주된 소재로 삼아 쓴 논픽션 산문을 모은 최신작 『더 패치』도 예외는 아니다.

J. R. 설리번 〈맨즈 헬스〉

존 맥피의 새 책 『더 패치』는 수십 년의 경험을 쌓고 아키비스트처럼 성격이 꼼꼼한 저널리스트만이 쓸 수 있는 책이다. 커리어 내내 박학다식을 쌓은 그는 아이슬란드의 빙하에 경탄하고, 허쉬의 수석 초콜릿 맛 감식가를 그림자처럼 따라다니며 비법을 파고들고, 모스크바국립서커스단의 롤러스케이트 타는 곰들에게 감탄한다. 『더 패치』에는 멋들어진 문장이 많다.

케빈 캔필드 〈미니애폴리스 스타 트리뷴〉

(맥피는) 폭넓은 관심과 취향을 보여주는 풍성한 보물창고를 제공한다. 맥피는 평범한 주제건 몇몇만 즐기는 주제건, 기막히게 좋은 주제들을 즐겨 다루면서 그 주제의 문외한도 이해할 수 있는 글로 풀어낸다. 맥피의 글은 현손하는 제일 위대한 미국 산문가인 그의 기교를 증명한다.

〈퍼블리셔스 위클리〉

마음에 든다. 맥피처럼 세상을 잘 보는 능력, 그리고 만물 사이의 연관 관계를 그토록 뚜렷하게 묘사하는 데 충분한 시간을 갖는 것은 희귀한 재능이다. 자신에 대한 글은 거의 쓰지 않으면서도 자신에 대한 글을 그토록 솜씨 좋게 쓰는 작가를 만나는 것도 역시 드문 일이다.

〈북포럼〉

맥피는 폭발하는 듯한 지식으로 커리어를 쌓아왔다. 그의 정신은 순수한 호기심 그 자체다. 그의 호기심은 모든 세상의 끝자락들로, 특히 대다수가 간과하는 장소들로 흘러가기를 열망한다. 맥피의 글은 우울하거나, 섬뜩 하거나, 슬프거나, 패배주의적이지 않다. 그것은 삶으로 가득 차있다. 맥피에게 탐구란 세상을 떠나기 전에 삶을 사랑하고 향유하는 방법이다. 그의 거대한 우주론에서 지구의 모든 사실은 서로 연결된다. 모든 지역, 생명체, 시대 그리고 그것들의 존재와 부재 모두 말이다. 물고기, 트럭, 원자, 곰, 위스키, 풀, 바위, 라크로스, 선사시대의 이상한 굴, 손자들과 판게아 대륙. 이 모든 것이 보낸 시간은 다른 모든 것이 보낸 시간과 연결된다.

샘 앤더슨 〈뉴욕 타임스〉

작가 존 맥피가 맞은 황혼기는 아름답다. 맥피는 좋은 글이란 어떤 것인지 은밀하게, 그러면서도 가차 없이 전달했다. 맥피의 산문을 읽은 당신의 취향은 그 전보다 한결 더 나아질 것이다.

토니 대니얼 (미국 만화가, 일러스트레이터)